2018年教育部人文社会科学研究青年基金项目
项目批准号：18YJC752014

U0542781

日本『物哀』美学范畴史研究

雷芳 著

南京大学出版社

序

美学,乃一种独特的世界观。这种世界"观",当然是与其中隐藏着的"观点"、"观念",以及"视线"、"视角"、"视野"相关,更是"眼"后之"心"(知、情、意的统合)的浑沦作用。要之,作为感性学、灵性学,美学的"观"或"看",不能不和支撑着感性和情灵之后的"人"相关。可以有人类学美学,也应当有不同文化、不同时空中生存的人群所具有的特定的美学。不同于自然科学,美学史昭示我们的,乃是不同文化之间具有的不可通约的绚烂多彩的美学世界。各种文化的审美习俗,以及美学话语均颇有差异。全球化的视野下,美学如何既关注不同文化中审美意识的差异,又在此基础上,追寻到人类精神最深层以及最高层的"共通感"? 这个工作,首先应当从美学范畴、概念的厘清开始。

各个民族特有的美学范畴、概念,往往被西方美学所遮蔽,如中国美学中的神韵、潇洒、风骨、郁勃等,就有着难以被西方美学化约的蕴涵。而对于西方美学中的范畴、概念,我们却也常常会忘却其特有的文化根源,如悲剧、喜剧等,乃至"美学"这一概念本身,也是来自西方哲学特有的思维框架。近代西方人文学科产生的诸多概念,细按则均有遥远的文化回声。

美学,产生于西方,"美学"此译,却来自日本,以致我们只能"将错就错"地接纳。这里,有着复杂的交融:日本文化与中华文明之间,具有深厚的渊源,尤其在文字上。日本文字,既是汉字文化的辐射,带着汉字文化的基因,却又有着独特的民族风姿。窃以为,美学范畴、概念的不同,在深层次上,须追溯到语言文字层面。

"物哀"一词,乃"もののあはれ"之汉译。这与保留了汉字形式的日本美学概念"幽玄"不同——可以在中国文化语境的映照下,从汉字字形予以疏解。也与其他的一些美学概念,如"侘寂"、"意气"等不同——可以在日语汉字的某种汉字理解中,予以解析。根由在于其原有的汉字文化背景,在理解日本美学时,乃是重要的依托、凭据。可是,"もののあはれ",却是"声音先于意义",很大程度上,德里达所谓的"语音中心主义"及其含有的"逻各斯中心主义",改变了汉字的"图象先于声音",所以在汉字图象中蕴含的超越语音的意义,在此被另一种力量所解体。故此概念的建立,乃是本居宣长的一大重要美学贡献,她令以往日本美学中的经验性资源,忽然绽放出一种异彩。"点铁成金"式的"说破",是理论最为重要的功能,本居宣长之后,日本美学似乎获得了一种重要的基调,它是日本美学中情性的突破,包含着"文学的伦理及自政治的解放"!宣长的"物哀"论,不仅从文学理论层面,为日本传统文学的"好色"描写提供了理论依据,推进了"好色"的合理化,更重要的在于,让美学获得了一个独立的领域,在那里人为情性而情性,情感获得极致的放任,乃至"为艺术而艺术",情感的表现本身,从"发乎情止乎礼"的"温柔敦厚"的中国儒家传统中挣脱出来,形成日本美学的独异的特色。

可是,本居宣长那么强烈的反抗意识、自立意识,恰恰表现了来自中国的思想传统文化传统的强大。"物哀"美学范畴,却反而更深刻地表现出中国美学的深层结构。雷芳在本书中，联系中国古典美学进行的探索，深刻地指明了这一点。我觉得，她这方面的研究实具匠心，探及日本美学的深层意蕴。当然，这一日本美学中的范畴，具有自身的特质。雷芳将其放置在日本美学发展的坐标中，细致研究其中多样的形态，在展示此范畴的变动中，也显现了日本美学的主要历程。这是以重要范畴为一根红线，所必然牵连起来的万千气象。纲举目张，范畴史的研究当然需要注重理论的探索，可是，美学范畴所必然覆盖的美学精神、美学风貌史，乃是更为丰富、也更令美学研究者心魂牵系的真正的"感性学"（美学）对象。本书以美学范畴的辨析，触及其与日本美学其他范畴的内在关联，从而让"物哀"范畴获得理论上的广大背景。又以特殊的审美感悟，扫描了日本美学的纵向历程，将此范畴放回文艺现象、美学演变的"活水"里，让我们可以鉴赏"物哀"的独特风姿。这两个方面的结合，乃是保持思维中的"凝聚"与"扩张"之间张力的智慧，雷芳此书，牛刀初试，我们已可欣赏其奏刀悠然霍然之妙境，但"以神遇而不以目视"，游刃有余，则来日可待。

雷芳潜心治学，克服许多困难。为写此书，她曾到日本访学半年，收罗资料，请教学者。读博士时，曾因学刻苦而患腰疾。矢志不渝，苦心孤诣，终底于成，令人钦敬。以此书为起点，但愿她在学术道路上，行走得更为顺畅，更为轻灵。

2020 年 11 月 13 日于随园益疑斋

目　录

绪　论

　　"物哀"[①]一词的最早用例是在纪贯之的《土佐日记》(935)中，书中写道："船夫却不懂得这物哀之情，自己猛劲儿喝干酒，执意快开船。"[②]最初该词仅为普通用词，直至江户时代日本国学大师本居宣长(1730—1801)运用"物哀"概念对《源氏物语》做了全新阐发，才使"物哀"成为一个文论范畴。我国学者王向远指出，"物哀"是日本传统文学、诗学、美学理论中的一个重要概念，如果不了解"物哀"就不能把握日本古典文论的精髓。[③]日本学者和辻哲郎也强调，本居宣长的"物哀论"在日本思想史上是划时代的。[④]所以，国内外学界都对"物哀"研究给予了极大的关注。

　　在日本，对"物哀"的研究始于20世纪30年代，涉及学者众多。

<hr />

① 日文著作中多以假名书写："もののあはれ"或"もののあわれ"，二者均读作"mononoaware"，其中研究著作中多采用前一种表记方式。

② "最早的用例"之说，见《不列颠国际大百科事典》日本、TBS、不列颠出版公司1975年版。"物哀"条。

③ 王向远：《"物哀"是理解日本文学与文化的一把钥匙》，见《日本物哀》，长春：吉林出版集团，2010年，第4页。

④ （日）和辻哲郎：《关于"物哀"》，见《日本之文与日本之美》，王向远译，北京：新星出版社，2013年，第288页。

而日本之所以在这一特定的时代掀起研究"物哀"的热潮，最根本的原因在于，明治维新以来，日本军国主义侵略势力急速膨胀，国学家本居宣长所倡导的"皇国优越论"大受吹捧，而他的"物哀论"也被官方意识形态和民族主义精神强烈的学术圈当作精品弘扬。时至今日，依然有学者在探讨"物哀"。纵观学术界的著述成果，可谓汗牛充栋。日本学界对"物哀"的研究主要表现在以下四个方面：

第一，从美学角度阐明"物哀"的美学内涵。其中具有代表性的是冈崎义惠的《"あはれ"の考察》(《"哀"的考察》)(1934)和大西克礼的《あはれについて》(《关于哀》)(1940)两部著作。冈崎义惠通过详细梳理和分析记纪歌谣、万叶歌谣以及平安初期谣曲中的"あはれ"用例，认为"哀"的内涵本质就是一个不断深化爱怜、同情等心绪的过程。美中不足的是，冈崎义惠仅考察了平安初期之前的"物哀"(哀)，事实上自平安中期以后，"物哀"的美学内涵才真正逐渐丰富起来。大西克礼则运用现象学本质直观的方法，从"哀"的基本辞典义出发，抽丝剥茧地将"哀"划分为五个阶段的审美内涵：狭义心理学意味上的哀、怜内涵，一般心理学意味上的超越情感内涵，审美体验意味上融入直观和静观等知性因素的一般审美内涵，世界苦的特殊审美内涵，包含优美、艳美、婉美等各种审美要素的综合性审美内涵。大西克礼对"物哀"所做的美学分析是颇有深度的，在日本学界十分罕见，是一部应受到足够重视的著作。除此以外，从美学角度考察"物哀"的还有濑古确的《日本文芸史：日本文芸理念の展开——「まこと」「あはれ」「幽玄」の系谱》(《日本文艺史：日本文艺理念的展开——"诚"•"哀"•"幽玄"的谱系》)(1972)，久松潜一的《日本文学評論史》(《日本文学评论史》)(1969)中"物哀的文学思潮"、"物哀的理念"等。

第二，从语言学的角度考察"物哀"。具有代表性的是山崎良幸的《「あはれ」と「もののあはれ」の研究——特に源氏物語における》（《"哀"与"物哀"的研究——以〈源氏物语〉为中心》，1986）。他梳理了日本自上代至平安时代的文学作品中"哀"与"物哀"的用例，分析了它们的具体内涵，认为"哀"与"物哀"最本质的意义是广义的爱怜（一种以爱执、爱惜、思慕、追慕以及爱怜之情为核心的哀叹），并且认为这种内涵是一以贯之的。其用例分析所涉及文学作品的范围较广，且分析细致，论据充分。但遗憾的是，他忽视了"物哀"的时代背景，以及各时代背景下的思想变迁，这就导致了在解释其内涵时得出了始终如一的结论。而同样从语言学层面考察"物哀"的还有山本健吉的《三つの古語についての考察——もののあはれと色好みとやまと魂》（《关于三个古语的考察——物哀、好色及和魂》，1971），黑住真的《「もののあはれを知る」をめぐって》（《围绕知物哀》）等。

第三，从比较诗学角度考察"物哀"与中国诗学的区别。最具代表性的是铃木修次的《中国文学与日本文学》（1989）。他设专章比较了中国的"风骨"与日本的"愍物宗情"①。他认为"风骨"与"物哀"分别代表了中日两国传统文学的精神。"风骨"是中国富于理性、语言明快、刚健雄毅、坚实有力的文学品格；"物哀"是日本以表达腼腆、娇羞、文弱、细腻等情感为中心的文学精神。铃木强调，不管是"风骨"，还是"物哀"都具有一种价值，尤其"物哀"，是一种别样的文学趣味。他比较的目的，很显然是为了确立日本"物哀"文学的价值和地位。铃木的论述对于中日文学精神的比较具有一定的参考价值，但是"风骨"在中

---

① 译者刘光宇将"物哀"翻译为"愍物宗情"。

国传统文论中属于文学艺术风格范畴,而"物哀"在日本美学中则属于情感美学范畴,二者是否具有可比性的这一前提仍然值得商榷。

第四,从精神的角度考察"物哀"。具有代表性的是和辻哲郎的《日本精神史研究》(2005)。他在这部著作中从日本精神史的高度重估了本居宣长的"物哀论"。他认为,"物哀"是平安朝所特有的"向着永远的渴求",他不同意宣长把它当作在人生深处发现的"女童般的脆弱",而只把那当作平安王朝的时代精神的表现。因此,他把"物哀"的起源看作男性精神的缺乏,由此也见出"物哀论"的局限性。和辻哲郎的论述一针见血地指出了本居宣长"物哀论"的局限所在,即把"女童般的脆弱"当作"物哀"的本质。他以"物"为本体,超越了宣长对"哀"囿于情感、情绪范畴的理解,将"哀"引向理念的高度,寻绎出"哀"的最终依据。此外,从精神角度解析"物哀"的还有高桥富雄的《宫廷主義の倫理——もののあはれの精神構造》(《宫廷主义的伦理——物哀的精神构造》)(1962)、杉田昌彦的《「もののあはれ」と宣長の自他意識——思いやる心をめぐって》(《"物哀"与宣长的自他意识——以同情心为中心》)(2005)等。

相对于日本来说,国内学界对"物哀"的研究起步较晚。最早关注"物哀"概念是在20世纪80年代中期,国内翻译学界对"もののあはれ"这个概念如何翻译展开了研究与讨论。李芒在《"物のあわれ"的汉译探索》(1985)一文中,主张译为"感物兴叹";李树果的《也谈"物のあわれ"的汉译》(1986)将李芒的翻译更加简化为"感物"或"物感";赵乐珄在翻译铃木修次的《中国文学与日本文学》(1989)时则译为"愍物宗情"。此外,还有"人世的哀愁"、"物哀怜"、"幽情"、"物我交融"等译法。总之,这些翻译都是在理解"もののあはれ"含义的基础上做出的

解释性翻译。另外也有学者主张直接按照日文迻译为"物之哀"或者"物哀"的。陈泓在《也谈"物のあわれ"的译法》（1989）一文中就表示应该译为"物之哀"，赵青在《"もののあはれ"译法之我见》（1989）一文中也表达了同样的看法。总体来说，这一时期仍处于翻译和介绍日本"物哀"的阶段，尚缺乏对"物哀"的研究，但是学者们积极地探讨了"物哀"的翻译问题，证明"物哀"已逐渐被国内学界重视。

　　自20世纪90年代至今，国内关于"物哀"的研究成果可谓硕果累累。据笔者调查，仅核心期刊上发表的与"物哀"相关的论文就有100余篇。观览了这百余篇论文，笔者在此将归纳、分析众家论述，汇集整理为以下四个方面：

　　第一，把"物哀"当作美学理念、美学范畴，阐释其文化内涵、审美特质以及意味结构。最早尝试阐发日本美学范畴的是邱紫华，他在《日本美学范畴的文化阐释》（2001）中，认为日本美学范畴具有形象性、象征性和情感性三大特征，并把美学范畴界定为两类：自然美范畴和艺术美范畴。其中，"物哀"就属于其艺术美范畴①内的。他认为"哀"是主体同外在世界情感互渗的情感表现，是一种复合型的复杂情感，而由"哀"到"物哀"是一个心物合一的发展过程，即丰富了原有的情感内涵。尽管他是基于黑格尔的《美学》将日本美学范畴界定为自然美范畴和艺术美范畴，但更进一步的层级划分和审美分析仍有不妥当之处。王向远在《日本的哀·物哀·知物哀——审美概念的形成流变及语义分析》（2012）一文中，梳理了哀、物哀、知物哀这三大审美概念形成演变的轨迹，并从语义分析的角度厘清了"哀"的概念意义、

---

① 　邱紫华的艺术美范畴包括：真实、物哀、禅悟、空寂和幽玄。

"物"的内容以及"知"的特点。他以美学的视角审视了"物哀"作为审美范畴的确立以及意义的生成,并将"知物哀"纳入审美活动分析。可以说,这种对"物哀"文学理念的美学阐释,是对历来仅围绕"物哀"或"知物哀"阐释其内涵的一种突破。

第二,从比较文学以及比较诗学的角度阐释"物哀"。其中具有代表性的是姜文清的《"物哀"与"物感"——中日文艺审美观念比较》(1997)和王向远的《中国的"感"、"感物"与日本的"哀"、"物哀"——审美感兴诸范畴的分析比较》(2014)。姜文清是国内学界首位将中国的"物感"与日本的"物哀"当作相似的审美观念进行比较的,打开了"物哀"与中国诗学渊源的视界。遗憾的是,该文关于二者内涵部分的分析论述较为简略,每个区别只是点到即止。而对这两个范畴做进一步对比研究的是王向远,他认为应当把二者的比较扩大到"感"、"感兴"、"感心"、"物感"、"感物"、"哀"、"物哀"等诸范畴领域,他从二者的哲学基础、思想背景、情感倾向、风格色彩等方面的异同进行了分析,论据充分,分析透彻,从其内在的审美内涵阐述了二者的相通与差异。除此以外,涉及"物哀"与中国美学范畴比较研究的还有周建萍的《"物哀"与"物感"——中日审美范畴之比较》(2004),孙德高的《周作人与"江户情趣"——兼与永井荷风比较》(2004)等。

第三,通过具体的文学作品分析"物哀"这一独特的审美意识是如何体现的。在日本所有的现当代作家中,以"物哀"解读川端康成的文学作品的论文数量最多。据粗略统计,百余篇论文中共有 37 篇是分析川端康成文学作品的,或者分析人物形象,如杨金玲的《川端康成笔下悲剧女主人公形象解读》(2015);或者探讨作品的审美特质,如张荣的《春空纸鹤若幻梦——解读川端康成小说的美学特征》(2010);或者站在文化的角度考察其作品与传统文化之间的关系,如李颖的《从〈古都〉看川端康成对日本民族文化的传承》(2015)等。

第四,通过探索日本的动漫、服饰、电影、绘画等艺术作品中的审美情趣,解读其中所体现的"物哀"的审美意识和审美取向。这一类的论文如李金梅的《物哀与幽玄——高畑勋动画电影的民族文化特质》(2016),陈川的《浅析和服图案中的自然崇拜》(2014),万柳的《百合现象与"物哀"文化——日本动漫文化精神新探》(2014),张琦的《日本江户时代"文人画"形成及表现特征》(2008)等。

与海量的论文相比,国内研究"物哀"的专著甚少。由叶渭渠和唐月梅两位先生合著的《物哀与幽玄》(2002)是我国第一部研究日本人审美意识的著作。本书对"物哀"做了全面深入地考察,作者把"物哀"划分为艺术美的形态,认为"物哀"是日本固有的审美范畴。他们不仅梳理了"哀"由最初的感叹词发展至"物哀"美学理念的内涵转变和概念升华的过程,而且最终将"物哀"的美学特征归纳为五点:1. 客观对象与主观感情一致而产生的一种美的情趣;2. 主体内在情绪交杂着哀伤、怜悯、同情、共鸣、爱怜等种种感动成分;3. 物哀的对象主要是人或者带有人格特征的自然物;4. 动之以情,面对不同的现实,以不同的形式使心灵感动;5. 以咏叹的形式表达。由此可见,二位先生着力于审美主体、审美对象以及审美理念的内涵考察。作为国内首次对"物哀"的审美解读,它为国内"物哀"的美学研究提供了宝贵的参考资料。姜文清的《东方古典美:中日传统审美意识比较》(2002)一书第五章("'物哀'论考")主要考察了中日学者对"物哀"的研究与认识。美中不足的是,本书在梳理日本学者对"物哀"的先行研究时,只涉及了和辻哲郎、渡部正一、吉川幸次郎等学者的著作,还有许多重要的参考文献均未涉及。除此以外,就是王向远编译的《日本物哀》(2010),这部译著选自本居宣长的四部著作。其中,《紫文要领》和《石上私淑言》是两部集中体现"物哀论"的代表作,前者为物语研究,后者为和歌研究;《初山踏》是一部阐述学术研究的基本理念与方法的小书;《玉胜间》是一部由一千多篇短文构成的学术随笔集,涉及多方面的问题。这部译著为我们展现了宣长"物哀论"的精髓,是研究日本"物哀"非常重要的参考书目。

纵观以上学术史的梳理,我们发现,国内外学界对"物哀"的研究主要集中于两大方面:一是对日本平安时代(794—1192)的文学名著《源氏物语》的语言学、文艺学以及美学的分析;二是对日本江户时代(1603—1868)国学家本居宣长的"物哀论"著作做文论、美学、比较诗学的阐释,或者基于国家、民族、理论立场对其局限性进行批判。然而,我们对研究资料的考证分析以及对日本自《古事记》至近现代的经典作品的细读之后,发现"物哀"作为日本民族的美学是贯穿整个日本文学史的。它不仅集中体现于平安时代的物语文学以及江户时代的本居宣长"物哀论"中,在长达近五百年的中世①(1192—1603)时期也一直是日本民族的精神底流,并且随着武士政权的兴起和佛教日本化的进程逐渐发生着变化。长期以来,这一点一直为学界所忽略,因此,这将是本书中重点厘清的问题之一。

由于本居宣长是以"物哀"来阐释《源氏物语》的首倡者,因此许多研究者将他的理论阐释作为权威。但是,我们发现《源氏物语》中的"物哀"是以当时的佛教思想背景为根基的,尤其与佛教的"无常"密切

---

① 日本的镰仓时代、室町时代合称中世。

相关；而本居宣长提出的"物哀论"从一开始就撇清了"物哀"与佛教之间的关联，他是着重从"人情"的角度阐释"物哀"的，因此，我们可以说本居宣长"物哀论"的内涵在一定程度上与《源氏物语》的"物哀"产生了偏差。基于这一问题的发现，我们将着重考察江户时代背景下，本居宣长基于怎样的立场和动机提出了"物哀论"，他是通过怎样的方法将"物哀论"确立为具有日本特质的文学理论，"物哀论"与近世文论中普遍存在的"人情"文学观，以及近世文学当中的"物哀"色彩有怎样的关联。依此，我们试图解决以上所说的"偏差"，这也是本书将要重点探讨的第二个问题。

众所周知，日本在明治维新以后大量引进和吸收了西方的思想和文化。与平安时代吸收中国思想和文化的方式相同，他们保留了"日本式吸收法"，即有选择地吸收对自身有益的方面，同时也注重保留传统文化的精髓。"物哀"也作为传统被保留下来，这也是为什么直至当今的日本文学、电影、服饰、自然景观等仍保留着"物哀"影子的原因。但不可忽视的一点是，西方在近现代的文学思潮以及诗学理论更迭迅速，并且如潮水般地涌入日本文坛，如何恰当地处理传统与现代、东方与西方的结合问题是困扰每一位日本近现代作家的问题。在这样的背景下，"物哀"又是如何传承和发展的呢？由先行研究可见，日本第一位诺贝尔文学奖获得者川端康成是众多研究者考察近现代"物哀"的对象，当然这是毋庸置疑的。但是我们认为，近现代日本文学流派是多元化的，不同流派对于日本传统与西方现代相结合的思考也呈现出多元化的趋势，因此"物哀"也不是单一的，而是多元化发展的。就这一点而言，学界的关注度和挖掘的深度还不够，因此本课题研究将在前人基础上进一步拓展，选择三位有代表性的近现代作家——谷崎润一郎、川端康成以及三岛由纪夫,细读他们的文学作品,试图阐释他们在处理传统与现代、东方与西方相结合的问题时,如何呈现出不同的"物哀"之美。这将是本书重点研究的第三个问题。

日本民族是一个重感性轻理性、重感受轻理智的民族,他们不擅长逻辑思维和理论总结,而善于表达纤细微妙的感受。因此,连他们的理论表述也往往是感受性的,除了我们的研究对象"物哀"以外,日本美学的核心范畴如"幽玄"、"风雅"、"空寂"(わび)、"闲寂"(さび)等都是如此。我们考察"物哀",不能忽视它的感性色彩。感性千变万化,历史、地理、社会、文化等种种因素都有可能影响它。"物哀"随着时代与社会等的变化,必然呈现不同的形态与内涵,但文化的传承与变迁又使不同形态之间有着某种内在的关联,有重复、有交错、亦有变形。这就是为什么当学者们在谈及"物哀"时,樱花、光源氏、武士、情死净琉璃、驹子、死亡等不同的人物形象、自然意象都成了阐释"物哀"美的对象。

由此可见,考察"物哀"在不同时代的形态与内涵的变迁以及曲折反复是有重要意义的。为了能够动态地呈现"物哀"的逻辑发展以及不同发展阶段的内涵变化,本书将按照范畴发展的逻辑顺序来安排整个结构,具体到各个不同的发展阶段,细化到文学作品的具体阐释中,再从文学作品反观文学理论,着手从细部揭示"物哀"曲折微妙的内涵变化。

通过对"物哀"美学范畴逻辑发展顺序的梳理,本书将其分为萌生、雏形、沉潜、确立、展开这五个阶段。全书分为五章。

第一章追溯日本最早的"物哀"理论表述与中国古代文论的渊源,通过比较《古今和歌集》的《假名序》、《真名序》与《诗大序》、《诗品序》

揭示物感说与"物哀"的理论关联,阐明日本古代文学中"感物"意识的由来,分析日本上古文学中所谓"物哀"的具体内涵,探讨直接影响中日文论关联的"もののあはれ"(即"物哀")的汉译问题。

第二章研究"物哀"的雏形阶段,阐明其内涵为消极的"无常感"。从紫式部的物语理论批判出发,深入到《源氏物语》的文本分析之中,结合平安时代的政治、平安贵族的生活以及作品的佛教思想背景,具体从自然审美、人生审美、社会审美以及死亡审美四个方面来阐释"物哀",最后总结阐释"物哀"与"无常"的内在关联。

第三章研究"物哀"的沉潜阶段,阐明其在整个中世经历了由飞花落叶的佛教领悟至武士道德的殉死之美的历程。分析西行、吉田兼好的隐士文学,阐明其"物哀"由"消极的无常感"上升至"积极的无常观";梳理中世和歌"幽玄"理论,厘清"物哀"在藤原基俊、藤原俊成、鸭长明以及藤原定家等的和歌理论中的形态;结合禅宗思想与武士道精神,分析《平家物语》中的"物哀",揭示其"殉死之美"的内涵。

第四章论述"物哀论"的确立阶段,论证本居宣长提出该理论的根本宗旨在于礼赞自然人情。在梳理宣长"物哀"论的理论框架的基础上,从文学与政治、"物哀"与"好色"的关联上揭示他的隐秘动机,再从美学话语的角度切入,阐明宣长如何运用语音中心主义理论将假名(もののあはれ)置于汉字(物哀)之上而完成其话语建构的,接着梳理这一时期各个文学领域的"人情"文学观,从而揭示宣长"物哀"论的"人情"本质。

第五章阐释近现代"物哀"美学的展开以及在作家作品中的多元化呈现。通过对日本近现代的美学家和文艺理论家大西克礼、杉田昌彦、百川敬仁、丸山真男等论著的分析,阐明"物哀"美学在近现代的多元理论形态。接着从近现代作家中选出具有代表性的三位作家:谷崎润一郎、川端康成以及三岛由纪夫,重点阐释他们文学作品中各不相同的"物哀"内涵,以展现日本近现代作家在传承"物哀"美学时,在对传统的理解、对西方的接受、对东西方文化的结合等多方面都呈现出不同的特征。

为了以上的内容能够得到清晰地论证,本书将要采用多学科交叉的研究方法,其中最为重要的是以下几种。首先,文艺美学方法。"物哀"是日本美学的重要范畴,而美学范畴最终是要通过具体的文学作品体现出来,由于"物哀"本身的感受性特征,本书中将要出现大量的文本分析。我们将运用文艺美学的方法具体分析文本的语言艺术、叙事手法以及表现内容等,这样的理论研究方法更符合日本文学以及美学的特征,同时也使整个理论研究更加丰满。其次,比较诗学方法。"物哀"是日本美学的核心范畴,但它与中国古代文论有着不可分割的密切关联,同时,在西方现代美学的影响下又呈现了新的面貌。因此,审视"物哀",不可局限于日本这一单一语境,而是要横跨中国、日本以及西方这三种不同的语境,高屋建瓴地考察。只有从比较诗学的立场出发,才能更清楚地辨识"物哀"所具有的日本独特的审美特质。第三,话语分析方法。"物哀"一词是由日语的"もののあはれ"翻译过来的,该词在日文表记法中也可写作日本汉字"物の哀",但在关于"物哀"的日文研究论著中均以假名的"もののあはれ"来表示,而不是汉字的"物の哀"。因此,我们通过融入话语分析的方法更能接近日本文献中该范畴的美学内涵,从而减少中国读者通过汉字字面理解该词产生的误解。最后，文学社会学研究方法。文学文本具有独立自足的审美意义，但在一定程度上它也是社会的反映。"物哀"美学与生存于社会中的日本民族的情感和感受密切相关，因此，社会学的角度也为审视"物哀"提供了重要的视角。

第一章

感物心动：「物哀」的萌生

众所周知,日本文学和文论是在受到中国古代文学和文论的影响下逐渐形成和发展起来的。随着对中国文论的模仿、借鉴、吸收和改造,逐渐形成具有日本特色的文学和文论。日本"物哀"理论的形成过程同样符合这一特征,尤其在其萌芽阶段,基本上是中国古代"物感说"理论的翻版与祖述。

第一节　"物哀"论的中国古代文论渊源

一般认为,日本古代文论的形成和发展经历了对中国古代文论的照搬、套用、活用以及创新的过程。日本文论起源于"诗论",即关于汉诗的理论。汉诗的创作在日本有文字记载的文学史以来,一直被视为"正统的文学";而渊源于咒语和祝词的和歌,在平安时代尚未编写敕撰和歌集(《古今和歌集》)之前,一直处于"私人文学"的地位。因此,汉诗理论理所当然地被视为正统的文学理论。日本汉诗的创作高潮主要赖于自公元7世纪起日本派遣唐使来中国学习,汉诗著作以及与诗论相关的著名典籍陆续传入日本。随着当时日本贵族和僧侣阶层对汉诗学习热情的高涨,诗文的写作技巧、声韵、格律等与作诗相关的理论逐渐成为有学问者探讨的对象。所以,曾留学中国两年的学问僧空海大师(774—835)选用中国诗论编写而成的《文镜秘府论》(820)在日本颇受汉诗学习者的欢迎。作为日本第一部诗论著作,他着重论述了汉诗的作诗技巧、声韵、音律等语言形式方面的内容,既迎合了汉诗学习者的学习需求,又决定了日本诗论选题的价值取向。值得注意的是,中国诗论极为重视的文以载道的文学功用论并未进入空海的视野。

中国诗论多以"序"的方式写于诗歌集前,以文学为政治服务的文学功用论为主要内容。日本文学史上最著名的几部汉诗集《怀风藻》(752)、《凌云集》(814)、《经国集》(827)也分别以"序"的形式写成,其内容也与中国儒家诗论一脉相承,如"调风化俗,莫尚于文;润德光身,孰先于学"(《怀风藻序》),"故文章者,所以宣上下之象,明人伦之叙,穷理尽性,以究万物之宜者也。且文质彬彬,然后君子。"(《经国集序》)这几部诗论是日本最早的汉诗论,是日本学者学习和模仿中国诗论的结果。

和歌,又名"倭歌",是日本固有的民族诗歌的总称,假名文字诞生之前,在日本文学史上一直处于非正统地位。随着民族意识的觉醒,日本企图将和歌提高到与汉诗平等的地位。和歌文学本身的创作已经经历了漫长的历史过程,但仍缺乏关于理论批评和鉴赏的著作。于是在强烈的寻求对等的意识下,日本诗论家尝试借用中国诗论鉴赏日本和歌并建构出最早的一批和歌理论。首部歌论著作《歌经标式》(772)为藤原浜成奉敕所作,他主要从中国六朝诗论中引进"诗病"、"声韵"、"诗体"等概念,将"诗"换为"歌",提出和歌中存在七种"歌病",并详细论述了语言修辞学层面上的歌体、声韵以及表现技巧等方面的问题。他把诗论中的文学功用论引入歌论中,认为和歌同样能够承载"动"、"感"、"慰"等社会教化作用。从诗论中重要的"情志"范畴中受到启发,提出"心"、"词"等属于和歌的理论范畴。总的来说,《歌经标式》的尝试是成功的,他充分吸收了中国诗论的美学思想,同时考虑到和歌本身的特质,创作出第一部属于日本歌学体系的理论著作。紧随其后的《喜撰式》、《孙姬式》、《石见女式》基本都是相似的歌学论著,模仿汉诗的音韵学理论考量和歌的语言、修辞、形态、表现等,逐渐细化并规范了和歌的鉴赏和批评模式。

公元 10 世纪初敕撰和歌集《古今和歌集》(905)的编撰,标志着和歌一跃成为能够荣登大雅之堂的文学,宣告与汉诗的同等地位。因此,著名歌人纪贯之为其所写的两篇序言《真名序》与《假名序》的重要性不能小觑,尤其是《假名序》,作为第一篇用日文写成的和歌理论,意义重大。一般认为,两序模仿《诗大序》所作,论及了和歌的定义、功能、内容、形式、风格、历史以及编撰问题等。由于《真名序》使用汉语表述,在"述志为本"的诗学取向上主要沿用了中国诗论的传统,具体到和歌题材的分类等方面也是直接借用《诗大序》的"诗有六义",直接改为"歌有六义",即"风雅颂赋比兴"。与前述最早的一批和歌理论相比,它没有停留在音韵学的单一语言形式层面,而是丰富了和歌本质论、功能论、风格论等文学性层面的批评与鉴赏。这一点在以日文书写的《假名序》中体现更为突出,它用日语对《真名序》的内容做了解释性的翻译,其中把和歌的六种样式分别译为そへ歌(风歌)、かぞへ歌(数歌)、なずらへ歌(准歌)、たとへ歌(喻歌)、ただこと歌(正言歌)、いはひ歌(祝歌)①,依次对应中国诗论中的风、赋、比、兴、雅、颂,很显然是在不脱离汉诗分类标准的基础上,从和歌中总结出相似的类型——对应之,均为纪贯之有意识地做出的日文式的解释,其中不乏出入。两序在品鉴六歌仙的和歌风格时,分别使用了心(こころ)、词(ことば)、情(なさけ)、艳(えん)、诚(まこと)、哀(あはれ)等范畴,这是在延续了《歌经标式》等最早的一批和歌批评术语中的"心、词"之后,又生发了"情、艳、诚、哀"等批评术语,这在歌学高度发达的中世,成了重要的歌学理论范畴。值得注意的是,这是"物哀"(あはれ)最早作为歌学范畴出现在和歌理论著作中。另外,《假名序》开篇言道:"倭歌,以人心为种,由万语千言而成,人生在世,诸事繁杂,心有所思,眼有所见,耳有所闻,必有所言。"②这被认为是"物哀"理论的原型。追根溯源,它与中国诗论中的《诗大序》、《诗品序》等理论著作有着不可割裂的渊源,但与此同时,《假名序》寻求民族独立的意识我们也不能忽视。首先,追溯和歌产生的源头,"此歌始于天地开辟之时。传之于世者,天上之歌,始于天界之下照姬。地上之歌,始于素盏鸣尊。"③下照姬和素盏鸣尊是两位天神,和歌的产生源于天界天神,这奠定了和歌的神圣地位。其次,颠倒中国诗论与日本歌学的渊源关系:"和歌样式计

---

① (日)纪贯之:《古今和歌集 日本古典文学大系 8》,佐伯梅友校注,東京:岩波書店出版社,1958 年,第 95—96 页。

② (日)纪贯之:《古今和歌集假名序》,见《日本古代诗学汇译上卷》,王向远译,北京:昆仑出版社,2014 年,第 78 页。

③ (日)纪贯之:《古今和歌集假名序》,见《日本古代诗学汇译上卷》,王向远译,北京:昆仑出版社,2014 年,第 78 页。

有六种,唐诗中亦应有之。"①"诗有六义"原本是中国诗论的提法,在此似乎是在表明唐诗的六义来源于和歌,显示出为追求独立性而篡改历史真相的急迫和鲁莽。第三,将和歌不能荣登大雅之堂的罪责归咎于汉诗,认为世人"人心尚虚,不求由花得果,但求虚饰之歌、梦幻之言"②,批判汉诗的虚饰和梦幻,由于汉诗地位的强大,使和歌自诞生之日起一直式微。歌人在此表现出对汉诗强烈的批判意识和对抗意识,目的都是为了证明和歌永恒不变的地位。因此,自《假名序》起,日本歌学沿着自觉摆脱中国诗论的路线继续发展下去,"物哀"理论亦在其发展过程中呈现出不同的形态。

平安时代中期,壬生忠岑的《和歌体十种》(945)参照中国唐朝崔融的《新定格诗》中诗十体的划分标准,结合日本式的表达,将和歌划分为以"高情体"、"余情体"为代表的十种歌体。其中解释"高情体"内涵的"幽玄"后来成为中世歌学理论的最高境界。强调弦外之音的"余情"亦成为歌论的重要概念之一。紧随其后的藤原公任在《新撰髓脑》(1041)和《和歌九品》(1009)中提出了三个重要的歌学范畴"心"、"词"、"姿",明确指出和歌要"心深姿清",若二者不能兼顾,则"应以心为要","假若心不能深,亦须有姿之美也"③;用词方面,需要选择优雅的语言,避免词汇重复、意义重复,若一定重复必须立意佳。在排列和

---

① (日)纪贯之:《古今和歌集假名序》,见《日本古代诗学汇译上卷》,王向远译,北京:昆仑出版社,2014年,第79页。

② (日)纪贯之:《古今和歌集假名序》,见《日本古代诗学汇译上卷》,王向远译,北京:昆仑出版社,2014年,第80页。

③ (日)藤原公任:《新撰髓脑》,见《日本古代诗学汇译上卷》,王向远译,北京:昆仑出版社,2014年,第96页。

歌的品级中,将"用词神妙,心有余也"①列为上品上,重点强调以"物哀"美感为核心的"余心"成为歌学理论的重要原型之一。

中世的歌论以"幽玄"为核心,涉及了语言形式、思想情感、创作技巧、审美风格以及诗歌品鉴等各个方面,赛歌会上的和歌判词成为这一时期主要的和歌理论形式。藤原基俊的幽玄论主要与"余情"、"余韵"紧密相关,其中"物哀"的情感与其他如"艳"的情调交织互融,形成复合的情调共同通往幽玄之境。藤原俊成作为中世和歌幽玄理论的集大成者,他明确指出"物哀"是构成幽玄美的重要因素之一,幽玄本身是一种情调的复合状态,只有"物哀"的极致状态才能称为幽玄。俊成从心、词、姿、歌体等多个角度对和歌做了"幽玄"的评价,其中"心幽玄"是其幽玄论的重要特色,他在《古来风体抄》中以"余情幽玄"释之,即一种包含朦胧和悲哀的余情余韵之美。他的这种歌学思想源于佛教无常观,因为身处贵族没落的平安时代末期,作为歌学主力的贵族阶级深感世事无常、人生无常,由此将这种情感表现在和歌之中,凝结成了绵长而深沉的幽玄美。及至晚年,念佛入道的俊成更深刻地了悟世界与生命,认为歌道的本质在于"物哀"。

藤原定家在和歌创作与理论方面都深受其父俊成的影响,他进一步深化了"幽玄"论中"心"的方面,提出著名的"有心论"。认为和歌美的最高境界在于"有心",若无法兼顾心、词,则宁可缺"词"也不可乏"心"。在赛歌判词中,他常使用"哀"、"物哀"作为和歌评语,足见"物哀"是其和歌理论的重要组成部分。在《每月抄》中他指出:"要知道和

---

① (日)藤原公任:《和歌九品》,见《日本古代诗学汇译上卷》,王向远译,北京:昆仑出版社,2014 年,第 102 页。

歌是日本独特的东西,先哲的许多著作都提到和歌应该吟咏得优美而'物哀',不管什么样可怕的东西,一旦咏进和歌,听起来便会优美动人。"①在他的"有心"论体系中,"物哀"既是构成其余情根底之重要情愫,又是其浪漫感伤性的表征。

鸭长明在《无名秘抄》中以"不显于文辞之余情,不现于姿之景气"②解释"幽玄",他认为好的和歌应该是"余情笼于内,景气浮于空"③。所谓"余情",即情感超出语言有限的语意范围,酝酿出余韵,感动人心,令人回味无穷。对他所举用例仔细体味,可知他的"余情"正是"物哀",同时也是"幽玄"。

至此,日本和歌理论完成了与中国诗论的分离与蜕变,形成了心、词、姿、余情、幽玄、有心等和歌理论范畴。"物哀"诞生于日本歌论企图脱离中国诗论的《古今和歌集·假名序》中,由用于解释和歌诞生的日文理论话语而来,其本质是中国诗论理论话语的翻译转换。伴随着"心"在和歌理论发展过程中主体地位的逐渐突显,"物哀"得以融入"幽玄"、"余情"、"有心"等中世各时期的歌论范畴,在不同的歌论家理论中呈现不同的形态,并占据着重要的理论地位。

以上呈现的是"物哀"在日本和歌理论的发展进程中形成的轨迹,它的另一条轨迹位于日本的物语论中。物语,是日本古典散文文学的

---

① （日）藤原定家:《每月抄》,见《日本古代诗学汇译上卷》,王向远译,北京:昆仑出版社,2014年,第176页。

② 李东军:《幽玄研究 中国古代诗学视域下的日本中世文学》,长春:吉林大学出版社,2008年,第39页。

③ 李东军:《幽玄研究 中国古代诗学视域下的日本中世文学》,长春:吉林大学出版社,2008年,第35页。

一种重要题材,它诞生于日本民族摆脱中国文化影响转而创造本民族之"国风文化"的时期,假名文字的创造激发了作家表达本民族思想和感情的创作欲望。公元 11 世纪初由紫式部创作的《源氏物语》抵达了物语文学的巅峰状态,并在第二十五回"萤之卷"中以人物对话的方式深入探讨了物语,是为物语论的滥觞。紫式部指出创作物语的动机就在于将自我内心深感"物哀"、有情趣的事写下来与他人分享;而欣赏物语的情趣就在于从这些虚构的故事中发现"物哀"的妙趣,为那些真实感人的情愫深深感动。紫式部的"物哀"论颇为朴素,从其形式上来看,只能认为是类理论,但从中体现出的虚实结合的思想在当时颇有见地,另外,她对抒发和理解人之自然情感在物语文学中的重要地位的强调,直接成为后世本居宣长"物哀"论的重要参照。

自紫式部之后,直至 12 世纪末才出现了一部对话体的物语理论著作《无名草子》,品鉴了以《源氏物语》为代表的平安王朝物语,由于佛教思想在整个中世时期极为重要的意识形态地位,该著作基本上依此标准品评了人物形象的善恶好坏,颇有劝善惩恶的教诫意味。由于物语文学多为宫廷女官执笔,多供贵族女性消遣娱乐,与汉文学以及和歌等贵族男性文学相比,难登大雅之堂,所以在随后的很长一段历史时期中,只有物语文学的创作,而没有物语理论著作的出现。直至以儒学为思想意识形态主导地位的近世,物语文学才又重新被置于批评对象的位置。18 世纪安藤为章的《紫家七论》以儒家文论的"劝善惩恶"说为根基,从文学社会学的角度批判性地分析了《源氏物语》中的人物形象和主题思想,并以"发愤著书"①说阐释了紫式部的创作动机。

文学理论的对峙实际上是意识形态对峙的派生物。日本近世的复古国学掀起了对抗儒佛等外来文化,返回日本固有文化的社会思潮。具体在文学领域,就是对日本古代文学作品的重新阐释,首位开拓者就是契冲的《源注拾遗》(1696)。紧随其后的就是本居宣长提出的具有划时代意义的"物哀"论,他在日本的物语理论历史上第一次鲜明地以"物哀"为视角阐释《源氏物语》。在《紫文要领》中,宣长首次指出站在儒佛教诫立场上阐释《源氏物语》的错误性,他延续了紫式部物语论观点,认为物语文学只是作者把内心深受感动的事写出来与读者分享,以寻求他者的共鸣,是为"物哀";而读者从物语文学中消愁解闷,对文学中的人物事件感同身受,产生共感,是为"知物哀"。本居宣长的"物哀"论实际上是对日本自古以来就有、却经久未变的一种自然人性人情的肯定,无论是高兴、愉悦、有趣、哀愁、悲伤、思恋、幽怨等何种情感,只要它们能够引发同情和共鸣,从而有利于日本整个共同体社会的稳固,就应该被肯定。他还表明,"好色"是人情之中最能够令人感到刻骨铭心的情感,包括乱伦、私通等多种不伦之恋。我们认为,"好色"是在人类进入文明社会之后依然无法抑制自然原始的性欲冲动,认可它并自然而然地呈现出来的一种情感状态。这种情感状态可以追溯到日本文艺思潮诞生的起始点"诚(まこと)",对于自然原欲的肯定被认为是真诚的体现。由此可见,日本人的情感与中国不同,他

---

① (日)本居宣長:《源氏物語玉の小櫛——もののあわれ論》,山口志義夫訳,東京:多摩通信社,2013年,第166页。

们把原始的性欲冲动和情感抒发冠以"诚"加以尊重和保护,而中国"乐而不淫,哀而不伤"的儒家美学原则从一开始就要求克制情感,尤其是违背伦理道德的情感更要予以克制。宣长对"好色"的肯定实则是对日本传统美学原则的认同和传承,同时也是以极端的事例论证他的自然人性人情论。总的来说,宣长通过对《源氏物语》的全新阐释,摆脱了中国儒家劝善惩恶文论的影响,完成了日本物语理论史上标举民族独立性的物语论,建构了物语文学的重要理论体系——"物哀"论。

综上所述,日本"物哀"在文学理论领域主要横跨和歌论与物语论两个领域。日本和歌理论是在中国诗论的直接影响下,经历了翻译解释原理论话语、改造生成新的理论范畴、创造性地解释和阐发等阶段,逐渐发展壮大,形成中世歌论的庞大体系。"物哀"伴随着和歌文学的创作以及歌论的形成和发展,经历了由和歌文学中的语言到和歌判词中的批评术语再到歌学理论体系的重要组成部分,最后被本居宣长确立为和歌论的本体论范畴。日本物语理论发展的历史正值日本在思想层面受外国文化主导的时期,加之物语体裁不受重视,自12—18世纪长达600年时间,几部有限的物语论均以儒家或佛家思想为依据批判《源氏物语》。18世纪复古国学家本居宣长正式确立"物哀"论为物语论的本体论,开辟了物语文学乃至日本文学、文论的新时代。

第二节　"物哀"论的原型

一、"物哀"论与和歌的产生

日本文学中的"物哀"①，日文写作"もののあはれ"②，是由"物（もの）"与"哀（あはれ）"两个词素结合构成，作为偏正词组，其词根是"あはれ"。"あはれ"一词据说是由"ああ、はれ"③这两个表示感动的词语结合衍变而来，故"哀"最基本的意思是表示感动。它与汉语中表示悲痛、可怜、悲哀含义的"哀"有所不同。据《和歌大辞典》的解释，"あはれ"的情感内容一般包括赞叹、感动、亲爱、同情、共感、爱惜、哀伤等，在该词尚未语言化专指特定的感情之前，它用于指由身体深处涌现而出的多种情感，诸如喜怒哀乐等。④"物哀"，简言之，是对客观存在的万事万物的感怀，"哀"是"物哀"的最初形态。

"物哀"一词的最早用例见于纪贯之的《土佐日记》。他写道："船

---

① 该词在日语中有相应的日文汉字，即"物哀"，但在日本的文学研究著作以及论文中表记该词多以假名表示，若运用解释翻译法，该词相当于中国古代文论中的"物感"、"感物"、"感物兴叹"、"心物交融"、"憨物宗情"、"幽情"等。由于国内学界约定俗成地采用了迻译的方法，故本文亦采纳之。

② 读作 mononoaware。

③ 日语中的"ああ"可译为中文"啊"，而"はれ"可译为"哎呦"。

④ （日）犬養廉：《和歌大辞典》，东京：明治书院，1986 年。

夫却不懂得这物哀之情，自己猛劲喝干酒，执意快开船。"①这首和歌写国司兄弟赶来鹿儿崎渡口为纪贯之送行，双方依依惜别，情不自禁地互赠和歌以表达不舍之念，"依依不舍君欲行，成群苇鸭来送行。""见君心意深似海，撑杆插水不到底。"②正当纪贯之在与兄弟们互相表达不舍之意的时候，船夫粗鲁的吆喝声打破了文人之间的诗情雅趣。萩谷朴对此解释道："纪贯之亲临此景，脑海中定然浮现出李白《赠汪伦》的诗句：'李白乘舟将欲行，忽闻岸上踏歌声。桃花潭水深千尺，不及汪伦送我情。'"③船夫不懂得文人之间的风雅，因此认为他粗鄙无情趣。由此可见，"物哀"最早用于指懂得诗情雅趣的修养。

"物哀"最早的理论表述是《假名序》开篇的一段话：

　　やまと歌は、人の心を種として、よろづの言の葉とぞなりける。世中にある人、ことわざしげきものなれば、心におもふことを、見るもの、きくものにつけて、いひだせるなり。花になくうぐひす、みづにすむかはづのこゑをきけば、いきとしいけるもの、いづれかうたをよまざりける。ちからをもいれずして、あめつちを動かし、めに見えぬ鬼神をも、あはれとおもはせ、おとこ女のなかをもやはらげ、

① 转引自姜文清：《东方古典美：中日传统审美意识比较》，北京：中国社会科学出版社，2002年，第91页。
② 郑民钦：《和歌美学》，银川：宁夏人民出版社，2008年，第50页。
③ （日）纪贯之：《土佐日記全注釈》，萩谷朴注釈，東京：角川書店，1967年，第524页。

たけきもののふのこころをもなぐさむるは、歌なり。①

　　译文：倭歌，以人心为种，由万语千言而成，人生在世，诸
事繁杂，心有所思，眼有所见，耳有所闻，必有所言。聆听莺
鸣花间，蛙鸣池畔，生生万物，付诸歌咏。不待人力，斗转星
移，鬼神无形，亦有哀怨。男女柔情，可慰赳赳武夫。此乃
歌也。②

　　一般认为，《假名序》中关于和歌定义的阐述是"物哀"理论的原
型。我们从以上引文能够看出，"物哀"与和歌产生的理论密切相关。
首先，"心"与"词"二者融合为一才能产生和歌。如前所述，"心"、"词"
最早是由藤原浜成等日本第一批歌论家确立的歌论范畴，在此书写于
第一部日文歌论书中意义非凡，标志着这一组对立统一的范畴成为探
讨和歌的范畴原型。其次，"心"是和歌创作的根基，但仅有"心"不能
直接形成"词"，必须要接触存在于世间的"诸事"，通过视觉和听觉感
知它们，并经过内心的感受和反思过程之后，才能够转变为语言。这
一"人心触物→感知反思→转为语言→形成和歌"的和歌产生的过程
即"物哀"。"物"对应的是"诸事繁杂"，即个人的所见、所闻；"哀"是人
心的活动，包括视听的感知以及内心的感受与反思；二者合为"物哀"
便是面对世间诸种繁杂之事，会因为所见所闻而内心有所触动。
　　具体而言，"诸事繁杂"包罗万象，可能包括生存于社会之中的人

---

① （日）纪贯之：《古今和歌集　日本古典文学大系 8》，佐伯梅友校注，東京：岩波书
　店出版社，1958 年，第 93 页。
② （日）纪贯之：《古今和歌集假名序》，见《日本古代诗学汇译上卷》，王向远译，北
　京：昆仑出版社，2014 年，第 78 页。

接触到的诸如公事、仪礼、生活琐事等各种繁杂的事件①,也可能包括能够感发所有人心动的社会生活事件②等。人心主要是受到他所生存的社会触发而咏歌,可见人的社会生活与咏歌息息相关。换言之,和歌不是单纯的语言游戏的产物,不是以语言技巧的活用为目的,而是来源于人们对生活的感受和体验。因此,莺歌蛙鸣等与人们的生活息息相关的自然万物都能成为和歌的内容。这样产生的和歌无须凭借人的力量就能够震撼天地、感动鬼神、缓和恋人的关系、安慰勇猛武士的内心。

那么,和歌凭借什么力量而具有如此大的功用呢? 答案还要从日本人自古以来的"言灵信仰"中寻找。人们相信语言中蕴含着内在生命和神秘的感召力,于是通过咒语和祝词与神灵交流,祈求安产、丰收、祛病、免灾等生活愿望的达成。而咒语和祝词是日本和歌最早的原型。所以,和歌中蕴含的巨大的类似超自然的力量,主要来源于神灵。根据日本古老的神道信仰,日本古人相信宇宙之间的万事万物中都存在着神灵,人们生活于"万物皆灵"的自然界中,所吟咏的以人们的生活为素材的和歌就理所当然地被赋予了超自然的力量,因此也自然而然地具有感动天地、鬼神和人的神秘力量。同时,人心接触外物并为外物触动,根源在于外物之中蕴藏着具有神秘力量的神灵。由此看来,"物哀"表面上是人心接触外物而产生心灵触动的过程,实际上是以神道的万物有灵为背景下的人心与外物神秘交感的过程。无怪乎日本学者太田水穗要说,平安朝初期的"物哀","属于一种更深层次

---

① (日)窪田空穂:《古今和歌集詳釈》,東京:東京堂,1960 年,第 14 页。
② (日)片桐洋一:《古今和歌集全詳釈》,東京:講談社,1998 年,第 21 页。

的心理活动,这种心理活动最初就是一种宗教信仰的萌发。"①由此我们认为,"物哀"的萌生与日本固有的神道信仰——万物有灵论密切相关,同时也建立在对和歌那种不可思议的神奇力量的信仰之上。

标志着"物哀"成为和歌理论的最早依据,是"哀"作为和歌的批评术语出现在《假名序》中。其中对于六歌仙之一的小野小町的评语是:"をののこまちは、いにしへのそとほりひえの流なり。あはれなるやうにて、つよからず。"②(译文:小野小町之和歌,属古代衣通姬之流,多有哀怨,缠绵悱恻,写高贵女子之苦恼。惟因纤弱,方为女子之歌也。③)此处的"哀"很显然是指和歌之中哀愁、幽怨的情感基调,这更接近于平安中期《源氏物语》中的"物哀"内涵。以她的一首和歌为例:

思ひつつ 寝ればや人の 見えつらむ 夢と知りせば 覚めざらましを④(恋歌二 552)

译文:念久终沉睡,所思入梦频,早知原是梦,不作醒来人。⑤

_____

① (日)太田水穗:《古今集の恋歌》,《古今和歌集研究集成》(第一卷),東京:風間書房,2004 年,第 158 页。

② (日)紀貫之:《日本古典文学大系 古今和歌集》,佐伯梅友校注,東京:岩波書店出版社,1958 年,第 101 页。

③ (日)紀貫之:《古今和歌集假名序》,见《日本古代诗学汇译上卷》,王向远译,北京:昆仑出版社,2014 年,第 82 页。

④ (日)紀貫之:《古今和歌集 日本古典文学大系 8》,佐伯梅友校注,東京:岩波书店出版社,1958 年,第 213 页。

⑤ (日)紀貫之:《古今和歌集》,杨烈译,上海:复旦大学出版社,1983 年,第 114 页。

从睡梦中醒来才发现，与佳人的相遇不是现实而是虚幻。我们从这首恋歌中看到了作者将爱情寄托于虚幻梦境的懊恼和遗憾，对美好爱情的期许即使在梦中都能够体会到它的甘美，然而梦醒后发现那只是梦，现实之中并不存在这样的爱情。人终会从梦境中醒来，明知现实如何但仍难免遗憾，想回到虚境重遇梦中的他。遗憾、失落、哀愁的情感洋溢于和歌之中，倍感寂寞的小野小町的形象亦历历在目，孤独感构成了她的“物哀”抒发。

二、“志·言·诗”与“心·词·歌”

如前所述，《假名序》是由《真名序》翻译而作，而《真名序》则是模仿中国诗论《诗大序》所作。以上关于“物哀”的论说部分在这几部诗论著作中分别表示如下：

> 夫和歌者，托其根于心地，发其花于词林者也。人之在世，不能无为。思虑易迁，哀乐相变。感生于志，咏形于言。是以逸者其词乐，怨者吟其悲，可以述怀，可以发愤。动天地，感鬼神，化人伦，和夫妇，莫宜于和歌。[①]（《真名序》）
>
> 诗者，志之所之也，在心为志，发言为诗。情动于中而形于言，言之不足故嗟叹之，嗟叹之不足故永歌之，永歌之不

[①] （日）纪贯之：《古今和歌集　日本古典文学大系 8》，佐伯梅友校注，東京：岩波书店出版社，1958 年，第 335 页。

足,不知手之舞之,足之蹈之也。情发于声,声成文谓之音。治世之音安以乐,其政和;乱世之音怨以怒,其政乖;亡国之音哀以思,其民困。故正得失,动天地,感鬼神,莫近于诗。先王以是经夫妇,成孝敬,厚人伦,美教化,移风俗。(《诗大序》)[1]

很显然,《真名序》从语句结构到论述内容,都与《诗大序》极其接近。首先,《诗大序》表明,人心中的"志"与由此发出的"言"结合而形成"诗"。"志"在中国古代诗论的语境中与诗人的政治理想、抱负密不可分。孔颖达在《毛诗正义》中将"志"解释为"感物而动,乃呼为志"[2],是说受到外物的触动而产生内心的想法或情感。结合《诗大序》的上下文我们可以看出,"志"主要强调的是诗人内心对社会中存在的人、物、事的情感和观点。"情动于中而形于言",情感在内心涌动之后表现为语言,语言的形成也经历了声—文—音这三个阶段。情感的表达不是随意地抒发,而是要按照宫商角徵羽的韵律和节奏,符合礼仪地表现出来,谓之诗。《真名序》则沿用前人总结的歌论二范畴"心"与"词",分别比喻为植物的根与花,强调"心"的根基作用,主张二者缺一不可、共同结合形成和歌。《真名序》基本上是模仿《诗大序》为和歌下了定义,所不同的是"心"与"志"的内涵。日本人对"心"的理解是心情、感情、心绪,也就是人生活在社会之中会产生的喜怒哀乐等诸

---

① 郭绍虞、王文生编:《中国历代文论选》(第一册),上海:上海古籍出版社,2001年,第63页。
② (汉)毛亨传、郑玄笺、(唐)孔颖达疏:《毛诗正义》,龚抗云等整理,北京大学出版社,1999年,第6页。

种情感。它与"志"的根本区别在于"不面向政治"，《诗大序》中的"志"最终体现在治世之音、乱世之音、亡国之音等与国家政治统治的相关层面，而《真名序》中省去了"治世之音安以乐，其政和；乱世之音怨以怒，其政乖；亡国之音哀以思，其民困"的关于和歌与政治之间反映关系的论述，说明"心"并不为政治服务。因此，《真名序》后面又接着说"感生于志"，其中的"志"与《诗大序》的不同，而是更接近于"心"。其次，《诗大序》谈诗可以正得失、感天地、动鬼神等社会政教功用，这些功能的缘由在于诗本身是政治、社会状况的反映。而《真名序》也同样谈到和歌具有这些功用，但我们并不能从论述中找到其根源，因为它舍弃了文学社会反映论的叙述。从其叙述本身来看，和歌的功用具有神秘色彩。而这一点，在《假名序》中有所补充（前已述），并且成了区别于中国诗论的根本特征。

总的来说，《诗大序》的"志—言—诗"的成诗过程影响了《真名序》，并形成了"心—词—歌"的和歌产生理论，这在《假名序》中又继续转变为"心—言葉—やまと歌"的日文理论话语。具体到诗歌产生过程的理论，《诗大序》阐明了人之内心对社会人、物、事的情感与观点，经由"声—文—音"三个阶段有节奏、有韵律、符合礼仪地表现出来即为诗；到了《真名序》，主要强调人心在社会生活中会产生喜怒哀乐等多种多样的情感、感受，表现出来即为歌，具体如何表现并未详细阐述；再到《假名序》，它具体阐明了人内心的感受与反思是在具体的所见所闻中触发听觉、视觉而来，把生活中司空见惯的事物表达出来就能够令天地、鬼神和人感动，其根源在于日本固有的万物有灵之神道信仰。因此，我们认为，"物哀"理论的产生无法脱离中国诗论的影响，它的产生经历了选择性地照搬中国诗论——理论话语日本化——固有神道信仰对思维的支配等过程。

第三节　物感说与"感物"意识

一、天人感应

中国古代文论中的物感说是以中国古代阴阳和合、天人感应的哲学思想为根基的。中国古代哲学是气论哲学,认为"气"是组成物质世界的最基本单位,气主要分为阴阳两类,阴阳二气交合形成感应,化育万事万物。《周易》最早运用阴阳感应的观念来解释万事万物的生成,提出自然界中存在的最基本的感应原则。而最早将"阴阳概念抽象化、哲学化的首推老子"[①],《老子》中有"道生一,一生二,二生三,三生万物。万物负阴而抱阳,冲气以为和"(42章)用以说明万事万物依靠阴阳的感应从而促成和谐的关系。《庄子》中亦有"同类相从,同声相应"(《渔父》)的表达,强调同质同构的事物之间具有神秘的感应现象,并在此基础上探讨了"心斋"、"坐忘"、"物化"等理论问题。要言之,物与物,人与人,自然万物与人之间都是通过"气"来达到相互的感应。"天人感应"等理论表述就是对这一系列神秘的感应现象的学理化总结。

《周易》设《咸卦》并释义道:"咸,感也。柔上而刚下,二气感应以

───────────────

① 　郁沅:《心物感应与情景交融》,南昌:百花洲文艺出版社,2006年,第84页。

相与。……天地感而万物化生，圣人感人心而天下和平：观其所感，而天地万物之情可见矣！"①"咸"即"感应"，指阴阳、刚柔之间的交互感应。这种感应不仅发生在人与人、人与物之间，而且还发生在物与物之间，并且能够使万物化生及天下和平。这些感应带有神秘的特征，人们虽然不能用语言准确地解释它，但是能够感知它，体验它。蒋凡解释："咸是无心之感，也就是自然而然发生的通气、共鸣和感应，而不是虚伪矫饰的人为之酬唱。"②这也是天人感应说的最早源头。

老子哲学将阴阳二气的交融以及运动变化阐释为天地万物形成的根源。《庄子》在老子哲学的基础上论述了天人交感思想。《庄子·大宗师》曰："古之真人，不知说生，不知恶死；……翛然而往，翛然而来而已矣。……若然者，其心志，其容寂，其颡頯，凄然似秋，暖然似春，喜怒通四时；与物有宜，而莫知其极。"③在庄子看来，真人的情绪、思想、外在状态、甚至生死都是顺应自然、与自然融一的。真人爽朗与温和的性格，喜怒哀乐等情绪，都能够与春夏秋冬等四时之天一一相应。因此，人的情感、情绪、思想等多方面都可以与四时之天相互感应。相反，人从四时之天中也同样捕捉到如人一般的生命状态，如秋天是"凄然"的，春天是"暖然"的。由此，《庄子》中形象地阐发了天与人情、人性之间的相互感应。

西汉儒家的代表董仲舒也提出了天人感应观念。他把"天"当作

---

①　黄寿祺、张善文撰：《周易译注》，上海：上海古籍出版社，2004年，第239页。

②　蒋凡、李笑野：《天人之思〈周易〉文化象征》，成都：四川人民出版社，2007年，第173页。

③　杨柳桥：《庄子译注》，上海：上海古籍出版社，2006年，第91页。

主宰宇宙的最高权威：“天者，百神之君也，王者之所最尊也。”①在董仲舒看来，“天”是万物产生的根源，阴阳之气则是天人交感的媒介。“天地之间，有阴阳之气，常渐人者，若水常渐鱼也。所以异于水者，可见与不可见耳，其澹澹也。”②阴阳五行构成了世间的天地万物，并随着其运行推动了天道的变化。天道的运转变化又自然而然地形成了供人类社会更好地生存的社会道德原则。总而言之，天与人能够通过阴阳之气交互感应，天能够感应人，人亦能感应天，天人之间是一种感应关系。

二、物感说

在天人感应的哲学背景下，形成了中国文论中的物感说。物感说是阐释文学创作情感发端状态中审美主体与审美客体之间心物关系的理论。物感说认为，审美主体的情感经由客观事物的触发而产生情感波动，文学创作就是抒发这种情感的过程。物感说最早在《乐记》中初露端倪，魏晋时期形成理论雏形，到南北朝时期正式确立，在中国古代文论中占据重要地位。《乐记》是用物感说来解释音乐的创作：“凡音之起，由人心生也，人心之动，物使之然也。感于物而动，故形于声。”认为音乐最初的产生主要源于创作主体受外物感发而产生的情感波动。由此，“心物交感”成了文学艺术产生的最基本理论。魏晋时

---

① （清）苏舆撰，钟哲点校：《春秋繁露义证》，北京：中华书局，1992年，第402页。
② （汉）董仲舒：《春秋繁露》，张世亮、周桂钿等译注，北京：中华书局，2012年，第650页。

代的陆机在《文赋》中提出："遵四时以叹逝,瞻万物而思纷,悲落叶于
劲秋,喜柔条于芳春。"陆机首次将物感说运用于文学创作的阐释中,
并明确指出创作主体的情感与自然事物结合的重要性。由此,《文赋》
比《乐记》的物感说更进一步,标志着物感说的雏形确立。相较而言,
二者有明显的不同之处。首先,关于"物"的内容,《文赋集释》中解释
道:"陆机这里讲'感物'的内容,主要是讲自然事物,即四时变化之
类。"①即《文赋》中指的主要是成为审美对象的自然物,而《乐记》中所
指的则是当时社会的世态状况。在此基础上,《文赋》强调审美主体的
主动性,经"思纷"而起情,并生发出丰富的想象和细腻的情感;而《乐
记》则受政教道德的束缚,主体的情感始终处于被约束的状态,是受到
社会世态的刺激而产生情感波动。

　　刘勰的《文心雕龙》是物感说的集大成者。主要集中于《物色》和
《时序》两篇,其中详细阐述了自然景物与社会政治对人自然情感的触
发,从而使诗人产生文学创作冲动的理论。"春秋代序,阴阳惨舒,物
色之动,心亦摇焉"(《物色》)和"文变染乎世情,兴废系乎时序"(《时
序》)分别阐明了自然景物和社会世情在文学创作中的重要作用。关
于"物",刘勰在综合前人的基础上,更广更深进行了拓展,自然山水
感发文思是他突出强调的部分。徐复观指出,刘勰将山川草木、花鸟
虫鱼等自然之美引入文学创作主要得益于魏晋以来的"玄学之助"②。
另外,在主体情感的"感"方面,他则强调创作者应发挥主观能动性,积
极地观察自然万物,从而在情感投射的过程中实现相互交流以完成文

①　张少康:《文赋集释》,北京:人民文学出版社,2006 年,第 18 页。

②　徐复观:《中国文学精神》,上海:上海书店出版社,2005 年,第 214 页。

学创作。刘勰将"神与物游"引入主体的文学创作过程中,"思理为妙,神与物游。神居胸臆,而志气统其关键;物沿耳目,而辞令管其枢机。枢机方通,则物无隐貌;关键将塞,则神有遁心"①。即在整个文学创作过程中,主体的心意情感"始终伴随物象远游"②,不限于某一具体特定的自然物,而是在循环往复的畅游之中获得创作灵感以及创作内容。因此,刘勰主张,文学创作中的心物关系,即审美主体与客体之间贯穿始终的双向交流互动状态,主体情思随物婉转,将自然景物化于胸中,才得以准确描绘万物情状。

钟嵘《诗品序》的物感说基本上继承了陆机和刘勰的理论,并且进一步在"物"的内涵的规定性上做了较为全面的概括。一方面是自然景物,《诗品序》云:"若乃春风春鸟,秋月秋蝉,夏云暑雨,冬月祁寒,斯四候之感诸诗者也。"四季景物能触动诗人的情感从而引发创作。钟嵘从自然景物层面上理解"物"是对前代物感说的继承。可以说物感说的核心就在于"自然和文艺创作的关系"③。另一方面,关注社会现实的感召作用④,即社会现实或人生境遇。"楚臣去境,汉妾辞宫,或骨横朔野,魂逐飞蓬;或负戈外戍,杀气雄边,塞客衣单,孀闺泪尽;或士有解佩出朝,一去忘返",详细阐释了社会人事与诗歌创作的关系。这一部分是他超越前代物感说之处,钟嵘对于诗人境遇及其创作之间的关联给予极大的关注。在其评为上品的诗人中,有诸多经历过艰辛痛苦的生活体验者,如对李陵评价道:"有殊才,生命不谐,声颓身丧。

---

① 周振甫:《文心雕龙今译》,北京:中华书局,2013年,第248页。

② 吴功正:《六朝美学史》,南京:江苏美术出版社,1994年,第758页。

③ 吕德申:《钟嵘〈诗品〉校释》,北京:北京大学出版社,2000年,第18页。

④ 曹旭:《诗品研究》,上海:上海古籍出版社,1998年,第126页。

使陵不遭辛苦,其文亦何能至此!"①钟嵘突出强调李陵的悲惨身世对他诗歌创作的至关重要的作用。他这种对于社会现实的极大关注表明,他把人们因时代和社会的变迁而遭际的人生际遇作为感发诗人创作的重要对象。这不仅符合魏晋时代动乱的社会现状,而且也反映了中国文人与社会政治生活环境密切相关的情状。艰辛痛苦的生活体验最能触发诗人情愫的波动和创作的灵感。

三、"感物"意识

由于受到中国物感说的影响,日本在文学创作中逐渐体现出了"感物"意识。众所周知,大化革新(645)时期,在天智天皇的推动下,日本文学史上掀起了第一次"宸翰垂文、贤臣献颂,雕章丽笔非唯百篇"②的文学创作高潮。中国的物感说正是在这样的背景下传入并催生出日本文人的"感物"意识。由于日本民族对自然有着天然的崇拜与热爱,所以他们"感物"的对象从一开始便集中于自然景物。如"时序又春到,雁群归;秋风红叶满山时,能不越山回"③,再如,"杜鹃,月初当应招至;日日心慕等待,竟无来鸣时"④等对自然景物有感而发的和歌在《万叶集》中俯拾即是。但是将这种创作总结为理论表述的在万叶时代为数甚少,《万叶集》卷十七大伴家持的《晚春游览诗并序》为

---

① （南朝梁）钟嵘:《诗品上》,哈尔滨:北方文艺出版社,2005年,第45页。

② （日）辰巳正明:《万叶集与中国文学》,石观海译,武汉:武汉出版社,1997年,第431页。

③ （日）佚名《万叶集》,赵乐甡译,南京:译林出版社,2002年,第776页。

④ （日）佚名《万叶集》,赵乐甡译,南京:译林出版社,2002年,第790页。

仅有的几例之一。"上巳名辰,暮春丽景。桃花昭脸以分红,柳色含苔而竞绿。于时也,携手旷望江河之畔,访酒迥过野客之家。既而也,琴樽得性,兰契和光。嗟乎,今日所恨,德星已少欤。若不扣寂含章,何以摅逍遥之趣。"①暮春时节,诗人悠闲地游览于江河之畔,目睹桃红柳绿的美丽景致,由此生发闲情逸致,从而产生"扣寂含章"的创作冲动,于是抒发这种"逍遥之趣"于文学创作。

其后,菅原道真在《新撰万叶集序》中提出和歌是"随见而兴,触聆所感"而作,"古者飞文染翰之士,兴咏吟啸之客,青春之时,玄冬之节,随见兴既作,触聆而感自生。"②菅原道真精通汉诗的创作与汉诗的理论,他对和歌创作的理论总结,很显然是在中国物感说的耳濡目染中逐渐形成了感物意识,信笔写就,带有浓浓的汉诗理论的色彩。

直至纪贯之的《假名序》,第一次将文学创作中逐渐养成的"感物"意识具体化,"聆听莺鸣花间,蛙鸣池畔,生生万物,付诸歌咏","赏花草、听鸟鸣,叹云霞,悲露水,歌辞日多,沛然成章","春晓望花瓣飘散,秋夜闻树叶落地,或揽镜自照,见鬓毛渐白,容颜日衰,感人生如草露水珠,心生悲哀之念……"③。莺鸣、蛙鸣、花草、云霞、露水、飘散的花瓣、落叶等各种不同的自然景物,使人产生或赏或叹或悲或忧的情感,将这些情感诉诸一定格律的文字之中便成为和歌。在这种具体化的过程中,作者自然而然地融入了创作和歌时的情感体会和创作经验,

---

① (日)佚名《万叶集》,赵乐甡译,南京:译林出版社,2002年,第723页。

② (日)菅原道真:《新撰万叶集序》,见《日本古代诗学汇译上卷》,王向远译,北京:昆仑出版社,2014年,第73页。

③ (日)纪贯之:《古今和歌集假名序》,见《日本古代诗学汇译上卷》,王向远译,北京:昆仑出版社,2014年,第78、81页。

尤其是日本古人对自然万物的天然感受性。不仅在"物"上具体化到花草树木、鸟兽虫鱼,而且在"情"的处理上也更加细腻,诸如云霞令人慨叹,花草令人爱赏,落叶令人悲愁等。在"物"与"情"的具体规定性中,我们逐渐体会到一种日本式的东西在悄悄地萌生,就是这种东西支撑着"物哀"的诞生。

中国物感说之对象主要包括两个方面,一为自然景物,二为社会生活,如以上所举《文心雕龙》和《诗品序》,尤其是钟嵘颇有洞见地将社会现实与人生际遇作为感发诗人创作的重要对象。而日本文学感物的对象多为自然景物,对政治理想、人生抱负等问题不甚关怀,只管抒发内心世界的种种感受。例如《古今和歌集》中所收录的一千多首和歌中,有80%的和歌是以自然和恋爱为主题的,涉及社会人生的只有"杂歌"类,不到全集和歌的10%。仔细考察《假名序》中所列举的感物对象,几乎均为自然景物。

日本人的生活环境十分窄小,即使是自然景物也只能接触到小规模的。再加上四季分明的自然环境,逐渐养成了日本人纤细敏感的感物方式。这与中国人的感物方式存在着微妙的差异。陆机的物感说中就已经开始肯定审美主体情感本身的重要性:"伊我思之沉郁,怆感物而增深。"(《思归赋》)刘勰更是鼓励诗人在创作中发挥自身的主体性,积极能动地感物,强调诗人不应被自然景物所左右,而是要达到一个与自然双向交流互动的契合状态,诗人的心情在山水自然中得到释放,自然风景在诗人的心中也获得了生命。"登山则情满于山,观海则意溢于海"(《文心雕龙》)正是强调这种情感起能动作用的最好诠释。

中国物感说以及相关的文学创作对日本产生了一定的影响,但真正决定感物方式的是自然地理环境、风土人情、文化氛围等种种要素。

纤细敏感的日本人对自然季节的微妙变化有着超乎寻常的敏锐感觉,自然之中极其微小的部分也能引发心弦的丝丝波动,见春花夏草,心生爱怜;闻蛙鸣池畔,顿感寂寥;杜鹃啼鸣,惹人倍觉孤独;冬日赏雪,或喜或忧。自然万物"引发"着人的感觉和情感,"情"本身并不事先因某种原因存在在主体的内部,在主体发现自然物时,被动地引发了情感,并当下此在地、即时地表达出来,这便形成了最初的诗歌。例如记纪歌谣中有一首歌:这一棵松,阿波礼(あはれ)。这里的"あはれ"相当于汉语中的"啊、哎呀"等。传说倭建神将宝剑挂在海角旁的一棵松树上后离开,返回时发现宝剑没有丢失,认为松树守护了宝剑,于是咏歌一首表达对松树的赞美和喜爱之情。再如《万叶集》中的一首:"秋令姗姗来,芒草结露珠。飘忽爱恋情,恍若此清露。"[①]歌人发现了秋令芒草上几欲垂滴的露珠,阳光照射下会瞬间消失,由此联想到爱情的飘忽不定,于是借咏叹微小的露珠表达对爱情无常的悲愁情绪。显而易见,日本式的"感物"是一种"被引"的方式。而在文论的表述之中也极少有"我思"这种能动性情感的表述,"随见所兴,触聆而感"、"春晓望花瓣飘散,秋夜闻树叶落地,……感人生如草露水珠,心生悲哀之念"。"所见所闻所触"是情感生发的源头,"我思"不会先于"所见所闻所触"。而这种感物的方式也一直影响着整个日本文学史。

因所感"物"与感物方式的不同,情感的主要内容也出现了不同的倾向性。"怨情"是中国文论强调感物而抒发的重要内容。钟嵘的物感说尤其重视由怨情的抒发而产生的文学,"嘉会寄诗以情,离群托诗以怨"(《诗品序》)。他认为诗歌具有宣泄作家怨情的重要功能,所以

---

① 叶渭渠:《日本文明》,福州:福建教育出版社,2008年,第97页。

在品评诗歌时做了许多相关的评述。"《团扇》短章,词旨清捷,怨深文绮,得匹妇之致"①(评汉婕妤班姬)、"文典以怨,颇为精切,得讽喻之致"②(评左思)、"琨既体良才,又罹厄运,故善叙丧乱,多感恨之词"③(评刘琨)、"泰机'寒女'之制,孤怨宜恨"④(评郭泰机)等都是作家将自己深深的怨情宣泄在作品里的具体例子。《诗品序》中论述怨情的各种事例,楚臣去境、汉妾离宫等等,都成为诗歌表达的重要内容。另一方面,"怨情"的抒发是中国古代文论史中的一个重要的传统,孔子说"诗可以怨",《毛诗序》"托诗以怨",屈原"发愤抒情",韩愈"穷苦之言易好",欧阳修"诗穷而后工",虽然历代对于怨抑之词的态度不同,但在诗歌领域中这种"怨"的文学作品占据着较高的位置。实际上诗歌中"怨"的传统的实质是诗人关注现实世界的一种体现和情感抒发,钟嵘诗歌品评中之所以多次使用"怨",这与他关注社会现实、同情人生际遇,担忧国家命运前途是密切相关的。因此,"怨"的精神发展成为中国古代历史上伟大的民族忧患意识。

相较之下,日本最早的文学作品,就甚少关注社会现实和人生际遇,且文学与政治的分离是日本文学的重要传统,因此那种忧国忧民的怨愤之作无法在日本文学中找到它的踪迹。即便是表达对现实生活的不满,或者表达恋爱中的挫折,或者表达不幸的人生遭际,都倾向于"悲悯"、"哀婉"。例如,《万叶集》中收录的防人歌是戍边战士弃家

---

① (南朝梁)钟嵘:《诗品上》,哈尔滨:北方文艺出版社,2005年,第47页。

② (南朝梁)钟嵘:《诗品上》,哈尔滨:北方文艺出版社,2005年,第61页。

③ (南朝梁)钟嵘:《诗品上》,哈尔滨:北方文艺出版社,2005年,第80页。

④ (南朝梁)钟嵘:《诗品上》,哈尔滨:北方文艺出版社,2005年,第86页。

离乡所吟对家人思念之歌:"谨奉君王命;明日起,独伴野草寝,身边无妻"①;"爹娘若是花,征途一路可伴我,捧在手中拿"②。边防士兵直率地吐露了与父母妻子离别的悲伤情绪,但只"悲"无"怨"。《古今和歌集》的编撰者纪贯之一生屈居下乘,且颇多不幸的遭遇,但在他的和歌中经常流露的仅有无常感的悲哀,如"今日痛悼亲友逝,孰知明日非我身"③。从《假名序》与《诗品序》的对照中我们也可以明显看到这种情感倾向性的不同:

> 以石头作比,登筑波山祈愿,通体愉悦,满心欢喜。又登富士望青烟而忆恋人,听松虫唧唧而怀友。与高砂、住江等地之松常年相伴,俨然老友,望男山而忆往昔,赏女郎花一时之盛,此乃和歌之可慰人心者。(《假名序》)

> 嘉会寄诗以亲,离群托诗以怨。至于楚臣去境,汉妾辞宫;或骨横朔野,或魂逐飞蓬;或负戈外戍,杀气雄边;塞客衣单,孀闺泪尽;或士有解佩出朝,一去忘返;女有扬蛾入宠,再盼倾国。凡斯种种,感荡心灵,非陈诗何以展其义;非长歌何以骋其情?(《诗品序》)

《诗品序》认为,诗歌内容只有表现了人们在自然环境和社会环境

---

① (日)佚名《万叶集》,赵乐甡译,南京:译林出版社,2002年,第821页。
② (日)佚名《万叶集》,赵乐甡译,南京:译林出版社,2002年,第821页。
③ 何乃英编:《东方哲理诗》,郑州:河南文艺出版社,1998年,第359页。

中所激发的思想感情,特别是"怨"情,才能产生可群可怨的强烈的艺术感染力量。而《假名序》则强调自然景物对诗情的感召,诗歌最重要的是安慰歌人的心愁,抒发歌人的"哀"情。

要言之,在中国物感说文论以及文学创作的影响下,日本在文学创作中逐渐培养了"感物"意识,并且在和歌理论中逐渐总结出日本式的感物理论(即"物哀"论的原型)。前文提到,在日本将该理论具体化的过程中,无意之中融入了日本古人对自然万物的天然感受性。而这种天然的感受性源于日本先民对自然的崇拜和敬畏。基于朴素的神道信仰,日本先民相信,自然界中神灵无处不在,无论是树木、巨石、山川、河流、大地,还是动物、植物等只要是自然之中存在的一切物都是必须敬畏和信仰的神灵,因此他们祭祀的对象,不是神殿,不是庙宇,而是自然界中的万事万物。柳田圣山曾言:"日本的大自然,与其说是人改造的对象,不如说首先是敬畏信仰的神灵。"①

自然究竟意味着什么?是生命。日本先民对自然的崇拜是因为他们把自然看作哺育人们生命的母亲,自然是一切生命的根源,是神秘力量的源泉,他们在祭拜自然神灵的类宗教体验中,逐渐产生了对生命的强烈渴求。自然物(如植物)是一种象征,一种隐喻。人们由植物的生命轨迹观照人一生的生命轨迹;长期浸润在对植物状态的捉摸与玩味之中,并从中提取出与自我生命相关的审美意识,也就是今道友信所说的"植物美学观"②。通过这种独特的体验与联想,人们相信自然物与人相同,是有生命、有情感的物,人与物之间因为有相同的灵

① (日)柳田圣山:《禅与日本文化》,何平等译,南京:译林出版社,1991年,第63页。
② (日)今道友信:《东方的美学》,蒋寅译,北京:三联书店,1991年,第189页。

魂和生命而"同情互渗"。"一切众生都同样是生命……而且生命都会
死而复生,死后去了彼世还会回来,这样反复不已。"①也就是说,先民
在对自然生命的感悟与思考之中孕育出了生命一体与生命再生的思
想,他们从自然生命的消逝中深切体会到自我生命走向消亡的感受,
反之,在生命的再生中感知自我生命蓬勃发展的力量。生命循环往
复,消逝勾起伤感,再生带来喜悦。随着感受体验的反复和体会经验
的丰富,人们对具体物的具体的情感反应逐渐增加并被细化成为多层
次的情感模式,从而将人与物之间的情感逐渐固定下来。比如听见杜
鹃啼鸣,内心便无限悲凉;看到恋人分别,便心生爱怜;就是建立了"杜
鹃—悲凉","恋人分手—爱怜"等具体的情感模式。在《假名序》中,仅
是"心生悲哀之念"的事物作者就罗列了:春日花瓣飘散、秋夜树叶落
地、女性容颜日衰、昔日荣华今不再等。将对事物的感受具体细化到
个别的事物之中,即日本"感物"意识的重要特征。

在具体个别的事物中最深刻的体会是生命感。感悟自然的雪、
月、花,感悟人世的喜怒哀乐、生死离别,目光注视着他者,实际上都是
在感悟自我的内在生命。生命从诞生之日起,就在逐渐走向灭亡,流
转不息,不管驻足在哪一个时刻,都能够感受到生命律动的气息。日
本的文学家是以片段式的叙述或者类似不经意的展示来把握某一时
刻、某一瞬间的律动感。生命的律动最直接地体现在情感、感受上。
情感的本质特征就在于它的瞬息万变,情感的极大丰富意味着生命体
验之细、之深。日本民族千年以来一直反复地训练着对生命的感受

---

① (日)梅原猛:《森林思想——日本文化的原点》,卞立强译,北京:中国国际广播出
版社,1993年,第24页。

力,因为有了前代的积累,所以在很多"应该"有某种感受力(或喜悦、或怜悯、或哀愁等)的地方逐渐养成了这种感受力。"应该"即那种情感的固定模式的逐渐形成,一旦定型,后来者在此处就会自然倾向于形成这样的情感。而情感的细腻化也正符合这种模式,在不同事物的面前,分别"应该"有怎样的情感反应,经过不断积累和不断被认同,形成了一个庞大的情感体系。它只符合情感逻辑,并且只符合日本民族的情感逻辑,所以当异民族尝试理解这样的情感逻辑时,常会碰壁。这就是感物过程中形成的日本式的独特的东西。"物哀"中的"心有所动"就归属于这个情感体系,日本文学史上的文学作品一直在"整理"和"完善""物哀"的情感体系,日本民族凭借无意识性的感受获知并积累着对某项事或物的"物哀"感受,在理解、认同、感受、传达、玩味这种感受的过程中把它一代一代地传承下去。异民族者并未经过这一系列的情感训练,所以无法切身地把捉"物哀"。即使通过对"物哀"(诸如悲哀、怜悯、同情、哀愁等)的解读似乎能够接近它,但又无法全面地掌握这种渗透到日本民族血液中的情感。

综上所述,日本"感物"意识最直接的根源在于基于神道信仰的自然崇拜,从自然中感悟生命一体与生命再生,从每一个具体的事物中获得具体而直接的生命感体现,形成一系列应当如是的情感反应模式,细腻地抒发对每一事物的情感与感受。

第四节　上古文学中的"物哀":感物心动

中国物感说之"感",指人与物之间的"感应";日本"感物"意识之

"感",有与之类似的人与自然之间的神秘感应,但更着重于对具体事物的感受与情感。因此,在这种感物意识下形成的不是中国的"物感",而是日本的"物哀"。"物哀"在日文中写作"もののあはれ",它在尚未形成日本文学中独特的情感倾向性之前,是以"あはれ"的形式出现于文学作品之中。在日本最早的文学作品《古事记》、《万叶集》以及《古今和歌集》中,"あはれ"表现了日本民族最原始、最朴素的感受性。

公元 8 世纪初,日本最早的书籍《古事记》所记载的歌谣中,出现了两次"あはれ"的用例:

(1) やつめさす　出雲建が　佩ける刀　黒葛多纒き
さ身無しにあはれ①

译文:云气何蒙茸,出云建所佩的大刀,藤蔓缠得多好,只是没有刀身。好可惜呀!②

(2) 隠り国の　泊瀬の山の　大峡には　幡張りたて
さ小峡には　幡張りたて　大峡にし　なかさだめる
おもひ妻あはれ　槻弓の　臥やる臥やりも　梓弓　起て
り起てりも　後も取り見る　思ひ妻あはれ

译文:这边日下部的山与对面平群山的两山中间的山峡上,站立着繁茂的大叶白梼,上边生着茂密的竹,下边生着繁茂的竹。今不能像茂竹似的紧密地睡,也不能像繁竹似的偎

---

① (日)山崎良幸:《「あはれ」と「もののあはれ」の研究——特に源氏物語における》,東京:風間書房,1986 年。版本下同。

② (日)安万侣:《古事记》,周作人译,上海:上海人民出版社,2015 年。版本下同。

依地睡,但是后来终当好好的睡吧,啊啊,我的相思的妻子!

第一首和歌是倭建命讨伐出云建时所咏的和歌。彼时,倭建命趁出云建去河水中洗浴时偷偷调换了出云建放在河岸上的大刀,于是在两人各自拔刀的时候,出云建的假刀拔不出来而被倭建命击杀了。传说倭建命是景行天皇的儿子,父亲派他出征讨伐平定各地,此处他以机智轻易击败强敌,所作和歌表达战胜的喜悦,同时又抱有对对方的同情和嘲讽,同情对方在不知刀被调换的情况下最终命丧黄泉,嘲讽对方身为军人缺乏应有的机智与谨慎。"あはれ"作为感叹词,表达了歌人喜悦、同情、嘲讽等自然的情感。第二首和歌为雄略天皇所作,作者借山坡上紧密依偎的茂竹比喻夫妇的关系,表达了对久未见面的妻子的思念。

公元 8 世纪末,日本首部和歌集《万叶集》诞生,其中出现了 8 次"あはれ"的用例。

(1) 家にあらば妹が手まかむ草枕旅にこやせるこの旅人**あはれ**。

译文:在家有娇妻,枕手交颈眠;如今卧毙旅途,实堪怜。

(2) 早河の瀬にゐる鳥の縁を無み思ひてありしわが児はも**あはれ**

译文:激流河滩,有鸟无依攀;愁肠正结,我儿也堪怜。

(3) 秋山の黄葉**あはれ**びうらぶれて入りにし妹は待てど来まさず。

译文:秋山红叶,入山赏美;尽等待,不见妹归。

（4）名児の海を朝漕ぎ来れば海中に鹿児そ鳴くなる**あはれ**その鹿児。

译文:名儿海,晨驶船;海中闻鹿鸣,鹿啊,<u>堪怜</u>。

（5）かき霧らし雨の降る夜をほととぎす鳴きて行くなり**あはれ**その鳥。

译文:云雾弥漫,夜雨连绵;子规啼飞去,闻之实<u>堪怜</u>。

（6）行かぬ吾を来むとか夜も門閉さず**あはれ**吾妹子待ちつつあらむ。

译文:等我前往,本无去意,<u>可怜</u>妹等我,一夜门不闭。

（7）住吉の岸に向かへる淡路島**あはれ**と君を言はぬ日は無し。

译文:住吉海岸,淡路岛见;<u>怜爱</u>我阿哥,无日不兴叹。

（8）卯の花の　咲く月立てば　めづらしく　鳴くほととぎす　菖蒲草　玉貫くまでに　昼暮らし　夜渡し聞けど　聞くごとに　心つごきて　うち嘆き　**あはれの鳥**と　言はぬ日は無し。

译文:四月溲疏开,珍重杜鹃鸣。直至菖蒲系,药球挂门庭。白昼无止时,终夜可聆听。心思每为惹,叹息常声声。无时不称道,<u>此鸟实多情</u>。①

---

① （日）山崎良幸:《「あはれ」と「もののあはれ」の研究——特に源氏物語における》,東京:風間書房,1986年,第23—24頁。
（日）佚名《万叶集》,赵乐甡译,南京:译林出版社,2002年。

与颇具神话传说色彩的《古事记》不同,《万叶集》涉及了上至天皇贵族,下至平民百姓的诸如恋爱、婚姻、劳动、战争等社会生活的方方面面,我们在此得以探知古代日本人对人以及自然物所特有的情感与感受。以上用例中(1)(2)(6)(7)表达对人的哀悯、怜爱之情,有的是表达对死者的怜悯和哀伤(1);有的是表达母亲对儿女的牵挂与怜爱(2);也有表达对情人的思念与爱恋之感(6)(7)。其余几例分别以杜鹃鸟、鹿和黄叶等自然中存在的动物和植物为对象:天生孤独的杜鹃鸟在慢慢长夜中发出悲鸣,歌人从这悲鸣之中感受到自我生命的孤独;身处羁旅漂泊不定的歌人,在海上听闻遥远的小鹿哀鸣,联想到自身居无定所的寂寥;秋山的红叶美得令人心醉,它焦急地等待着人们来观赏其美,就像歌人焦急地等待妻子一样,但妻子已经永远地离开了,徒有歌人观赏红叶的伤感。

由《古事记》与《万叶集》中的用例考察我们得知,古代日本人的"物哀"感主要集中在两个方面,一是对人的情感,主要是以家庭成员为核心或者换位为家庭成员,亲子爱与夫妇爱是主要的两种情感,对他者的感情(如旅人)则是转嫁到夫妇关系之中;二是对自然物的情感,基于这些自然物本身的特征以及它们的生命状态,感受到它们与自我生命之间的关联。这种"物哀"感基本上属于朴素的、天然的情感。

到了平安初期日本首部敕撰和歌集《古今和歌集》中,身为文人学士或贵族阶级的歌人们,在封闭的宫廷社会空间中度过了一个多世纪的时间,产生了对自然风物以及男女恋情的纤细的感受性。换言之,他们的"感物"意识朝着更加具体化、细腻化的方向发展。《古今和歌

集》关于"あはれ"的用例共有 20 处①,因篇幅所限,仅列举其中具有
代表性的几例:

（1）よそにのみ**あはれ**とぞみし　梅花　あかぬ色か
は　折りてばりけり　素性法師（春 37）译文:往日见梅花,
遥遥徒想象。而今色与香,攀折手中赏。

（2）**あはれ**てふことをあまたにやらじとや　春にを
くれてひとりさくらん（夏歌　136）译文:赞美出言辞,他花
莫乱施,櫻花此树好,春后独开迟。

（3）我のみや**あはれ**とおもはん　きりぎりすなく
夕かげのやまとなでしこ　素性法師（秋 244）译文:独自悲
思苦,垣间蟋蟀鸣。夕阳斜照里,石竹一花荣。

（4）たちかへり**あはれ**とぞ思ふ,よそにてもひとに心
をおきつしらな（恋　474）译文:航遍无涯路,人心总日归,
白波回岸送,不使此心违。

（5）**あはれ**ともうしとも　物をおもふとき　などか
なみだのいとながるらむ（恋　805）译文:优乐虽无定,音容
总不忘,相思时落泪,泪落数千行。

（6）ちはやぶる宇治のはしもり　なれをしぞ　**あは
れ**とは思ふ　年のへぬれば（雑　904）译文:宇治老桥守,汝

---

① （日）山崎良幸:《「あはれ」と「もののあはれ」の研究——特に源氏物語におけ
る》,東京:風間書房,1986 年,第 54 頁。

犹未可哀,我今亦老矣,与尔正同来。①

平安初期,日本歌人对自然生命的感悟和体验仍在延续,自然咏题更加细化,相较于《万叶集》也发生了微妙的变化。比如《万叶集》中吟咏樱花的诗歌仅有二十余首,而《古今集》中的樱花歌则增至百余首②。樱花雅而不艳,花开时相互偎偎着簇拥枝头,宛如娇嗔的少女;花落时纷纷飘落毫无留恋,仿佛少女的青春一去不返。花开花落间,融入了歌人对平安女子命运的关怀。以上用例(2)是作者看见开在阳历五月的樱花所咏。常在三、四月份开放的樱花竟然在五月绽放,令作者对这支独自开迟的樱花浮想联翩——仿佛女子独展娇媚之态以博得男人之爱。作者既赞美独开一支的樱花娇艳美丽的姿态,又联想到平安时代社会的一夫多妻制使众多女性产生了"独占"的内心渴求,想到她们为追求自己的爱情而不得已千方百计地展现自己的媚态。整首和歌中既有樱花生命状态的展现,又有关于整个社会女子生命状态的联想,情感细腻而独到。

爱情是日本和歌表现的中心主题,"恋歌"占有举足轻重的地位。恋爱最能打动人心的地方不在于恋人的长相厮守,而是其"未完成"的状态,或是等待的失落,或是离别的哀愁。平安初期的贵族男女以恋爱为其生活的重要部分,恋歌中的"物哀"感来自他们的亲身体验。例

---

① (日)纪贯之:《古今和歌集　日本古典文学大系 8》,佐伯梅友校注,東京:岩波书店出版社,1958 年。

　　(日)纪贯之:《古今和歌集》,杨烈译,上海:复旦大学出版社,1983 年。

② (日)西田正好:《日本文学の自然観——風土のなかの古典》,東京:創元社,1972年,第 86 页。

(5)就是歌人回首自己的恋爱经历时所咏。恋爱有一种不可思议的神奇力量,虽由心生,却不知它到底为何。与恋人初次见面时因万分激动而泪流满面,如今却对变了心的恋人心生怨怼,不由得涕泪涟涟。恋爱之中,无论是喜悦还是悲伤,都会禁不住地泪流满面。爱情变幻莫测,内心时喜时忧、时悲时乐,感受的变化微妙而急剧。

　　总的来说,到了平安初期的《古今和歌集》,歌人的"物哀"感更加细腻化和具体化,歌人们紧紧地将自然生命与自我生命联系在一起,同时,在男女的恋情之中,基于自我处身性的恋爱经验,抒发自身的喜悦、兴奋、孤独、幽怨、悲哀、忧愁等纤细而柔美的情感。

第五节　"もののあはれ"的汉译

　　"もののあはれ"对应的日语汉字①为"物の哀",该词自 20 世纪 80 年代随着国内学界对日本文学史的关注进入我国学者的视野,但如何正确地传达该词的含义成为国内翻译界必须面对的难题。由于汉语中并不存在"物哀"这一词汇,若直接借用日语汉字将其译为"物哀",很容易导致以汉语为母语者用中国式的思维理解该词汇。因此,作为研究者,必须要将"物哀"两字作为"日语汉字"来看待。既然是日语汉字,它就与汉字有所不同,比如日本人在学习使用的过程中增加或者减少了字的意项,结合自身的生活环境等要素注入了对汉字的新

————————

① 日语汉字,即书写日语时所使用的汉字。日语汉字的写法与中国汉字基本相同,但也有一部分汉字由日本独创,被称为"日制汉字"或"和制汉字"。

理解,同时也不会囿于汉字本身在形成过程中所培养起来的那种思维定式,而是以日语假名组成词汇的规则灵活地组合或拆解出原来汉语词汇中并不存在的词汇。"日语汉字"与"汉字"仅保留了字形的一致性,就其根本特质来说,"汉字"在于"图像先于声音"①,即字形是字义的关键;而"日语汉字"反之,即"声音先于字义、字形",也就是说,声音直接参与对字义的理解,而不是从字形出发。"日语汉字"虽字形取自汉字,但读音仍取假名文字的发音,与所有的拼音文字相同,日语词汇的语意取决于由多个字母组成的声音单位,并且声调在其中起到了丰富词汇、区分语意的功能,声音直接影响了语意,而本来在汉字中起决定性作用的字形的地位却被有意地消解。事实上,这种消解无法完全做到,因为汉字强大的表意功能在一定程度上影响着日语假名词汇的语意倾向。因此,对日语汉字"物哀"的理解就必须站在"声音先于字义、字形"的角度上,如果仅仅将其视为汉字"物哀",就必然是从字形求其语义,很容易导致理解的错位和文化的误读。

日语词汇构词法较为灵活,もののあはれ就包括两种不同的结构,一是"もの+の+あはれ",二是"ものの+あはれ"。前者可以解释为"ものがあはれである"(意思是:もの是あはれ的),即可理解为某一具体事物具有使人产生亲爱、同情、赞叹、悲哀等深深感动的性质;后者中的"ものの"是一个接头词,相当于现代日语语法中的"もの",无实质意义,只具有添加意义。类似于ものかなしい(悲伤、悲哀、令人难过)、ものさびしい(寂寞、凄凉、孤独)、ものさわがしい(闹

① 骆冬青:《图像先于声音:论汉字美学的根本特质》,《江苏社会科学》,2014年第5期。

闹哄哄、吵吵嚷嚷)等词的构词法,换言之,"もののあはれ"与"あはれ"是基本相同的,所不同在于前者相比后者在情感、感受、情趣等方面的程度更深。可见日语灵活的构词法能够使一个词汇产生多层面的意味。

20 世纪 80 年代中后期,国内翻译界集中探讨了"もののあはれ"的翻译。李芒主张翻译为"感物兴叹",他的参考依据是《文心雕龙》中的两段话。① 其一是《诠赋》篇中的:"原夫登高之旨,盖睹物兴情。情以物兴,故义必明雅;物以情观,故词必巧丽。"其二是《物色》篇的:"是以诗人感物,联袂不穷;流连万象之际,沉吟视听之区。"他认为,"睹物兴情"和"诗人感物"两词与"物哀"十分接近,于是设想将该词译为"感物兴叹"。其中,他把"睹物兴情"理解为"看到景物兴起情思","诗人感物"解释为"诗人对景物的感触"。因此,可以说他对"物哀"的理解就是因感触外物而兴起情思。李树果赞同李芒的翻译和理解②,主张将该词的翻译缩略为"感物"(或"物感"),即触物或触景生情之意。再看陈泓的翻译观点③,他主张将该词直接译为"物之哀",原因在于日语中的"物哀"作为信息载体包含原生性内容所指,流通性内涵以及日本独特的文化产物这三个方面的含义。所谓"原生性内容"就是指中国古代诗学的"物我交融、感物兴叹、借物抒怀、睹物兴情"等文论概念。除此以外,还有"物哀怜"、"幽情"、"憨物宗情"、"物我交融"等译法。总的来说,80 年代的译法都是以中国古代文论为依据,找出与

---

① 李芒:《"物のあわれ"的汉译探索》,《日语学习与研究》,1985 年第 6 期。

② 李树果:《也谈"もののあはれ"的汉译》,《日语学习与研究》,1986 年第 2 期。

③ 陈泓:《也谈もののあはれ的译法》,《日语学习与研究》,1989 年第 2 期。

"もののあはれ"相近的概念翻译该词,这些词都与前文所述的物感说相关,都具有一定程度的合理性。但如前所述,毕竟日本的"感物"意识不完全同于中国的物感说,这些翻译并未体现出该词的日本特质。如果从词汇结构上来分析的话,"感物兴叹"、"愍物宗情"之类的词属于"动+宾+动+宾"的结构,重心在动词上,即"感"、"兴"、"愍"、"宗"等词上,这显然与"もののあはれ"本身的形容词、名词等词性不符,二者的侧重点不同。若译为"幽情"这种名词性的词汇,又与普通的情感词汇难以区分,很难称之为审美理念。

　　进入 90 年代之后,"物哀"成了学界普遍认可的译法,姜文清、叶渭渠、唐月梅、王向远、邱紫华、周建萍、李光贞等学者在其学术著作以及论文中均采用此译法。他们的共同特征是,都对"物哀"做了详细的解释。比如姜文清把"物哀"具体解释为"在日常生活及艺术创造艺术欣赏中,外在物象和主体内的情感意绪相融合,而生在的'情趣的世界',也就是自然和人生的各种情态触发引生的优美纤细哀愁的情感表现。"[1]王向远从比较诗学的视角把"物哀"又拆成了"感物而哀","就是从自然的人性与人情出发,不受伦理道德观念束缚,对万事万物的包容、理解、同情与共鸣。尤其是对思恋、哀怨、寂寞、忧愁、悲伤等使人挥之不去、刻骨铭心的心理情绪有充分的共感力。"[2]我们认为,这种采取迻译,并做阐释的翻译方法更为可取,因为这样能够保证我们将"物哀"当作日语汉字看待,在日本文化的语境下理解它的原生态。

---

①　姜文清:《物哀与物感:中日文艺审美观念比较》,《日本研究》,1997 年第 2 期。

②　王向远:《感物而哀:从比较诗学的视角看本居宣长的"物哀"论》,《文化与诗学》,2011 年第 2 期。

第二章

消极的『无常感』：『物哀』的雏形

平安中期假名文字的创制推动了物语文学的蓬勃发展,许多宫廷女作家意识到,汉字无法表达所思所想,唯有假名才能表达内心的感受和情绪,所以她们创作了大量的物语,其中紫式部的《源氏物语》为巅峰。尽管最初物语只被当作供宫廷妇女消遣娱乐的读物,但从民族独立性的意义上来说,它标志着日本民族内心深处的"他者——自我"二元对立意识的萌生,也标志着他们对独立的话语体系的需求,而物语也成为诞生"物哀"美意识的重要载体。

另一方面,随着公元6世纪佛教的传入,有关佛教的描写成为物语的重要内容,佛教思想也深深影响着平安贵族的审美意识。圣德太子摄政期间大力扶持和弘扬了佛教,奠定了其国家意识形态地位,也推动了佛教在民间的传播,其中尤其是有经济实力的贵族阶层成为中流砥柱,他们建佛寺、造佛像、抄佛经,并逐渐将佛教礼仪融入一年中例行的节日活动中,因此,贵族化成为平安佛教的重要特征。佛教主张的"厌离秽土,欣求净土"的思想逐渐渗透进平安贵族的精神世界和情感结构中。强调万物流转的佛教无常观成了平安贵族看待世间和人生的眼睛,他们无时无刻不感受到人生的苦与悲,结合着积淀于他们审美意识之中对自然的敏感洞察和深刻领悟,又逐渐将"苦"、"无常"等感受融入对自然的理解;触物感怀,反观自身,又重新投射于外物,交织成一股浓浓的渗透着佛教无常感的"物哀"氛围。

第一节　紫式部的"物哀"论

　　"物哀"作为最早的物语理论表述出现在紫式部的《源氏物语》中。一般认为,在这部作品的第 25 回"萤之卷"中,作者借玉蔓之口阐释了"物语之本质在于物哀情趣"的理论观点。理论以对话体形式展开,以简单朴实的语言涉及了物语文学的创作论、鉴赏论、本质论等多方面的内容。整个论述只在涉及物语鉴赏论的部分使用了"物哀"一词:"这些伪造的故事之中,看起来颇有物哀之情趣,描写得委婉曲折的地方,仿佛实有其事。所以虽然明知其为无稽之谈,看了却不由得徒然心动。"①其中"伪造的故事"与"实有其事"涉及了文学鉴赏中的虚构与真实的问题。所谓"真实",指现实中实际存在的人和事;"虚构"则是在文学世界中架构的人和事,也被称作"文学的真实"。阅读物语,欣赏的就是"虚构中的真实",即"物哀情趣"。作者举例道:"看到那可怜的住吉姬的苦闷忧愁,便不由地同情她"②读者须将虚构的故事当作真实的欣赏,并设身处地地与故事中的人物做换位感受,获得"深有同感"的情感体验。

　　读者欣赏的是"物哀情趣",那么作者在创作中就需要体现这种情

---

①　(日)紫式部:《物语理论》,见《日本古代诗学汇译上卷》,王向远译,北京:昆仑出版社,2014 年,第 92 页。

②　(日)紫式部:《物语理论》,见《日本古代诗学汇译上卷》,王向远译,北京:昆仑出版社,2014 年,第 92 页。

趣。紫式部又涉及了文学创作中真实与虚构的辩证关系。"物语虽然并非如实记载某某人的事迹,但不论善恶,都是世间真人真事。看了还不满足,听了也不满足,还想将这些事情传诸后世,而不是只藏在一人心中,于是执笔写作。对于好人,就专写他的好事;依从世人的评价,对于恶事,则专取那些稀奇的事情。"①文学的创作是以世间真实存在的人与事为根基,从中选择有情趣的事,揉入虚构的叙事,在虚实结合中将故事娓娓道来。其打动人心的部分贵在情感的真实,这与日本上古"まこと"的文学精神一脉相承。"まこと"汉字写作"诚",在情感方面肯定人与生俱来的喜怒哀乐等自然感情。《源氏物语》的人物描写实际上就是以"情之诚"为核心,以"诚"动人。"对于好人,就专写他的好事",即遵循"情之诚"的原则,写人物在恋爱中的种种表现。例如,光源氏是作者笔下的好人,他的"好事"就体现在与众位女性相恋中爱慕、思念、哀怜、忧虑、愤怒、嫉妒、怨恨等种种自然的情感表达中。"情之诚"是作品中唯一的真实,至于光源氏是否真正与多位女性有染之类的事件的真实性均可忽略。抛却此类要素,物语最重要的就是情感、情绪的玩味,情趣由此渗出。

自幼熟谙佛教典籍的紫式部也引用了佛教思想来解释物语理论:"佛怀慈悲之心而说的教义之中,也有所谓方便之道。愚昧之人看见两处说法不同,心中便生疑惑。须知《方等经》中,此种方便说教之例甚多。归根到底,同一旨趣。菩提与烦恼的差别,犹如小说中善人与

---

① (日)紫式部:《物语理论》,见《日本古代诗学汇译上卷》,王向远译,北京:昆仑出版社,2014年,第92页。

恶人的差别。所以无论何事,从善的方面说来,都不是空洞无益的吧。"①这样,就关联了"物哀"与佛教思想。佛教思想认为,菩提为善,烦恼为恶,以"不二法门"的认识论观之,菩提即烦恼,烦恼即菩提,善恶不二,善与恶之间没有分别。在紫式部看来,与佛教思想相同,物语文学中的善人与恶人亦没有分别,也就是说,人不应以道德区分善恶,而是应将"情"作为唯一的观照对象。尽管佛教的无常观和宿命论确实与人物的厌世、遁世、出家等行为有着直接的因果关联,但更重要的是将人物的情感上升到一个细腻而深刻的高度。重松信弘就指出,紫式部"通过将佛教教理深入到日常生活中从而加深了哀。恐惧自身的罪业,观察人世的无常,思索宿世命运的不济,从而产生了出家的念头,据此加深了引发这种念头的诸种事情的哀感。"②因此,我们认为,紫式部运用佛教的不二法门创作物语,撇清人物形象本身的伦理道德等要素,突显其情绪与感受,在玩味"情"的过程中生发出各种不同的情趣,可谓之"物哀";同时,佛教思想的无常观与宿命论影响着人物看待社会及人生的视角,将"哀"的感受性提高到思想觉悟的层面。

但是,紫式部的物语理论并未独立成文,而是以对话体的方式嵌入她的皇皇巨著《源氏物语》中。从理论层面上,很难说这是一个有体系的理论。但就以上分析而言,"物哀"本身以"情"为核心,它在经历了自古以来神道自然观影响下的"感物"意识的孕育之后,又经受了蓬勃发展的平安佛教无常观的洗礼,这种具体而微的情愫很难用理论术

---

① (日)紫式部:《源氏物语》(中),丰子恺译,北京:人民文学出版社,1980 年,第439 页。

② (日)重松信弘博士颂寿会编:《源氏物語の探究》,東京:風間書房,1974 年,第63 页。

语简要概括。紫式部通过细腻的人物心理描写，淋漓尽致地表现了人对自然、恋情以及社会世态变迁的纤细柔美的情感体验，在日本文学史上第一次描绘出如此庞大而细化的情感体系。

第二节　"物哀"与《源氏物语》

平安时代的物语文学自诞生之日起就是仅供妇女儿童消遣娱乐的读物，难登大雅之堂。所以当时以物语为研究对象的文学批评论著几乎没有，直至六百年后的江户时代才有了诸如《紫家七论》等物语论著。因此，可以称为理论形态的"物哀"，只有上节所述紫式部较为零散的观点。我们要考察平安时代的"物哀"，必须以物语文学为核心。"物语"是诞生于公元 10 世纪初的日本古典文学体裁，日语写作"物語（ものがたり）"，字面义为讲述、叙说、述说等，被认为是日本最早的小说形式。物语文学最初分为两类，一类为传奇物语，主要是在民间传说故事的基础上经润色、提炼、加工而完成的富有传奇色彩的故事，《竹取物语》属于此类；另一类是和歌物语，它以和歌与散文交融混合为主要文体特征，散文部分以故事的形式解释说明和歌所想表达的韵味，两者互为补充，较为典型的代表作是《伊势物语》。综合以上两种物语文学的创作特征，并融入了大量细腻的心理描写，荣登平安时代物语文学巅峰地位的是紫式部的《源氏物语》。这部作品被誉为"物哀"美意识的集大成。因此，我们将以《源氏物语》为平安时代"物哀"的考察对象。

一、《源氏物语》与平安佛教

《源氏物语》约成书于 11 世纪初(1001—1008),处于平安时代中期。作者紫式部,据考证,约出生于天禄元年(970)至天元元年(978)之间①。关于卒年,根据近世学者安藤为章的考证,约为万寿二年到长元四年之间②,这在很长一段时间受到学术界的普遍认可。直至近现代以来,一些学者根据新的研究资料,重新推定紫式部的卒年,如与谢野晶子认为其约卒于长和四年(1015)或长和五年(1016)③,而角田卫衡认为其可能卒于宽仁元年(1019)④。总的来说,关于紫式部的确定卒年尚没有统一的说法。但可以肯定的是,紫式部生活在 10 世纪末至 11 世纪初的平安时代中期。作者生活年代贵族阶层主要的佛教思想背景是天台宗与真言宗两大流派,尤其天台宗密教化后发展出来的净土宗为其主流。

平安佛教的两大核心宗派是最澄(767—822)创立的天台宗和空海(774—835)创立的真言宗。他们二人素有"日本佛教界的双雄"⑤

---

① (日)後藤幸良:《紫式部——人と文学》,東京:勉城出版社,2003 年,第 16 页。

② (日)岡一男:《源氏物語の基礎的研究——紫式部の生涯と作品》,東京:東京堂,1954 年,第 144 页。

③ (日)岡一男:《源氏物語の基礎的研究——紫式部の生涯と作品》,東京:東京堂,1954 年,第 144 页。

④ (日)角田衛衡:《紫式部伝——その生涯と『源氏物語』》,京都:法蔵館,2007 年,第 195 页。

⑤ (日)末木文美士:《日本佛教史——思想史的探索》,涂玉盏译,上海:上海古籍出版社,2016 年,第 37 页。

之称,于同一时期作为日本第十六次遣唐使入唐学习佛教。最澄主要
接受中国天台宗教义的传授,空海则深得青龙寺密教中心人物惠果的
秘传,继承了最新的密教。最澄天台宗的思想特征主要表现在以下几
个方面:第一,天台的教理主要遵循以《法华经》和《摩柯止观》为中心
的教义与理论;第二,遵循大乘佛教独自的戒律,主张在比睿山设授大
乘戒的戒坛;第三,传承来自中国神秀系的北宗禅①,依大乘佛教,主
张一切众生都有可能开悟,并且强调最根本的是救济一切众生的利他
精神;第四,主张出家人与在家人都应当授相同的戒,即"真俗一贯";
第五,疏于密教的知识,将具有密教性质的咒术、祈祷视为佛教的附属
品。另一方面,空海的密教思想也可以总结为以下几个方面:第一,即
身成佛。空海著《即身成佛义》,以六大(体)、四曼(相)、三密(用)三原
理揭示了世界的本质是由物质和精神共同构成的具体的现实世界以
及感觉性的表象世界共同构成,若能通过身、口、意三者的加持,即身
结印契、口诵真言、心住三昧,便能完成即身成佛。第二,十住心十阶
段。一个平凡的人通过修行能够从最浅阶段的凡庸愚蠢达到究竟智
慧的阶段,这十阶段分别为:异生羝羊心、愚童持斋心、婴童无畏心、唯
蕴无我心、拔业因种心、他缘大乘心、觉心不生心、一道无为心、极无自
性心、秘密庄严心。② 总体而言,最澄的思想仍然存在一些缺陷,不如
空海的理论体大虑深。但正是基于此种原因,最澄的佛教理论经由圆
仁、圆珍以及平安中期的源信,经历了一系列的变化;相较而言,空海

① 北宗:神秀以北方的长安、洛阳为中心布教,出入宫廷,拥有很大的势力。而南方以
 慧能为首成立了南宗。南北对立,所谓南顿北渐,南宗主张顿悟,北宗主渐悟。
② (日)末木文美士:《日本佛教史——思想史的探索》,涂玉盏译,上海:上海古籍出
 版社,2016年,第51—52页。

的思想体系则处于停滞阶段。

　　无论是天台宗还是真言宗,他们"都不是主张'彼岸'的佛教的救济,而是维护'此岸'的佛教的效果。"①追求治疗疾病、保佑安产以及降服鬼怪等现世利益的满足,是平安时代王室贵族乃至整个日本信仰佛教的唯一目的。因此,他们对密教咒术性质的加持祈祷青睐有加。为了满足这种现世需要,最澄的继承者圆仁(794—864)推进了天台宗的密教化,简称台密。圆仁在承和五年(838)入唐学习佛法,其最重要的贡献之一就是将五台山的"音乐性念佛"带回日本,这对日后净土宗的发展影响深远。

　　另一位净土思想代表人物源信(942—1017)主张,自永承七年(1052)起进入末法时代,他所著的《往生要集》对当时的日本社会产生了重要的影响。所谓末法时代,指的是释尊灭后两千年,只空有佛陀的教法却没有修行、没有证悟的黑暗时代,其时万事万物都将毁灭,人在现世之中也无法获得救济。纵观当时的日本社会,佛教界日益世俗化,上级僧位被权门子弟所占,下级僧侣仗势滥杀横行;藤原家族长期独揽政权导致贵族社会内部矛盾重重,动乱频繁,治安危机愈演愈烈;整个社会的动荡不安给普通民众的生活造成了巨大的破坏性影响,世风日下,末世症候显而易见。因此,主张即使在末世普通凡夫也能得救,"易觉易行"的净土教抓住了动荡时代的人心。《往生要集》作为净土念佛思想的重要著作成为信徒们追求个人救济的精神依托和方法论依据。

---

① 　(日)加藤周一:《日本文学史序说》,叶渭渠、唐月梅译,北京:外语教学与研究出版社,2011 年,第 99 页。

《往生要集》主要是引导人们追求死后的极乐净土世界。全书共有三卷十章,分为三个部分。[①] 第一部分为厌离秽土,详细描述了地狱、饿鬼、畜生、人、阿修罗、天等六道轮回之苦,认为人生的轮回就是无尽地堕入衰苦世界的过程,人应当竭力摆脱这六道轮回之苦。谈及人道时,认为不净、苦、无常分别为人生三相。"不净"指人身体本身的不洁,从可怕的内脏到寄生虫,再到死后腐烂为尸体的状貌。"苦"实际上是佛教人生观的基本思想:人生即是无边苦海,可以归纳为八种苦——生苦、老苦、病苦、死苦、爱别离苦、怨憎会苦、求不得苦、五阴炽盛苦等。人生的本质即痛苦,佛教的四圣谛说"苦、集、灭、道"谛详细地揭示了这一本质。其中"苦谛"揭示了包括人在内的众生之痛苦的真谛,即一种源自精神本身的痛苦,由于众生往往为流转变迁的外物所累,不能主宰自我,因此没有安乐,只有痛苦。人的出生、衰老、生病、死亡、分别、怨恨、愿望难成等所有的一切都不由自主,最终只能汇聚为身心之苦,即"五阴炽盛苦"。"无常"是佛教世界观和人生观的基本思想:世间存在的一切事物生生灭灭,无时无刻不是出于流转变化之中,是为"诸行无常";人生在世,生老病死等诸种生命状态中,人都难以获得自主权,只能感伤生命易逝、人生无常。第二部分为欣求净土,作者引经据典详细叙述了美轮美奂的西方净土世界,试图证明极乐世界的真实存在。第三部分为往生极乐的方法论。主张专心念佛,种类有五:礼拜、赞叹、作愿、观察、回向,即礼拜阿弥陀佛,唱诵阿弥陀佛之名,发愿求取开悟之心,观想阿弥陀佛,做诸多善功、为一切众生开悟。此外,还包括补助念佛,临别时念佛等辅助的或特别的方法。

---

① （日)源信:《往生要集》,石田瑞麿訳注,東京:岩波書店,1992 年。

　　加藤周一曾提到,平安时代的王朝贵族将《往生要集》当作枕边书①,可见这部著作对平安贵族的深远影响。梅原猛则如此描绘《往生要集》在平安贵族中的巨大影响力:"令平安时代的贵族倾心的,应是它所描绘的死亡浪漫主义。对无常与苦的世界的叹息、对深刻烦恼的呻吟、现世绝望之余对可追求的甘美净土的憧憬、对美妙极乐的阿弥陀佛世界的赞歌,以及对冠以往生之名的死亡的祈愿,此类情趣成为平安时代的时代特色。以《源氏物语》为代表的那种美的情趣,除却《往生要集》的影响无从考量。而且可以说正是这种情趣,才是形成日本情趣的主干的东西。"②梅原猛的评价颇为值得注意,他道出了净土念佛思想与"物哀"审美情趣之形成的重要关联。

　　纵观整部《源氏物语》,关于佛教的描写几乎充斥着整部作品。经我们梳理,涉及的佛教思想有无常观、宿命论、因果报应论、净土信仰、出家、咒符祈祷等,从中可见以上所述真言宗与天台宗的影响。已有许多研究者指出,紫式部并非通过作品宣扬佛教观念,那么,这些佛教思想对于作品的意义何在? 与"物哀"审美情趣的关联是什么?

　　通过梳理可知,宿命论、因果报应论等主要用来解释好色、乱伦、私通等复杂纠葛的男女恋情。如主人公光源氏染指有夫之妇空蝉、婶母六条妃子、不知名女子夕颜、继母藤壶、落魄贵族末摘花、尚待胧月夜、干女儿玉鬘等好色行为,均是宿世因缘,而他的妻子葵姬、紫姬在病中遭情人六条妃子怨灵作祟,是他好色行为的果报,他的小妻三公

①　(日)加藤周一:《日本文学史序说》,叶渭渠、唐月梅译,北京:外语教学与研究出版社,2011年,第151页。

②　(日)梅原猛:《仏教の思想Ⅱ》,東京:集英社,1982年,第236页。

主与柏木私通,也是他曾与继母私通乱伦的因果报应的结果。但源氏这种风流好色的行为是平安贵族男性个人魅力的体现①,是神佛都可以原谅的。也就是说,好色、乱伦等是主人公在宿命与轮回报应中身不由己的行为,即使做了许多错事坏事,依然被描写为好人。而佛教思想本身是批判好色的,宿命论、因果报应论主张的是前世作孽现世得果报,或者现世作孽现世得果报。对于紫式部及作品人物而言,宿命论与因果报应论只是用于解释他们乱伦行为的理论依据,而不是借此宣扬无法逃脱宿命的恐惧,警戒因果报应等。

再者,净土信仰、出家、咒符祈祷等,只是平安贵族为满足现世利益而进行的日常生活仪式,并非真正的佛教信仰。厌离秽土、欣求净土的净土信仰主要体现在对荣华富贵的描绘与希冀上。作品或将现世实景描写成美轮美奂的净土世界,如"杨桐"卷:"门外北风甚烈,雪花乱飞。帘内兰麝氤氲,佛前名香缭绕,加之源氏大将身上衣香扑鼻,此夜景有如极乐净土。"②有些地方描写人物希冀来世能够继续享受荣华富贵,所以欣求来世净土,对于末法时代的平安贵族而言,几乎人人抱有这种强烈的愿望。另一方面,作品中描写人为了满足祛除疾病、保佑安产、恢复健康、延长寿命、享受荣华富贵等现世欲望,频繁地进行诵经、讲经、法会、法事、秘咒、祈祷等,为了消解好色、不伦之恋的痛苦而出家,实际上这些并不是真正的求佛悟道,仅仅是现世利益的满足,因此最终使出家、佛事和祈祷等都流于风俗化、制度化、形式化。

---

① （日）汤浅泰雄:《日本古代の精神世界》,東京:精興社,1990 年,第 361 页。
② （日）紫式部:《源氏物语》,丰子恺译,北京:人民文学出版社,1980 年,第 204—205 页。

值得注意的是,"无常"作为一种情感则弥漫在整部作品中,具体表现为人物痛感人生无常、世事无常、恋情无常、生死无常、命运无常等。看来,"无常"与"物哀"似乎有着密切的关联,我们将在下文做进一步探讨。

二、多重"物哀"审美

如前所述,"物哀"完整的理论形态形成于江户时代,由日本国学家本居宣长提出用以阐释《源氏物语》的审美理想,而事实上,在平安时代,"物哀"就已经成为日本文学思潮的主流[①],只是尚未形成文艺理论形态的"物哀"(もののあはれ),而是以文学形态的"哀"(あはれ)存在。而对推动"物哀"发展做出重要贡献的正是紫式部,她通过《源氏物语》丰富了"哀"的内涵,将其由简单的感叹发展为包括赞赏、亲爱、共鸣、同情、可怜、悲伤等广泛含义的复杂的审美感动。据统计,《源氏物语》一书中出现"哀"(あはれ)的次数多达1044次,"物哀"(もののあはれ)的次数则为13次。[②] 可以说,"哀"是平安时代主要的审美意识形态,"物哀"仅是其特殊形态。无论是"哀"还是"物哀",都是以客观存在的"物"为感动的对象,"哀"就是主体以悲哀、同情等为主的主观感情。纵观整部《源氏物语》可知,"物"具体包括自然、人生、社会和死亡四个层面,因此"哀"("物哀")美也主要体现在这四个审美

---

① 叶渭渠:《日本文学思潮史》,北京:北京大学出版社,2009年,第92页。

② (日)久松潜一:《日本文学评论史》(总论、歌论篇),东京:至文堂,1986年,第191—192页。

层面。

(一)自然审美:情景交融

自然审美是《源氏物语》"物哀"审美的第一个层面。作品淋漓尽致地描写了春夏秋冬四季景色的千姿百态,并以季节的推移和自然景色的变化来暗示贵族男女恋爱纠葛的起伏及人生境遇的变幻莫测,令人感而哀之。一方面,作者通过对一年四季周而复始的季节感的把捉和玩味,感受"大自然的有节奏的周期性推移变化"①的独特美感;另一方面,从自然植物的变化历程中感受生命的轮回,反观个体生命与人生际遇,体验生命的短暂无常。时间的推移与万物的变化是遵循自然界的规律,不会随着人的意志而转移,当人经历了他者的生命与死亡之后,逐渐意识到自我生命的短暂无常,于是转而珍惜每一个瞬间的状态,在其变化的念念之间体会时间感、生命感和存在感。日本著名风景画家东山魁夷曾言:"在很早以前,人们就认为世间一切事物都是转瞬即逝的。这是无法改变的事实。但是在认识到对方和自己一样是要离开这个世界时,就不由自主地产生了相互之间在瞬间是一起生存着的紧张感。于是,彼此的心开始相通,并产生出'连带感'及爱心和美感。"②

《源氏物语》中的花草树木都同人一样具有情感,人物情感的起伏变化与万物的盛衰荣枯紧密结合,真正实现了自然与人情的情景交

①　(日)大西克礼:《关于物哀》,见《日本之文与日本之美》,王向远译,北京:新星出版社,2012年,第266—267页。

②　(日)东山魁夷:《美的心灵》,见井上靖:《日本人与日本文化》,周世荣译,北京:中国社会科学出版社,1991年,第18页。

融。春夏秋冬的交替变幻,呈现着自然万物的千姿百态,触发着人物情感的激荡起伏。或喜或忧,或悲或愁,都与自然景物的状态暗合,交融互渗,交织成人物内心凄楚动人、缠绵悱恻的"物哀"情怀。自然本身的美与人物的悲情愁绪都是以唯美的方式呈现出来,苦雨、朔风、残枝落叶,自然物的每一种形态都呈现出其内在生命的形态,人物的悲愁没有以悲痛欲绝的强烈方式呈现,只是淡淡地流淌出来。

例如,"夕颜"卷描写的源氏与夕颜的最初邂逅,开始于夕颜屋外自然景物的描绘:

> 他坐在车中望去,看见那人家的门也是薄板编成的,正敞开着,室内很浅,是极简陋的住房。他觉得很可怜,想起古人"人生到处即为家"之句。又想:玉楼金屋,还不是一样的么?这里的板垣旁边长着的蔓草,青葱可爱。草中开着许多白花,孤芳自赏地露出笑颜。源氏公子独自吟道:"花不知名分外娇!"随从禀告:"这里开着的白花,名叫夕颜。这花的名字像人的名字。这种花都是开在这些肮脏的墙根的。"这一带的确都是些简陋的小屋,破破烂烂,东歪西倒,不堪入目,这种花就开在这些屋子旁边。源氏公子说:"可怜啊!这是薄命花。给我摘一朵来吧!"①

暮开朝谢的夕颜花,圣白而纯洁,开在不起眼的角落里,它的美常

---

① (日)紫式部:《源氏物语》,丰子恺译,北京:人民文学出版社,1980年,第52—54页。

常在不经意间被人忽略。它的生长环境极为恶劣,但它生命力顽强,能够孤芳自赏地展现自身之美。虽然短暂易逝,但它又不失内在生命力。源氏公子在简陋的小屋边发现了这些夕颜花,心生怜悯,不由得感叹它们是"薄命花",随之引出了生在"夕颜花之家"的薄命的女子夕颜。这是一个由物及人的自然审美过程,源氏将对夕颜花的怜悯和疼惜转移到对夕颜真挚的爱情。然而,花的暮开朝谢暗示着夕颜女子红颜薄命的悲剧性人生。文中叙述,夕颜之死是因为受到源氏情人六条妃子的怨灵诅咒,干净纯洁的夕颜尽管努力地守护着自己与源氏之间的爱情,不求名分,但终究无法抵挡命运的捉弄。她的生命如同夕颜花一般悄然凋零。

再如,"须磨"卷描写源氏被贬须磨之后的情形,自然景物的变换更迭与人物内心世界的跌宕起伏紧密交织,形成一幅细腻多变的情感波动图。人物命运的波折交织着自然界的花开花落,共同构成了全书的高潮。

须磨浦上,萧瑟的秋风来了。源氏公子的居处虽然离海岸稍远,但行平中纳言所谓"越关来"的"须磨浦风"吹来的波涛声,夜夜近在耳边,凄凉无比,这便是此地的秋色。

……

庭中花木盛开,暮色清幽。源氏公子走到望海的回廊上,伫立栏前,闲眺四周景色,其神情异常风流潇洒。由于环境岑寂之故,令人几疑此景非人世间所有。

……

一轮明月升上天空。源氏公子想起今天是十五之夜,便

有无穷往事涌上心头。遥想清凉殿上,正在饮酒作乐,令人
不生艳羡;南宫北馆,定有无数愁人,对月长叹。于是凝望月
色,冥想京都种种情状。继而朗吟"二千里外故人心",闻者
照例感动流泪。又讽诵以前藤壶皇后送他的诗:"重重夜雾
遮明月……"攒眉长叹,不胜恋恋之情。历历回思往事,不禁
嘤嘤地哭出声来。

　　……

　　回思那夜朱雀帝对他娓娓话旧之时,其容貌酷似桐壶上
皇,恋慕之余,又吟诵"恩赐御衣今在此"的诗句,然后入室就
寝。以前蒙赐的御衣,确是不曾离身,一向放在座旁。又吟
诗云:"命穷不恨人间世,回首前尘泪湿衣。"①

　　这段文字说的是源氏在谪地须磨的仲秋之夜,遥望京城,缅怀情
妇藤壶和兄皇朱雀帝,缠绵悱恻,以优美的词华表现委婉、纤细而深沉
的感伤情绪。"物哀"在此表现得极为贴切生动。瑟瑟秋风和着大海
的涛声,配以前庭的花卉、幽美的暮色、舡公的朗啸、列队的雁鸣等客
观的景物,无一不引起主人公对往日热恋的追忆;特别是藤壶的深厚
感情,赠给他的和歌等,更加重他的哀思。于是,客观的景物与主观的
情感形成和谐的情趣,形成一种富有诗情画意的境界,蕴含着感染读
者的魅力。作品在描写主人公源氏的命运变幻过程中,随处可见融入
人之情感的自然景物描写。秋风、秋雨、残枝败叶容易使人想起颓萎、

---

① (日)紫式部:《源氏物语》,丰子恺译,北京:人民文学出版社,1980 年,第 233—
　235 页。

丑恶、不幸的事物,这往往与源氏的失意,社会的衰败不振相伴随;而春光、繁华、晴空等易给人以蓬勃、美好、幸福之联想的景物,则常常与源氏的得志、太平盛世的繁荣同时出现。源氏被贬须磨时的狂风暴雨触目惊心,而六条院内的繁花似锦却与游宴歌舞相映生辉。

《源氏物语》中这种情景交融的描写俯拾即是。朔风与伤感,暗月与凄凉,怪鸟的悲鸣与凄惨的命运,寂静的冬雪与内心的悲凉,荒芜与悲悯等,自然景物的状态被蒙上了人的主观情绪的色彩,人的感受以及人物命运的沉浮也借自然物的状态象征性地表达出来。黑格尔说过:"自然美是由于感发心情和契合心情而得到的一种特性。"①情景交融生发的美感关键取决于审美主体受触发的心情。整部作品中情与景的内在结合形成了较为固定的情感倾向,悲哀、怜悯、感伤、同情等,也就是"物哀"。

(二) 人生审美:哀对人生

恋爱与出家是《源氏物语》中众位贵族男女主要的两种生活方式。在佛教无常思想的影响下,他们深感世事无常、人生无常,当他们的自然感情遭受挫折的时候,就会企图通过出家遁世来缓解人生的苦恼,摆脱情感的困境。六条妃子、空蝉、藤壶女御、胧月夜、三公主等与源氏有密切关系的女性都为了摆脱情网——出家,紫姬曾多次想过要出家,但都因与源氏的爱情羁绊而终未能如愿,源氏的出家想法早已有之,但他一生都在情欲与出家之间摆渡,遭遇情感的挫折就想出家,一旦真正要出家又难以割舍情欲,最终也未出家。佛教的"出家"是一种

---

① (德)黑格尔:《美学》第一卷,北京:商务印书馆,1986 年,第 170 页。

否定现世、遁世苦行、修炼自我心性、寄希望于来世的修行方法。然而,《源氏物语》中的"出家"是一种重视现世利益的修行方式。贵族们希望利用佛教的方便方法摆脱情感的痛苦,从而使出家成了当时流行的"贵族风俗的一部分"①。

整部作品以恋爱为核心,描写了源氏上下三代与众多女子的情感故事。他们之间的恋情有一个共同特征——"不完满"。一个男子周旋于众位女性之间是这部物语主要的情感模式,两情相悦的恋爱才有可能有幸福的结局,朝三暮四的恋情最终只能走向悲剧。《源氏物语》中的男女无一能摆脱恋爱悲剧的命运。他们尽管相貌俊俏、格调高雅,但无一不为情所伤。难能可贵的是,紫式部描写的情并未流于鄙琐,而是真挚的自然感情的流露,加上平安时代特有的男女恋爱方式——互赠和歌、隔帘对话、夜访朝离——使恋情的表达朦胧而唯美。当恋情成为生命的全部,且必将陷入悲剧结局的时候,就格外能够触动人的心弦,使人感动,令人悲哀,以此体现"物哀"。

主人公源氏是一位英俊潇洒、气度高雅的理想的男性形象,他穷尽一生追香逐玉,每遇到一位容貌姣好的女子都会使尽浑身解数穷追不舍,年轻寡妇、有夫之妇、贵族弃女、乡野村姑等,不一而足。每一次都以真挚的感情投入其中,但终因无法周旋稳妥而招致情人的怨恨和妻子的埋怨,使他常常陷入哀愁与忧虑之中。虽然他有情有义、温文尔雅,但他给身边的女性带来无尽的痛苦,同时也让自己堕入了情感的深渊。

紫姬是源氏生命中最重要的女人,但她却无法摆脱"藤壶替身"的

---

① (日)加藤周一:《日本文学史序说上》,叶渭渠译,北京:外语教学与研究出版社,2011年,第179页。

宿命,不堪源氏无数次的背叛,郁郁而亡。源氏生母是一位更衣,身份低微却深受桐壶帝的喜爱,但因招人嫉妒而悲惨死去。年仅三岁的源氏听说父亲续娶的藤壶女御酷似生母,恋慕之情油然而生便为此常常亲近继母。冠礼过后因不能再与藤壶保持亲近致使源氏对藤壶的感情由"亲近"突变成了"爱慕"之恋。从此,藤壶成为源氏心中的理想女性形象。初见紫姬,因为她的容貌酷肖藤壶,源氏激动得浑身颤抖,禁不住泪流满面。源氏对紫姬并无真正意义上的爱,紫姬只是藤壶的替身,他在紫姬身上寄托了对藤壶无限的思念。年仅10岁的紫姬被源氏带回抚养,他按照自己心中理想的女性形象塑造紫姬。源氏与紫姬的关系既如同父女,又如同情人,对于源氏而言,他就是想要同这个藤壶的替身朝夕相守,对于紫姬来说,源氏从"父亲"变成了"丈夫",这个过程会伴随着抵抗与痛苦。随着紫姬成年正式嫁于源氏为妻,她实质性地成了源氏在现实生活中真正拥有的理想的完美女性。但源氏的好色行为注定让二人的爱情蒙上悲哀的色彩。贵族的风流个性决定了源氏四处猎艳的奢靡本性。但是他的好色行为并不总是给他带来满足欲望的快乐,他每得到一个女人就多一份失望与哀愁,得到的女人越多,他的精神负担就越重。他为情欲而煎熬,为女人的怨恨和嫉妒而不安,为种种缺憾而失落,然而"越是难得,越是渴慕"。当他接受了明石姬、花散里和三公主后,他对紫姬的爱也随之大打折扣,尽管他承诺对紫姬专一,却心有余而力不足。紫姬温婉善良,美丽纯真,她为源氏付出了真挚的爱。当源氏被贬前往须磨时,她甘愿与对方同生死共患难:"即便奔赴黄泉,奴亦要伴君同往。"[①]当源氏朝三暮四,到处

---

① （日）紫式部:《源氏物语》,丰子恺译,北京:人民文学出版社,1980年,第217页。

渔色猎艳时,紫姬选择了宽容和接纳,她甚至将明石姬的女儿视如已出。然而紫姬不可能承载源氏的自私、博爱、好色、哀愁等所有的一切,最终她不堪忍受,带着遗憾与怨恨离开了人世。紫姬曾多次有过出家的愿望,但都被源氏以不舍为由而拒绝,她的悲哀在于期待一个永远不可能圆满的爱情。

六条妃子是一个端庄文雅、品格高尚但又骄淫孤傲、嫉妒成性的女性。她早年丧夫,孤独寂寞,禁不住源氏的狂热追求而与之私通,强烈的自尊心使她担心私情暴露,整日苦恼。但其后源氏对她越来越冷淡,更令她恼羞成怒,她对源氏及其身边的女性都产生了强烈的嫉恨。对源氏的执念使她嫉妒灵魂出窍,她的生魂缠上了夕颜和葵姬致使其丧命,死灵又附上了紫姬,使其大病一场后不久逝世,逼得三公主削发为尼。为了追求忠贞的爱情,性格刚烈的六条妃子选择了一种极端的方式,尽管这为她招来了"怨恨嫉妒"的骂名,但这却是对当时一夫多妻的封建社会制度的有力反抗。但源氏其他女人的或离世或出家却并未使她挽回源氏的爱,六条妃子强烈的爱最终与她的嫉妒、怨恨、哀伤交织在一起,化作一首凄厉的哀歌,至死不息地纠缠着源氏。

因鼻尖发红的丑陋相貌而得名的"末摘花",是已故常陆亲王的孤女,孤苦无依生活窘迫,虽略通琴艺但不懂得贵族的风雅情趣。得知她是贵族血统的小姐,源氏疯狂地赠歌求爱,借着与之隔帘见面的机会强行进入与之发生关系,事后发现她长相异便冷淡疏远她,还狠狠地奚落嘲讽她。在源氏被流放期间,她又差点被拐骗为奴,后来她虽被源氏接到宫中,但源氏及其他的奴女始终把她作为取笑对象。她本以为找到了爱的归宿,实际上只是源氏一时玩乐的对象。

三公主在不谙世事的年纪被父亲朱雀帝许配给 40 岁的源氏做

妾。因年幼无知,禁不住柏木的诱惑而与之私通,并生下一子,从此忧虑万分,难以在宫中容身,只好出家为尼。"柏木"卷中写道柏木因思恋三公主病倒,死前仍与三公主唱和着情意绵绵的和歌:"身经火化烟长在,心被情迷爱永存。"①三公主答歌曰:"君身经火化,我苦似煎熬。两烟成一气,消入暮云天。"①这样一对"好色"②的男女极易令人体会到不被允许的恋爱之痛苦。二人起誓即使死后化作灰烟也愿长相厮守,但毕竟两人的爱恋有违伦常,最终落得一人离世一人出家。

源氏殁后,他的儿子薰君重新踏上了悲恋的道路。自幼钟情于云居雁的他却因官位低微屡遭对方家人鄙视,在不堪耻辱的情况下他爱上了八亲王的大公主,大公主死后他又分别移情于酷似大公主的二公主和浮舟,但都未能赢得对方的芳心。情场上的连连败北,再加上得知自己为"私通生子"的秘密,他常常陷入痛苦与烦恼中不能自拔。他没有父亲源氏显赫的身份与地位,更不像父亲那样能同时周旋于众位女子之间,身为皇族的他自出生之日起就背负着悲哀的命运。

总之,《源氏物语》中的贵族男女都过着"为情而生、为情而死"的生活,恋爱增加了他们人生的浪漫色彩,但恋爱本身的不完满性又令人对他们悲剧性的人生唏嘘不已。一声声"哀"(あはれ)足以悲叹他们绚烂多姿又终归虚无的人生。

(三) 社会审美:世态炎凉

"物哀"美的第三个层面是社会审美,即对社会世相的"哀"感,主

---

① (日)紫式部:《源氏物语》,丰子恺译,北京:人民文学出版社,1980年,第640页。

② 日语中所谓"好色",与汉语中的"好色"不同,不是指道德上所具有的批判性意义,更多的是对爱情与性的开放态度。

要是对宫廷社会的历史意义上的观照,慨叹世事无常,无奈贵族没落,哀怨世态炎凉。《源氏物语》被誉为整个平安王朝时代的历史画卷,它不但深入细致地描写了人们对自然的感怀以及对人的悲剧性命运的怜悯,而且观照了整个社会世态。这与作者紫式部坎坷的人生经历息息相关。紫式部出身中层贵族,自幼丧母,与父亲相依为命。其父藤原为时曾一时受重用,任式部丞,但其后长期失去官职。他虽辗转于越前守等地做地方官,但终因怀才不遇,辞官归隐,其时家道中落。长德四年(998),紫式部嫁给了比自己年长 26 岁的藤原宣孝,婚后育有一女,但结婚未满三年,丈夫就因身染流行疫病而逝。芳年守寡的她对自己人生的不幸深感悲哀,对自己的余年几近绝望。后来入宫做女官侍奉中宫彰子,目睹了宫廷生活的腐朽与衰败,因为不能融入其中而整日苦闷不安。家道中落、芳年丧夫、寄人篱下的种种不幸的人生遭遇使她深深体会到人生的悲哀,这也成为她创作《源氏物语》的直接内驱力。安藤为章以"发愤著书说"评价她的创作:"汉代司马迁于穷困潦倒中发愤著书、立一家之言,同样,紫式部也是在生活极端窘迫的情况下,她创作了这部物语——其父藤原为时死别,丈夫先她离世,毫无生活来源的她又要抚养两个年幼的孩子。"①因此,我们认为,紫式部是以个体经历,尤其是作为一个落魄贵族家庭的女性身份,来审视整个社会世态的变迁。

纵观整部作品,既有对世事无常的慨叹,又有对悲惨命运的怜悯;既有对世态炎凉的哀感,又有对贵族没落的无奈。作者身为女子,没

---

① (日)本居宣长:《源氏物語玉の小櫛——もののあわれ論》,山口志義夫訳,東京:多摩通信社,2013 年,第 166 页。

有"奢谈天下大事",而是以感受性的方式呈现出在这变幻无常的社会世态中,没落贵族之命运的悲惨。丰子恺批判了作者创作的阶级局限性:"她既不满当时的社会现实,哀叹贵族阶级的没落,却又无法彻底否定这个社会和这个阶级;她感到这个恶浊可叹的末世⋯⋯总是越来越坏,可又未能自觉认识贵族阶级灭亡的历史必然性。"[1]然而,我们认为,正是作者以女性的身份才能更感性地呈现整个社会最本来的状态。

例如,"杨桐"卷写道桐壶先帝去世前后的情形。桐壶帝退位后,因为仍然居于统治地位,每年过年必然"车马盈门,几无隙地"[2];然而驾崩噩耗刚刚传出不久,过年之时便门庭冷落,藤壶皇后自此之后也只能搬回私邸,想象着这个"任情弄权的世间"[3],内心不胜悲痛。物是人非,今非昔比,即便是昔日地位显赫的天皇也难以逃离殁后门可罗雀的悲凉。同样,深得桐壶帝宠信的源氏,由于与胧月夜私通而得罪了右大臣和弘徽殿女御,被贬谪去了须磨,临行前竟然没有多少送行之人,深感人情冷漠。"须磨"卷中这样写道:"与公子交情不深的人,唯恐来访问了将受右大臣谴责,因而增多烦恼。所以本来门前车马云集,几无隙地;如今冷冷清清,无人上门了。此时源氏公子方悟世态之炎凉与人情之浅薄,感慨系之。""我在家时尚且如此,将来我走了,更不知何等荒凉呢!"[4]源氏昔日待人慷慨大方,温文儒雅,颇为擅长人际交往,但如今他落魄被贬,却无人问津。世态炎凉,人情冷漠,正是在这生死离别之际感受最深。

---

① （日）紫式部:《源氏物语》,丰子恺译,北京:人民文学出版社,1980年,第4页。

② （日）紫式部:《源氏物语》,丰子恺译,北京:人民文学出版社,1980年,第191页。

③ （日）紫式部:《源氏物语》,丰子恺译,北京:人民文学出版社,1980年,第195页。

④ （日）紫式部:《源氏物语》,丰子恺译,北京:人民文学出版社,1980年,第220页。

　　世态的变迁无法掌控,人生的无常更加令人啼笑皆非。"槿姬"卷中写源氏拜访姑母五公主时,遇见一位年纪很大的老婆婆,如今她已齿牙零落,讲话吃力,但依然健康地活着。源氏不禁感怀:"在这老婆婆青春时代,宫中争宠竞爱的女御和更衣,现在有的早已亡故,有的零落漂泊,生趣全无了。就中像尼姑藤壶妃子那样盛年夭折,更是意料不到之事。像五公主和这源内侍之类的人,残年所剩无几,人品又毫不足道,却长生在世间,悠然自得地诵经念佛。可知世事不定,天道无知!"①这老婆婆自称源内侍,是一位微不足道的老宫女,源氏几乎将她遗忘。然而世事难料,源氏之母桐壶更衣温柔貌美却英年早逝,深爱的藤壶妃子也盛年夭折,这又老又丑的宫女却独活于人世间,嬉皮笑脸。人们都希望世间青春常在,美丽永存,但世间偏偏事与愿违之事甚多。源氏目睹老丑,更产生了物是人非、今非昔比的悲凉情绪。

　　要之,物质生活极度富裕的贵族阶级在精神上极度空虚,他们理想的人生是人的自然感情不受任何的阻碍,能够达到极大程度的放纵,他们理想的社会是以人情维系,通过相互理解、宽容、同情构成一个美好的人情社会。当他们的理想难以达成的时候,就会感到人生与社会的"无常",从而发出悲哀、痛苦、凄凉的感叹。

(四)死亡审美:唯美的悲哀

　　我国学者李泽厚以"惜生崇死"②来总结日本人的生死观,日本美

---

①　(日)紫式部:《源氏物语》,丰子恺译,北京:人民文学出版社,1980 年,第 352 页。

②　李泽厚:《李泽厚旧说四种:说文化心理》,上海:上海译文出版社,2012 年,第52 页。

学家今道友信则把死亡看作重要的审美主题①,日本人自古以来就以审美的态度对待死亡。《源氏物语》中描写了许多人物的死亡,如桐壶更衣、葵姬、夕颜、六条妃子、紫姬、藤壶女御、柏木、源氏等,他们或抑郁而亡,或暴病而死,或被诅咒而死,或因极度伤心而亡,一言以蔽之,皆"为情而死"。作品以风雅的和歌和典雅隆重的仪式取代了悲天悯人的痛苦,从而营造出颇具美感的死亡氛围。潇洒俊俏的年轻男女,一个个无奈为情而亡,一幅幅唯美的悲哀画面构成了"物哀"美的第四个审美层面。

　　《源氏物语》中描写死亡,往往避开死亡惨状的直接描绘,通过描写生者悲伤的感受渲染对死亡的深刻哀感。"桐壶"卷写更衣因深受桐壶帝宠爱招来其他嫔妃的嫉恨和作弄,终至郁郁而死。关于更衣的死亡,作者只是寥寥数笔勾勒了其临终前的病容:"芳容消减,心中百感交集……两眼失神,四肢瘫痪,只是昏昏沉沉地躺着。"②书中更多的是以生者的感受渲染死亡的悲凉氛围。最悲恸的是深爱更衣的桐壶帝,他终日以泪洗面,常常追怀更衣在世时的往事,秋风瑟瑟之时,他对更衣的思念更加深重,忧愁、孤独、悲伤使他无法从更衣死亡的阴影中走出来。更衣的母亲太君难以忍受白发人送黑发人的痛苦,哭嚎着要与女儿一同化作灰尘,原本与女儿相依为命的她当下根本无法接受死亡的现实,肝肠寸断之感无法用语言形容。皇上身边的女官为更衣的死深感惋惜,因为她平素通情达理、待人和蔼。就连不甚了解更

---

① （日）今道友信:《存在主义美学》,崔相录、王生平译,沈阳:辽宁人民出版社,1987年,第73页。

② （日）紫式部:《源氏物语》,丰子恺译,北京:人民文学出版社,1980年,第3页。

衣的命妇,在目睹了太君终日为女儿悲伤饮泣而无心料理庭院的惨状时,都表示深深的哀悼和同情。照料更衣所生的小皇子的年轻侍女,无一不悲伤,她们同情桐壶帝的悲痛,也可怜小皇子失去母亲而无后援人的不可预知的命运。更衣在伺候皇上的众女官之中地位卑微,平素被人轻视,但她的死亡使整个皇宫陷入悲哀、伤感的氛围中。花容月貌的美人香消玉殒,没有关于死亡的恐惧和丑陋的描写,悲伤之余徒有对更衣优雅可爱、风情万种的追思和留恋。更衣生前的音容笑貌如画卷般浮现在读者的面前,对死亡的哀伤是以凄美的形式展开的。自然风物的描写对死亡的凄凉氛围的渲染也起到了极为重要的作用。"深秋有一天黄昏,朔风乍起,顿感寒气侵肤",此景激发了桐壶帝对更衣的追思;太君痛惜女儿死亡,她独居的庭院"庭草荒芜,花木凋零"①,这象征着失去女儿后孤苦无依、不堪痛苦的悲恸心绪;"其时凉月西沉,夜天如水;寒风掠面,顿感凄凉;草虫乱鸣,催人堕泪"②这是命妇即将离开太君居所时的自然描写,凉月、夜天、寒风、虫鸣都是伤感的意象,勾勒出一幅凄凉的景象,暗合了命妇与太君此时悲戚的心情。总的来说,作者没有直接描写更衣死亡的惨状,而是重点描写生者忧愁哀伤的感受,其中穿插着与人的情思交融互渗的自然描写,伴随着生者对死者的追怀,死者生前优雅的容姿如同一幅幅美丽的画卷展现在读者的面前,于是读者在欣赏女性美的同时,自然而然地被那种忧愁、悲伤的情绪浸润着,悲与美同时注入读者的内心,以致我们无法完全截然分开悲与美,既悲又美,亦悲亦美。

---

① （日）紫式部:《源氏物语》,丰子恺译,北京:人民文学出版社 1980 年版,第 6 页。
② （日）紫式部:《源氏物语》,丰子恺译,北京:人民文学出版社 1980 年版,第 8 页。

　　"法事"卷和"魔法使"卷详细描述了紫姬由病重至去世的整个过程。紫姬系藤壶女御的侄女，因酷似藤壶颇受源氏喜爱，源氏按照自己的理想将她抚养成人并娶为正室。她容姿俊俏，优雅可爱，通情达理，是一位接近完美的女性形象。尽管她对源氏的好色行为持宽容理解的态度，但禁不住源氏频繁的多情背叛，内心饱受妒忌和怨恨的煎熬，在源氏晚年又续娶了身份高贵的三公主为妻时，她终于经受不住这致命的一击，抑郁致死。紫姬之死也同样是以生者对死者的追怀渲染悲伤与同情。源氏最为悲恸，竟至神志昏迷，生无可恋，遂欲出家以摆脱这极端的痛楚；夕雾也难掩悲伤，甚至希望舍命将自己的灵魂赋予紫姬的遗体上；紫姬的几位侍女哭得不省人事，更有悲伤过度以致出家者；秋好皇后致信表示无限哀悼；另外，与紫姬无甚关系的人听闻她死亡的消息，也都洒下同情之泪。可以说与紫姬亲近者、有缘者以及并无深缘的一般人，都不胜悲戚。读之便能深深感受到紫姬之死所带来的无尽的哀伤，痛彻心扉，久久无法释怀。

　　女性的病态美貌也是作者唯美地描写死亡的重要方法。"葵姬"卷写被六条妃子魂灵附体的葵姬："这个绝色美人，现在为病魔所困，玉容消减，精神若有若无，那躺着的样子实在非常可爱可怜！那浓艳的头发一丝不乱，云霞一般堆在枕上，美丽之极！"[1]"航标"卷描写被病痛折磨的六条妃子："坐在半明半暗的灯火旁边，一手靠在矮几上，那剪短了的头发非常雅致。这光景竟像一幅图画，实在美丽可爱！"[2]

---

[1] （日）紫式部：《源氏物语》，丰子恺译，北京：人民文学出版社，1980年，第167页。

[2] （日）紫式部：《源氏物语》，丰子恺译，北京：人民文学出版社，1980年，第283页。

"藤壶"卷写藤壶女御临终之前"还是青春盛年的模样"①,生离死别本身已经令人哀痛,如此美貌的女子香消玉殒,更令人不胜怜惜。

另外,临终之前互赠和歌为死亡增加了形式美感。作者在描写紫姬之死时就插入了许多首和歌。紫姬病重时,以僧众诵经为契机,分别与明石姬、花散里、源氏以及明石皇后互赠和歌,表达自己不久后将要与大家分别的悲痛,同时又以人、物皆无常的态度看待死亡。和歌以委婉、含蓄、隐忍的方式表达彼此的悲叹,借自然风物暗示自己的心绪,更衬托出此刻所有人内心强烈的悲痛。紫姬赠送源氏的和歌这样写道:"露在青荻上,分明不久长。偶然风乍起,消散证无常。"紫姬自比挂在摇曳树枝上的露珠,暗示命不久矣;源氏答歌曰:"世事如风露,争消不惜身,与君同此命,不后不先行。"源氏誓言要与紫姬同生死共命运,若紫姬为露珠,自己也甘愿同作露珠,悲痛欲绝的内心由此可见;明石皇后也答歌云:"万物如秋露,风中不久长。谁言易逝者,只有草边霜。"②所吟秋露、草边霜同为自然界中稍纵即逝者,以此哀叹继母生命的短暂。和歌赠答乃贵族的修养,死亡阴霾下的和歌传情流淌着股股凄凉的哀伤。"柏木"卷写柏木临死之前念念不忘三公主,写下了感人至深的离世之歌。柏木爱恋三公主而不得,强行与之私通使之怀孕,得知源氏知晓此事后,日夜忧惧,一病不起,郁郁而死。柏木为情而死,强求不可得之恋以致遭受果报虽然罪有应得,但关于他临死前爱恋依旧的惨状描写仍能深深地感动读者的心。柏木自知罪孽深重,忧惧过度,病倒在床,颤抖着双手写下情诗"身经火化烟长在,心被

① (日)紫式部:《源氏物语》,丰子恺译,北京:人民文学出版社,1980年,第337页。
② (日)紫式部:《源氏物语》,丰子恺译,北京:人民文学出版社,1980年,第717页。

情迷爱永存"①，表明即使身死也无法割舍对三公主的爱慕；恐惧、悔恨、不甘侵蚀着柏木的内心，命不久存之时他还留下了遗世诗："我已成灰烬，烟消入暮天。思君心不死，时刻在尊前。"②他对三公主的爱至死不渝，这里没有悲壮的誓言，只留下凄凄惨惨戚戚的恋爱情感，弥漫着淡淡的哀伤与惆怅。

《源氏物语》中的死亡描写避开了丑陋与恐惧，着重描写生者的悲哀、凄凉的自然景象以及死者临终前容姿不减的美态，展现在读者面前的是悼念死者离世的一幅幅凄美的画卷。这种唯美的死亡描写融入了佛教对死亡的无常态度，过滤了死亡的惊惧与恐怖，缓解了直面死亡本身的压力，留下的只有悲伤、忧愁、思念等情绪。我们从中感受到的是对逝者的同情、一种流动着悲哀情感的空间和深邃的佛教无常感。《源氏物语》中所体现的生死观是人们对生命的珍惜和死亡的悲哀，在"悲死"的情怀中也展现了悲悯的"物哀"情怀。

第三节　"物哀"与"无常感"

如本章第一节所述，"无常"作为一种情感弥漫在整部《源氏物语》中，具体表现为人物痛感人生无常、世事无常、恋情无常、生死无常、命运无常等。"无常"本是佛教理论中十分重要的概念，《佛学大辞典》释

---

① （日）紫式部：《源氏物语》，丰子恺译，北京：人民文学出版社，1980 年，第 641 页。
② （日）紫式部：《源氏物语》，丰子恺译，北京：人民文学出版社，1980 年，第 642 页。

义为："世间一切之法,生灭迁流,刹那不住谓之无常。"①具体言之,"无常"指世间存在的一切事物都处于生成、变化、发展、消亡等循环往复的过程,变动不居,永不休止。佛经《无常偈》云："诸行无常,是生灭法;生灭灭已,寂灭为乐。"即世间一切万物与现象的变化都是梦幻虚假,徒劳无益,空受轮回,唯有涅槃才是永恒极乐的境界,涅槃无生无灭,无生灭,所以是真正的寂灭,真正的常乐。因此,在佛教中,"无常"是通往永恒极乐境界的关键佛法要义。

而自佛教"无常"思想传入日本以来,同样秉承着一贯的日本式接受特征："日本思想的主流是对情绪的尊重……因此,在佛教内部也并无对论理的反思。"②也就是说,不是从理论层面接受"无常",而是从情绪层面感受"无常"。日本宗教学研究者末木文美士十分明确地说道："'无常'在印度属于理论范畴,而在日本则成为一个情感成分颇重的概念。它在文艺领域中不是作为'无常观',而是作为'无常感'得到了发展。这种倾向在《万叶集》中就已有之,经平安文学中的'物哀'得到进一步发展。"③小林智昭则认为,"无常感"在日本文学中古已有之,但后来传入的佛教无常思想,才为其提供了理论依据。④ 这里提出的"无常观"与"无常感"两个概念十分重要。所谓"无常观",指的是认识到世间万事万物万象皆处于不断变化中,没有绝对永恒不变的,因而寻求超越"无常",获得精神的解脱,在精神上达到涅槃境界,即真正的极乐。而"无常感",则是在情感、情绪层面感受万事万物的生、

---

① 丁福保编:《佛学大辞典》,上海:上海书店,1991年,第2173页。

② (日)末木剛博:《東洋の合理思想》,東京:講談社,1980年,第18页。

③ (日)中村元监修:《比較思想事典》,東京:東京書籍,2000年,第513页。

④ (日)小林智昭:《無常感の文学》,東京:弘文堂,1959年,第7—12页。

住、异、灭的变化,接受这种变化,但不寻求在精神层面超越无常而获得解脱,在文学作品中,这表现为对诸事无常的悲哀和感叹。由此看来,日本文学从佛教中接受的不是"无常观",而是"无常感",也就是说,《源氏物语》所描写的是诸事皆哀的"无常感",也正是这种"无常感"构成了作品的"物哀"审美。

事实上,"无常感"意识在日本上古文学中就已有了。例如,《万叶集》中收录大伴家持的《卧病悲无常欲修道作歌》道:"此身现世何短暂,寻道路见山河清。"①悲叹人生于世的无常,遂想投抱于青山绿水之间修行得道获得解脱。这种与自然为友,寄情于山水之间的情怀,在当时很大程度上来源于中国的老庄思想。再如,《伤惜宁乐京荒墟作歌》曰:"昔日平成京,一片荒凉地。见此方知悟,世间本无常。"②平成京指今日奈良,昔日繁华的都城如今变成一片荒凉的废墟,不禁令人产生今非昔比、物是人非的世事无常感。《万叶集》的另外一位著名歌人山上忆良暮年时写过一首和歌:"虽本以为坚如石,每逢世事亦难留。"③作者经历了岁月的蹉跎与丰富的人生阅历,本以为人能够凭借坚韧的毅力度过精彩的生活,但面对晚年贫病交加的残酷现实,也不能不感叹世间一切的虚幻。总之,是对自然万事万物之短暂易逝及生命无常的朴素的感叹。

时至平安时代,佛教无常思想的影响为朴素的"无常感"提供了一定的理论依据,并在情绪与感受的玩味中形成了"物哀"审美情趣。如

---

① 转引自郑民钦:《和歌美学》,银川:宁夏人民出版社,2008 年,第 202 页。

② 转引自郑民钦:《和歌美学》,银川:宁夏人民出版社,2008 年,第 203 页。

③ 转引自郑民钦:《和歌美学》,银川:宁夏人民出版社,2008 年,第 204 页。

本章第二节所述,《源氏物语》的"物哀"美表现在以下四个层面:在自然审美中,人们从四季周而复始的变化中体会到独特的美感,从自然植物的生命历程中体味生命的轮回,尤其在经历他者死亡和个人命运的浮沉时,会深刻意识到自我生命的短暂无常,所以转而珍惜每个瞬间的状态,从中体验时间感、生命感和存在感,而从这万事万物的转瞬即逝中所把握的审美感受正是"无常感"。换言之,"物哀"美在自然审美层面的审美意蕴是时间无常、生命无常、恋情无常的"无常感"。

在人生审美中,每个人物的恋爱哀感与命运浮沉的背后,所蕴含的是深刻的人生"无常感"。当他们在爱情和政治生活中遭遇挫折时,就会深感人生无常、世事无常,企图通过遁世出家来摆脱情感的困境,缓解人生的苦恼。尽管是佛教意义上的出家,但都不是为了修炼心性而遁世苦行,只是摆脱情感痛苦的一种逃避方式,但最终往往都未能摆脱爱情的纠葛,所以终其一生都在悲恋中体味爱而不得、相思难见、因爱生恨、欲断难断、纠缠不休等刻骨铭心的感受,而这正是恋爱之中的无常感。要之,"物哀"美在人生审美层面意指在人的命运以及不完满的恋情中体味到"哀"感,其审美意蕴是命运无常、恋爱无常的人生"无常感"。

在社会审美上,"物哀"美表现为平安贵族慨叹世事无常,无奈贵族没落,哀怨世态炎凉的情绪。物质生活极度富裕的贵族阶级在精神上极度空虚,他们理想的人生是人的自然情欲不受任何阻碍,能够达到极大程度的放纵,他们理想的社会是以人情维系,通过相互理解、宽容、同情构成一个美好的人情社会。当他们的理想难以达成的时候,就会感到人生与社会的"无常",从而发出悲哀、痛苦、凄凉的感叹。

在死亡审美上,作品中的死亡描写避开了丑陋与恐惧,着重描写凄凉的自然景象与生者的悲哀,展现在读者面前的是悼念死者离世的一幅幅凄美的画卷。这种唯美的死亡描写融入了佛教对死亡的无常态度,过滤了死亡的惊惧与恐怖,缓解了直面死亡本身的压力,留下的只有悲伤、忧愁、思念等情绪。我们从中感受到的是对逝者的同情、一种流动着悲哀情感的空间和深邃的死亡"无常感"。总而言之,《源氏物语》"物哀"美的审美意蕴是"无常感"。

中世以来,日本文学中的"无常感"又发生了质的飞跃。日本当代著名历史学家目崎德卫这样描述:"平安时代的贵族与庶民在经由古代向中世转换期的动乱之后,深切地体会到了无常对于自身存在的根本威胁,而这种社会的苦难最终产生了慨叹无常的艺术以及超越无常的思想探索。"①目崎氏的"超越无常"的观点颇为值得注意。平安时代的"无常"并未达到佛教思想层面的超越,只以现世利益为根基,慨叹无常,可称之为"消极的无常感";而中世的"无常"有试图超越无常思想的探索,不仅仅感伤,而是将其转化为美,肯定无常,可称之为"积极的无常观"。(中世文学中的"无常"将在第三章论述。)

总的来说,平安时代是"物哀"的雏形阶段,其理论形态存在于《源氏物语》的《萤之卷》中,但并未形成完备的理论体系,它主要是以文学形态的"哀"(あはれ)贯穿于整部《源氏物语》,在佛教思想的深刻影响下,形成了其"无常感"的审美意蕴。具体体现在自然、人生、社会、死亡这四个审美层面。自然审美,即在自然景物推移变化中体会到的"哀"感,实为时光流转、万物转瞬即逝的"无常感";人生审美,是在人物命运浮沉以及不完满的恋情中体味到的"哀"感,实为对恋爱无常、

---

① （日）目崎德衞:《無常と美》,東京:春秋社,1986 年,第 10 页。

命运无常、人生无常的慨叹;社会审美,是在宫廷社会中感受到人情冷漠、世态炎凉的"哀"感,实为世事无常的感喟;死亡审美,是在死亡中感受到的"哀"感,即避开丑陋与恐惧,以唯美的悲哀描绘凄美的死亡景象,实为死亡无常的美感。又因为这种"无常感"缺乏佛教思想层面的超越,我们进一步称之为"消极的无常感"。

第三章

由飞花落叶而殉死之美：「物哀」的沉潜

　　佛陀临终前说:"每当我们迷失方向或懒散的时候,观照死亡和无常往往可以震醒我们回到真理"①。佛教思想的深刻之处就在于对死亡与无常的观照。中世时期,佛教思想进一步成了日本社会的主流意识形态,广泛融入了上至天皇下至庶民的思想中,并且实现了佛教的日本化。动荡不安的社会背景下,末法思想与无常思想成为整个时代的主潮。末法思想催生了中世隐士文学的诞生,他们将文学与宗教相结合,从而实现了"物哀"与"悟道"的一体化;佛教思想的深入推动"消极的无常感"逐渐转化为一种"积极的无常观",超越了平安"物哀"单纯的感伤性,以达观的态度审视自然与人生,为"物哀"的情趣中注入了理智的成分;而随着禅宗的影响和武士道精神的融入,"物哀"美学中增加了谛视死亡的维度。另外,在占据中世主流文学思潮的"幽玄"和歌理论中,"物哀"也以不同的理论形态潜藏于各位歌论家的著作中。

---

① 祁志祥:《中国佛教美学史》,北京:北京大学出版社,2010年,第37页。

第一节　飞花落叶

中世是新兴武士阶级战胜以天皇为首的公家统治集团力量从而建立武家政权的时代。日本社会战争频仍,灾难重重,动荡不安,民不聊生。由此,佛教在中世日本的思想界产生压倒性的影响,尤其是宣扬末世危机意识的末法思想和主张万物因循流转的无常思想风靡整个时代。厌世出家者甚众,承担中世文学创作的阶层已不再是昔日的贵族,而多为出家的僧侣,由此诞生了独特的隐士文学,而"无常"也在其中呈现出不同于昔日的特征。如第二章所述,平安时代的"无常",缺乏佛教思想理论层面的超越,唯以现世利益的满足为前提,徒然慨叹恋爱无常、人生无常、世事无常、死亡无常等,在文学作品中呈现出悲哀感伤的情感基调,故可谓之"消极的无常感";而中世时期的"无常",则试图在思想层面超越无常,将消极的无常感叹转化为积极地肯定无常之美,在文学作品中表现为以积极的态度寻求人生的解脱,故可谓之"积极的无常观"。尽管在隐士文学中仍有颇多慨叹无常的描写,如对失去荣华富贵的感叹、对生命短暂的感悟、对草尖上瞬间洒落的露珠的感慨、对难以彻悟成佛的迷茫与困惑等,但都是以求佛悟道为根基的,这就实现了中世"物哀"与"悟道"的一体化,同时也将理智性的因素融入"物哀"中。

飞花落叶,字面意为飘落的花与叶,象征着草木凋零、万物荣枯的自然规律。在文学中体现为以自然物的现象变化领悟自然界盛衰变幻、人类自身的生死沉浮等自然的道理:"进入中世以来,日本文人常用它来表现社会与人世的无常。"①它代表着从"道"的精神高度对佛教无常思想的理解,标志着中世文人理性的觉醒。目睹社会动乱,洞察世间诸事无常的文人们,从精神上得到了慰藉。他们以创作"飞花落叶"的文学表达对生命的思考以及宗教的领悟,在与自然的交流与对话中,他们得以积极的态度面对现世的无常,不再消极地感伤现世,而是在沉静中获得心灵的慰藉。所以,伴随着"消极的无常感"向"积极的无常观"的转化,中世"物哀"中逐渐融入了理性达观的要素,成为一种自觉的无常美。在此,我们借用"飞花落叶"来表达这种美学精神。

一、《山家集》的"物哀":悟道哀深

僧侣西行(1118—1190)因创作私家集《山家集》而闻名于世。由于他的创作中有许多赞美樱花、吟咏月亮的和歌,故有"花月诗人"的美称。西行是他出家后的法号,意思是发愿往生西方净土的行者。关于为何出身武家的他在二十三岁突然出家,原因不详。据权威的研究者川田顺氏提出的"综合原因说"②解释,西行未能与贵族女性恋爱成功是导致他出家的直接原因,而从客观上来说,躲避政治灾难和远离喧闹的现世是他的现实需要。出家之后,他就踏上了与自然为友的修行之旅。在与自然的交流和对话中,他找到了许多创作素材,在感悟自然的同时,观照自我,体会人生,这成就了他的自然咏歌;在佛教修

---

① 　(日)唐木顺三:《無常》,東京:筑摩書房,1965 年,第 257 页。

② 　(日)川田順:《西行研究録》,東京:創元社,1940 年,第 111 页。

行的道路上他不断探索,逐渐将承继的平安时代"物哀"的审美意识提升至领悟性的审美体验层面。

（一）四海真如天

《山家集》中的"山家",指山中草庵。西行长达五十年的遁世生活主要是草庵闲居与云游漂泊交替进行,他特别强调自己的和歌是在这样的心境下创作的,故得此名。他对自然的热爱以及对自然生命的独特领悟,也都在和歌中一一体现出来。吉野山是他草庵生活的最为重要的处所之一,那里的自然风光颇为著名,西行借此创作了许多赞美樱花、吟咏月亮的和歌。根据西田正好的统计,《山家集》中咏月歌有129 首,咏樱歌有113 首[①],数量之多可见一斑。

西行酷爱吟咏落樱,从他的咏樱歌中可见对平安"物哀"美的承继。欣赏落樱之美在日本古已有之,自平安初期的《古今和歌集》起,就对落樱转瞬即逝之美情有独钟,至《源氏物语》这种审美情趣融入"物哀",而西行则进一步将"物哀"与他的"悟道"联系在一起。比如,他有一首咏樱歌这样写道:

> 命をしむ人やこの世になからまし花にかはりて散る
> 身と思はば[②]
> 世人多惜命,存身可赏樱。若花随风散,代花愿入棂。

笔者译

---

① （日）西田正好:《花鳥風月のこころ》,東京:新潮社,1979 年,第 119 页。

② （日）西行:《山家集》,佐々木信綱校訂,東京:岩波文庫,1928 年,第 236 页。

　　作者认为,樱花之美与人的生命同等重要,因此,如果可以的话,情愿舍弃生命换来樱花的永不凋谢。但转而意识到,即使采取过激的行为也无法扭转无常流转的大自然界,所以惋惜樱花短暂的绽放,也感伤生命的脆弱不堪,感伤之余,是对世事无常这一佛教原理更深刻的体味。由樱花飘落的无常,联想到人的生命的无常,发出无常哀感,这呈现的是平安时代纤细而悲悯的"物哀"。而对于始终坚持由和歌悟道的西行而言,和歌并非简单地抒发风花雪月之作,而是将"反观"与"反思"这样的理性要素渗透于其中的悟道之作,所以西行是借咏樱来反思生命本身,他不是单纯的多愁善感,而是站在观照生命的高度上,深刻领悟到超越感伤之后的、人作为存身于世的无常之物的苦痛。由此,西行的"物哀"从情感的层面上升至体会生命存在之痛的审美体验层面。再如:

　　　　花みればそのいはれとはなけれども心のうちぞ苦しかりける①
　　　　四季春当值,正是赏樱时;莫名无思绪,徒有苦痛日。笔者译

　　这首和歌写作者观赏盛开的樱花情不自禁地感到内心的痛苦,可以想象他观览樱花时复杂的内心变化,看到灿烂开放的樱花本应心生喜悦,但联想到曾经繁荣的俗世社会,又不得不悲叹时下民众生活的

---

① (日)西行:《山家集》,佐々木信綱校訂,東京:岩波文庫,1928 年,第 30 页。

水深火热。世事艰难,人生存于此世没有遁世逃离之口,即便逃离了俗世社会的痛苦,也难以逃离人之存在本身的痛苦。盛开的樱花暗示着自然界年年相似的循环,而人之痛苦却难以如这绽放的樱花一般些许逃离片刻。西行的自然之旅亦是他的人生之旅,观照樱花其实就是观照人生,尤其是通过观照世俗社会民众生活的痛苦,从而对"人生苦"有了痛彻的领悟,而觉察"人生苦"本身,则是将痛苦朝着积极的情感要素转化,即不是单纯地沉浸于痛苦之中,而是正视痛苦、认可痛苦,从而使其增添明亮的色彩。"物哀"也因这种"人生苦"的体悟而具有了厚重感。

比起吟咏樱花,西行对于月亮更是青睐有加。无论是春月的朦胧,夏月的凝练,还是秋月的澄澈,冬月的凄寒,都被西行写入和歌。与他笔下的落樱不同,他所歌咏的月均为满月,因为满月代表着圆满具足,象征着佛道修行从迷惑抵达顿悟的最高境界。小西甚一指出,西行的月"象征着佛教的真理世界"①,松村雄二亦称其为"真如之月"②。西行的咏月歌与他的咏樱歌一样,都代表着证入佛道的路径。"真如之月"代表着顿悟佛道的最高境界,人们在未证得佛教真理时如同对漫漫长夜的当空皓月熟视无睹,从迷惑渐进入顿悟如同发现了夜空中的明月。由此,诞生了西行著名的咏月歌:

　　　わが心さやけきかげにすむものをある夜の月をひと

---

① （日）小西甚一:《日本文芸史Ⅲ》,東京:講談社,1985 年,第 86 页。
② （日）松村雄二:《日本文芸史》,東京:筑摩書房,1981 年,第 102 页。

つみるだに①

　　吾心澄明夜，好似波光月；回眸刹那间，寂然一物界。笔
者译

　　悟道是西行毕生的追求，他创作和歌不是为了风花雪月的情感抒
发，而是能够达到悟道的境界。如果说在咏樱歌中仍能看见感物而哀
的"物哀"色彩的话，那么在咏月歌中，他的修行则更进一步，他将表面
的感伤和对无常以及人生苦的体悟都隐藏起来，将所有的情感和领悟
都寄托于明月，从而达到内心的澄明。正如这首和歌所写，如若心境
澄明，必能达到观月顿悟佛法的境界。然而人心常被俗世的烦恼蒙
蔽，难以达到真如之月的境界，因此只有精进修行，依靠无边的修行拯
救身处烦扰的自己。

　　闇晴はれて心の空にすむ月は西の山べやちかくなる
らむ②

　　天色渐消黯，明月近西山；心中悬明月，四海真如天。笔
者译

　　经过长达几十年的静心修行，他终于在黑暗中摸索悟道，初见佛
道真理，是真如之月引领他走向西方极乐净土，抵达佛教最高境界。
他常常咏月表达对西方净土的强烈愿望，月亮于他已经不是简单的审

①　（日）西行：《山家集》，佐々木信綱校訂，東京：岩波文庫，1928 年，第 230 页。
②　（日）西行：《山家集》，佐々木信綱校訂，東京：岩波文庫，1928 年，第 217 页。

美对象,而是能够参禅悟道的象征。月亮东升照见人间,如同佛法普照大地,澄澈的明月代表佛祖照亮西行的内心。他期望通过咏月歌而进入佛道,从而彻底抛却尘世的俗念,他甚至设想了理想的死亡方式:在佛祖释迦牟尼圆寂的日子,死在满月映照的樱花树下。

　　　ねがはくは花の下にて春死なんそのきさらぎのもち
月の頃①

　　　如月十五日,释迦寂灭时;亦为吾所愿,春樱花下死。笔
者译

在西行的这首死亡悟道歌中,他表示愿于佛祖圆寂的二月死在满月映照的樱花树下。如其所愿,在佛祖释迦牟尼圆寂的次日,他为自己的人生画上了圆满的句号,用死亡践行了他在自然之中的佛道感悟。我们在此既能体会到他彻悟佛道的境界,又能感受到他从樱花中获得的关于生命与存在的启示,他的"物哀"审美亦在此获得圆满。

(二)无心亦知哀

如前所述,西行希望通过咏樱歌、咏月歌证悟佛道,所以在五十余年的修行生涯中,他吟咏了大量的此类和歌,并提炼出和歌的定义:"和歌者,禅定之修行也"、"我由和歌得佛法也"②。这种和歌观与当时藤原俊成的"和歌可通佛道"的歌论观是相通的。俊成在《古来风体

---

① （日）西行:《山家集》,佐々木信綱校訂,東京:岩波文庫,1928年,第31页。

② 陆晚霞:《日本遁世文学研究:中世知识人的思想与文章表现》,北京:人民文学出版社,2013年,第408页。

抄》中曾言,和歌虽然类似"狂言绮语之游戏"①,但它也是真理实相的
形象表达,由此,和歌之道与佛道是相通的,"歌道即禅定修行之
道"②。所谓禅定,乃抛弃私心杂念,保持心境澄澈的修行方法。西行
创作和歌追求的正是这种心境,他将对佛道的体悟积极地融入创作,
用智者的眼睛达观地看待人世间的烦恼与痛苦,所以他笔下的痛楚不
再是不假思索地戚戚叹息,而是呈现了求道者积极地寻求解脱的灵魂
挣扎。例如:

> あはれあはれ此世はよしやさもあらばあれこん世も
> かくや苦しかるべき③
> 　　哀叹复哀叹,此生已坦然;去日不可追,来世苦做伴? 笔
> 者译

　　西行在这首和歌中悲叹人生于此世难以逃离悲苦,感慨之余又从
这哀叹声中谛视此种情绪,领悟到已走过的人生充满悲苦,来世亦然。
这样一来,就在"物哀"的徒然慨叹中融入了佛道对人生苦的深刻谛
视,从而提升了"物哀"的思想性。作者正是在创作中不断提升悟道
心,又在新的精神境界下继续追求作歌的精进,如此循环往复,从而推
进歌道与佛道的一体化,因此对于他的和歌,应做深度阐释,正如他的

---

① 　(日)藤原俊成:《古来风体抄》,见《日本古代诗学汇译上卷》,王向远译,北京:昆
　　仑出版社,2014 年,第 144 页。
② 　赵乐牲:《中日文学比较研究》,长春:吉林大学出版社,1990 年,第 71 页。
③ 　(日)西行:《山家集》,佐々木信綱校訂,東京:岩波文庫,1928 年,第 155 页。

和歌判词中常出现的这句评价："词似浅，心特深。"①下面再以他的一首著名的秋歌为例：

　　　心なき身にもあはれは知られけり鴫たつ沢の秋の夕暮れ②

　　　鴫立泽边人，秋日黄昏近；茫然思绪无，哀婉亦存身。笔者译

这是西行目睹秋日夕暮下的一片萧瑟景象所作的和歌。虽然他已经是抛弃俗世、入佛修行的"无心之身"（心なき身），不会为凡常的喜怒哀乐所动，但看到这样的景象仍然难以忍受鴫鸟孤立于深秋海边夕阳西下的悲哀，是为"知物哀"（あはれはしられけり）。这里的"心なき"译为"无心"，意指经过佛道心性的修行，内心不为外物的触发而心神荡漾，达到澄明的境界。作者正是在"无心"的境界下"感知物哀"的，即内心宁静而澄澈，不为外物所累，抛却一切烦扰与纠缠，在与自然一体感的神秘喜悦中发出真挚的感怀。这种感怀不同于中世以前的感物心动的"物哀"，因为后者的内心为外物所累，而前者的感动中融入了悟道的要素，是自然而然地将情绪波动与谛观这一情绪波动的悟性融而为一，能够净化心灵。所以，藤原俊成评之为"心幽玄，姿难

---

① 唐月梅：《日本诗歌史》，北京：北京大学出版社，2015年，第224页。
② （日）《新古今和歌集（日本古典文学大系28）》，久松潜一等校注，東京：岩波书店，1928年，第100页。

状"①,东常缘盛赞其为"趣浓哀深之歌"②,都是对其具有深刻地感染人心之力量的赞美。

(三) 春樱花下死

西行通过自然之旅观照了自我与他者的人生,逐渐领悟到生命无常、人生皆苦的佛理,深信歌道与佛道相通,在和歌创作中推进禅定修行,又在佛道领悟下提升和歌的境界,在承继平安时代感物而哀的"物哀"情趣的同时,为之注入谛视的要素,促进了"物哀"与"悟道"的一体化,又强调作歌的"无心"之境,加深了"物哀"感受的深刻性,而他对死亡的达观,又赋予"物哀"以超越的意义。

死亡,对于人来说,是一种神秘的人生体验,已逝者无法传达,在世者难以想象,常人因恐惧死亡止步于对死亡的思考,而敢于直面这一人生终极问题的,必是洞察人生的思想深刻者。西行便是这样一位能够观照自身死亡的觉者,在同时代的歌人中,他是唯一详细描写自我死亡的人。他在云游修行中夜宿草庵,在万籁俱寂中闭目想象着自己的死亡情景,加深了人生于世的悲凉感。

　　しにてふさむ苔の莚を思ふよりかねてしらるる岩かげの露③

　　死欲葬青苔,无人知去来;京都岩阴处,唯有露常在。笔

---

① (日)能势朝次,大西克礼:《日本幽玄》,王向远译,长春:吉林出版集团,2011年,第55页。

② (日)東常緣:《新古今和歌集聞書》,山崎敏夫校,東京:水甕社,1935年,第167页。

③ (日)西行:《山家集》,佐々木信綱校訂,東京:岩波文庫,1928年,第212页。

者译

在西行的想象世界里,他仿佛目睹自己的尸体躺卧在沾满露珠的青苔上,冰冷的露水浸湿了衣裳。死亡的形态竟然如此凄清孤冷,无常的哀感油然而生。然而,回望生命的虚幻无常,顿悟死亡亦复如是:

うらうらとしなんずるなと思ひとけば心のやがてさぞとこたふる①

仙游恬静至,思绪悠闲识;诚心问天神,即复亦如是。笔者译

悠然恬静地逝去岂不也是一大幸事?当西行以超越的态度审视自我的死亡时,便超越了死亡。人之所以对死亡产生凄清孤冷的悲哀感,是因为尚未摆脱俗尘杂念,当真正得以摆脱时,猛然悟得悠然恬静的心灵境界。于是,一切都释然了,他甚至要以一种愉悦的心情赴死,可谓人生之圆满终结的一大乐事,这也是他人生的终极追求。"春樱花下死",今日读来,洋溢着满满的诗化死亡的"物哀"情怀。死亡与"物哀"的真正结合始于中世末期武士道精神的向死而生,这是一种甘心情愿像樱花凋落一般,在人生最为壮美的时刻赴死的情怀,而在西行的生死观中已经初露端倪。要言之,西行悟到了佛法之实相真理,摆脱了生与死的羁绊,抵达了以无常观谛视世间存在的一切事与物的境界。

_____

① (日)西行:《山家集》,佐々木信綱校訂,東京:岩波文庫,1928年,第213页。

总的来说，西行以超越的生死观赋予"物哀"以超越的意义，在他的和歌中，"物哀"不再一味地感时伤逝、悲叹哀愁。他克服了平安时代那种单纯的悲叹性，融入了洞察时代与人生的理智，积极地寻求超脱的道路。在其情感中增添了理智的要素，在单纯的情调性中默默地加入了行动力。"物哀"在平安时代具有"无常感"的内涵，而西行则在证悟佛道的修行中将这种无常感提升至思想的高度，不仅加深了哀感的程度，也以此增进了内心的修行。和歌本身虽然重视直觉力与感受力，但佛道的修行逐渐培养了作者迅速将思想融入语言表达的能力，因此同为哀感表达，中世较平安时代，歌人融入了对人生、生命、死亡等关乎人之存在的诸多问题的深刻谛观。

二、《徒然草》的"物哀"：无常观趣

吉田兼好(约1283—1352)俗名卜部兼好，因在宫廷担任总务得以近距离地观察天皇家族和贵族，从而深知宫中礼法以及贵族们的日常，在职位晋升至左兵卫尉后，更加频繁地与宫中朝臣、贵族等上层社会密切接触，深得贵族文化的熏陶。兼好学识非常渊博，自幼通习日本古典与中国汉学，熟知儒家经典，倾慕老庄道家哲学，佛教造诣颇深，文学方面尤其擅长和歌，甚至有和歌"四天王之一"[①]的美誉。他的一生处于动荡不安的南北朝内乱时期，三十岁上因种种缘由于乱世中出家。与西行同样，他并未完全遁世，而是在隐居修行的同时，还经常出入武家、参与和歌会等，与俗世保持密切联系。丰富的人生经验

---

① 吉田兼好是二条派的歌人，他与顿阿、庆云、净辨并称为四天王。

的积累,加之集儒释道于一身的精进修行,共同形成了他的人生智慧。

　　兼好的代表作《徒然草》以随笔的方式记录了他对人生、宗教、自然、社会、艺术等各方面的见闻和随想,他因之被评为"诗人哲学家",这也是直到现代兼好依然享有很高评价的重要原因。作品中的"物哀"美主要以"あはれ"或"もののあはれ"来表现,据笔者统计,《徒然草》①中共出现"あはれ"(包括もののあはれ)41 处,其中名词 7 处,形容动词 18 处(あはれなり・あはれなれ),副词 9 处(あはれと・あはれに),感叹词 4 处(あはれ),复合动词 3 处(申しあはれ・笑ひあはれ・定めあはれ)。可见,在《徒然草》中,"物哀"多用于对某个对象物的状态的形容,或作者对某一对象物的感受的描述,或是在进行某一行为动作时有意地融入这种情趣或无意间产生了这种情趣。纵观整部著作,兼好的"物哀"观不仅限于某段内容,而是散见于整部作品中;并且也不是对平安时代王朝"物哀"美学的简单继承,而是融合了他对佛教思想、老庄思想的体悟以及对人生、生活等的态度。

　　(一)"物哀"与"无常"

　　一般认为,《徒然草》是体现佛教无常思想的文学作品。生活在南北朝时代的作者兼好,经历世间连年战争,目睹人民生活的窘迫困顿,亲身体会到王朝贵族的繁荣文化已经成为明日黄花,虽有心祈祷王朝时代能够再次复现,但又清醒地意识到不可能,只能感慨世事无常、人生无常。无常,是佛教的重要术语。佛经《无常偈》言:"诸行无常,是

───────────

① (日)鸭长明、吉田兼好:《方丈記・徒然草》,神田秀夫、永積安明校注,東京:小学館,1986 年。以下引文画线部分的日文对照均参考此书。

生灭法"。所谓无常,即世间存在的一切事物都永远地处于生成、变化、发展、消亡等循环往复的过程中。如第二章所述,在印度佛教中,"无常"属于理论范畴,但在传入日本之后,平安时代的日本人是以感受的形式接受它的。由于平安时代的"无常"并未达到佛教思想层面上的超越①,归根结底只是面对世事无常而发出的无可奈何的感慨,所以可谓之"无常感";而到了中世时期,这种"无常感"逐渐发生了变化,尤其在隐逸作家的文学作品中,体现出谛观和参透世事无常的"无常观"思想,兼好的《徒然草》就是其中之一。他对"物哀"的看法也是以此为根基的,以下我们将从第 7 段、25 段、30 段考察并分析兼好的"物哀"与"无常"的关联。

7 段:倘若无常野的露水和鸟部山的云烟都永不消散,世上的人,既不会老,也不会死,则纵然有大千世界,又哪里有生的情趣(もののあはれ)可言呢? 世上的万物,原本是变动不居、生死相续的,也唯有如此,才妙不可言。②

25 段:每见到京极殿、法成寺等处时,就痛感物是人非(あはれなれ)。……行成大纳言题写的匾额、兼行在门扉上的题字,都还焕然如新(あざやかに身ゆるぞあはれなる)。

30 段:怀念者在世时尚且如此,当其逝世之后,子孙只是听说其人,又如何会有由衷的缅怀(あはれとやは思ふ)

① (日)目崎德衛:《無常と美》,東京:春秋社,1986 年,第 10 页。
② (日)吉田兼好:《徒然草》,文东译,北京:中信出版社,2014 年。以下《徒然草》的中文引文均出自此版本。

呢？从此墓地就再无人凭吊，沦为无名荒坟，只有年年春草，

令善感者望之动情（あはれと見る）。

兼好在第七段中认为，世间万事万物，包括人生，都因"无常"才具有"物哀"之趣。也就是说，"物哀"之趣就在于生死的无常和世事的不确定。有研究者指出："第七段主张现世富于情趣，有许多绝妙之处的主张，深深地印刻着平安王朝以来追求'物哀'的精神倾向。"①在我们看来，兼好的"物哀"虽承继了王朝时代的"物哀"美，但从根底上已经发生了变化。王朝时代的"物哀"与"无常感"密切相关，而兼好的"物哀"则第一次向传统的"无常感"提出了挑战，积极地肯定无常，并将"无常"与美联系在一起，认为变化无常才是最美好的，变化无常的美才是万事万物的"物哀"情趣所在。露水、云烟因转瞬即逝，才具有昙花一现般的"物哀"美情趣，人生亦然。也正是在这个意义上，有评价者称："这段话因给予无常以积极的价值评价而出名。"②要言之，在兼好看来，"物哀"美即积极的无常美。

在第二十五段中，兼好把对物是人非、人生无常的感怀作为"物哀"。但他经过对世事无常的洞察和思考，表现出了对"无常"的超越态度。此段中写道，京极殿、法成寺等建筑在当初建成时追求的是千秋不朽，而如今却荒颓衰败；匾额、门扉上所题的字还依然焕然如新，但无量寿寺却无法永远巍然而立。人们追求着不朽和永恒，但事实上

---

① （日）鸭长明、吉田兼好：《方丈記・徒然草》，神田秀夫、永積安明校注・訳，東京：小学馆，1986 年，第 367 页。

② （日）久松潜一監修：《徒然草講座（第二卷）：徒然草とその鑑賞Ⅰ》，東京：有精堂，1974 年，第 80 页。

往往事与愿违。所以兼好在此段的最后总结道:"由此观之,操心于身后之事,实在并不明智。"①说明兼好通过观察物是人非、人世无常的景象,悟出人无法超越无常,认为执着于恒常不变是不明智的选择,只有真正地认识到人世无常从而超越无常才是明智的。

　　如果说肯定无常、赞美无常、超越无常,是兼好观世间万物以及洞察人生所领悟到的"物哀"之美的话,那么他从对死亡的冥想中体会到的"物哀"则更具深刻性。第三十段写对死后情景的感怀,感叹人死之后追思者的悲痛日渐消减,墓地变为荒坟,令人不胜悲叹、不胜怜悯。人生短暂,如白驹过隙,人在离世后的四十九日内,亲戚朋友还会齐聚一堂为其悼念,而后回归日常渐渐淡忘。此段中的两个"あはれと"都是副词,前者是指对逝者的思念和悲悼,后者是对万物变幻、今非昔比的感慨。感慨人生无常、生命苦短,是千古不变的咏题,据考证,上文中"从此墓地就再无人凭吊,沦为无名荒坟,只有年年春草,令善感者望之动情。"就是受《白氏文集(二)·续古诗十首·66》中"古墓何代人,不知姓与名。化作路旁土,年年春草生。"的影响所作。② 死亡,作为反衬生命本身的意义而存在,目睹古墓,就意识到追求尘世的功名只不过是过眼云烟,由此才能在"年年春草生"中深刻地体会到生命之意义的可贵。以随时面临死亡的冷静视角,才能观出生命之每时每刻的新意,并能真诚地从中获得感动。所以,在整部《徒然草》中,兼好求佛悟道的态度始终是一以贯之的,他就是要通过佛道修行克服世间之

---

① 　(日)吉田兼好:《徒然草》,文东译,北京:中信出版社,2014年,第29页。

② 　金文峰:《徒然草受中日古典文学的影响》,上海:上海交通大学出版社,2009年,第28页。

无常,冷静地面对死亡,体会和发现生命本身的意义。

(二)"物哀"与超越名利

吉田兼好自幼博览群书,通晓中日古典文学。张谷指出,兼好兼通儒、道、佛、神之学并加以融汇吸收,其中道家思想是其主要的思想来源。[①] 而兼好在表达他的"物哀"观时,也融入了对道家思想的吸收与发挥。

> 7段:人的寿命虽然稍长,但仍不可能永留人世。以过客之身,暂居于世上,等待老丑之年的必然到来,到底所图何为呢?庄子有云,寿则多辱。所以迟至四十岁以前,就应该瞑目谢世,这是天大好事。过了这个年纪,还没有自惭形秽的觉悟,仍然热衷于在众人中抛头露脸;等到了晚年,又溺爱子孙,奢望在有生之年看到他们功成名就,把心思一味地放在世俗的名利上,对人情物趣一无所知(もののあはれも知らず),这样的人,想起来就觉得可悲可厌。

> 13段:在孤灯下独坐翻书,与古人相伴,真是乐何如哉!书籍当中,《文选》的各卷都是富于情趣(あはれなる卷卷)的作品,除此之外,如《白氏文集》、老子《道德经》及庄子《南华真经》等,都是佳作。本国历代诸博士的著述中,也常有高妙之作(あはれなること多かり)。

---

① 张谷:《〈徒然草〉的道家旨趣》,《东北师大学报(哲学社会科学版)》,2012年第4期。

第七段在谈论人的寿命问题时,提出了"不知物哀"(もののあはれも知らず),认为它体现为贪恋世俗名利。兼好引用《庄子》(天地篇)中"寿则多辱"的说法,认为人不应当贪恋寿命,活到四十岁就应该结束生命,因为随着年纪的增长,人会越来越看重世俗名利,这样的人生即使活着也是无趣的,可悲可厌的。而《庄子》(天地篇)的"寿则多辱",指的是寿命过长会受到更多困辱,它实际上是道家的"保身"哲学。追求长寿,是追求世俗利益的体现;不求长寿,保持生命的自然本真状态,才更有利于道德的修养。也就是说,《庄子》是将人的寿命与保身哲学联系在一起看待。很显然,在看淡世俗利益的追求方面,兼好接受了《庄子》思想的影响,所不同的是,他将人的寿命与是否"知物哀"联系在一起。"知物哀"是日本江户时代国学家本居宣长"物哀论"中的重要概念,他认为,"知物哀"就是对所闻所见所触的世间万事万物的深刻体味和理解。[1] 兼好虽然未将"知物哀"提炼为审美概念,但他对"知物哀"的理解与本居宣长是相通的,并且将其提升到人生理想、人生价值的最高层面,认为只有"知物哀"的人生才是有意义的、有趣味的。有的研究者认为,兼好之所以主张人的生命应该止于四十岁,是因为"作者执笔写作此段时年龄为三十七岁,与现代人不同,肉体早已衰老,所以说活到四十岁即可是他自身的实际感觉。"[2]但在我们看来,更确切的解释应该是"四十岁之前人能知物哀,而四十岁之后

[1] (日)本居宣长:《日本物哀》,王向远译,长春:吉林出版集团,2010年,第66页。

[2] (日)久松潜一监修:《徒然草讲座(第二卷):徒然草とその鑑賞Ⅰ》,東京:有精堂,1974年,第80页。

人会变得逐渐不知物哀。”①也就是说，四十岁之后，人的感受力渐渐趋向钝感，不再能敏锐地触物感怀，只是一味地追逐世俗名利，所以随着年龄的增长越来越难以“知物哀”。兼好把“知物哀”看得比生命更重要，这是他洞察生活、体验人生的结果，他的理想人生就是超越世俗名利，审美地生活。

在第十三段中，兼好列举了他独坐灯下爱读的书物，有《文选》、《白氏文集》、《道德经》、《南华真经》等。该段两处“あはれなる”在现代日语译本中被译为“感銘が深い”②，意思是深受感动、铭刻在心。这表明兼好在阅读上述几部中国典籍时产生了共鸣并深深为之吸引，对书籍中的诗情雅趣、思想等诸多方面都感受颇深。以上几部著作中，《文选》是昭明太子萧统在动荡不安的南北朝对峙时期编纂的，他悟到福祸哀乐之无常以及荣华的短暂易逝，其中充满了当时在知识人之间甚为流行的老庄无为自然之思想。③《白氏文集》中白居易逍遥、闲适、淡泊的人生态度也为兼好所憧憬，从他借鉴的诗句中亦可看出，如“朝露贪名利，夕阳忧子孙”、“匹如身后有何事，应向人间无所求”等。《道德经》和《南华真经》是老庄思想的代表作，集中体现了淡泊名利、超凡脱俗的思想境界。由此看来，几部著作的共同点在于诉诸个人内心世界，都是修心的读物，十分适合离世脱俗的隐遁者。作者在

---

①　（日）川島益太郎：《徒然草の鑑賞とその批評》，東京：大同館書店，1937 年，第375 页。版本下同。

②　（日）鴨長明、吉田兼好：《方丈記·徒然草》，神田秀夫、永積安明校注、訳，東京：小学馆，1986 年，第 265 页。

③　金文峰：《徒然草受中日古典文学的影响》，上海：上海交通大学出版社，2009 年，第 63 页。

孤独一人的夜晚,无须考虑白天在现实生活中必须要面对的人际关系、身份、地位、财力、社会秩序等诸多与名利相关的事,只须面对自己的心灵,以古人为友,在书中反复玩味着"物哀"。因此,从这个意义上说,此段中的"物哀"也是强调与功利名分相对,是超越功利的,是审美的,是直接指向人的内心世界的,是能够涵养人心的。很显然,兼好的"物哀"观在道家思想的影响下,体现为超越名利的精神境界。

(三)"物哀"与"趣味"

"趣味"是由明治末年内海弘藏提出用以概括兼好《徒然草》审美特征的概念。① 佐藤彦卫根据此概念又将作品中的"趣味"细分为贵族趣味、尚古趣味、日本趣味、掌故趣味、博学多识、考证癖等。② 而梳理兼好关于"物哀"的论述,其中 14 段、19 段、21 段、26 段、137 段、240段等与此"趣味"密切相关。我们根据趣味的内容划分为诗歌情味、自然景趣和恋爱情趣这三个方面。

首先,诗歌情味,指从古代和歌中获得审美感动。第十四段就写了对当代和歌的批判以及对古代和歌、歌枕、郢曲的赞美之念。

  14 段:近代的和歌作品中,还是有读来让人<u>有所触动</u>(あはれに)的,但总觉得不如古歌那么蕴藉。……虽说和歌一道古今并无不同,但同样是唱酬之作的歌词、歌枕,今人就

---

① (日)有精堂编集部:《徒然草講座(第一卷):兼好とその時代》,東京:有精堂,1974 年,第 234 页。

② (日)有精堂编集部:《徒然草講座(第一卷):兼好とその時代》,東京:有精堂,1974 年,第 235 页。

不如古人那般字词平易、格调清新,所以古人的作品<u>更为感人</u>(あはれも深く見ゆ)。《梁尘秘抄》中郢曲的歌词,也有不少<u>富于情趣</u>(あはれなる事は多かめれ)的作品。

　　兼好认为,和歌令人感知"物哀",且古代和歌比近代和歌更加令人感知"物哀",具体体现在用词与风格上。所谓令人感知"物哀",就是触动人心,让人感动。兼好以《古今和歌集》、《新古今和歌集》以及《梁尘秘抄》为例,表明古代的和歌与歌谣,从歌词到句式都很有韵味,都令人感动,令人感知"物哀"。而"近代的和歌",即兼好生活的南北朝时代的和歌则缺少这样的韵味。这韵味具体体现在用词方面,具有"平易"、"清新"等特征,也就是一些研究者指出的,"语言放逐了指示和传达的功能,而专在想象的领域发挥作用,从而激发了语言内在的丰富性,由此达到'物哀'的审美理想。"①可见,兼好的和歌观是崇古非今的,他对和歌的评价是以古代和歌的审美趣味为标准的。值得注意的是,兼好以"物哀"品评和歌与本居宣长关于"和歌之道在'物哀'"②的主张是一脉相承的。

　　其次,自然景趣,指欣赏自然风物在不同季节、不同场合、不同状态下应有的和本真的情趣。关于自然景趣的论述,集中见于 19 段、21 段和 137 段。

---

①　(日)久松潜一监修:《徒然草講座(第二卷):徒然草とその鑑賞Ⅰ》,東京:有精堂,1974 年,第 90 页。

②　(日)本居宣长:《紫文要领》,见《日本物哀》,王向远译,长春:吉林出版集团,2010年,第 122 页。

19 段:万物随季节的更替,各有其不同的情趣(ものご とにあはれなれ)。人都说,秋天的事物最有情趣(もののあ はれ)。这话确乎不错。然而最使人心潮涌动的则莫过于春 色。……桔之花,本就令人怀旧了,梅之香,也让人思虑往 昔,牵惹旧情;何况还有棣棠之花的艳光明丽、藤花的娇弱无 依、我见犹怜。凡此种种,都令人逡巡流连,不能忘怀。…… 灌佛日与祭日的时候,到处装饰着葵花,初发的新叶与嫩枝, 透出欣欣的生意,让人有清凉之感。于是有人说,这是人世 间的情趣(世のあはれ)与人的恋世之心最为浓郁的时候,此 话不假。……六月里,穷人家的墙根开满了白色的夕颜花, 到处燃起了驱赶蚊虫的烟火,很有味道(あはれなれ)。

21 段:赏月的时候,万物也随之更加感人。有人说:"没 有比月更富有情趣的了。"也有人分辩说:"最有情趣(あはれ なれ)之物,该是露珠吧?"这样的争论,也很有趣。然而在不 同的场合下,万物各有其天然的情趣(あはれならざらん)。 月与花不必说了,便是风,也令人为之心动,而清溪巉岩相与 激荡,则无时不令人逸兴遄飞。我还记得这样的诗句:"沅湘 日夜东流去,不为愁人住少时。"真是意境深远(あはれ なり)。

137 段:不论对阴雨而怀明月,抑或垂帘幽居不问春归 何处,都是极有情趣的事(あはれに情ふかし)。……发皎洁 之光而令人一望千里的满月,不如期盼了一夜,到天快亮时 才姗姗而来的月有意味。此时的月,略带青苍之色,或在远 山之杉树梢间隐现,或为天上之云雨遮断,都极其有味(あはれなり）。

秋天的事物最令人感知"物哀",这是日本传统的审美意识,因为秋天的事物最适宜寄托人的忧郁和寂寞之情,表达感物伤怀的情绪。但是,兼好并不局限于此,他对其他季节的自然风物也颇为感兴趣。在他看来,藤花、桔花、梅香、棣棠、菖蒲、稻秧、水鸡、夕颜等自然风物都是有情趣的。值得注意的是,有研究者指出,"第十九段所咏的自然风物并非从生活现实中所观察到的自然,而是以语言文化为中介所经历的风物。"①也就是说,兼好提到的自然风物均出自古典和歌与物语中。而他在本段中也这样写道:"这样的情景,在《源氏物语》、《枕草子》等书中都有过描述,然而相同的事物,亲身经历后,不妨自己也来描述一番。心中有所感触而不把它表达出来,不免会腹胀气闷,郁积不堪,所以就信手写下来。"②这说明他憧憬王朝文化的审美理想,有意识地以此为基准选择自然风物,并欣赏它们应有的情趣,即按照王朝贵族的审美趣味审美地把握自然风物。

兼好对万物之情趣的肯定是一以贯之的,在第二十一段,他又强调不同场合下,万物有其不同的"物哀"之趣。一般人认为,露珠因具有转瞬即逝的美而令人感知"物哀"。而兼好则说,月、花、风、溪水等因在不同场合下令人产生逸兴而都具有"物哀"之趣。比如他举戴叔伦《湘南即事》中的后两句诗"沅湘日夜东流去,不为愁人住少时"。这

---

①　（日）久松潜一監修:《徒然草講座（第二卷）:徒然草とその鑑賞Ⅰ》,東京:有精堂,1974 年,第 96 页。

②　（日）吉田兼好:《徒然草》,文东译,北京:中信出版社,2014 年,第 23 页。

是诗人伫立沅水湘江时为滚滚流动的江水触发所咏,兼好以"意境深远"(物哀)来评价它,可见他对激发诗人逸兴的风物的独到理解。这首诗作于深秋时节,诗人满怀愁绪地望着滚滚东去的湘江,想到自己志愿报效国家却又报国无门,只能寄此情怀于自然风物上以抒发自己的愤懑情绪。中国诗歌的这种"托物言志",在日本和歌中是没有的。兼好从这两句汉诗中感受到"物哀",表明他肯定汉诗通过托物言志所表达出的意境,同时也表明了他深厚的汉诗素养,能够站在中国人立场上深刻地理解汉诗,从诗人悲秋惆怅的诗句中感受到诗人希望报国却又报国无门的怨恨情绪,体会到诗人的国家情怀和政治抱负。

　　而在第一百三十七段,兼好又把自然风物的不同状态都纳入"物哀"中。他认为,"盛开的樱花""明朗的月色"是美的,而含苞待放的树梢,落花满地的庭院,被云遮住的月亮,也同样都是有情趣的。三谷邦明提出"不在"这一概念来解释兼好的美学,他认为,对于兼好而言,正因为对象的不在,才使得触及对象之美有了可能,也才使对象能更加鲜明而充分地展现于人心之中,而其根本支撑者是想象力。① 也就是说,兼好对落花、残月等的欣赏是借助想象力来欣赏观念之中的对象。沿着想象力论,三谷又进一步指出,兼好是通过想象力在幻想的世界中追慕王朝美学,其本质已经不是王朝美学,而是立足于中世时期的幻想中的王朝美学。② 这一观点是独到的,兼好虽然追慕王朝美学,但他所体会的"物哀"已经不同于王朝的"物哀"美学,而是立足于中世

---

① （日）久松潜一監修:《徒然草講座(第三卷):徒然草とその鑑賞Ⅱ》,東京:有精堂,1974 年,第 118—120 页。

② （日）久松潜一監修:《徒然草講座(第三卷):徒然草とその鑑賞Ⅱ》,東京:有精堂,1974 年,第 122—123 页。

时期,欣赏自然风物之本真状态的审美情趣。

最后,恋爱情趣,指对男女情事之妙趣的赞美和高扬。兼好身为出家人本与恋爱无缘,但他关于恋爱的理想则是以平安时代贵族男女的恋爱为基准的。而"物哀"与恋情是紧密相连的。在平安时代的《源氏物语》中,"物哀"就主要指贵族男女在恋爱之中的感动、兴奋、优美、凄凉、寂寞、孤独、思恋、回味、忧愁、抑郁、悲哀①等多愁善感、缠绵悱恻的情感体验和恋爱情趣。兼好在第二十六段中就描写了这种恋爱体验。

26 段:人心是不待风吹而自落的花。以前的恋人,还记得她情深意切(あはれと聞きし言の葉)的话,但人已离我而去,形同路人。此种生离之痛,有甚于死别也。

此段中的"あはれと"做副词使用,形容昔日恋人情深意切的情话。也可以理解为,回想起昔日恋人的话,令我颇为感哀。昔日的情意缠绵今已不再,悲伤、痛苦、无奈、惆怅、寂寞等情感都涵盖在"あはれと"一词之中。所以兼好在段末用一首崛川院的和歌来表达对昔日恋情的怀念:"旧垣今又来,彼姝安在哉?唯见萋萋处,寂寞堇花开。"②兼好认为,男女之间的恋情很快就会褪色,曾几何时温柔缠绵的话语就像被风吹散的花朵一般形迹全无,这种生离甚至比死别更加令人悲痛。但也正因为如此,才使恋爱有了"妙趣"。他在第二百四十

---

① 王向远:《日本之文与日本之美》,北京:新星出版社,2013 年,第 139 页。
② (日)吉田兼好:《徒然草》,文东译,北京:中信出版社,2014 年,第 30 页。

段进一步表达了自己对恋爱的看法。

> 240 段：男女之于暗夜私会，既怕人见到，又怕人听到，但心中恋情之强烈（あはれと思ふふしぶしの），不见不行。此种情形于日后必然永难忘怀。如是那种经父母兄弟同意了的明媒正娶，就让人扫兴得很了。

在兼好看来，越是克服了重重障碍，被难以抑制的恋心所牵制并坚定地坚持这种恋心的行为，越令人印象深刻，只有这样的恋爱才具有妙趣。这种观点在作品的其他段也有所表述。如第三段写道："事事能干却不解风情的男子，好比没有杯底的玉杯，中看不中用。相比之下，彷徨无计、流离失所，整日里晨霜夜露、疲于奔命，既怕听父母的训诫，又担心世人的讥讽，时时刻刻心中慌乱不安，常常孤枕难眠，这样的日子倒是其乐无穷。"第一百九十段写道："男子不应有妻。""不管是何种女人，与她相处久了，也会心生厌恶。从女方来看，不谈婚娶，就有悬空而无着落之感。但不同住而经常往来的男女，反而可能成为感情持久、至死不渝的伴侣。""不期然而来，留宿一夜，可于双方都保有新鲜之感。"可见，解风情、懂风雅的好色男子才是兼好理想的男性形象，追随恋心、有距离感的好色之恋才是兼好理想的恋爱形式。要言之，兼好认为恋爱应以情趣为本位，只有受过重重阻碍而得到的恋爱才最值得回味，最有趣味。

总的来说，吉田兼好的"物哀"情趣较为复杂，他以あはれ、もののあはれ表达"物哀"的情绪和感受性，将佛教、儒教、道教思想都融入其中，对他而言，"物哀"是赞美无常、超越无常、从无常中体悟生命本真

意义的美;是超越世俗名利、审美地生活的精神境界和人生境界;是从古代和歌中获得的审美感动,是欣赏自然风物在不同季节、不同场合、不同状态下应有的和本真的自然景趣,也是男女好色之恋中所具有的恋爱情趣。

第二节　中世“幽玄”歌学中的“物哀”形态

　　中世文论的主流是和歌领域的“幽玄”理论。“幽玄”一词源出于中国语言文化,但在近现代汉语中已不再使用。《辞源》中分别有“幽”与“玄”的单字释义,但无“幽玄”词条。根据《辞源》的解释,“幽”字有黑色、昏暗、深暗、隐蔽、隐微、沉静、安闲等意;“玄”字有天青色(即稍带红色的黑色)、深奥、神妙、幽深、精微等意。由此可见,二字含义相近,故“幽玄”可以解释为幽深玄妙,神秘隐微,莫测高深,难以确定之意。在中国古代文献中,“幽玄”多用于表示老庄思想的道之深远,或者形容佛法的深奥难测、幽深奥妙、深冥而难以穷知、微妙而不可言喻、心行所灭等境地①,很少作为文学评论用语。该词传入日本之后,使用领域扩展至日常生活以及文学艺术等各个领域,并且一跃成为中世文论的主流和巅峰。在日本文学思潮发展史上,“幽玄”是继平安时代的“物哀”之后掀起的第二波主要的文学思潮,但“幽玄”的掀起并不意味着“物哀”的消失,我们仍能从“幽玄”论中寻绎“物哀”的踪迹。

---

① 　(日)能势朝次:《幽玄论》,见《日本幽玄》,王向远译,长春:吉林出版集团,2011年,第9—14页。

一、藤原基俊:"余情余韵"之"哀"

藤原基俊(1060—1142)是最早从汉诗文中选用"幽玄"一词运用于和歌判词中的。但他是在完全"日本化"的意义上使用该词。① 从和歌判词的意味上来看,基俊是将"幽玄"与"余情余韵"紧密结合起来的。例如,在大治三年奈良花林院赛歌会上有两首和歌如下:

> 左歌:君が代は天の岩戸をいづる日のいくめぐてふ数もしられず(三郎公)
> 右歌:み笠山麓の里はあめのしたふるきおもひもあらじとぞおもふ(牛公)②
> 左歌:圣主江山万世传,日神东升出天门,星移斗转无休止,天数未定谁人知。李东军译
> 右歌:三笠山下平安京,普天之下皆王土,建都虽已数百载,万世一系永流传。李东军译

基俊对这两首和歌的判词是:左歌,词隔凡流,入幽玄,实为上科;右歌,虽无不妥,尚有生涩,以左为胜③。左歌是一首祝祭之歌,容易令人联想到日本神话故事中关于国家诞生的描写,天照大神是太阳

---

① (日)谷山茂:《幽玄》,東京:角川書店,1982年,第61页。
② (日)谷山茂:《幽玄》,東京:角川書店,1982年,第61页。
③ (日)谷山茂:《幽玄》,東京:角川書店,1982年,第61页。

神,是日本皇族的祖先,是她开创了天皇家的万事基业,代代相传,万世长存。右歌描写的是对故乡三笠山(今奈良县境内)的思念和感慨,笼罩在雨中的故乡透露着孤寂和寂寥的情调,独居的歌人或许是借故乡之景表达对曾经相恋的人的思慕;同时,或许也在感慨昔日的都城建于此,如今已有几百年的历史,回首过往,又平添了几分寂寥。总之,两首和歌都有余情余韵,给人以无限遐想的空间,都有一种幽远的情趣美。但两相比较,左歌的祝祭之心似乎更加深奥不可言喻,且与"幽玄"的神话故事密切相关,这与"幽玄"的神秘莫测恰相契合,神秘、深奥才更能产生更多的余情余韵,所以在基俊看来,左歌更为"幽玄"。

看来,被基俊判定为"幽玄"的和歌与"余情余韵"密切相关。换言之,只要有余情余韵的和歌,不管是寂静的、寂寥的、艳的、哀的,还是其他风格情调的和歌,都可被称作"幽玄"。再如:

> 見渡せばもみぢにけらし露霜に誰がすむ宿のつま梨の木ぞ①(宗能)
>
> 霜露瘁草天,遥望天地间;谁家梨花木,宛若红叶现。笔者译

基俊的判词如下:"词虽拟古质之体,义似通幽玄之境。"②基俊认为,这首和歌在"义"的方面是通"幽玄"之境的,也就是说,在歌情、歌趣或歌兴方面能够达到深奥微妙的境地。而被他评判为"幽玄"的和

---

① (日)谷山茂:《藤原俊成 人と作品》,東京:角川書店,1982年,第41页。
② (日)能势朝次:《幽玄论》,见《日本幽玄》,王向远译,长春:吉林出版集团,2011年,第49页。

歌,其中也蕴含着"物哀"。所谓"物哀",是"对客观存在于自然及社会中的万事万物产生的喜怒哀乐等一切纤细而柔软的情绪"①。仔细体味发现,这首和歌应是歌人宗能于深秋时节遥望某处民宿时所咏。歌中写道,在一个寒意甚浓、红叶都已披满霜露的秋日傍晚,歌人驻足远望,不经意间发现一处孤零零的茅屋,似乎没有人在那里生活的气息,只有门前立着一棵梨树。"梨树"在和歌中为"梨の木",其中"梨"的日文发音为"なし",与"無し"(无)发音相同,此处采用了一语双关的修辞法,暗示这处民宿中居住的是没有丈夫的寡妇("つま梨")。这一暗示引发了联想:或许这位年轻的寡妇容颜尚存、风韵犹在,颇具成熟的魅力,但如此美艳的女子却孤独无依地生活在茅草屋中,就像门前披了霜露的梨树一般,不免令人心生怜悯和哀感。由此,当代日本学者谷山茂指出:"'哀'和'艳'的微妙交错与深度融合,构成了整首和歌的余情。正是这种余情,使和歌进入幽玄之境。"②也就是说,作者因遥望远处民宿门前的一棵梨树而产生了联想,风韵犹存的寡妇颇具"艳"美,但孤独无依的美艳女子又着实令人生"哀","哀"作为主要的情感基调与外在形态的"艳"交融交织,构成了具有张力感的想象世界,带有"言外之趣"的余情余韵自此生发,令人回味无穷。而正是这种遐想中的余情余韵,构成了基俊的"幽玄"的核心审美意蕴,能势朝次称之为"幽远的情趣美"③。因此,可以说在基俊的"幽玄"论中,"哀"(物

---

① 雷芳:《谷崎润一郎对日本传统物哀美的继承与拓展》,《日本问题研究》,2017 年第 3 期。

② (日)谷山茂:《幽玄》,東京:角川書店,1982 年,第 66—67 页。

③ (日)能势朝次:《幽玄论》,见《日本幽玄》,王向远译,长春:吉林出版集团,2011 年,第 51 页。

哀)可以作为主要的情感基调,从而酝酿出余情余韵。

二、藤原俊成:"狭义的幽玄"

著名歌人兼歌论家藤原俊成(1114—1204)被公认为中世"幽玄"歌学的集大成者。他在赛歌会上使用"幽玄"作为和歌判词共 14 处[1],对和歌的歌体、风体、姿、风情以及心等做了"幽玄"的评判。另一方面,他在歌论书《古来风体抄》(1197)中认为"哀"(物哀)是"理想的和歌"不可或缺的因素之一:"即使不能美似锦绣,和歌也要在朗读时朗朗上口,让人听得既艳且哀。"[2]也就是说,理想的和歌,既要让人领略到其辞藻等的"艳"美,又能让人体会到"哀"的情调。因此,可以说"既艳且哀"的复合型的审美风格构成了俊成的"幽玄"美。以一首俊成从"姿"的角度评价为"幽玄"的和歌为例:

> 晚秋阵雨来,芦庵夜难眠,思念都城情难堪。王向远译(作者:实定)[3]

俊成在判词中写道:"写寂寥之中思念都城,入幽玄之境。"[4]这首

---

① (日)谷山茂:《幽玄》,东京:角川書店,1982 年,第 73 页。

② (日)藤原俊成:《古来风体抄》,见《日本古代诗学汇译上卷》,王向远译,北京:昆仑出版社,2014 年,第 144 页。

③ (日)能势朝次:《幽玄论》,见《日本幽玄》,王向远译,长春:吉林出版集团,2011 年,第 53 页。

④ (日)能势朝次:《幽玄论》,见《日本幽玄》,王向远译,长春:吉林出版集团,2011 年,第 53 页。

和歌写晚秋时节旅宿芦庵的歌人辗转难眠,夜晚听到倾盆而至的阵雨便完全失去了睡意,孤独地卧在寝床上,情不自禁地思念都城,"哀"感油然而生。歌人雨夜中难堪思念都城之情,令人读之觉其情甚可吟味,它尤其令寂寥中的思乡者如身临其境、深感共鸣。正是歌人内心之"哀",即纤细的内心触动,使整首和歌可入"幽玄"之境。

再如一首被俊成评为"心幽玄"的和歌:

> 心なき身にもあはれはしられけり鴫立つ沢の秋の夕暮れ①(西行)
>
> 鴫立泽边人,秋日黄昏近;茫然思绪无,哀婉亦存身。笔者译

俊成对这首和歌的判词是"言'鹬鸟立沼泽',心幽玄,姿难状"②。所谓"心幽玄",是从和歌内容所产生的情趣方面而言,也就是内容上的幽深与美艳,并表现出闲寂而高雅的境界。这首和歌是僧侣歌人西行于秋日黄昏时分目睹鹬鸟立沼泽之景象而深感"物哀"时所咏。西行自称为"无心"之人,因为他已遁世出家、脱离俗世,内心澄澈,不为外物所累。然而,秋季傍晚鹬鸟孤立于沼泽中的情形,仍引发了他内心深深的感动。是自然景象的寂寥、幽寂、清冷的状态深深打动了要在自然中求佛悟道的西行,他绝不是单纯地为孤独的鹬鸟而感物伤怀,而是从这幽寂清冷的自然景象中悟出了人的最佳生存状态,从而获得审

---

① (日)西行:《山家集》,佐々木信綱校訂,東京:岩波文庫,1928 年,第 67 页。

② (日)能势朝次:《幽玄论》,见《日本幽玄》,王向远译,长春:吉林出版集团,2011年,第 58 页。

美感悟和审美感动。从这个意义上说,他所体会到的"物哀"是"深"的,因为"哀深",所以使和歌达到了"心幽玄",也就是能势朝次所指出的"'艳'、'哀'、'寂'这几种复合情调的'深',就是'心的幽玄'"①。

日本当代学者谷山茂从理论建构的角度将俊成的"幽玄"划为"广义的幽玄"和"狭义的幽玄"。所谓"广义的幽玄",即"余情幽玄",含蓄绝妙,迷离缥缈,既艳且哀,余韵悠长。在创作技巧上,它主张声律音调的美感,营造出一种朦胧美幻的情调氛围,或哀婉,或艳丽,或庄重,或雄浑,色调多重。所谓"狭义的幽玄",是指"幽玄"的美感色调,清寂枯淡,以悲为美。② 正如第一部分所述,这一"余情幽玄"处于"物哀"的感情基调之下。谷山茂关于"广义的幽玄"美的构造,可见表1:

表1　幽玄（广义）

优艳		幽玄（狭义）			长高		
艳、妖艳、色深	优、优美	心细、心深	姿寂	哀、哀深（物哀）	长高、姿高	姿清、远白	润

由表1可见,"物哀"(哀、哀深)与"心细"、"心深"、"姿寂"共同构成了"狭义的幽玄"。谷山茂又在《清严茶话》中将俊成的歌体称为"物哀体",也是从这个意义上,可以说谷山所谓"狭义的幽玄"之核心意蕴实际上就是"物哀","从历史上来看,'狭义的幽玄'……是'物哀'进

---

① （日）能势朝次:《幽玄论》,见《日本幽玄》,王向远译,长春:吉林出版集团,2011年,第58页。

② （日）谷山茂:《幽玄》,東京:角川书店,1982年,第94页。

一步深化的结果。"①换言之，平安时代的"物哀"审美情趣的纯粹化、深刻化构成了"狭义的幽玄"。这一点可以从俊成的一首被评为"狭义幽玄体"的和歌中见出。

　　夕されば野べの秋風身にしみて鶉啼くなり深草
の里②

　　　　原野秋风紧，日暮更袭人；故里深草处，孤院啼鹌鹑。笔
者译

　　这首和歌收录在由俊成负责编撰的《千载和歌集》中，是他众多得意之作中具有代表性的作品。这首和歌描写了一个秋风萧瑟的黄昏，一只鹌鹑在野外深草中孤独地哀鸣的景象。黄昏、野外、秋风、鹌鹑孤鸣等意象，共同营造了一种孤寂清冷的氛围。任何人读之都会产生对鹌鹑的同情、怜悯之情。鹌鹑在和歌中常被比作恋人，若以爱情解释这首和歌，它所描绘的则是在深秋孤独寂静的情境中等待、期盼恋人的形象，刻骨铭心的恋情给孤独的恋人带来难以忍受的伤痛，它只能徒然地发出阵阵悲鸣。无论是鹌鹑啼鸣，还是恋人悲鸣，都是能够令人感知"物哀"的物象或事象，令人感物伤怀，产生同情、怜悯等。俊成此歌是献给崇德太上皇的，他自比为鹌鹑以表忠心，用恋爱情感这种真实生动的比喻来打动太上皇的心，以委婉含蓄的方式表达自己的真实用意。所以可以说这首和歌的核心审美意蕴正是"物哀"，川本皓嗣

①　（日）谷山茂：《幽玄》，東京：角川書店，1982 年，第 95 页。

②　（日）《千載和歌集》，久保田淳校注，東京：岩波書店，1986 年，第 67 页。

把这首和歌与《万叶集》中的"秋夕歌"做了比较,认为二者具有极为相似的意境,即"在那底层飘动着似有似无的悲哀的影子"①。而这种"似有似无的悲哀的影子"正是"物哀",不露声色却能真实地打动人心。另一方面,这首和歌又是"幽玄"的,山本健吉称其为"前期幽玄主义",认为"从这首和歌的余情中能够感受到难以言说的美。"②也就是说,通过对秋日黄昏深草中啼鸣的鹌鹑的观察和体会,人们既能感受到思念和期盼恋人的孤独、感伤、寂寥,又能领会到表达忠心的赤诚。

晚年的俊成遁世出家,提出歌道即佛道的理论主张,并且认为歌道的本质就在于"物哀"。他所吟咏的两首具有代表性的和歌表明,他认真思考了"物哀"与生命、恋爱之间的关联。

限りなき命となるもなべて世のもののあはれを知れ
ばなりけり③

物哀存世间,须知所以然;若问是何故,生命可无限。笔
者译

恋せずは人は心もなからましもののあはれもこれよ
りぞ知る④

---

① (日)川本皓嗣:《日本诗歌的传统——七与五的诗学》,王晓平、焦雪艳、赵怡译,南京:译林出版社,2004年,第18页。

② (日)山本健吉:《古典と現代文学》,東京:新潮社,1960年,第130页。

③ (日)谷山茂:《幽玄》,東京:角川書店,1982年,第115页。

④ (日)谷山茂:《幽玄》,東京:角川書店,1982年,第115页。

有恋心不坏,无恋人发呆;常备恋心者,处处知物哀。笔
者译

俊成入佛道修行,体悟到只有深知存在于世的万事万物的"物
哀",才能够得到无限不灭的生命。他认为,生命的本质就是知"物
哀",深知"物哀"方可体验生命真谛,这就将"物哀"提高到生命本体的
层面。在方法论上,他又指出只有通过恋爱才能更好地体会"物哀"。
有了恋爱的经历,才能具备"恋心",体会恋爱之中内心的激动、兴奋、
期盼、焦虑、失望、悲伤、痛苦、回味、思慕、纠结、嫉妒等种种复杂地交
织在一起的微妙情感。只有真实地体验了"恋心",才能对人世间一切
复杂的人性人情有深刻地洞察、理解和同情,也就是"知物哀"。而人
只有深知"物哀",才能高度地领悟和把握世界与生命,才能从修行的
层面上创作和歌,从而证得佛道。

总的来说,"物哀"作为复合型的审美风格之一构成了俊成的"幽
玄"论。我们认为,谷山茂的"狭义的幽玄"从理论的层面最好地概括
了"物哀"在俊成"幽玄"论中的形态、位置以及内涵。

三、鸭长明:"余情"即"物哀"

鸭长明(1153—1216)在其重要的歌论著作《无名抄》中论及"幽
玄",他支持当时歌坛的革新派,并把近代新风歌体称作"幽玄体"。在
《无名抄》中解释"幽玄体"时说:"所谓'幽玄之体',听上去就令人困
惑。我自己也没有透彻理解,只是说出来以供参考。进入境界者所谓
的'趣',归根到底就是言辞之外的'余情'、不显现于外的景气。假如

‘心’与‘词’都极艳,‘幽玄’自然具备。”①简言之,鸭长明界定的“幽玄体”就是言辞之外的余情,不显现于外的景气。何谓“余情”? 他以譬喻做了说明。

> 例如,秋季傍晚的天空景色,无声无息,不知何故你若有所思,不由潸然泪下。此乃不由自主的感伤,是面对秋花、红叶而产生的一种自然感情。再如,一个优雅的女子心有怨怼,而又深藏胸中,强忍不语,看上去神情恍惚,与其看见她心中怨恨,泪湿衣袖,不如说更感受到她可怜可悲;一个幼童,即便他不能用言语具体表达,但大人可以通过外在的观察了解他的所欲所想。以上两个譬喻,对于不懂风情、思虑浅薄的人而言,恐怕很难理解。②

显而易见,鸭长明所举的例证正诠释了“物哀”。“面对秋季傍晚的天空景色,不由潸然泪下”,是感物而哀,触景生情的表达,“不由潸然泪下”、“不由自主的感伤”,说明情感是以悲哀、忧伤为主要色调。而后两个例证实际上与“知物哀”相通,通过女子的精神恍惚便能深刻地感受她的可怜可悲,透过幼童的举手投足便能理解他的所欲所想,这实际上是本居宣长所说的“知事之心”。宣长在解释何谓“事之心”时也举过类似的例子,“看到或听到别人因亲人的不幸而悲伤,能够体

---

① (日)鸭长明:《无名抄》,见《日本古代诗学汇译上卷》,王向远译,北京:昆仑出版社,2014 年,第 167 页。

② (日)鸭长明:《无名抄》,见《日本古代诗学汇译上卷》,王向远译,北京:昆仑出版社,2014 年,第 167—168 页。

会到他人的悲伤，是因为知道其悲伤所在，就是能够察知'事之心'。而体味别人的悲伤心情，自己心中也不由得有悲伤之感，就是'物哀'"。[①] 也就是说，只有懂风情、知物哀，才能对无声无息的自然产生"若有所思"、"潸然泪下"的审美感动，才能更敏锐地把握自然之中司空见惯的事物，从而创作出"幽玄体"的和歌；只有具备了同情、理解他人之所思所想、怨怼、悲愤等情感的能力，才能很好地体会和歌言辞之外的余情。大西克礼在分析"幽玄"的第三层意味时也指出了"幽玄"之中所包含的"知物哀"的审美情感，"在'幽玄'中，与微暗的意味相伴随的，是寂静的意味。在这种意味中有相应的审美感情，正如鸭长明所说的，面对着无声、无色的秋天的夕暮，会有一种不由自主潸然泪下之感……面对群鸟落脚的秋日沼泽，不知不觉会有一种'知物哀'之感"[②]。因此，对鸭长明而言，"余情"既是"物哀"，也是"知物哀"，亦是"幽玄"。

　　鸭长明还进一步论述了如何在和歌中表现"余情"，他在《无名抄》中写道："所谓和歌，就是要在用词上胜过寻常词语。一词多义，抒发难以言状的情怀，状写未曾目睹的世事，借卑微衬托优雅，探究幽微神妙之理，方可在'心'不及、'词'不足时抒情达意，在区区三十一字中，感天地泣鬼神，此乃和歌之术。"[③]在其晚年著作《莹玉集》中，他认为

---

① （日）本居宣长：《紫文要领》，见《日本物哀》，王向远译，长春：吉林出版集团，2010年，第66页。

② （日）大西克礼：《幽玄·物哀·寂》，王向远译，上海：上海译文出版社，2017年，第49—50页。

③ （日）鸭长明：《无名抄》，见《日本古代诗学汇译上卷》，王向远译，北京：昆仑出版社，2014年，第168页。

"以幽玄为姿之歌"的特征是:"心词均不确定,犹如碧空悬游丝,有中有无,无中生有,幽而深,人安能不入此境!"[①]"不确定"、"一词多义"是对和歌用词最基本的要求,即表达上不直白、不明显、不显露、不一语中的,让语言本身的含义游移于确定与不确定之间,为和歌创造想象、联想的空间,丰富和歌的审美意蕴,使之达到"有中有无"、"无中生有"、"幽微神妙"的审美效果。这就要求歌人必然是深知物哀之人,感觉敏锐,洞察细微,深解风情,思虑精微,表达物哀读懂物哀,见微知著,心有灵犀一点通,通过有限的"词"抵达心灵的共感与共鸣。一言以蔽之,歌人必须具备"知物哀"的审美情感。

四、藤原定家:"有心"延伸"物哀"

藤原定家(1162—1241)继承了其父藤原俊成的"幽玄"观,他在歌学著作与和歌判词中多次使用"幽玄",从他对"幽玄"的解释来看,他的用法"是原封不动地从俊成那里接受来的"[②]。与俊成有所不同的是,定家"在'心'的方面,更加倾向于心之深、心之幽寂"[③]。之所以如此,是因为定家对于和歌的审美理想有其自身独特的体悟。在《近代秀歌》中,他推崇近代的大纳言经信卿、俊赖朝臣、左京大夫显辅卿、清

---

① 转引自(日)能势朝次:《幽玄论》,见《日本幽玄》,王向远译,长春:吉林出版集团,2011年,第63页。

② (日)能势朝次:《幽玄论》,见《日本幽玄》,王向远译,长春:吉林出版集团,2011年,第65页。

③ (日)能势朝次:《幽玄论》,见《日本幽玄》,王向远译,长春:吉林出版集团,2011年,第69页。

辅朝臣、俊成、基俊等六位歌人的和歌,认为他们是以古歌为楷模来吟咏和歌的,他们的作品可与古典时代作品相媲美。可见,定家心目中的理想和歌是古代和歌。基于此,他主张"'词'学古人,'心'须求新,'姿'求高远,学习宽平之前之歌风,自然就能吟咏出优秀的和歌"①。因此,定家心目中的"古代和歌",指公元9世纪末之前的和歌,而他又认为古代和歌的审美理想是"物哀"。在《每月抄》中,他这样写道:"要知道和歌是日本独特的东西,在先哲的许多著作都提到和歌应该吟咏得优美而'物哀',不管什么样可怕的东西,一旦咏进和歌,听起来便会优美动人。"②而"物哀"指的是审美主体受所见、所闻、所触的客观外物的激发,而产生的包括喜怒哀乐等一切微妙而纤细的情绪、情感在内的审美感受与审美感动,即感物兴叹、感物而哀。所以,可以说定家认为和歌的审美理想就是古代和歌中的"物哀"。

基于对传统和歌审美理想的审美感悟与和歌创作中的实际体会,以及自幼受其父俊成和歌"幽玄"观的影响,定家提出了"有心"这一概念。他指出:"和歌十体之中,没有比'有心体'更能代表和歌的本质了。"③又说:"这个'有心体'又与其余九体密切相关,因为'幽玄体'需要'有心','长高体'中亦需要'有心',其余诸体,也是如此。任何歌

① （日）藤原定家:《近代秀歌》,见《日本古代诗学汇译上卷》,王向远译,北京:昆仑出版社,2014年,第173页。

② （日）藤原定家:《每月抄》,见《日本古代诗学汇译上卷》,王向远译,北京:昆仑出版社,2014年,第176页。

③ （日）藤原定家:《每月抄》,见《日本古代诗学汇译上卷》,王向远译,北京:昆仑出版社,2014年,第176页。

体,假如'无心',就是拙劣的歌无疑……实际上,'有心'存在于各种歌体中。"①由这两段话可以看出,定家使用了"有心体"和"有心"两个概念。按照大西克礼划分概念的方法,"有心体"属于"样式概念",指单纯的歌体,指由"词"、"姿"等便于识别和把握的形式特征而确定的和歌形式上的规定性;"有心"则属于"价值概念",指价值等级的最高形态。② 大西克礼这种概念的划分对于正确理解定家的"有心"十分关键。

据此可以说,定家认为,在和歌的歌体中,"有心体"最能代表和歌的本质;而更重要的是作为价值概念的"有心",它是决定和歌优劣与否的关键。"有心"概念的提出是建立在日本古典文论之"心"概念基础上的。"心"最早出自《古今和歌集·假名序》,其中有:"倭歌,以人之心为种,由万语千言而成。"这里"心"指"人心",是和歌创作的精神本原。因此,"有心"之"心",同样指"人心",问题在于它指何人之心?藤原定家出生于官宦家庭,其父藤原俊成时任宫廷高官,定家的一生亦仕途通顺,最高官至"权中纳言",正二品,因此,他的和歌理论理所当然代表的是宫廷贵族的心理追求和审美趣味。"有心"之"心"指的是宫廷贵族有教养之人的心,而不是所有人的心,即不包括那些缺乏贵族教养的庶民之心,他们是"无心"的。这种观念普遍存在于当时的宫廷贵族之中,并且与平安时代的贵族观念一脉相通。由以下用例我们便可窥见一斑。

---

① （日）藤原定家:《每月抄》,见《日本古代诗学汇译上卷》,王向远译,北京:昆仑出版社,2014年,第177—178页。

② （日）大西克礼:《幽玄·物哀·寂》,王向远译,上海:上海译文出版社,2017年,第43页。

　　物のをりの扇、いみじとおもひて、心ありと知りたる
人に取らせたるに(《枕草子》)①这些不懂规矩的人，到别人
家里去时，总会先用扇子拂去自己座位上的尘土。黄悦生译

　　采女・女藏人などをも、かたち・心あるをば、殊に、も
てはやし(《源氏物語　紅葉賀》)②采女和女藏人，只要是姿
色美好而聪明伶俐的，都蒙皇上另眼看待。丰子恺译

　　心ある人のみ秋の月を見ば何をうき身の思ひにせむ
(《新古今集》源光行)③

　　只有有心之人才懂得欣赏秋月，像我这样的人又有什么
乐趣呢。笔者译

　　心なき身にもあはれはしられけり鴫立つ沢の秋の夕
暮れ④(西行)

　　鴫立泽边人，秋日黄昏近；茫然思绪无，哀婉亦存身。笔
者译

　　日语中的"心有り"、"心ある"等即"有心"，而"心なき"即"无心"。
无论是欣赏大自然中的景趣，还是判断人物的容姿举止的品味，都是
从宫廷贵族的立场出发。《枕草子》的作者清少纳言、《源氏物语》的作

① 　(日)清少納言:《枕草子　日本古典文学大系19》,池田龜鑑、岸上慎二、秋山虔
　　校注,東京:岩波書店,1958年,第67页。

② 　(日)紫式部:《源氏物語一》,山岸德平校注,東京:岩波書店,1958年,第289页。

③ 　(日)《新古今和歌集》,久松潜一等校注,東京:岩波書店,1958年,第316页。

④ 　(日)西行:《山家集》,佐々木信綱校訂,東京:岩波文庫,1928年,第67页。

者紫式部，都是宫廷女官，她们所写的都是在宫廷社会中观察到的，她们很清楚作为贵族阶层应有怎样的言谈举止，这种视角也反映在她们的作品中。"物哀"就是紫式部从平安贵族的情感生活中加以提炼并理想化的结果。另一方面，大自然的风景本来是人人皆可欣赏的，但在源光行和西行的和歌中，似乎只有有心之人，也就是懂情识趣、敏感纤细的人才能欣赏。两位歌人在此都以"无心"之人自居，显然是谦逊的说法，但能够很明确地捕捉到，即使是面对人人可观的自然，他们对审美趣味的要求也是带有贵族气质的。由此可见，"有心"与"无心"的区别在于是否具有贵族教养，是否懂得贵族的审美趣味。

　　而关于如何创作出"有心"的和歌，定家在《每月抄》中反复论及："只有十分用心，完全入境，才可能咏出这样的和歌来。因此，所谓优秀和歌，是无论吟咏什么，心都要'深'"；"在歌会上，无论是事先出好题目，还是当场出题，即席咏歌，都应该用心吟咏"；"作歌只需赤子之心"；"诗贵在胸怀高洁，心地澄明，和歌也是如此"；"作歌首先要心胸澄澈，这是一个必须养成的习惯。平日心有所感，不论是汉诗还是和歌，都要出自肺腑，用心吟咏"[①]。可见，定家的"有心"就是要求歌人具有澄明的审美心胸，在创作和歌时须高度用心，保持聚精会神的精神状态，并且要把自己内心接触外事外物时最真实的所思所感表现出来。

　　总之，定家虽然自幼受其父俊成和歌观的熏陶和影响，但他并未随之使用"幽玄"做和歌论的核心词，而是发展了表现和歌"幽玄美"的

---

① 　（日）藤原定家：《每月抄》，见《日本古代诗学汇译上卷》，王向远译，北京：昆仑出版社，2014年，第177—178页。

“心”的方面，也就是对歌人的审美趣味、审美心胸和精神状态做了进一步地挖掘和强调，从而提出了“有心”。另一方面，定家的“有心”又是对日本古代和歌审美理想“物哀”的独特体悟。从这个意义上，可以说“有心”是位于传统和歌“物哀”审美理想的延长线上，它在“心”的层面推进和加深，强调审美主体发现美与创造美时的精神状态和内在真实的心灵世界。

第三节　殉死之美

一、禅宗思想的影响

禅宗又名大乘佛教，它发源于印度佛教，产生于中国，是集儒释道精神于一体的宗教派别。公元 12 世纪，中国的禅宗由南宋禅僧明庵荣西（1141—1215）传入日本，随着其在日本文化母体中的消化吸收和再创新，至镰仓中期催生了日本化的禅宗。因此，在日本佛教史上，中世又常被称作“禅的发达时代”①。禅宗之所以能迅速地在中世社会扎根并广泛普及，一方面是由于禅宗的理念符合武家新兴政权的政治需要，禅宗思想中有否定旧“有”以获得新“有”的理念，这为刚刚夺取政权的武士阶层增强了自信；禅宗追求视死如归、生死一如的超越的人生态度，这对培养忠孝、武勇、不畏生死的武士道精神大有裨益，巩固了武士集团的军备力量。另一方面，禅宗“不必读经，不须礼佛，不

---

① 梁晓红：《日本禅》，杭州：浙江人民出版社，1997 年，第 193 页。

立文字,只以心传心,见性成佛……搬柴运水,吃茶吃饭,都是佛事"①等简单易行的修行方法满足了当时社会各个阶层的精神需要。从整个社会状况来看,战争的频仍导致社会的动荡不安,世家公卿满怀着对昔日荣华的追怀,悲叹目下的不幸;武士的命运交付战场,生命如昙花般转瞬即逝,战场上血流成河;百姓遭遇由战争导致的饥馑、瘟疫等连连灾难,苦不堪言。整个社会不同阶层的人都深深地感受到时代所带来的痛苦,他们都热切地希望获得精神上的安慰和救济,于是他们从禅宗中看到了希望。禅宗的世俗性、现实性、心灵的自由性和实现人生终极目标的直截了当性,适应当时着力追求现世利益的日本人以及社会。

从文化层面上看,禅宗思想融入了日本艺术与文化的各个方面。无论是以禅文学为核心的"五山文学"的创作,还是幽玄、寂等文学理念的追求,甚至是水墨画、枯山水、茶道等艺术中的审美趣味,都渗透着禅宗思想的痕迹。高文汉指出:"禅宗精神是中世时期的时代精神……不仅渗透到了和歌、连歌、能乐等和文文学的创作理念中,而且也深刻地影响了茶道、插花等艺术以及饮食、建筑等日常生活的各个层面。"②我们认为,禅宗思想最重要的影响还是孕育出了武士道精神。禅宗不立文字,没有繁难的汉文经典,修炼方式也不讲究对佛经经典的学习,而只求以平常心行走坐卧,谈笑风生中领悟佛性和武术的奥秘。对于缺乏文化素养的日本武士阶层来说,禅宗是简便易行的

---

① 梁晓红:《日本禅》,杭州:浙江人民出版社,1997年,第102—103页。
② 高文汉:《中日古代文学比较研究》,济南:山东教育出版社,1999年,第499—500页。

修行手段,是获得神奇力量的便捷手段。禅宗宣扬直观顿悟,修行不拘泥于形式,主张在棒喝之下顿开茅塞,当机立断的领悟方式有利于培养武士的直觉力和敏锐性,使之在面临生死问题时勇猛果敢。禅宗修行要求在念念之间精力高度集中,在无我忘我的境界中达到顿悟。武士禅修的终极表现就在于面临生死的抉择,即毫不犹豫、坚毅果敢地选择死。武士道的核心价值观,尤其是生死观,主要源于禅宗思想。

二、武士道精神的融入

在禅宗思想的深刻影响,及儒家与神道思想的影响下,日本中世的武士道精神诞生了。禅宗思想构成了武士道精神的核心,它赋予其心灵的宁静和超脱世俗的精神境界;儒家思想中充满智慧的五伦之道为其制定了行为准则;古老的神道信仰增强了武士道忠于主君、崇拜祖先以及孝敬父母的理念。根据新渡户稻造对武士道的研究,我们可以将武士道精神的核心观念总结为以下六个方面:

(1)义:"真正的义德是心的决断。凡事都毫不犹豫根据道理下定决心的意志。该死的时候绝不偷生,该出手时绝不畏缩。"[①]在理智的指引下克服人性中的缺陷,履行应尽的道德义务,做出正确的行为。

(2)勇:刚毅果敢,不屈不挠,但不为不值得的事情去死。

(3)仁:刚毅果敢之人同时具备爱、宽容、同情、怜悯等温柔之情,虽手握生杀大权但不会滥用此权;既能参与最残酷的战斗,又能通过文学和艺术培养自身哀怜与丰富的情感。

---

① (日)新渡户稻造:《武士道》,潘星汉译,北京:新世界出版社,2012年,第23页。

（4）礼：礼仪举止乃精神的外衣。"长期的以礼修身，会让身体中的各种部位与机能在一个完善的秩序中运行，最后实现身体与环境完全融合的'天人合一'境界，让精神去支配肉体。"①

（5）忍：忍耐、忍受、克己，强调不被感情主宰，不为感情宣泄而流泪或者呻吟，抑制激动的感情不使之显露出来。克己的最高境界是自杀。武士道中的自杀制度为"剖腹"，即用刀剖开自己的腹部而死。武士相信腹部是灵魂的归宿，剖开腹部意味着灵魂的清白得到了证明，意味着崇高的道德精神的胜利。幕府时代，剖腹是武士洗刷罪名、证明自身名誉以及忠诚的一种庄重而严肃的仪式，它是武士对自我信仰的行为实践，可以体现武士顽强的忍耐力和意志力。

（6）忠：服从并忠诚于上级和长辈，若能效忠主人，即使付出悲惨的代价如生命，也当作光荣。若出现忠孝两难全的局面，则会毫不犹豫地选择忠诚。为了追求光荣的名誉，用生命侍奉主人。

如上所述，自杀是武士道精神的终极体现。这在堪称武士道经典的《叶隐闻书》中也被奉为宗旨："武士道者，即发现死之存在。……武士应每朝每夕端正心志，思索死亡之真谛，选择直面死亡，时刻保持慷慨赴死之心。"②随着中世武士阶层的壮大，剖腹自杀逐渐成为他们的死亡仪式，主要用以表示对主君的忠诚或者证明自己的名誉。选择死亡成为武士阶层的行为准则，他们的血液中流淌着对死亡的向往与渴求。这种"尚死"的精神一直影响到后世日本，著名美国人类学家本尼迪克特说："现代日本人施之于自身的最极端的攻击行为就是自杀。

---

① （日）新渡户稻造：《武士道》，潘星汉译，北京：新世界出版社，2012年，第52页。

② （日）山本常朝：《叶隐闻书》，赵秀娟译，长春：吉林出版集团，2014年，第1页。

按照他们的信条是,用适当的方式自杀,可以洗刷污名,并赢得身后好评。"①因此,我们不能简单地将武士剖腹自杀的行为看作消极抵抗,它是一种积极负责的态度,是武士严于律己的美德,"能否实现和维护名誉是决定武士身份是否能够存续的关键"②。也就是说,死亡之所以被赋予极高的价值,是由于名誉决定了武士能否生存和立足于世间。

武士被称作"国民之花",武士道精神支撑着日本民族的精神。民谣中有"花为樱花,人为武士"的唱词。樱花雅而不艳,浮动的香味如同生命的气息一般弥漫于空气之中,随着季节的召唤飘忽而至又刹那间化为沉泥,柔弱的外表下蕴藏着沁人心脾的魅力。同样,武士以坚定的意志果断选择死亡,这代表着他们坚忍的耐力、不屈服的精神以及忠君爱国的理念,这种人格精神深深地感染着日本人。两者共通之处在于"毫不畏亡的生命精神"。

禅宗思想赋予武士道以死亡超越特性。武士道与禅宗思想的结合形成的武士的宗教,即"武家禅"。禅宗"生死一如"的教义契合了武士视死如归的终极追求,二者形成了哲学以及实践伦理的关系。武士剖腹自杀的行为中透露着超凡脱俗、了却生死的"禅意"。

正是禅宗思想的影响和武士道精神的融入,赋予了中世"物哀"美学以殉死之美的意蕴。新渡户稻造说:"剖腹的自杀方式可以让日本人想到最高尚的行为和最动人的哀情。"③张万新也指出:"这种方式

①　(美)鲁思·本尼迪克特:《菊与刀》,北京:商务印书馆,2012年,157页。

②　王炜:《日本武士名誉观》,北京:社会科学文献出版社,2008年,第75页。

③　(日)新渡户稻造:《武士道》,潘星汉译,北京:新世界出版社,2012年,第103页。

(剖腹)的死法,对武士道而言是真正高贵的行为,它会让武士联想到打动内心悲哀的实例。"①剖腹自杀往往与道德精神的崇高相连,最顽强的意志力克服最难以忍受的肉体痛苦从而获得精神的胜利;最残酷的肉体疼痛更能唤起人的怜悯和同情,从而对死亡以及自杀行为本身肃然起敬。武士用切腹的方式实践了"物哀"美学,以最残酷的方式蕴含坚定的意志力,唯美地表现哀感的极致。死亡以一种庄严的方式了却了武士的一生,这种庄严的仪式代表了武士的道义、勇敢、忠诚、仁爱、克己等精神以"花"的方式在这一刻绽放,残酷而凄美,给人以强烈的视觉冲击力。

三、《平家物语》的"物哀"美:视死如归

日本正式进入中世(1192)之后,政治局势发生了重要转变。以将军为首的武家逐渐代替以天皇为首的贵族,掌握了政权,战火频仍,社会动荡。随着武家政权的抬头,昔日由贵族和僧侣独霸的日本文坛,也逐渐融入了武士的审美趣味。由于武士中未受教育者居多,所以他们的审美趣味一方面取自对昔日王朝贵族趣味的模仿;另一方面,他们极为欣赏能够表现出武士道精神的文艺作品。于是,着力描写战争,并突显战争中武士刚毅武勇之精神的战记物语文学诞生了。《平家物语》便是战记物语的代表作,它被誉为"描绘时代本质的伟大民族画卷"②。这部作品以 12 世纪末源平两大武士集团之间的战争史实

---

① 　张万新:《日本武士道》,海口:海南国际新闻出版中心,1998 年,第 167 页。
② 　(日)西乡信纲:《日本文学史》,佩珊译,北京:人民文学出版社,1978 年,第 116 页。

为素材，记述了两大集团相互激战、厮杀并争取政权的全部过程。如本书第二章所述，平安时代的"物哀"以"消极的无常感"为核心审美意蕴，随着中世佛教无常思想与末世思想的深入，"物哀"的意蕴又转向了"积极的无常观"，而禅宗思想的影响与武士道精神的融入又诞生了中世末期独特的"物哀"美学，这种意趣就集中体现在《平家物语》中。

事实上，"物哀"审美的核心是人的情感，它包含喜怒哀乐等情感倾向，在平安时代尤其倾向于同情、悲哀等消极情感，这种审美情趣直至近现代都一直流淌在日本文学精神中，中世的战记物语中也不例外。但是，战记物语中的"物哀"不仅止于此，荻原广道在其《本学提纲》中表明，武士身上体现出来的"物哀"与平安时代所谈风流韵事中所感"物哀"大异其趣，武士为了名誉不惜牺牲生命，他们对具有悲怆色彩的"物哀"投以尊敬之念，他们情感之中那种悲壮的觉悟才是真正属人的情感，因此唯有《平家物语》中的"物哀"才真正抵达了"物哀"的精髓。[1] 而学者井手恒雄则持"残存说"，他认为，《平家物语》中的"物哀"意味着在以刚毅勇猛的战争为核心的内容中，仍残存着优雅纤细的王朝趣味。[2] 我们认为，从美学传承的角度来看，井手恒雄的观点有一定的道理；而荻原广道的"物哀"观则颇为值得借鉴，首先，他肯定了作为人之情感的"物哀"在中世武家文学中的存在；其次，他掀开了武士情感内在本质的神秘面纱。我们研究《平家物语》中的"物哀"，则从"话语"入手，通过考察"あはれ"的用例，呈现出其独特的美学面貌。

---

[1]　（日）井手恒雄："もののあはれの伝統と平家物語"，《文芸と思想》，1955 年第 10 期。

[2]　（日）井手恒雄："もののあはれの伝統と平家物語"，《义芸と思語》，1955 年第 10 期。

(一) 平安"物哀"之余绪

据我们统计,《平家物语》①中使用"あはれ"的用例共计 185 处,其中第一卷 14 处,第二卷 22 处,第三卷 16 处,第四卷 14 处,第五卷 11 处,第六卷 6 处,第七卷 13 处,第八卷 5 处,第九卷 20 处,第十卷 28 处,第十一卷 15 处,第十二卷 12 处,灌顶卷 9 处。"あはれ"的形式主要包括:あはれ、哀れ、哀れなり、哀れに、哀れと、あっぱれ等。词性主要有形容动词、动词(复合动词)、名词、感叹词、副词等,其中形容动词共计 61 处,动词(复合动词)共计 30 处,名词 25 处,感叹词 49 处,副词 20 处。主要的语义包括:(1) 趣味、有趣,(2) 悲哀、哀怜、同情、凄凉,(3) 说、唱、议论、劝谏、道、言,(4) 赞叹、感动,(5) 感慨、感触。其中语义(1)共 3 处,(2) 共 99 处,(3) 共 30 处,(4) 共 43 处,(5) 共 10 处。由此可见,"あはれ"主要表示"悲哀、哀怜、同情、凄凉"和"赞叹、感动"这两种语义,其中前者占 53.23%,后者占 23.12%。据此可以说《平家物语》中的"物哀"主要体现在这两个层面。

如本书前两章所述,"物哀"(あはれ)在日本 8 世纪最早的文学作品记纪歌谣和《万叶集》中就已有用例,主要表达对人的哀悯、怜爱、牵挂、思念、同情等情感,也有对自然物生命状态的感怀等,总体而言,用例较少,且多为原始的、朴素的、天然的情感。到了 9 世纪的平安时代,"物哀"发展为重要的审美意识,尤体现于《源氏物语》中。据分析,"あはれ"(物哀)在这部作品中,主要用于表达贵族男女在恋爱中的

---

① (日)《平家物語》,市古贞次校注・訳,東京:小学館,1985 年。下文有关《平家物語》的日文引文均参照此版本。

"感动、兴奋、优美、凄凉、寂寞、孤独、思恋、回味、忧愁、抑郁、悲哀等种种情感体验"①。也就是说，"物哀"在平安时代是以贵族男女的恋情为核心的种种令人刻骨铭心的情感体验与审美体验，代表着王朝美学多愁善感、缠绵悱恻、纤细优雅的审美趣味。而中世时期的《平家物语》则主要体现的是武士阶级的审美趣味。随着日本进入中世时期，武家政权抬头，昔日由贵族和僧侣独霸的日本文坛也逐渐融入了武士阶级的审美趣味。但是，武士阶级中未受教育者毕竟不在少数，所以他们的审美趣味的表现必然包含对昔日王朝贵族审美趣味的模仿，而《平家物语》中的"物哀"就有一部分是对王朝"物哀"美学的模仿。

曲折坎坷的恋爱，是《源氏物语》中用于表现"物哀"的主要情节。主人公源氏与空蝉、六条妃子、藤壶女御、末摘花、三公主等众位女性之间曲折而坎坷的恋爱中，充满了思恋的煎熬、分别的痛苦、良心谴责的不安、爱而不能的忧惧、苦苦等待的哀愁等令人为之感喟哀悯的"物哀"情怀。而这一点在《平家物语》中就有所继承：

（1）阿佛听说此事，心中<u>怜悯（あはれに思ひ）</u>（画线部分为笔者添加，括号中日文版对应词句，下同）向清盛公道："这样对待祗王御前，怕是不妥。我的住处是她以前所住，叫她来这边吧。不然让我过去见她一面。"②

（2）其名之所以唤作"待宵"，乃是因为某次大官问她道："等待心上人的夜晚，与清晨的离别相比，哪件更令人伤

① 王向远：《日本之文与日本之美》，北京：新星出版社，2013 年，第 139 页。

② （日）佚名：《平家物语》，王新禧译，上海：上海译文出版社，2011 年，第 21 页。

心（あはれ）呢?"①

　　（3）长夜漫漫,不能成眠,唯有睁眼直待天明。相思无尽,于深秋更添悲愁（秋のあはれ）。②

　　用例（1）写入道相国因新宠阿佛而抛弃旧爱祇王,使祇王终日以泪洗面、唏嘘感伤,还失去了曾经拥有的荣华生活,因此阿佛对祇王表示怜悯同情。用例（2）是年轻女官待宵与大将殿交流作歌时的一段谈话,主要是比较等待佳人与恋人分别二者哪一个哀感更甚。用例（3）写平家式微后,女院独居荒宅,深夜难眠,思恋无尽,恰遇深秋,更觉悲愁无限。可见,以上几处用例,或在恋爱中被抛弃,或在热恋中为等待与离别而伤感,或因永远的离别而相思无尽,都是在不完满的恋情中体会到的难以堪忍的悲情愁绪。

　　遁世出家,作为《源氏物语》中表现贵族男女深感"物哀"的重要行为屡次登场。加藤周一就曾统计过,在与源氏有密切关系的 10 名妇女中,就有 5 人出家,分别是六条御息所、空蝉、藤壶、胧月夜和三公主,还有紫姬,一心想要出家却未被允许。③ 六条御息所是在被源氏冷落后恼恨不已、郁郁寡欢不得已而出家;空蝉深知自己的身份与源氏不匹,虽爱但只能努力克制自己回避源氏,遂落发为尼;藤壶与源氏发生乱伦关系后难以忍受良心与道德的谴责,终日悔恨恐惧,最终选择遁入空门;三公主年幼无知,在被许配给源氏做妾后又与柏木私通,

---

① （日）佚名:《平家物语》,王新禧译,上海:上海译文出版社,2011 年,第 209 页。

② （日）佚名:《平家物语》,王新禧译,上海:上海译文出版社,2011 年,第 520 页。

③ （日）加藤周一:《日本文学史序说（上）》,叶渭渠、唐月梅译,北京:外语教学与研究出版社,2011 年,第 192 页。

因难以在宫中容身,无奈出家为尼;紫姬一生不堪源氏到处渔色猎艳,在嫉妒、痛苦与爱恋、不舍之间犹疑徘徊,多次想要出家都被源氏拒绝,最终带着遗憾和怨恨离开了人世。这些女性都深刻地体会到不完满的恋爱中的悲愁与痛苦,遁世出家是她们逃避这种困境的解决方式。而《平家物语》也把遁世出家与"物哀"联系在了一起:

(1) 就这样,祇王于二十一岁削发为尼,在嵯峨山深处筑了一个草庵,与青灯古佛相伴,诵经度日。妹妹祇女暗思道:"我曾有言在先:如果阿姐投河,我定相从于波涛中! 如今姐姐避世出家,我也要践约,弃离红尘。"遂在十九岁时,也改装出家,缁衣芒鞋,同姐姐一道修行积福。(後世をねがふぞあはれなる)①

(2) 后白河法皇在法华长讲阿弥陀三昧堂的过往录上,将她们四人的名字录于一处,写着:"祇王、祇女、阿佛、刀自尊灵",这是相当难得的事(あはれなりし事どもなり)。②

(3) 不久后,年仅十二岁的她,在奈良法华寺削发为尼,虔心拜佛,为父母祈祝来生之福。这真是一桩悲哀(あはれなる)事。③

(4) 后来听说三位中将被押往南都斩首,她当即削发出家,穿上墨染色法衣,为中将修后世菩提,诚可哀(哀れな

---

① (日)佚名:《平家物语》,王新禧译,上海:上海译文出版社,2011年,第22—23页。

② (日)佚名:《平家物语》,土新禧译,上海:上海译文出版社,2011年,第25页。

③ (日)佚名:《平家物语》,王新禧译,上海:上海译文出版社,2011年,第134页。

れ)也!①

　　(5) 骨灰送去高野,坟墓造于日野。夫人则削发为尼,
为夫君祈后世菩提。当真是可哀可叹(あはれなれ)啊!②

　　用例(1)、(2)中,祇王、祇女、阿佛、刀自四位女性出家与祇王失恋密切相关。入道相国抛弃祇王致使她难以堪忍失恋之痛苦,最终看破红尘,遁入空门。妹妹祇女和母亲刀自也随她落发为尼,而入道相国的新宠阿佛也在祇王身上看到了自己将来的影子,所以也削发出家。用例(3)写年仅12岁的僧都之女在得知父亲去世后落发为尼。用例(4)、(5)写两位女性夫死而出家:(4)是大内女官听闻三位中将被斩首,当即出家;(5)则是说重衡夫人忍着苦痛找回夫君的尸身后火化,遂落发为尼。

　　总体来说,以上用例涉及了失恋出家、父死出家、夫死出家等,而对于这些事件的形容在日文原文中都是用了形容词性质的"あはれなれ"或"あはれなる",即"令人感到哀的"或"物哀的"。这些描述与《源氏物语》中的"物哀"相通,都表现了与最亲近的人死别后的悲痛欲绝、万念俱灰、生无可恋。

(二) 昔盛今衰哀感深

　　《平家物语》的开篇以一首偈语奠定了整部作品的"诸行无常,盛者必衰"之基调:

---

① (日)佚名:《平家物语》,王新禧译,上海:上海译文出版社,2011年,第407页。
② (日)佚名:《平家物语》,王新禧译,上海:上海译文出版社,2011年,第488页。

祇园精舍之钟声,响诸行无常之妙谛;娑罗双树之花色,显盛者必衰之道理。

骄奢者绝难长久,宛如春夜梦幻;横暴者必将覆亡,仿佛风前尘埃。①

这首偈语高度浓缩了源、平大战的精髓,暗示了盛者必衰、骄者必败的必然结局,而这一盛衰之理在作品中着重体现为:昔盛今衰言物哀,今非昔比感物哀。以下是整部作品中具有代表性的用例(按照页码的顺序):

(1)可叹似明云大僧正这等品行高洁之人,也难逃前生宿业注定,不能免于罪罚,殊甚可哀(哀れなり)也。②

(2)当月二十三日,明云由一切经别院启程,去往流放地。曾经那么显赫的大僧正,而今却被朝廷限令必须当天离京,由官差押解着,向关东凄凉而行。他此时此刻的悲哀心情(哀れなり),可想而知。③

(3)小松殿问道:"还好么?"新大纳言睁眼一看,竟是小松殿,霎时间破涕为笑,那模样就像地狱中的罪人,突然见到地藏菩萨一样,令人望之生怜(哀れなり)。④

---

① (日)佚名:《平家物语》,王新禧译,上海:上海译文出版社,2011年,第3页。
② (日)佚名:《平家物语》,王新禧译,上海:上海译文出版社,2011年,第58页。
③ (日)佚名:《平家物语》,王新禧译,上海:上海译文出版社,2011年,第59页。
④ (日)佚名:《平家物语》,王新禧译,上海:上海译文出版社,2011年,第70页。

(4) 更何况高仓上皇是被逼让位,并非心甘情愿,所以他的<u>悲哀</u>(あはれさ),愈发难以言说了。①

(5) "太平时节花虽盛,无奈岁久必凋零,恍若日出月西倾。"和歌的蕴意,是盼山王大师<u>垂怜</u>(あはれみ),请三千僧众合力,挽平家之颓势。②

(6) 昔时强吴忽亡,姑苏台遍生荆棘,饱历春露秋霜;暴秦既衰,咸阳宫烈火腾空,烟燎焰漫。今时情形,犹有过之,思之便觉<u>可哀</u>(あはれなり)。③

(7) 忆昔春暖时节,东岸西岸垂柳依依,南枝北枝梅花开落,相映成趣。花朝月夜,诗歌管弦、蹴鞠、射壶、绘扇、踏青、斗虫、种种赏心乐事,俱令人无比开怀。而今却只能靠溯往怀旧打发长日,实是<u>可哀</u>(あはれなる)。④

(8) 遥想去年自信浓出兵,军势五万余骑;今日涉过四宫河原,却只剩主从七骑,不久后更将独自踏上冥途。思之实在<u>可哀</u>(あはれなる)!⑤

(9) 围观平家诸将首级者数之不尽,其中多有与平家同在帝阙共事者,见首级而心生惧意,长吁短叹,<u>不胜悲哀</u>(あはれみ)。⑥

---

① (日)佚名:《平家物语》,王新禧译,上海:上海译文出版社,2011年,第158页。
② (日)佚名:《平家物语》,王新禧译,上海:上海译文出版社,2011年,第304页。
③ (日)佚名:《平家物语》,王新禧译,上海:上海译文出版社,2011年,第64页。
④ (日)佚名:《平家物语》,王新禧译,上海:上海译文出版社,2011年,第355页。
⑤ (日)佚名:《平家物语》,王新禧译,上海:上海译文出版社,2011年,第362页。
⑥ (日)佚名:《平家物语》,王新禧译,上海:上海译文出版社,2011年,第401页。

（10）"一转眼光阴渐去，流年空度，孰料今日竟以阶下囚戴罪之身与你再会。"言罢，以袖遮颜，悲泣流涕。彼此心中，<u>忧伤无尽</u>（あはれなり）。①

（11）自西国被擒以来，重衡先遭羁押于京师，已是惶愧交集，而今又被押赴关东，<u>心头之哀</u>（哀れなり）更是无以复加。②

（12）七郎兵卫流泪答道："那人便是小松大臣殿嫡子三位中将殿，不知怎生由屋岛逃来此地，还换了出家打扮，与三兵卫、石童丸也随他一道削发为僧了。我本想近前参见，又恐今时身在源氏，引起误会，只得径行而过。唉，瞧他那副模样，<u>真是不幸</u>（哀れの御有様）啊！"③

（13）就是这样一位本来要做大臣、大将的贵公子，今日落到这步田地，实是大出意料之外。世易时移虽是人间常态，但毕竟极为<u>可怜可叹</u>（哀れなる）。④

（14）法皇想起昔日大臣殿曾随侍左右，不免生出几许<u>怜悯之情</u>（あはれにおぼしめされける）。⑤

（15）一干人或徙于西海之波，或流于东关之云，栖身何处难知、后会之期难料，唯有洒泪惜别，心中<u>悲苦</u>（哀れなり）

① （日）佚名：《平家物语》，王新禧译，上海：上海译文出版社，2011年，第406页。
② （日）佚名：《平家物语》，王新禧译，上海：上海译文出版社，2011年，第412页。
③ （日）佚名：《平家物语》，王新禧译，上海：上海译文出版社，2011年，第425页。
④ （日）佚名：《平家物语》，王新禧译，上海：上海译文出版社，2011年，第427页。
⑤ （日）佚名：《平家物语》，王新禧译，上海：上海译文出版社，2011年，第474页。

可想而知。①

(16) 公家窘迫,受制于武家,不得不朝令夕改,使世间纷争不宁,真可哀事(あはれなれ)。②

(17) 再说少主六代转眼已长到十四五岁,容颜愈发俊美,如日之辉,光彩照人。夫人见了叹息道:"(あはれ)可怜了这孩子,要是平家未失势,此刻他已在近卫司任职了。"这真是句空话。③

(18) 昔时高居玉台,锦帐富丽,衣食无忧;而今亲人尽别,入居朽烂陋屋,心中幽怨哀伤(哀れなり)不问可知。④

(19) 平家的诸位女眷,都极有勇气,二位殿、越前三位夫人,皆慨然自沉海底。有被源氏武士活捉而遣归家乡的,不管老少,一概出家。形容枯槁,残喘苟活,由朝至暮,于谷底岩间艰难度日。华屋俱为烟尘,空留废墟残迹,野草荒芜,无人理会。那心情便如刘、阮自仙界归来,遇到七世子孙般,至为可哀(哀れなり)。⑤

(20) 法皇见了,问道:"来的是何人?"老尼垂泪道:"肘间挽着花篮,手持岩踯躅的那位,便是女院。抱着薪柴蕨菜的那位,则是鸟饲中纳言维实之女、五条大纳言邦纲的养女、先帝的乳母大纳言佐殿。"法皇闻听,哀伤难抑(あはれげに

① (日)佚名:《平家物语》,王新禧译,上海:上海译文出版社,2011年,第493页。
② (日)佚名:《平家物语》,王新禧译,上海:上海译文出版社,2011年,第498页。
③ (日)佚名:《平家物语》,王新禧译,上海:上海译文出版社,2011年,第510页。
④ (日)佚名:《平家物语》,王新禧译,上海:上海译文出版社,2011年,第519页。
⑤ (日)佚名:《平家物语》,王新禧译,上海:上海译文出版社,2011年,第520页。

おぼしめて），老泪纵横。①

　　以上用例中的“哀（あはれ）”（物哀）均属于上述“悲哀、哀怜、同情、凄凉”这一语义。仔细分析以上用例可知，首先从个人层面上说，有地位（官职、仕途）上的昔盛今衰，包括用例（1）、（2）、（3）、（4）、（10）、（13），都是在说往昔身处要职、高贵显赫，而今沦为草芥、凄凉悲惨。还有生命的昔在今无以及命运的不可预测，用例（8）、（9）描述了武士命丧黄泉、朝不保夕的多舛命运；用例（11）写武将重衡昔日位高权重、威风凛凛，而今被擒落魄，辗转羁押，完全不能掌握自己的命运；用例（17）写到孩子的命运与前途，本应世袭高位的武将后代随着平家的式微而前途渺茫；用例（19）、（20）描写了平家式微后，女性们身居荒宅口食野菜、容颜枯槁、苟延残喘、艰难度日的生活状态，遥想昔日的荣华富贵，其命运可叹矣。另外，还有生活方式的今非昔比，用例有（7）、（18），都强调过去衣食无忧，生活悠然自得，趣味丰富，而今生活陷入困境，唯有怀忆往昔。其次，从集体层面上说，主要是对武士集团或国家昔盛今衰的感慨，用例包括（5）、（6）、（15）、（16），一方面是说平家一门昔日势力极盛，而今气数将尽，武将们惨遭流放；另一方面是说昔日平安贵族时期世间太平，而现在武家夺取政权却连年战争，盛者必衰之理，不禁令人为之扼腕叹息。

（三）刚柔并济武士情

　　如前所述，“物哀”的核心是人的情感。由于不同时代的文学作品

---

① （日）佚名：《平家物语》，王新禧译，上海：上海译文出版社，2011年，第525页。

所涉及的人的阶级属性不同,所侧重的人的情感的内容亦有差异。《源氏物语》中的"物哀"主要体现的是贵族阶级的情感,所以才有了恋爱中多愁善感、缠绵悱恻的情感体验。而《平家物语》中的"物哀"则指武士阶级的情感,所以既有面对战争、死亡等英武勇猛的刚性情感,又有吟歌弄弦、怜悯弱小的风雅柔情。据我们考察,在"あはれ"表示"赞叹、感动"这一语义的43处用例中,集中表现了对这种刚柔并济的武士情感的赞美,而这也构成了《平家物语》之独特的"物哀"。荻原广道就指出,《平家物语》中体现于武士身上的"物哀"才真正抵达了"物哀"的精髓,武士为了名誉而不惜牺牲生命,所以他们的"物哀"是以悲壮的觉悟为主要特征。① 这一观点十分重要,但荻原广道只关注了"刚"而忽视了"柔"的方面。以下将从上述43处用例中选出具有代表性的进行分析:

(1)时人也纷纷赞赏(感じあはれける)内大臣道:"能以大臣而兼大将,皆因前世积德,今生方有此好报! 小松殿仪表风度,举世无双;才学智识,更是无可挑剔,堪称凡间罕有!"②

(2)平家一门在迁都之后,早已静极思动,内中年少气盛的公卿、殿上人更是跃跃欲试,毫无顾忌地叫嚣道(あはれ):"最好天下出点大乱子,我等也好一显身手!"③

———————————

① (日)井手恒雄:《もののあはれの伝统と平家物语》,《文芸と思想》,1955年第10期。

② (日)佚名:《平家物语》,王新禧译,上海:上海译文出版社,2011年,第84页。

③ (日)佚名:《平家物语》,王新禧译,上海:上海译文出版社,2011年,第213页。

（3）那副模样，（あっぱれ）一望可知是位文武双全的俊才。①

（4）入善行重嘴里敷衍，觑准高桥一个空当，猛然拔出刀来，飞身扑上，（あっぱれ）朝高桥的内里连刺两刀。②

（5）阁下去而复返，竟是为了这风雅之事，令人<u>不胜感慨落泪</u>（哀れ）。③

（6）木曾殿见后，又心生怜惜，叹道："唉（あっぱれ），如此以一当千之勇士（指前文提到的濑尾太郎），一朝败亡，至为可惜。当时我若在，定会赦免了他们。"④

（7）木曾殿反复劝说，她（指女将巴）才勉强答应，暗想道（あっぱれ）："好歹让我再杀一个强敌，以全最后之功。"⑤

（8）见无人答应，遂大笑通名道（あっぱれ）："诸位记住，此番说话的，乃信浓国诹访上宫住人、茅野大夫光家之子——茅野太郎光广。吾并非来寻一条次郎殿部下交战，只因舍弟茅野七郎现在一条次郎殿麾下，吾欲令其亲眼见到兄长战殁，才好转告给下二子，使他们知晓父亲死得壮烈，绝非懦弱无能、临难苟免之辈。"⑥

（9）日既暮，径路险恶不能前，兵士议道（あっぱれ）：

① （日）佚名：《平家物语》，王新禧译，上海：上海译文出版社，2011年，第289页。
② （日）佚名：《平家物语》，王新禧译，上海：上海译文出版社，2011年，第294页。
③ （日）佚名：《平家物语》，王新禧译，上海：上海译文出版社，2011年，第311页。
④ （日）佚名：《平家物语》，王新禧译，上海：上海译文出版社，2011年，第343页。
⑤ （日）佚名：《平家物语》，王新禧译，上海：上海译文出版社，2011年，第364页。
⑥ （日）佚名：《平家物语》，王新禧译，上海：上海译文出版社，2011年，第366页。

"此地向为险要所在,我等宁死于阵前,也不愿落崖摔死。请将军访一向导领路。"①

(10) 真名边五郎的下卒赶忙跑上前,割下河原兄弟的首级。其后报功,将首级呈予新中纳言知盛验看,知盛<u>叹道(あっぱれ)</u>:"真勇者也! 此等武士以一当千,不可多得,只可惜命殒疆场。"②

(11) 平家全军溃败,熊谷次郎直实自思<u>道</u>:"平家亲贵正逃向海边,欲乘船撤离,(あっぱれ)这正合吾意,且去寻个平家大将来立功。"③

(12) 他下海后单骑游出五六段远,熊谷在岸上<u>高呼道(あはれ)</u>:"前方那员武将,避敌潜逃,不感羞耻么? 何不调转马头,与在下大战一场,分个胜负。"④

(13) 吾身为人父,小次郎即便负了轻伤,心中已然焦急难过。若杀了此子,其父也定会伤心欲绝。推己及人,<u>唉(あはれ)</u>,还是放了他吧!⑤

(14) 负责看守的源八兵卫、江田源三、熊井太郎等武士见了,<u>叹息道(あはれ)</u>:"人无论贵贱,皆重人伦亲情。轻覆一袖固然小事一桩,却足见父子情深啊!"他们虽是勇猛之

---

① (日)佚名:《平家物语》,王新禧译,上海:上海译文出版社,2011年,第375页。
② (日)佚名:《平家物语》,王新禧译,上海:上海译文出版社,2011年,第381页。
③ (日)佚名:《平家物语》,王新禧译,上海:上海译文出版社,2011年,第388页。
④ (日)佚名:《平家物语》,王新禧译,上海:上海译文出版社,2011年,第388页。
⑤ (日)佚名:《平家物语》,王新禧译,上海:上海译文出版社,2011年,第389页。

士,却也尽皆感动落泪。①

　　战争是武士的日常,如何击败敌手,如何面对死亡,是他们时刻要面临的问题。作品塑造了一系列英武勇猛的武士形象,如用例(2)中的公卿、殿上人,用例(4)中的入善行重,用例(6)中的濑尾太郎,用例(7)中的女将巴,用例(11)、(12)中的熊谷次郎等。他们面对敌手,气势汹汹,稳健而勇猛,杀敌制胜之意志甚强。而面对死亡,则都表现出不畏死亡、视死如归的悲怆精神,用例(8)中的茅野太郎光广、用例(9)中的兵士、用例(10)中的河原兄弟,都是为保住武士的名誉而不惜牺牲生命的勇士,可以说,他们都是武士道精神的践行者。武士道要求武士怀着必死的决心应战,拼命作战保全荣誉,一旦面临失败,或自尽以获得永恒的名誉,或自报家门安然死于对方的刀下。反过来说,武士可以通过自杀赢得名誉,获得生存的合理性和社会的尊重,甚至重获第二次生命。这样一来,"死亡"本身对于武士而言就具有了重要的价值,中世武士独特的死亡美学也因此而诞生。陈望衡说:"价值的最大实现是自由,自由包括实践自由和精神自由。"②武士通过践行死亡实现了对生的超越,同时也获得了精神上的自由。在日本传统美学中,死亡意味着生命的终结,它与悲剧性紧密相关。如《源氏物语》中的死亡书写,渗透着唯美的悲哀(本书第二章已述)。而在中世武士美学中,死亡与武士的尊严、生存价值以及宗教信仰等密切相关,是武士

---

① 　(日)佚名:《平家物语》,王新禧译,上海:上海译文出版社,2011年,第474页。

② 　陈望衡:《当代美学原理》,北京:人民出版社,2003年,第129页。

"整个生存状态的重要显明"①。要言之,武士的死亡最大限度地开拓了武士生存的意义。刘振瀛先生将这种尚武、重名声、重廉耻的精神称之为"武士精神"。② 而对于这种武士精神,作品中多使用感叹词"あっぱれ"来表示感叹与赞美,相较于"あはれ"而言,它表达感叹的语气更为强烈,对武士精神的赞美更为坚定。因此,我们认为,这种武士精神中的勇武、悲怆、视死如归的精神构成了武士"物哀"独特的审美意蕴。

　　另一方面,武士吟咏和歌的风雅精神也颇受称道。用例(5)出自作品第七卷第十六节的"忠度离京"。忠度离京的背景是平家一门大败于源氏大军,不得已举家出逃。在此生命攸关之际,忠度的唯一心愿是请求正在奉命编撰和歌集的藤原俊成将自己所咏的和歌收录其中:"此乃在下自咏和歌一卷,盼您翻览挑选,哪怕只收录其中一首,在下于九泉之下也将五内铭感,必冥佑阁下逢凶化吉。"③由此可见其追随和歌风雅之道的诚心。另外,能够体现武士风雅的形象也博得了赞美,用例(1)、(3)就是从仪表、学识、品德、文才武略等多方面赞美武士。

　　如果说风雅精神更强调的是武士的审美趣味,那么他们对少年武士的怜惜则体现了人伦情感中的柔情。用例(13)出自第9卷第16节的"敦盛之死",大将熊谷次郎奉命追赶败逃的平家公子,将对方击落马下,欲取之首级时才发现对方只是个十六七岁的少年,因与自己的

---

① 颜翔林:《死亡美学》,上海:上海人民出版社,2008年,第41页。

② 刘振瀛:《试评日本中世纪文学的代表作〈平家物语〉》,《国外文学》,1982年第2期。

③ (日)佚名:《平家物语》,王新禧译,上海:上海译文出版社,2011年,第311页。

孩子相仿,便动了恻隐之心。他以父亲的身份怜惜对方,联想到对方父母失去孩子的悲痛,充分体现了武士柔情的一面。用例(14)出自第11卷第13节"一门游街示众",写平家武士因坛之浦合战而被生擒,其中有大臣殿父子,大臣殿至夜怕儿子着凉而轻覆衣袖于儿子身上,这一微小却能体现父子情深的行为感动了负责看守的武士们。可见,战场上勇武杀敌的武士们,在涉及人伦亲情时也饱含慈爱与温柔。因此可以说,武士的风雅与柔情构成了"物哀"之柔性情感的主要内容。

要而言之,通过考察《平家物语》中的"物哀"用例可知,《平家物语》中的"物哀"已经不完全等同于平安王朝的"物哀"美学。一方面,《平家物语》承继了王朝"物哀"美学的余绪,描写了不完满的恋爱、失恋出家、父死出家、夫死出家,表现出恋情中的悲情愁绪和亲情中生死离别后的悲痛欲绝;另一方面,《平家物语》以武士阶级为审美对象,观照武士在官职地位、生命、命运等方面的不可预测,武士集团昔盛今衰的命运,表现出对盛者必衰之理的感喟;与此同时,《平家物语》的"物哀"以武士阶级的情感为核心,面对战争与死亡,表现出勇武悲怆、视死如归的美学精神,同时又不乏吟歌弄弦、怜悯少年武士的风雅柔情。

第四章

自然人情礼赞：「物哀」论的确立

如前三章所述，“物哀”审美意识在日本古已有之，但作为文学理论被提出则始于近世的国学家本居宣长，他以复古神道为思想基础，建立了完整的“物哀”理论体系，标志着日本独特的文学理论的建立。本章将从“物哀”论诞生的近世思想背景出发，揭示本居宣长“物哀”论的隐秘动机以及他建立文学理论新话语的内在构造，同时考察近世“人情”文学论的谱系与“物哀”论的关联，并阐发近世文学作品中体现出来的不同于前代的“物哀”色彩。

第一节　本居宣长“物哀”论的理论框架

日本近世国学家本居宣长（1730—1801）通过《排芦小船》、《紫文要领》、《石上私淑言》以及《源氏物语玉小栉》等四部著作，建立起完整的“物哀”论体系。他以“物哀”为核心概念分析了《源氏物语》以及日本古代的和歌，认为和歌与物语的本质在于“物哀”。

一、理论根基:复古神道

复古神道是本居宣长"物哀"论的理论根基。他主张依据《古事记》和《日本书纪》,恢复真正的日本精神——古神道,阐释日本古典文学作品《源氏物语》,应从复古神道出发,而非一切外来思想。首先,他认为自然界中存在的万物都可称为神,且由人到万物,皆由神所生。"所谓神,是指以在古典中出现的天地诸神为主,还有在神社中被祭祀的诸神之灵,人以及鸟兽草木之类,海、山等,具有不寻常的超群之德的可敬畏之物。"①"神代伊始,伊邪那岐、伊邪那美二神围绕神柱起舞,生出国土万物以及世间诸种神灵,其本源皆源自二神的产灵。"②宣长将自然万物奉若神灵,认为日本人以及整个国土都由神灵产生的思想正是原始神道的自然神灵观和国家生成观,与中国古代气论哲学讲万物由阴阳二气和合而成的思想观念截然不同。

其次,由神灵所生的日本比其他任何国家都优越,居于万国的中心地位。《直毗灵》开篇道:"皇大御国,是可畏可敬的天皇祖先神天照大御神的诞生之国。她之所以优于万国,最显著的一点就在于此,天下万国无一不蒙受天照大御神的恩德。"③在宣长看来,日本国的产生继承着神统与皇统,组成国家的国土与万物由神产生,统治国家的天皇延续了天照大神的血脉,故日本堪称"神国"。

---

① 牛建科:《复古神道哲学思想研究》,济南:齐鲁书社,2005 年,第 65 页。

② (日)《玉くしげ》,见《本居宣长全集第八卷》,東京:筑摩書房,1972 年,第 309 页。

③ (日)《直毗霊》,见《本居宣长全集第九卷》,東京:筑摩書房,1968 年,第 49 页。

　　再次，神国必有"神道"，日本是唯一正统地传承古道的国家。"道是由高御产巢日神、产巢日御祖神之产灵所原初，自伊邪那岐、伊邪那美二御神起传承此道，天照大神亦继承此道，它是遍及万国、广泛存在于天地之间的道。"①此道"唯独皇国得到了正传，其他国家皆自上代以来就已经失传"②。宣长强调的"道"，实际上就是判断世间万事是非善恶的道理。他坚持认为，人世间存在的一切事情都应该依照日本古代典籍中所记载的神代的道理（即神道）来判断："别人以人事判定神代，我则以神代为基准来衡量人事。若非要阐明个中缘由，那是因为，世间万象代代推移，吉善之事、凶恶之事流转变幻的道理，无论大小都在男女二神产生出日本国之初就已经确定下来了。"③由于自然万物产生的根源是神，所以社会中的一切现象都可以理解为"神之所为"，即神意的显现。只有以神道来判断和理解人事，才能为现实的存在找到合理的依据，否则如果依靠外来典籍的思想来理解日本的情况，只会产生误解。

　　最后，日本文学中体现的日本精神正是寄托于古神道的"大和魂"，不应以"汉意"为依据做错误的判断。所谓"汉意"，主要是指人们依据汉籍的旨趣判断日本社会存在的万事万物的善恶是非，以中国古代哲学和精神来理解日本的古典。宣长认为《源氏物语》是代表日本古代精神的理想文学作品，所以"物哀"就是"大和魂"，它作为对抗"汉意"的文学理论而诞生。

---

①　（日）《玉勝間》，见《本居宣長全集第一卷》，東京：筑摩書房，1968 年，第 284 页。

②　（日）《玉くしげ》，见《本居宣長全集第八卷》，東京：筑摩書房，1972 年，第 309 页。

③　（日）《古事記七之卷》，见《本居宣長全集第九卷》，東京：筑摩書房，1968 年，第 294 页。

二、方法论：解构汉意

通观本居宣长的四部"物哀"论著作，从方法论层面上说，他主要是在中日比较的基础上，解构"汉意"从而确立"大和魂"。一方面，他认为以儒佛之道来解读日本文学是汉意的体现，文学本身有其规律，故应有其自身的评价机制。而评价日本文学的价值标准应为"人情"，他的"物哀"论以"人情"为中心展开，主张以通人情为"善"、以不通人情为"恶"的善恶价值观，进一步确立以通人情者为"知物哀"、以不通人情者为"不知物哀"的理论体系，驳斥了儒佛之道压抑人情的本质以及以控制人情为"善"、放纵人情为"恶"的善恶价值观。进而，他详细地阐发了"人情"，为《源氏物语》中缠绵悱恻的恋情描写寻找到理论依据。宣长早在《排芦小船》中就写道："真正的人情脆弱如女子和孩童，成熟稳重的男子汉气概中无所谓真正的人情。"[①]他认为，刚强、尚武等男性气质均不属于"人情"，只有女子与儿童的柔弱才是真正的"人情"，因为她们不善于掩饰自己的内心，易于显露最真实的情感。同时，这种"人情"与人的"欲"是不同的："欲乃欲求之心而已，无感慨。情乃感于物而感慨者也。所谓恋，原出自欲，而深涉于情者也。"[②]所以，人的情感不同于人的自然原欲，它是受到对象的触发而产生的情感波动，能将二者统一起来并将情感提升至更为敏感、细腻的程度的

① （日）久松潜一等：《本居宣长集》，東京：筑摩書房，1960 年，第 166 页。

② 转引自（日）源了圆：《德川思想小史》，郭连友译，北京：外语教学与研究出版社，2009 年，第 163 页。

是"恋",也就是说,"恋"是真实"人情"的高度凝练。于是,宣长的"物哀"论沿着肯定"人情"的路径走向了丰富多彩的"恋",依此解读《源氏物语》便顺理成章。

另一方面,持劝善惩恶的文学社会功用论亦是"汉意"的体现,而与之相对的"好色"才能够真正地体现"大和魂"。宣长从中国传统的劝善惩恶的文学观中发现,《源氏物语》中大量的"好色"描写只能成为其批判的对象,为了能将"好色"解救出来,他一一驳斥自古以来的《源氏物语》注释书中所写的"为劝善惩恶而作"、"写好色淫乱之事,使读者莫蹈覆辙"[1]等评价,指出依此写"好色"应当描写好色之人因作恶而招致恶果,而作品中"好色"的源氏却恰恰被当作好人来描写,并且一生尽享荣华富贵,而之所以如此褒扬"好色",是因为它是"大和魂"的体现。

众所周知,日本文化自产生以来,一直受到中国文化的影响,中国这个强大的"他者"形象自古就埋藏在日本人的内心深处。直至平安时代日本独立意识的觉醒,"他者—自我"的二元对立模式才开始形成,在长达上千年的文化认同过程中,这种模式也越来越坚固。本居宣长正是认清了这种思维模式,由此开始尝试解构这个二元对立模式,意识到只有推翻"他者",才能确立真正的"自我",只有解构"汉意",才能牢固地确立"大和魂"。纵观他的四部"物哀"论著作可见,解构汉意的方法论贯穿始终。在中日文化和文学的比较基础上,宣长确立并一一驳斥善恶道德观、劝诫好色等代表"汉意"的思想观念,寻绎

---

[1]　(日)本居宣长:《紫文要领》,见《日本物哀》,王向远译,长春:吉林出版集团,2010年,第90页。

出"人情"、"好色"等能够体现"大和魂"的文学标准,从而确立日本独特的文学观念。

三、本体论:"知物哀"

本居宣长的"物哀"论阐释始于辞源学意义上的分析,他把"物哀"分成"物(ものの)"与"哀(あはれ)"两个词素,认为"物"是"广泛意味的添加词"[①],类似于"物言う"、"物語る"、"物詣で"、"物見"、"物忌み"等词中的"物"。根据《广辞苑》可知,每个词中的"物"均解释为"物事",即指一切的事情和事物[②]。唐木顺三对"物"的解释最为接近宣长的原意,他指出宣长所强调的"物"乃客观存在的具体个别事物,"物"本身是毫无限定的,即其中所包揽之物可达无穷,但并非"物"之概念[③]。所以"物"指的一切客观存在的具体的事与物。而"哀",最初由"ああ"(啊)与"はれ"(哎呀)两个感叹词相重合而构成,属于感叹词,其情感内涵"不仅限于悲哀之情,高兴、有趣、愉悦和有情趣的事都能令人发出'哀'之感叹";"只是可喜、有趣之事往往令人感动不深,而悲哀、痛苦、恋慕等内心所愿无法达成的情况,则格外感人至深"[④]。

---

① (日)本居宣长:《源氏物語玉の小櫛——もののあわれ論》,山口志義夫訳,東京:多摩通信社,2013年,第84页。

② 《广辞苑》对以上词汇的解释如下:物言う:何か物事を言う。物語る:何か物事を語る。物詣で:社寺にまいること。ものまいり。物見:物事を見ること。物忌み:不吉として、ある物事を忌むこと。

③ (日)《唐木順三全集第7卷・もののあはれ》,東京:筑摩書房,1967年,第451页。

④ (日)本居宣长:《源氏物語玉の小櫛——もののあわれ論》,山口志義夫訳,東京:多摩通信社,2013年,第83页。

要言之,由所见所闻所感而心有所动发出的感叹谓之"哀"。因此,"物哀"就是因受生活中具体存在的事物的触发而产生内心的感动,尤其对事与愿违的物事感动颇深。

而从宣长为"物哀"下的定义可以看出,"物哀"论的本体是"知物哀"。他说:"世上万事万物,形形色色,不论目之所及,抑或耳之所闻,抑或身之所触,都收纳于心,加以体味,加以理解,这就是感知'事之心'、感知'物之心',也就是'知物哀'。"①宣长举例阐明,能够感受到异常美丽的樱花之美丽的人,就是"知物哀者",否则就是"不知物哀者";能够体察到他人悲伤之所在并且自己也被这种情感感染的,就是"知物哀者",否则就是"不知物哀者"。可见,"知物哀"就是要求人同时具备敏锐的审美修养和高的情商。自然物的状态瞬息万变,它们的美存在于这微妙的变化之中,要感知它们的美必须具备敏锐的审美修养才能准确地捕捉到;人的自然人性人情如女童一般脆弱,他们往往不堪道德的约束和克制,在不伦的恋情中淋漓尽致地显露出来,只有具备高情商的人,才能够超越道德的束缚,体会其中的思恋、哀怨、焦虑、担忧、悲哀等细腻而柔弱的情感。

从文学审美的层面来说,物语的根本目的就是令读者"知物哀"。宣长指出,所谓"物语","就是将世上的好事、坏事、稀奇的事、有趣的事、可笑的事、可感动的事,用无拘无束的假名文字写下来,并且配上插图,使人阅读时排遣无聊与寂寞,或者寻求开心,或者抚慰忧伤。"②阅读物语的第一要义就是"知物哀",设身处地地置于往昔之事中,体

---

① 　(日)本居宣长:《紫文要领》,王向远译,长春:吉林出版集团,2010年,第66页。
② 　(日)本居宣长:《紫文要领》,王向远译,长春:吉林出版集团,2010年,第19页。

会书中人物的情感变化，由内心发出真挚的感叹从而与古人共鸣。而最为重要的，是从自然人性人情出发，切身地体味和同情男女恋情尤其是悖德的不伦之恋，因为物语中的好色者们都亲身体验了乱伦、通奸、强奸等不伦之恋，由此引发的痛苦、悲哀、担忧、自责、怨怼、愤怒、渴望、期盼等等都是可贵的人之真情，这种人情虽出自“好色”，但因之是真情，所以最能令读者“知物哀”。

另外，与物语相同，和歌的本质也是“物哀”。早在歌论著作《排芦小船》中，宣长就表明了他的主情文学观：“和歌唯言心中所思之事，除此以外无他。”[①]“和歌之道与善恶教诫无关，唯言人内心之真情。”[②]在后来的歌论著作《石上私淑言》中，他更是明确表示，和歌的宗旨是表现“物哀”，并详细阐述了和歌的起源、物哀的字义、词性变化、内涵以及汉诗与和歌的异同分析等，建构了和歌“物哀”论。宣长梳理了和歌中的“あはれ”用例，认为该词在日本古已有之，起初仅为一个感叹词，后随着中国汉字文化的影响，“あはれ”从表记方式、词性到用法都发生了很大的变化，如曾用汉字“哀”、“可憐”，后来还出现了“播耶”，假名本身也有促音化的变化“あっぱれ”；词性由原本的感叹词扩展到大量的形容词用例，后来还实现了名词化；随着时代的推移，用法意义也多有变化，但意思上基本相同，都可以表示对所见、所闻、所行，充满了深深的感动。因此，和歌中的“物哀”也是因对所见所闻之事物深有感触而心有所动。和歌就是在不堪“物哀”之感时，自然而然地付诸语言而形成的。又因为和歌传承了自古就有的神代之心，吟咏的是最真实

---

① （日）久松潜一等：《本居宣长集》，東京：筑摩書房，1960 年，第 157 页。

② （日）久松潜一等：《本居宣长集》，東京：筑摩書房，1960 年，第 157—158 页。

的人情,且以日本国民性为基础,所以相较于汉诗具有独特的审美价值。用宣长的话来说:"歌是物哀之物,无论好事坏事,都将内心所想和盘托出,至于这是坏事、那是坏事之类,都不会事先加以选择判断。……和歌与这种道德训诫毫无关系,它只以'物哀'为宗旨,而与道德无关,所以和歌对道德上的善恶不加甄别,也不作任何判断。……只是以吟咏出'物哀'之歌为至善。"①

综上所述,我们可以勾勒出本居宣长"物哀"论的理论框架,即以复古神道为理论根基,在中日文化与文学比较的基础上贯穿解构汉意的方法论,主张文学的本质在于令读者"知物哀",强调人应具备敏锐的修养和高的情商,既能把握瞬息万变的自然美,又能对非道德的人性人情表示同情和共鸣。

第二节 本居宣长"物哀"论的隐秘动机

本居宣长的"物哀"论诞生于江户时代,用以概括平安时代《源氏物语》的审美特质。如第二章所述,早在平安时代,"物哀"审美意识就以文学形态的"哀"存在于《源氏物语》中。而宣长文学理论形态的"物哀"与之相隔近千年,已有的对"物哀"论的考察都着重于平安时代的风土人情、时代精神与"物哀"之间的关联,这毋庸置疑,但是"物哀"论诞生的江户时代的思想背景以及文化环境也应当成为重要的考量依

---

① (日)本居宣长:《石上私淑言》,见《日本物哀》,王向远译,长春:吉林出版集团,2010年,第228—229页。

据。本节我们将在江户时代的思想大背景下审视本居宣长的"物哀"论,以揭示他的隐秘动机。

一、文学的去政治化

本居宣长的"物哀"论诞生于江户时代(1603—1867),这是一个幕府统治阶级实施高度集权化的封建统治时代。第一代将军德川家康为了巩固幕府政权,推行了一系列的闭关锁国政策,使整个日本持续了长达 260 余年的锁国状态。在政治层面上,德川幕府实行"幕藩体制",以最大的封建领主幕府为最高的权力中心,各藩的大名从幕府领受封地和俸禄并服从幕府的管辖。大名以下的人按照身份分为四个等级,依次为士、农、工、商①。其中武士主要供职于幕府将军或地方大名,他们效忠主公,并结成了上下主从关系;农民、手工业者以及商人共同构成被统治阶级的主体力量;尤其是后两者形成了江户时代的新生力量——町人阶层,他们凭借勤劳和智慧获得大量财富,但在政治地位上处于社会的底层。所有的被统治阶级应严格按照身份等级制度各安其位、各尽其责,同时必须对自己的上级绝对服从。由此,江户时代的日本社会形成了一个自上而下的"下绝对服从上"的权力结构。幕府统治阶级为了进一步实现思想上自上而下的统一,在意识形态上提倡并推行朱子学。朱子学主张"存天理,灭人欲",即以幕府为代表的"公"的利益高于一切,而被统治阶层的个人物质欲望和情感欲求的"私"则应当是被消灭的对象。随着町人阶层力量的不断壮大,他

---

① 士指武士,农指农民,工指手工业者,商指商人。

们发展为一个个都市共同体组织,经济的富足和时间的余暇让他们产生了强烈地表现自我阶层生活情趣的愿望。对于町人而言,情欲的满足和现世生活的快乐("私")是他们身为人的最高追求。与此同时,他们也感受到来自"公"的压迫和威胁,于是在文艺思潮领域就出现了"私"对"公"的抗争。

日本古义学派的代表人物伊藤仁斋(1627—1705),出身町人阶层,他的学问从朱子学入手,但他反对朱子学的禁欲主义原则,持肯定"人情"的立场,"夫舍人情弃恩爱而求道者,实异端之所尚,而非天下之达道"①。认为熟知诸如夫妻之爱、父母之爱等人的日常生活情感,是合乎社会普遍性道德的前提,离开"私",就无所谓道德。仁斋的这一观点向"遵公排私"的朱子学道德观提出了挑战。在文学领域,他还提出了"诗道人情"的文学观,认为文学是人的自然感情的真实流露。古文辞派的荻生徂徕继承了仁斋,他也否定了朱子学的劝善惩恶文学观,认为古今之诗都是为了"述人情",且与王道之治的思想密切相关,"夫情者不涉思虑者也,乐之为教,无义理之可言,无思虑之可用,故理性情以乐,是先王之教之术也,岂理学者流所能知哉?"②他认为,先王之道之所以能够得以实施是因为它是在通晓人情的基础上而设,《诗经》之中蕴藏着道之本质,王道发挥作用是通过人情。伊藤仁斋和荻生徂徕都是江户时代儒学者的代表,他们肯定"人情"的观点无疑从理论层面上为"私"开拓了空间。

---

① （日）三宅正彦:《日本儒学思想史》,陈化北译,济南:山东大学出版社,1997 年,第 112 页。

② （日）《荻生徂徕》(日本思想大系 36),東京:岩波書店,1980 年,第 264 页。

　　江户时代平民文学的繁荣,更成了描写"私"的文学舞台。身为町人文学代表作家的小说家井原西鹤与戏剧家近松门左卫门就在他们的作品中着重探讨了"义理"与"人情"的关系。所谓"义理",是指人在社会中必须遵循的道德规范和社会习惯,是为"公";所谓"人情",是指人顺应自然人性所产生的情感及欲求,是为"私"。在两位作家看来,义理与人情相生相克,既维持着良好的社会秩序,又是引发社会悲剧的根源。西鹤在他的"町人物"小说中肯定了义理在赚钱之道上有着不可替代的作用,而在"好色物"小说中则揭示了超越义理的恋爱与人情之间不可调和的冲突。近松在他的净琉璃剧本中呈现了义理与人情的两条道路:一是义理与人情的调和,为人之准则首先遵循义理,而后以人情补充之;二是以殉死的方式与义理决裂,选择人情。两位作家在文学世界中揭示了人情对义理的冲突以及人情在町人生活实践中的重要地位。

　　由以上分析我们可以看出,江户时代的社会意识形态呈公——私二元对立模式。那么,在这样的背景下,国学家本居宣长又采取了怎样的立场呢? 这首先须从他的学问入手。众所周知,宣长早期主要着力于和歌、物语等日本古典文学的研究,自 34 岁(1763)时邂逅恩师贺茂真渊以后,他开始转向《古事记》的研究,试图阐明日本古代固有的文化精神,并穷尽后半生的精力完成了 44 卷本的《古事记传》(1798)。也就是说,宣长的学问经历了由文学研究向国学研究的转向。在治学方法上，宣长沿袭了伊藤仁斋的古义学和荻生徂徕的古文辞学[1]，他在学术随笔《玉胜间》中强调："平安时代以降，解读神典的人首先不是从古意、古文入手加以解读，而是乞灵于外来的佛教，仅仅从道理上加以探讨。……他们不明白，除'汉意'的大道理之外，还有日本的古代精神。……以汉意为基础对记载诸神的日本古籍加以解释，'道'就迷失于其中了。"[2]所以，他认为研究《古事记》等古代典籍，必须首先通晓古代语言，从中探明古意——政治状况、社会规范以及风土人情等情况，并由此深刻地理解日本古代的文化精神。可以把宣长的研究方法总结为：古言→古意→古道，他将这种研究方法贯穿《古事记传》的始终，我们从这部巨著中能够清楚地看到宣长所阐明的"古道"：天地间存在的所有自然物都是值得敬畏的神，其中最尊贵的天神存在于天，天的最高神是天照大神，天皇为其子孙；万世一系的天皇具有统治日本的绝对权力，日本也由此成为区别于外国的唯一根源性存在；臣属于天皇的子民必须无条件地绝对服从天皇的统治，不折不扣地奉行天皇的意志，奉行各自的职分；国家的盛衰取决于朝廷，幕藩国家的权力机构是由天照大神的神意和天皇的旨意委任于将军，将军又将权力分派给各藩大名，大名又统领着土地和人民；人有身份性、阶级性差别，人应当据此顺从国家权力的绝对统治，一切违背权力的行为都被

---

① 参考村冈典嗣著《本居宣长》，丸山真男著《日本政治思想史研究》。伊藤仁斋古义学的治学方法是直接研读《伦语》、《孟子》等原著，通过文章字面来阐释儒家学说的原文；古文辞学派的荻生徂徕（1666—1728）开辟了研究儒学的新方法论，即摆脱历来的汉文训读法，主张直接用中文阅读儒家经典，据此解释语言原义。

② （日）本居宣长：《玉胜间》，见《日本物哀》，王向远译，长春：吉林出版集团，2010年，第308页。

视为"私"而予以否定。① 很显然,宣长阐明的古道也表明了他的政治观,在他看来,由天皇自上而下的国家权力是"公",诸如欲望、情感等一切有违权力的行为都为"私","公"应该受到绝对肯定,而"私"则是被否定排除的对象。

如前所述,"物哀"论是宣长早期对日本古典文学研究所得出的结论。在《排芦小船》中,宣长写道:"和歌唯言心中所思之事,除此以外无他。"②《紫文要领》中指出《源氏物语》的创作宗旨就是为了让人"知物哀":"世上万事万物,形形色色,不论是目之所及,抑或耳之所闻,抑或身之所触,都收纳于心,加以体味,加以理解,这就是感知'物之心'、感知'事之心',也就是'知物哀'。"③《石上私淑言》中又云:"和歌是由'知物哀'而产生的。"④要言之,"物哀"论的真谛就在于文学能够表达人的真情实感。若单纯地看宣长的"物哀"论,它仅仅是主张文学表现人情的文学论;但如果结合以上宣长的政治观来看,涉及人的私欲情感的"物哀"论,应当被划分到他所说的"私"的领域,与象征天皇自上而下的国家权力的"公"是相对的。换言之,在宣长看来,文学属"私",而政治属"公",二者完全不相关。日本现当代著名思想家丸山真男对"物哀"论的评价意味深长,他说从中能够看到"文学的伦理及自政治

---

① 参阅(日)村冈典嗣:《增补　本居宣长1》,前田勉校訂,東京:平凡社,2006年,第288—318页。

② (日)久松潜一等:《本居宣長集》,東京:筑摩書房,1960年,第157页。

③ (日)本居宣长:《紫文要领》,见《日本物哀》,王向远译,长春:吉林出版集团,2010年,第66页。

④ (日)本居宣长:《石上私淑言》,见《日本物哀》,王向远译,长春:吉林出版集团,2010年,第144页。

的解放"①,暗示着文学自此之前的非自律性。也就是说,在宣长提出"物哀"论以前,日本文学本身是与政治有着相关性的。而我们从江户时代的公私二元对立模式的意识形态背景来看,实际上"物哀"论的诞生是有"预谋"的,宣长企图把文学化为"私",政治化为"公","公"的利益至高无上,"私"的唯一存在前提就是不违背公,从而彻底地分裂文学与政治。因此,文学的非政治化是本居宣长"物哀"论潜在的第一个隐秘动机。

二、"好色"的合理化

本居宣长的"物哀"论中,"好色"占据重要的位置,他以"污泥浊水"和"美丽纯洁的莲花"作比,认为要欣赏莲花的美丽纯洁,就不能没有污泥浊水;要欣赏"物哀",必须求之于"好色"。"好色"一词原为汉语,传入日本后写作"色好み",意思基本一致。但在中国文化语境中,"好色"无疑是从道德立场批判情感之不端行为的贬义词;而在日本文化中,自平安时代起就几乎与"风流"、"风雅"同意,进而在近世文学中,"好色"不但用于形容男性,也指女性,如井原西鹤的《好色一代男》和《好色一代女》等。也就是说,"好色"一词从一开始在日本语境中就排除了汉语中否定性的道德价值判断,主要用于描述人的情感状态。在日本文学史上,褒扬"好色"者比比皆是。《伊势物语》"初冠"一节写某位刚过成人仪式的男子,外出狩猎途中无意窥见两位标致的姐妹,

---

① (日)丸山真男:《日本政治思想史研究》,王中江译,北京:三联书店,2000年,第
　　171页。

就赶紧撕下狩衣下摆附赠一首和歌表达爱意。作者对他的品评是"热情"、"解得风雅"①。《源氏物语》中的光源氏渔色于众位女性之间,但在作者的笔下他是一位"通人情"、"晓风雅"的人物。由此可见,平安时代的"好色"被视为贵族男性知情识趣的高尚品质。及至中世,僧侣作家吉田兼好在《徒然草》中把"好色"当作男性的重要美德,他认为不好色的男人就像一个没有玉底的杯子,中看不中用。到了江户时代,随着经济的发展和新兴町人阶层团体力量的庞大,"好色"风潮为社会普遍接受。就连一向远离尘世、亲近自然、追求风雅的松尾芭蕉也说:"好色为君子所恶,佛教也将色置于五戒之首。虽说如此,然恋情难舍,刻骨铭心。"②

　　然而,受儒家思想的影响,江户时代的"好色"风潮一度受到封建伦理的阻挠与扼杀。这在井原西鹤的好色小说和近松门左卫门的净琉璃中多有表现。如西鹤的《好色五人女》(1686)写五位热情奔放的妇女在追求不合封建义理的自由恋爱中遭遇了爱与性方面的悲惨命运,她们或因为身份的低贱被对方处死,或因为恋爱不被认可而殉死,或与恋人双双殉情。《好色一代女》(1868)写一位昔日宫女因好色被逐出宫廷之后,逐渐沦落为娼妓,整日度送着毫无意义的生活,终至削发为尼过着老来忏悔的生活。再如近松的《情死曾根崎》写店铺伙计与青楼女子的情感无法被世人容纳,两人无奈选择在曾根崎的森林中双双殉情;《情死天网岛》写纸店老板迷恋青楼女子,又不忍抛弃贤惠

---

① (日)佚名:《伊势物语》,林文月译,南京:译林出版社,2011年,第4页。

② (日)松尾芭蕉:《闭关之说》,见《日本古代诗学汇译下卷》,王向远译,北京:昆仑出版社,2014年,第520页。

的妻子,于是在义理与人情的复杂纠葛中二人选择了先剃度后自尽。总的来说,在好色之风盛行的江户时代,好色者们大都面临着内心痛苦的纠结和悲惨的结局。用宣长的话来说,对"好色"的道德性批判实际上是"汉意"在作祟。

　　为了证明"好色"的正当性与合法性,江户学者藤本箕山致力于将"好色"上升至"道"的境界,他把花街柳巷作为道场,认为人们可以在此通过实践好色行为逐步修行,从而达到至高无上的境界。他在《色道大镜》中将色道的修炼过程分为二十八个品级,首先满足好色之欲,然后在反复的好色行为中逐渐掌握妓院应有的行为方式、言谈举止以及应对策略,熟练到挥洒自如,乐在其中又不累于此,最后伴随着对好色的厌腻彻底超越单纯的男色女色,在好色中悟道。能够在此"色道"中修成正果者便被称为"粹人",也就是能够以审美的态度应对充满钱色交易的妓院。很显然,从好色中求道提升了好色行为本身的精神品格,"好色"也就自然而然地上升成为江户时代的审美理念"意气"①。

　　宣长耳闻目睹这种"好色"风潮,他尝试发掘"好色"在日本传统文学中的意义和价值。他虽然没有沿着色道美学的路线在青楼的道场上提炼其中的审美理念以及所能达到的精神境界,但他提出的"物哀"论巧妙地赋予"好色"以积极的情感价值。比如,在《源氏物语》的解读中,柏木奸淫三公主之后,因自己的恶行忧伤而死,故柏木是"知物哀"的好人;藤壶与源氏私通之后,对自己的行为深感自责,遂出家,她也

---

① "意气"的日文写作"いき",是江户时代产生的以身体审美为基础和原点,涉及生活与艺术各方面的一个重要审美概念。美学家九鬼周造将"意气"的内涵构造分为:对异性的"媚态"、自尊自重的"意气地"(傲气)以及潇洒轻快的"谛观"(审美静观)等三个方面。

是"知物哀"的好人。如此之例颇多,在源氏身上更是举不胜举,在此不一一罗列。我们看到,对"知物哀"的赞美就是对"好色"的默许。《夕雾》卷更借源氏之口直接地表述了对"好色"的宽容:"人生中最光辉的时候,干出那种风流好色之事,别人也不该说什么,鬼神也会原谅他。"①我们发现,宣长是站在日本文学"好色"传统的延长线上,褒扬"好色"的美学价值。在这一点上,他与江户时代色道美学的提出者所做的有一定的共通性。可以说,宣长的"物哀"论从文学理论层面为日本传统文学的"好色"描写提供了理论依据,推进了"好色"的合理化,而这正是他"物哀"论的第二个隐秘动机。

三、美学的政治化

如上所述,本居宣长自 34 岁起由文学研究转向了国学研究。实际上,在他后期致力于国学研究的三十几年期间,也从未放弃对日本古典文学的研究。宣长仍反复研究并多次讲授《源氏物语》,在《古事记传》发表的前两年,他又重新整理发表了"物哀"论著《源氏物语玉小栉》(1796)。这部论著的观点与其早期的"物哀"论基本一致,但历经三十几年沉浸在古道探索的宣长又重新梳理和撰写"物哀"论,其内在意义绝不可小觑。若按照前述宣长的公私二元对立模式来审视,那么可以说宣长晚年的"物哀"论是在其整个思想体系中的又一次位置确认,由此"物哀"论顺理成章地成了他"私"的领域。因此,我们将依其

---

① （日）本居宣长:《紫文要领》,见《日本物哀》,王向远译,长春:吉林出版集团,2010年版,第 81 页。

晚年的"物哀"论著作来进一步地考察。

根据《源氏物语玉小栉》,宣长的"物哀论"可总结为以下六个方面:

(1)"物哀"与佛教无关。a. 入佛出家之人被认为是<u>绝情</u>的:"抛弃父母、妻子之恩爱,放弃财富隐居山林,不识鱼肉之味,不晓音乐以及色情之事的乐趣[①]"。b. 佛家劝人禁色,而"物哀"与"好色"密切相关。c. 佛道乃远离"人情"(人情(にんじょう)、人の情(こころ))之道,是运用巧妙的语言劝说人脱离尘世之道。

(2)"物哀"与儒家思想无关。儒家以道德作为评判世人的标准,以此达到劝善惩恶,"物哀"则不以此为标准;儒家持讽刺态度看待关于源氏情感纠缠的描写。总之,儒家道德消泯"人情"。

(3)"物哀"是物语文学的核心宗旨,《源氏物语》就是为了让人"知物哀";所谓"知物哀",是指人们面对世间万事万物,无论是喜悦、有趣、悲伤、痛苦的事,只要目之所及、身之所触、耳之所闻,都感动于心,尤其从那些难以遂愿的悲伤、痛苦之事中体会到刻骨铭心的感动(心が動く)。"心动"即"情动"。

(4)"物哀"有"知物哀"与"不知物哀"之分,以此作为评价人物善恶的标准;所谓"知物哀"是对应该感动的事表示感动;而"不知物哀"则是对应该感动的事无动于衷。以此为标准,源氏、紫姬、浮舟等人都是"知物哀"的典型;而弘徽殿女御、寒蝉等人是"不知物哀"的典型。换言之,以能否理解、同情、包容他者的"情"为标准。

---

① (日)本居宣长:《源氏物語玉の小櫛——もののあわれ論》,山口志義夫訳,東京:多摩通信社,2013年,第100页。

（5）"物哀"与恋情密切相关，尤其是好色、乱伦等恋情最能体现"物哀"。恋爱之"情"本身很难控制，见色起意者有之，附庸风雅玩味情愫者有之，未见其面只闻其声便产生真挚的情感者亦有之，飘忽不定，转瞬即逝。因任心而行、任性而行、任情而行，故好色、乱伦等不符合伦常道德的行为比比皆是。也正是如此，宽泛的"情"之场域为"知物哀"提供了"形形色色的事"。

（6）除了恋情以外，能够让人感知"物哀"的事项还有：春夏秋冬的花鸟月雪等自然景象，人的容姿之美，身份、地位的变迁等。

可见，宣长的"物哀"论是以"人情"为核心构筑的文学理论。而宣长这一文学观的提出绝非偶然，它与江户时代国学家们"重视感情和情绪的重情主义文学观"[①]密不可分。国学运动创始人契冲（1640—1701）首次在文学理论领域指出，物语并不是起教诫作用的，这给宣长极大的影响。尤其是"在好色这一作为自然存在的人性中发现了'情'的价值"[②]启发了宣长。继契冲之后的荷田春满（1669—1736）更加坚定了以纯文学而非道德性的立场研究文学，他研究注释的《万叶集》中多首和歌都专注于"情"字，从情趣方面再现了古人的情感世界。贺茂真渊（1697—1769）终生致力于从古语中探索日本古代精神，他视万叶歌风之雄浑高古为理想，但同时也默许了平安文学纤细而柔美的情感。他在古语与日本优雅情趣之间的研究实践，亦对宣长的影响极为深远。因此，可以说在宣长尚未提出"物哀"论之前，就已经在各位国

---

① （日）源了圆：《德川思想小史》，郭连友译，北京：外语教学与研究出版社，2009年，第151页。

② （日）源了圆：《德川思想小史》，郭连友译，北京：外语教学与研究出版社，2009年，第154页。

学家的影响下产生了"文学主情"的观念。

　　根据宣长的"物哀"论我们可知，他所说的"人情"主要包括以下几层内涵：第一，顺应自然人性所应具备的感情。比如家庭之爱（父母爱、夫妻爱）以及声、色、形、味等生活乐趣的享受。第二，注重形容女性柔软、脆弱的感情。他说："真正的人情脆弱如女子和孩童，成熟稳重的男子汉气概中无所谓真正的人情。"①所谓"男子汉气概"，依其政治观，应理解为绝对服从以天皇为首的国家权力，遵循社会规范的品格，而脆弱的感情为妇女儿童专有，为男子不耻。第三，由性欲中升华出的爱情。宣长把沉浸于渔色行为不能自拔的光源氏当作深知物哀的人，关键在于他过滤了性欲冲动的非道德性，而是认可了这种渔色行为中透露出的真挚的情感，每一次的性爱都带有真实感情的投入，这种爱情能够产生刻骨铭心的感动人心的力量。

　　如是观之，宣长在提出"物哀"论之前就已经有了"文学主情"的观念，他从肯定自然人性人情的价值观出发，就是为了论证"人情"的合理价值与普世价值。通过研究《源氏物语》，他在其中选择了一个出现频率极高的日语词汇"もののあはれ"（物哀），并为他的人情文学观命名为"物哀"论。这一点从佐佐木博士的论说中也能得到佐证："本居宣长物哀说之根底最初的认识，实际上是对人性的明确的认识，也就是肯定人的感情，宣长的物哀说皆以此为根基建立起来的，因此，对于宣长来说，这具有最基本、最重要的意义。"②所以，"物哀"论的实质就

---

①　（日）久松潜一等：《本居宣長集》，東京：筑摩書房，1960 年，第 166 页。

②　（日）井手恒雄：《もののあはれの伝統と平家物語》，《文芸と思想》，1955 年第 10 期。

是人情论,他赋予了"人情"一副美学的面孔。那么问题又出现了。江户时代持人情文学观者不在少数,如伊藤仁斋的"诗道人情"说、荻生徂徕的"述人情"说等,他们在为文学理论命名时都选择了"人情"这一汉语词汇,而宣长在表述类似观点时则选择了日语词汇"物哀",这其中的缘由将成为我们进一步探讨的问题。

"人情"(にんじょう)本身是汉语词汇,它在日本辞典中有如下的解释:(1) 人間に自然と備わっている心の動き。特に、思いやりの心や情け。(《国語辞典》)(人类自然具备的心理动态,特别指体贴他人的心理和情感)(2) 人ならば、誰でも持っているはずの心の動き。同情、感謝、報恩、献身の気持ちなど。男女間の愛情。(《新明解国語辞典》)(常人都会具有的心理活动,包括同情、感谢、报恩、献身等心情。也指男女之间的爱情。)根据辞典上的解释可知,"人情"主要是指父母、恋人、朋友等之间的亲情、友情、爱情、同情、感谢等人的自然感情。

江户时代,由于朱子学思想与町人渴望人性解放的双重作用力,"人情"与"义理"成为江户时代町人处理社会关系的重要准则。人生存于社会必须绝对服从国家权力,遵循社会规范,履行对他人的职责和义务;同时辅以"人情",在不违背"义理"的前提下享受自然人性人情的乐趣,否则一旦与"义理"冲突必将导致悲剧性的结局。町人作为江户时代的新生阶层,为了维持新成立的共同体社会的稳定,便通过"义理"与"人情"的动态平衡来人为地构造良好的人际关系,而其中的"人情"所发挥的作用,则是在"私"的领域维系人际关系。

再看"物哀(もののあはれ)",该词最早出现于《土佐日记》中,指文人的诗情雅趣。作为《源氏物语》的审美理念,主要指具有优雅趣味、高尚教养以及纤细感受的上流贵族和有识之士充满厌世色彩的、极其知性的情感。我们认为,本居宣长之所以选择该词来代表日本式的人情,原因有四:第一,"あはれ"①一词出现频率极高②;第二,"あはれ"涵盖了喜怒哀乐等极其丰富的情感;第三,"あはれ"相对于"人情",是日语词汇,要表达日本式的人情必须避开汉语词汇;第四,宣长"古言→古意→古道"的文献学研究方法让他必然选择日本的古语。

　　既然"物哀"代表的是日本式人情,那么在《源氏物语》诞生后几百年的江户时代,它是否被列在这一时期的情感谱系中呢? 百川敬仁指出:"物哀是江户时代普遍存在于大众之间的连带感情。"③具体言之,是通过努力克制内心的悲伤与痛苦而拼命表现以博得他人的共鸣,即"通过隐藏而表达(隠すことによって現す)"④。可以说,"物哀"是江户时代维持人际关系的重要手段。实际上仍然是"人情"在发挥作用,为了从表面上不违背义理,不轻易流露作为自然人性的情感,忍耐、克制以致极限(极度痛苦、极度悲惨),这种方式的情感表达能够赢得他人的共鸣。情感在表面上属于"私"的领域,于是在被否定之处获得了肯定。"人情"(私)本身具有违背"公"的性质,它小心翼翼地转向阴暗

---

① 根据本居宣长《源氏物语玉小栉》的解释,"もののあはれ"的核心词汇是"あはれ",前面的"ものの"只是一个广泛意义上的添加词汇,因此在此以あはれ的统计为基准。

② 根据日本学者上村菊子、及川富子、大川芳枝的统计,《源氏物语》一书中出现的"あはれ"共有 1044 次。具体可参见久松潜一《日本文学评论史》(总论、歌论篇),東京:至文堂,1986 年,第 191—192 页。

③ (日)百川敬仁:《江戸文化の明暗》,東京:明治大学人文科学研究所,2001 年,第 37 页。

④ (日)百川敬仁:《江戸文化の明暗》,東京:明治大学人文科学研究所,2001 年,第 22 页。

处获得了市民的认可。日语中有句谚语"顔で笑って心で泣く"(表面在笑、内心在哭),说的就是私人情感的强烈克制,这被尊崇为美德。这种隐忍的人情是否与本居宣长"物哀"论有某种共通之处呢?

宣长在他划分的"公"、"私"领域中将人情划为"私",即被否定的对象,从他对"如女童般脆弱的情感"这一"人情"的定义中也可以看出他否定的倾向,那么,他又如何做到"主情"呢? 即要把否定的情转化为肯定的情。他在文学领域发现了情感的存在空间,日本文学的两个题材,一为和歌,一为物语,都具有私人性质,尤其在平安时代,假名文学与强大的汉文学成为对抗,汉文学属于"公",假名文学属于"私"。人之情感只有在不甚明朗的世界("私")才能发挥它的作用。应该说,宣长的这一逻辑与江户时代"隐忍的人情"具有某种一致性。两者都在风平浪静的表象下暗自发挥某种强大的力量。宣长作为国学家,其根本立场是维护由天皇自上而下的国家权力,那么如何解释他既"小视"情又"重视"情呢? 我们认为,唯一的解释就是让"人情"在暗处最大限度地发挥作用。"人情"不能够堂而皇之地外显,它只有在私的世界(文学世界——和歌与物语)才能产生强大的力量。江户时代町人的连带情感稳固了这一阶层的结构,宣长的"物哀"论正是希冀用日本"人情"的这种独特性加强日本民族的凝聚力。他选择了《源氏物语》而非《万叶集》来诠释日本古代精神,正是因为前者是"人情"的世界,其"人情"的丰富性与细腻性更为日本文学史上少有,遂成为他"物哀"论的重要载体。所以我们说,宣长的第三个隐秘动机在于为"物哀"冠以美学的头衔,发挥政治的作用。

通过将本居宣长的"物哀"论置于江户时代的思想和文化背景下考察,我们发现,不能将其看作单纯的文学理论,而是要联系宣长的国学家立场和政治观来辨明宣长提出该理论的隐秘动机。同时,这又为我们提出了新的问题:为了达到目的,本居宣长运用了怎样的方法来建构"物哀"论? 我们将在下一节重点探讨。

第三节　本居宣长"物哀"论的美学话语建构

一、美学话语的选择:是"もののあはれ"而非"物哀"

本居宣长在为"物哀"论命名时,他更倾向于选择假名"もののあはれ"而非日语汉字"物哀"。① 在我们看来,这种选择是有意为之的。众所周知,汉字相较于假名而言,更适宜于表达抽象概念,而假名本身则长于感受、情绪、情感等感性方面的表达。因此,日本的许多术语概念都是使用汉字词汇来表达。纵观整个日本美学理念史,"余情"、"幽玄"、"有心"、"艳"、"无常"、"虚实"、"滑稽"、"通"、"粹"、"意气"等,都是使用汉字来表达日本的文学精神和审美情趣。而"もののあはれ"尽管有对应的日文汉字"物哀",宣长却选择了不适于表达抽象概念的假名,且这种选择为今日的日本学界普遍认可。在日本近现代"物哀"研究的学术著作及论文中,作者基本都以假名"もののあはれ",而非汉字"物哀"来书写。我们以"もののあはれ"为关键词,在日本权威论

---

① (日)村岡典嗣:《増補　本居宣長1》,前田勉校訂,東京:平凡社,2016年,第262页。

文网站"CiNii Articles",搜到相关论文 115 篇①,而输入日文汉字"物哀"则搜到相关论文仅 7 篇②。由此看来,日本学界并不认可以汉字书写的"物哀",而认可以假名书写的"もののあはれ"。正如一些学者所解释的,"もののあはれ"的核心词汇为"あはれ",如用与之对应的汉字"哀"来表记,则会倾向于表达悲痛、悲哀、可怜、悲悼等语义,不足以概括"あはれ"的感物兴叹的全部含义。③ 而这一解释也为日本大多数学者认同。我们认为,最根本的原因在于,汉字与假名在书写上有着不同的深层内涵。

　　汉字,是集形象、声音和意义于一体的表意文字,蕴含着丰富的中国传统文化精神,承载着中华民族几千年的思想,代表着中国人的思维方式。汉字对包括日本在内的东亚汉字文化圈的国家及地区的语言文化产生了深远的影响,尽管今日朝鲜、韩国、越南等国家已经在文字书写上彻底地实现了"去汉字化",但依然能够看到这些国家所受到的中国传统文化影响的痕迹。日本至今仍在使用汉字,表明汉字所代表的中国传统文化始终在一定程度上影响着日本人。日本学者子安宣邦就曾说过:"古代汉字的导入,不只是标记方式的导入,而应是汉字与其所包含的涵意、思维方式和观点的导入。"④要言之,汉字书写

---

①　http://ci.nii.ac.jp/search?　q＝％E3％82％82％E3％81％AE％E3％81％AE％E3％81％82％E3％81％AF％E3％82％8C&range＝0&count＝20&sortorder＝1&type＝0

②　http://ci.nii.ac.jp/search?　q＝％E7％89％A9％E3％81％AE％E5％93％80&range＝0&count＝20&sortorder＝1&type＝0

③　王向远:《日本之文与日本之美》,北京:新星出版社,2013 年,第 138 页。

④　(日)子安宣邦:《本居宣長》,東京:岩波書店,1983 年,第 90 页。

的背后，蕴含着中国传统文化的精神和思想。另一方面，假名是侧重音、义结合的表音文字，是日本民族借用汉字创造的本民族文字。相较于汉字而言，假名能够更自由地表达日本民族的思想感情和美意识。因此，假名最早用于书写表达私人化感受的物语文学和日记文学。当时（平安时代）的宫廷女性作家运用假名，自由地书写自己的日常生活和人生体验，充分地表达所思所想以及喜怒哀乐的感情。这就奠定了假名书写个人感受、情绪、情感、体验等的基调。也就是说，假名书写的背后，意味着日本式思想感情的表达。

对于汉字书写与假名书写的本质不同，本居宣长是有清醒认识的。在《初山踏》中他写道："日本文字及其书写都源自中国……可是日本与中国的言语毕竟不同"；"片假名、平假名创制之后，可以使用日本的独特语言自由地书写表达，而不必像古代那样非用汉字书写不可。有了方便的书写方式而不采用，当然是很愚蠢的。"[①]他又在探讨古道的研究对象时进一步指出："《古事记》很好地使用和保留了古代语言，但毕竟使用的是汉字，所以，从有效了解古代语言这一角度来说，它不如《万叶集》。《日本书纪》则充满汉文的雕琢修饰，更不如《古事记》。"[②]也就是说，假名书写才是日本独特的语言表达方式，才能包蕴日本传统文化精神，而汉字书写本身则意味着"汉意"，是须刻意对抗的对象。"古代的书籍都是借用汉字汉文写成的……我们阅读汉籍的时候，如果未能牢固确立大和魂，就会被华美的汉文所迷惑，因而阅

---

① （日）本居宣长：《初山踏》，见《日本物哀》，王向远译，长春：吉林出版集团，2010年，第274—275页。

② （日）本居宣长：《初山踏》，见《日本物哀》，王向远译，长春：吉林出版集团，2010年，第281页。

读时的心理状态是很重要的。"①要牢固确立大和魂,"就要将'汉意',即儒教的思考方法,从内心深处清除干净。"②由此可见,宣长认为用汉字书写的汉籍是"汉意"的体现,而"汉意"代表的是中国传统的思维方式,作为日本人须清除"汉意",牢固确立"大和魂",也就是确立日本民族精神,而假名书写则是最根本的、能够与汉字书写相对抗的"大和魂"的体现。要言之,选择假名书写而排斥汉字书写,正是以"大和魂"对抗"汉意"的话语体现。

二、美学话语的分析:假名优于汉字

如第一章第五节所述,"もののあはれ"作为一个普通词汇,具有以下两种结构:

(1) もの+の+あはれ

根据日本权威辞典《广辞苑》的解释,"もの"狭义上是指有形状的物体,广义上包括一切具体可感知的对象,代替具体物的名称使用,是指示代词。"の"是助词,连接两个名词,表示修饰与被修饰的关系。"あはれ"是感叹词,因心生感动而发出的叹息声,表示亲爱、同情、赞叹、悲哀等深深的感动。もの+の+あはれ的结构可以解释为"ものがあはれである"(即もの是あはれ的),"あはれ"由感叹词转化为具有形容词性质的名词,即"同情的"、"赞叹的"、"悲哀的",或"令人同情

---

① (日)本居宣长:《初山踏》,见《日本物哀》,王向远译,长春:吉林出版集团,2010年,第266页。

② (日)本居宣长:《初山踏》,见《日本物哀》,王向远译,长春:吉林出版集团,2010年,第264页。

的"等。因此，"もののあはれ"指的是某一具体事物是令人赞叹的或令人同情的，换言之，某一具体事物具有使人产生亲爱、同情、赞叹、悲哀等深深感动的性质。

（2）ものの＋あはれ

该结构与以上结构不同之处在于，"ものの"无实质意义，只具有添加意义，与现代日语接头词"もの"的用法相似。比如，现代日语中相近的词汇有：ものかなしい（悲伤、悲哀、令人难过）；ものさびしい（寂寞、凄凉、孤独）；ものさわがしい（闹闹哄哄、吵吵嚷嚷）；ものすさまじい（异常猛烈，特别惊人）；ものめずらしい（稀奇、稀罕）；ものしずか（寂静，平静，安静，稳重）等。在这些词汇中，"もの"并未被翻译成具体存在的事物，而是不须译出。翻译的重点在"かなしい"、"さびしい"等形容词上，不同在于加深了原有情感或状态的程度。《旺文社古语辞典》对"もののあはれ"的解释就接近此结构："不由产生一种'あはれ'的感觉。感受很深的情趣。触物生情产生的深切感情、情趣。富有人情味的情爱。通过对自然和人生的直观所得到的优美纤细的美的观念。"① 也就是说，"もののあはれ"与"あはれ"是基本相同的，所不同在于前者加深了后者在情感、感受、情趣等方面的程度。

由以上两种结构的分析可见，"あはれ"是该词汇的核心。由于"あはれ"是个人主观感受、情感等的表达，所以当"もののあはれ"由普通词汇上升至美学范畴概念时，就具有多义性和不确定性的特征。据考证，在《源氏物语》中，"あはれ"就能够表达"感动、兴奋、优美、凄

---

① 李树果：《也谈"もののあはれ"的汉译》，《日语学习与研究》，1986 年第 2 期。

凉、寂寞、孤独、思恋、回味、忧愁、抑郁、悲哀等种种情感体验"①。而这些丰富的审美体验都是"もののあはれ"(物哀)审美理想的体现。本居宣长在解释"もののあはれ"时,就反复强调"あはれ"的情感多义性,而对于"もの"(物),只当作"广泛意义上的添加词"②。要言之,"もののあはれ"作为美学范畴,指向丰富多样的情感体验,具有多义性和不确定性的特征。

正是"もののあはれ"的多义性与不确定性,直接导致了该词汉译的困难性。20 世纪 80 年代中后期,我国学术界展开了"もののあはれ"的翻译大探讨,由于"もののあはれ"对应的日语汉字表记方式为"物の哀",所以是否移用日文汉字直接译为"物哀"成为探讨的焦点。

一派主张从中国古代文论中找出与之意义相近的概念进行解释性翻译。最具代表性的是李芒主张译为"感物兴叹"③。他认为"もののあはれ"与《文心雕龙》、《诠赋》篇中的"睹物兴情"、《物色》篇中的"诗人感物"两词意义十分接近,他把"睹物兴情"理解为"看到景物兴起情思",把"诗人感物"解释为"诗人对景物的感触",所以便设想将该词译为"感物兴叹"。因此,李芒对"もののあはれ"的理解就是因感触外物而兴起情思。李树果赞同李芒的翻译和理解,主张将该词的翻译缩略为"感物"(或"物感")④,即触物或触景生情之意。除此以外,还有"幽情"、"愍物宗情"、"物我交融"等译法也均属于解释性翻译。

---

① 王向远:《日本之文与日本之美》,北京:新星出版社,2013 年,第 139 页。
② (日)本居宣长:《源氏物語玉の小櫛——もののあわれ論》,山口志義夫訳,東京:多摩通信社,2013 年,第 84 页。
③ 李芒:《"物のあわれ"的汉译探索》,《日语学习与研究》,1985 年第 6 期。
④ 李树果:《也谈"もののあはれ"的汉译》,《日语学习与研究》,1986 年第 2 期。

另一派则主张直接照搬日语汉字表记方式,译为"物哀"。最早提出此译法的是陈泓,他主张译为"物之哀"①,其中"之"对应的是"物の哀"的"の"。他之所以选此译法,是因为他认为"物之哀"中既包含中国古代诗学的"物我交融、感物兴叹、借物抒怀、睹物兴情"等文论概念内涵,又能够代表日本文化的独特性。进入20世纪90年代之后,"物哀"成为学界普遍认可的译法。姜文清、叶谓渠、唐月梅、王向远、邱紫华、周建萍、李光贞等学者在其学术著作以及论文中均采用此译法。其中王向远还从翻译理论的角度将这种译法命名为"迻译"②,他认为像"物哀"这样日本传统美学与文论的独特概念,一般不宜加以解释性的释译,而是需要迻译,因为只有这样才不会与普通词汇相混淆,才不会失掉该词所具有的范畴和概念的特性,才能够通过保留词汇原形的方式保持它的"日本味"。

比较以上两种译法,第一种解释性翻译确实存在较多缺陷。如果译为"感物兴叹"、"物感"、"愍物宗情"、"物我交融"等,就与中国古代文论概念无法区分开,而"もののあはれ"确实不能等同于中国古代文论概念,这样就失去了日本文论概念的特质。如果译为"幽情",又会沦为普通的情感词汇,很难称之为文论概念。第二种"迻译"法确实比第一种好。它最大限度地保留了日文词汇原形,从而保持了该词的范畴概念特性,从而也保持了日本传统美学之味。但是,从接受美学的角度来看,这种译法极易导致中国读者对日本的"物哀"产生理解的偏

---

① 陈泓:《也谈もののあはれ的译法》,《日语学习与研究》,1989年第2期。

② 王向远:《以"迻译/释译/创译"取代"直译/意译"——翻译方法概念的更新与"译文学"研究》,《上海师范大学学报(哲学社会科学版)》,2015年第5期。

差和文化的误读。

如前所述,汉字本身承载着中国的思想和文化,中国读者易从汉字构词的思维来理解"物哀",比如将二字拆开,分别解释"物"是什么,"哀"是什么。这样一来,就与日文汉字"物哀"产生了差别。许多人将日文汉字与中文汉字等同,实则不然。日文汉字是在学习理解中文汉字的基础上逐渐形成的,在字形上,或同于中文汉字或稍有差别,在字义上,根据自身需要增减字的意项,在字音上,则具备一套独立自足的语音体系。因此,即便是字形完全相同,其意义和内涵也有可能存在较大差异。依汉字美学,中文汉字的根本特质在于"图像先于声音"①,即字形是决定字义的关键。而日文汉字则与之相反,"声音先于图像",词汇的意涵与字形无关,而是由多个字母组成的声音单位决定,这样一来,原本在汉字中起决定性作用的字形的地位就被消解了。因此,日文汉字"物哀"就要求读者从语音"もののあはれ"的角度切入加以理解其意义和内涵,而不是通过汉字字形的分析进行解读。但事实上,一旦译为中文汉字的"物哀",就很难避免以中国的汉字思维进行解读。或许采取此译法的学者也意识到了这一问题,他们在相关论文中都对"物哀"做了详细的解释。比如姜文清把"物哀"具体解释为"在日常生活及艺术创造艺术欣赏中,外在物象和主体内的情感意绪相融合,而生的'情趣的世界',也就是自然和人生的各种情态触发引生的优美纤细哀愁的情感表现"②。王向远从比较诗学的视角把

---

① 骆冬青:《图像先于声音:论汉字美学的根本特质》,《江苏社会科学》,2014 年第 5 期。

② 姜文清:《物哀与物感:中日文艺审美观念比较》,《日本研究》,1997 年第 2 期。

"物哀"又拆成了"感物而哀","就是从自然的人性与人情出发、不受伦理道德观念束缚、对万事万物的包容、理解、同情与共鸣。尤其是对思恋、哀怨、寂寞、忧愁、悲伤等使人挥之不去、刻骨铭心的心理情绪有充分的共感力"①。

总的来说,"もののあはれ"的汉译过程是困难的。中国古代文论话语中确无与之完全对应的概念,以"迻译"法译为"物哀"是目前我国学界所能做的最佳选择。因为"物哀"作为话语,本身就带有日本味。而从我国学界对"もののあはれ"的汉译困难性以及译为"物哀"的最终选择上,也能够反证出本居宣长选择假名"もののあはれ"作为美学话语具有至关重要的意味,它确实保留了日本传统文化和美学的特质。

三、美学话语的建构:"语音中心主义"的运用

日本当代著名的理论批评家柄谷行人借用西方的"语音中心主义"②来称谓本居宣长的语言观。语音中心主义,是法国哲学家德里达解读索绪尔语言学时提出的概念。索绪尔把语音看作概念与声音的统一体:"我们建议保留用符号这个词表示整体,用所指和能指分别

---

① 王向远:《感物而哀:从比较诗学的视角看本居宣长的"物哀"论》,《文化与诗学》,2011年第2期。

② (日)柄谷行人:《日本现代文学的起源》,赵京华译,北京:中央编译出版社,2013年,第172页。

代表概念和音响形象。"①同时,语音也是思想与声音的统一体,"语音还可以比作一张纸:思想是正面,声音是反面。……在语音里,我们不能使声音离开思想,也不能使思想离开声音"②。德里达指出,索绪尔的语言学是通过语音将声音和意义结合起来,并对这一统一体赋予特权,相比而言,文字只能处于派生性地位,它们只能是"语音的再现"、"符号的符号"③,所以德里达把这种强调语音优于文字的语言观称作语音中心主义,提出"文字学"以期证明文字对语音的优越性。反观本居宣长的国学研究,他正是从日语语音(日语假名为拼音文字,故称语音)本身寻求日本的古代精神,即在语音与意义之间建构直接关系,这种方式与西方语言学的语音中心主义不谋而合。日本近代思想家村井纪就指出:"'语音中心主义'是一种意识形态,是西欧近代语言观的核心部分,但意味深长的是江户时代国学者们也持几乎相同的思考方式,此事至今还不太为人注意,不过例如宣长称'文字'为'自作聪明',不停赞美上古无文字的世界,这与卢梭'文字乃使人类堕落的文明之恶的元凶'看法不谋而合,与从柏拉图到列维-施特劳斯、直至今天的语音中心主义语言观惊人地相似。"④我国学者蒋春红也明确指出"本居宣长这样的思想家正是以'语音中心主义'为武器来反抗强大的'汉

---

① (瑞士)索绪尔:《普通语言学教程》,高名凯译,上海:商务印书馆,1999 年,第102 页。

② (瑞士)索绪尔:《普通语言学教程》,高名凯译,上海:商务印书馆,1999 年,第158 页。

③ (法)雅克・德里达:《论文字学》,汪家堂译,上海:上海译文出版社,1999 年,第40 页。

④ (日)村井纪:《文字の抑圧:国学イデオロギーの成立》,東京:青弓社,1989 年,第27 页。引文为蒋春红译。

字文明'"①。由此看来,语音中心主义在本居宣长的研究中具有重要的方法论意义。

那么,宣长是如何运用语音中心主义来论证日语语音优于汉字的呢?

首先,他颠覆了传统语言观中文字为主、语音为辅的位置关系,认为语音(假名)为本、文字(汉字)为末。例如在《石上私淑言》第十五节中,宣长写道:"'于多(うた)'为主,'歌'字为仆从。广而言之,应以言语为主,以文字为仆,应该正确理解它们的本末关系……文字乃假借之物,因此没有必要深究其义。然而有许多人不明此理,以文字为主,以日本的古言为从。"②宣长认为,"うた"是日本神代以来就有的古语,即没有书写文字之前就已经有的语音;"于多"是借用中国的汉字语音来表记这个发音,它没有汉字本身的语音;"歌"是假借中国的汉字,汉字本身具有语义,如果从"歌"的语义出发去理解"うた"则是荒谬的,因为语音本身在没有书写语言的时代就已经具有了语义。按照这样的逻辑,宣长把汉字都看作古代语音的派生性的标记符号,清除了理解日本古言过程中观照汉字字义的这一环节,建立了语音——意义的日本古语解读方式。关于为何借用了汉字中的"歌"来表记日语中的"うた",宣长认为是古人在阅读中国典籍的过程中,发现汉字"歌"与"うた"所要表达的意思相近,于是假借汉字"歌"表记"うた",而不是相反地将"うた"看作汉字"歌"的训读。也就是说,宣长通过解

---

① 蒋春红:《日本近世国学思想——以本居宣长研究为中心》,北京:学苑出版社,2008年,第178—179页。

② (日)本居宣长:《石上私淑言》,见《本居宣长全集第二卷》,東京:筑摩書房,1968年,第114页。

构汉字——意义的二元关系,建构语音(假名)——意义的二元关系,从而颠覆了长期以来汉字在日文书写中的主体性地位。

其次,批评汉字为假借之物,对日语语音本身有害无益。《排芦小船》中宣长明确指出:"文字乃异国文字,纯属借用之物。"[①]他所说的"借用"指借助汉字的音表记日语原有的发音,或借助义表记日语中具有相似意味的语音,歪曲了历史中真实的"借用",即对汉字本身的音、形、义的整体借用。在此基础上,他又进一步指出汉字对日语的危害:"和训对于文字的危害人尽皆知,文字对于我国语言的危害则知道者甚少。"[②]宣长认为,汉字的引入遮蔽了假名的音与义的关联,所以称汉字对日语古言有害。例如,在《石上私淑言》中,他分析"やまとうた"与"倭歌",认为古代日语中并不存在"やまとうた"一词,因为用"うた"便可以表明意思。而在汉字"倭歌"传入日本之后,古日本人便学习中国的构词模式创造出了颇显累赘的"やまとうた"。在宣长看来,该词的存在根本没有必要,只是遵循了中国的思维模式,因此,汉字危害了日语语音本身的纯粹性。

第三,日语语音因产自皇国,故具有得天独厚的优越地位。《汉字三音考》中,他将日语语音称作"皇国之正音"[③]。在宣长看来,日本是皇大御国,是由统领天下万国的天照大神所生之国,所以日本在一切

---

① (日)本居宣長:《排蘆小船》,见《本居宣長全集第二卷》,東京:筑摩書房,1968年,第 12 页。

② (日)本居宣長:《排蘆小船》,见《本居宣長全集第二卷》,東京:筑摩書房,1968年,第 21 页。

③ (日)本居宣長:《漢字三音考》,见《本居宣長全集第五卷》,東京:筑摩書房,1968年,第 381 页。

方面都优于其他国家。因此,自神代产生之日起就有的日本古语也同样优于万国:"其音清朗鲜明,犹如仰望晴朗天空中的太阳,没有一丝阴翳。单纯直率而无迂回曲折,正可谓天地间纯粹正雅之音。"①相比而言,汉语的语音"朦胧浑浊,犹如仰望阴雨天里傍晚时分的天空。如啊、哦、哇、唔、吼之类难以分清的语音甚多"②。汉语的语音甚为复杂,其中混有混杂迂曲之音、不曲之音、不韵之音、清浊之间音等,没有日语语音本身纯正,因此日语语音更为优越。另外,他还详细探讨了汉字字形与字义之间的对应关系问题,指出汉字字形本身没有像日语词形一样的活用形变化,因而导致无法判断词汇所表达的时态,从而造成使用中的不便,而这也是汉字劣于日语语音的致命缺陷。要言之,日语语音优美纯正,非汉字所能媲美。

正是基于以上"假名优于汉字"的语言观,宣长在建构"もののあはれ"文学论时,也将"语音中心主义"作为重要的方法论贯穿始终。

首先,宣长对"あはれ"进行辞源学探讨和文学作品用例分析,指出其内涵大于汉字书写的"哀"。"あはれ"是宣长文论的核心词汇,因此他首先对该词展开了辞源学探讨。在《源氏物语玉小栉》中,他指出"あはれ"是由"ああ"、"はれ"两个词汇约音和合而成的感叹词,表示感动。随着时代的发展,其语义逐渐丰富,后来出现了汉字"哀"的表记方式,许多人便以"悲哀"之意理解之。但宣长在《石上私淑言》中强调:"'阿波礼'(あはれ)这个词是深有感动之词……'哀'仅仅是'阿波

---

① (日)本居宣长:《漢字三音考》,见《本居宣長全集第五卷》,東京:筑摩書房,1968年,第381—382页。

② (日)本居宣长:《漢字三音考》,见《本居宣長全集第五卷》,東京:筑摩書房,1968年,第383页。

礼'的一种,'阿波礼'不限于'哀'。"①也就是说,宣长明确指出汉字"哀"无法表达出"あはれ"的全部语义,这样就消解了汉字的语义,突显了假名的多义性,奠定了以日语语音"あはれ"为中心建构文学论的基础。而后他从《古事记》、《万叶集》、《古今和歌集》、《蜻蛉日记》、《后撰和歌集》、《拾遗和歌集》、《伊势物语》、《源氏物语》等由奈良时代至平安时代的古代文学作品中梳理出"あはれ"的用例,分析其用法与内涵,并得出结论:"'阿波礼'(あはれ)这个词有各种不同的用法,但其意思都相同,那就是对所见、所闻、所行,充满了深深的感动。通常以为它只是悲哀之意,其实大谬不然。一切高兴之事、有趣之事、悲哀之事、爱恋之事,大都兴叹为'阿波礼'(あはれ)。"②以上宣长通过文献实证的方法,论证出"あはれ"在日本古代和歌与物语文学中具有相同的语义,其内涵远远大于汉字书写的"哀",且其语义的丰富性和高度概括性为其上升为文学理论的概念提供了保障。

其次,在"あはれ"前加"もの"(物),并用助词"の"连接,构成"もののあはれ",使仅具有主体情感内涵的"あはれ"在形式上得以客观化,又试图论证其内涵不同于中文汉字的"物"。"物",在汉语中为杂色牛,既可实指存在于天地间的万物,也可象征性地指通化天地鬼神。而在中国古代文论"感物"论中,"物"则是一个具有客观独立性的概念,是具有独立审美价值的自然物象和人事现象等的总称,它要求审美主体对其积极地加以感知和感应。宣长在解释"もの"(物)时,指出

---

① (日)本居宣长:《石上私淑言》,见《日本物哀》,王向远译,长春:吉林出版集团,2010年,第146页。

② (日)本居宣长:《石上私淑言》,见《日本物哀》,王向远译,长春:吉林出版集团,2010年,第159页。

它只是"广泛意义上的添加词"①,同"物詣で"、"物見"、"物忌み"等构词法接近。这就解构了汉字"物"的概念性,否定了它在"もののあはれ"(物哀)概念中的客观独立性。看来,尽管他在论述中有时也以汉字"物"来表记"もの","物"对他而言其实仅为借用,而这也是他一贯秉持的汉字观。可以说,在宣长看来,"もの"的内涵与"物"不同。纵观他的几部"物哀"论著作可知,宣长是将所有使主体产生"あはれ"感动的物与事都囊括在"もの"中,即一切令人高兴、欢愉、忧愁、悲哀、怀恋等物和事都可称作"もの"。这样一来,宣长在否定了汉字"物"的概念性后,又赋予了"もの"以新的概念性特征。他在《紫文要领》中这样阐释"物哀":"世上万事万物,形形色色,不论是目之所及,抑或耳之所闻,抑或身之所触,都收纳于心,加以体味,加以理解,这就是感知'事之心',感知'物之心',也就是'知物哀'。"②"もの"又继续细分为"事之心"和"物之心",也就是一切能够令人产生审美感动的"物"与"事",都必须与审美主体相互感应、契合,从而形成超越"物"与"事"本身的客观的情感精神。体现在《源氏物语》中,"物"主要指自然景物等,如异常美丽的樱花,若审美主体能够由衷地欣赏樱花之美,内心产生深深的审美感动,则是感知了樱花之心,这便是"もの"的第一层内涵;"事"主要指世态人情,尤其集中于好色、乱伦、私通等恋情之事中,若审美主体能够从自然人性人情的角度出发,对这些有悖道德的恋情之事表示包容、理解、同情、共鸣,则是感知了恋情之心,这便是"もの"的

---

① (日)本居宣长:《源氏物語玉の小櫛——もののあわれ論》,山口志義夫訳,東京:多摩通信社,2013年,第84页。

② (日)本居宣长:《紫文要領》,见《日本物哀》,王向远译,长春:吉林出版集团,2010年,第66页。

第二层内涵。通过以上的论证与阐释，宣长解构了汉字"物"的概念性，赋予"もの"以新的概念性，并阐释了其"物之心"、"事之心"的双重内涵，促使"もののあはれ"上升为摆脱汉字思维的、日本独特的文学理论概念。

最后，在确立了"もののあはれ"的日本独特性后，将其继续扩充为"もののあはれを知る"（知物哀）和"もののあはれを知らない"（不知物哀）两个方面，用以全面阐释物语与和歌的根本宗旨和审美理想，确立了日本独特的美学话语阐释模式。在《紫文要领》中，宣长指明《源氏物语》的根本宗旨在于令读者"知物哀"，所谓"知物哀"，如前所述，就是由所见所闻所触的事物的触发所引起的种种情感的自然流露，是对自然人性人情的广泛的包容、理解、同情和共鸣。因此，评判人物的善恶以是否"知物哀"为宗，深刻地认识并理解人情者，便是"知物哀"，即为"善"；对他人的喜怒哀乐无动于衷、麻木不仁者，便是"不知物哀"，即为"恶"。这样一来，就与儒佛之道的善恶观产生本质区别。同样，品评女性也以此为根据，懂风情、解雅趣的女人是"知物哀"，而只知道持家过日子的女人是"不知物哀"。而对于作品中大篇幅描写的好色、乱伦、私通等不伦之恋，宣长也做出了最为独到的阐释：最能令人"知物哀"的便是有悖道德的不伦之恋。因为悖德之恋中才能最充分地体现人物爱慕、思恋、期待、忧愁、焦虑、失望、悲伤、痛苦等最真实的人情，才能真正打动人心，从而令人感知"物哀"。所以，一生风流好色的源氏，被列为"知物哀"的好人，而万事都好但生性古板的葵上，则被列为"不知物哀"的坏人。另一方面，在《石上私淑言》中，宣长详细论证了"知物哀"贯穿于和歌的产生、创作和鉴赏的整个过程。宣长认为，和歌因"知物哀"而产生，歌人在不堪"物哀"时，自然会将感情付诸言语，所吟咏的词语具备了文采，和歌的创作便完成了，而欣赏和歌最重要的便是品味其中的真实感情，即感知"物哀"。在比较和歌与汉诗时，他还进一步强调，"知物哀"是和歌优于汉诗的重要审美特质。他认为汉诗只表现堂而皇之的一面，而将内心软弱无靠的真情实感深藏不露，而和歌则不做道德上的善恶判断，只将内心深处的真情实感和盘托出，以令人"知物哀"为至善。总之，宣长是建构了"もののあはれを知る"（知物哀）和"もののあはれを知らない"（不知物哀）这组日本独特的美学话语阐释模式，用以全面解读日本古代物语与和歌的审美理想。

总的来说，为了摆脱对中国文学的依附和依赖，确立日本文学的独立性和独特性，彰显日本民族的根本精神和美学特质，本居宣长在美学话语的选择和建构上是殊为用心的。他没有选择适于表达抽象概念的汉字"物哀"，而是选择长于感性表达的假名"もののあはれ"为其文学理论命名。运用语音中心主义方法论，通过文献的梳理与阐释证明了"あはれ"的内涵远大于汉字书写的"哀"，且具备语义丰富性和高度概括性，后在"あはれ"前加"もの"，赋予其"事之心"、"物之心"的双重内涵，以区别于汉字书写的"物"，使"もののあはれ"上升为摆脱汉字思维的、日本独特的文学理论概念，又在此基础上衍生出"もののあはれを知る"和"もののあはれを知らない"，确立了日本独特的美学话语阐释模式，用以全面解读日本物语与和歌的审美理想，由此完成了以假名"あはれ"为中心的美学话语体系的建构。

第四节　近世"人情"文学论的谱系

"人情"在日本近世时期就已成为一个重要的文学概念和文论概念，[①]纵观近世的日本文论，在汉诗论、和歌论、物语论、戏剧论和俳谐论等领域，都有关于"人情"的理论表述。本居宣长之所以在近世提出"物哀"论，与"人情"文学论密切相关，只有厘清近世"人情"文学论的谱系，确立"物哀"论在其中的地位，才能揭示本居宣长"物哀"论不同于近世以前"物哀"的美学内涵。

一、伊藤仁斋的汉诗论：诗道"人情"

在汉诗论领域，伊藤仁斋提出"诗道人情"论，这是他从古义学的学问立场出发对中国古代经典著作《诗经》进行研究所得出的结论。因此，"诗"专指《诗经》。从日本的《诗经》研究的学术史来看，伊藤仁斋的"诗道人情"的理论主张，标志着日本《诗经》学自觉时代的到来，[②]也就是说，在江户时代，仁斋首次提出了具有日本独特性的汉诗理论。"人情"是其汉诗理论的核心概念。

仁斋认为诗是真实的"人情"的体现。在《论诗》中写道："余以为

---

① 王向远：《中日古代文论中的"情"、"人情"范畴关联考论》，《西南民族大学学报（人文社科版）》，2016 年第 4 期。

② 张小敏：《伊藤仁斋与日本〈诗经〉学的转向》，《社会科学战线》，2012 年第 3 期。

诗全在于情。三百篇至于汉魏,皆专主情。景以情生,情由景畅,未尝不出于情。"在《蕉余吟序》中又说:"诗本于性情,故贵真,而不贵乎伪。苟不出于真,则虽极其殚巧,亦不足观焉。"《语孟字义》又有:"盖人情尽乎《诗》,政事尽乎《书》……故《诗》,《书》二经,尤平易近情,使人易从易行,达乎万世而无弊者也。"也就是说,诗的核心本质在于"人情",《诗经》之汉诗的主要内容就是当时的"人情",同时,只有真实情感的自然流露才是好诗,反之矫饰伪装、以技巧胜的诗则不具有文学价值和审美价值。而关于仁斋的"人情",其子伊藤东涯在《训幼字义》中如此解释道:"情是人之真实心,《礼记》礼运篇的七情,即喜怒哀乐爱恶欲七者,不学而能,好善厌恶也是真实心的话,那么好色嗜食也是人心之真实。"可见,"人情"既包括喜怒哀乐爱恶欲等人之常情,也包括好色、嗜食等源于人之自然本性的欲望。中国学者王晓平也认为,仁斋所谓"人情","不但指'目之欲视美色,耳之欲听好音,口之欲食美味,四肢之欲得安逸'这一类生理需求,而且包括'子必欲其父子寿考'这一类心理需求。"①要言之,仁斋所谓"人情",指人与生俱来的、未经修饰的自然欲望与自然情感。

从文学表现论的角度,仁斋提出"俗"才能表现真实的"人情",如果一味追求"雅",则会流于修辞,从而失去"人情"的真实。在《题白氏文集后》一文中写道:"盖诗以俗为善,三百篇之所以为经者,亦以其俗也。诗以吟咏性情为本,俗则能尽情。琢磨过甚,斲丧性情,真气都剥落尽矣,所谓七日混沌死矣。"

仁斋还进而以"人情无区别"论,试图沟通融合汉诗论与和歌论,

---

① 王晓平:《亚洲汉文学》,天津:天津人民出版社,2009年,第119页。

认为汉诗与和歌的本质都在于"道人情"。《语孟字义》中有："夫人情无古今无华夷,一也。苟从人情则行,违人情则废。苟不从人情,则犹使人当夏而裘,方冬而葛。"仁斋认为,"人情"无古今之差异,亦无国别地域之差异,所以中国和日本的人情是相通的,也即人与生俱来的自然欲望与自然情感是一致的。因此,汉诗是"道人情"的,和歌同样也"道人情","诗与和歌,一源而殊派,同情而异用,故以和歌之说施之于诗,靡所不可;以诗之评,推之和歌亦然。两者同条共贯,一一吻合,莫不互相济用也。"①这样一来,仁斋通过"人情",统一了汉诗论与和歌论,探索出中日诗歌理论的共通性,也将"人情"概念由汉诗领域拓展到和歌领域。

而从当时的时代背景来看,仁斋提倡的"诗道人情"论在朱子学占据官方意识形态的江户时代具有重要意义,它确立了"人情"在文学中的地位,摒弃了朱子学压抑人情的思想观念,标志着文学脱离政治而独立。

二、契冲的和歌论:歌道"人情"

江户时代初期国学作为一门以王朝时代的历史、制度、文学为研究对象的学问勃兴起来,由于专以古典文献为研究对象,故又称"复古国学"。僧侣契冲(1640—1701)被认为是复古国学的先驱。他主要致力于《万叶集》的注释研究,完成了著名的《万叶代匠记》,开辟了日本古典领域的文献学研究方法。在和歌论领域,他提出"歌道人情"论,

---

① 赖功欧:《东方哲学经典命题》,南昌:江西人民出版社,2007年,第237页。

就主要体现在《万叶代匠记》中。

> 　　本朝者,神国也。故史籍公事,无不以神为主,以人为
> 后。……三十一字,阳数也。上下二句,含天地、阴阳、君臣、
> 父子、夫妇等一切意。……神之吟咏,虽非如凡人以凡情配
> 当其阴阳之数而作,然天然之理,自会如此矣。……倭与和
> 五音相通,义亦与和相通。《日本纪纂疏》依此义而释曰:"盖
> 取人心之柔顺,语言之谐声也",于理允当,而本朝既以和为
> 名,则未言及。三教亦尊柔和。……和歌如黄金百炼为绕指
> 柔。不唯通乎以上诸道,亦谐乎世间人情。
>
> 　　醉心于诗歌者,恋雪、月、花之时,慕琴、诗、酒之友,或遥
> 居深宫以待莺啼,或侧卧枕边而听蟋蟀,借醒梦以喻世事无
> 常,托残灯以寓人生几何。心有所动则不可不言。①

可见,契冲主张和歌的精神根基是神道,神之吟咏产生了和歌,凡人吟咏和歌则是神之旨意的体现,因此自然符合阴阳之道。对于凡人而言,其吟咏和歌是触雪月花、琴诗酒等令人心感动而觉不得不歌的结果,这种细腻的感动是内心柔和的体现,而音声和谐的和歌也正表现出日本古代社会的"人情"。和歌的魅力正缘于它与"人情"相通。和歌57577的形式与自然界中阴阳之数相契合,符合天然之理,故美妙。和歌的审美情趣在于它的"柔",一"柔"方能包罗世间生命万象,

---

① 　(日)契冲:《万叶代匠记》,见《东方文论选》,王晓平译,成都:四川人民出版社,1996年,第720—723页。

将人情细微之处娓娓道来,或深居宫中等待莺啼,或闻枕边蟋蟀鸣叫,或赏雪月花时借景抒情,在柔和的语言表达中道出世间人情万象。叶渭渠把《万叶集》和歌的美学精神称为"まこと",即"万叶歌所流露的真实的情和趣"①。由此不难看出,契冲所谓"人情"正是古代歌人素朴的、自然的真情实感。

依据歌道"人情"的歌论观,契冲对《万叶集》第 131 首长歌末句

妹が門見む靡けこの山
为见妹家门,快平伏,你这山!②

写评语道:"和歌之习在乐趣,思妻之心哀甚深。"③这首和歌是柿本人麻吕从石见国会别妻子之后隔山眺望妻子家门的方向时所咏,表达的是对妻子的思念之情。夫妻分别自然难舍难分,遥望相聚之地更勾起离愁别绪,契冲从理解和同情自然人情的角度,从作者对遮挡住妻子家门之山的怨怼见出他的思妻之心,感同身受地体会到作者的"哀深",感动之余以"人情"为根底为和歌写下了评语。

另一方面,"道人情"也是契冲物语论的核心主张。在《源注拾遗》(1696)中,他批判了以儒家劝善惩恶观来阐释《源氏物语》的主流文学批评观念,提出要以"人情"之"真实"(まこと)进行解读。他指出《源氏物语》同时描写了主人公源氏的善恶美丑,所以并非记善人之善行、

① 叶渭渠、唐月梅:《日本文学史(近古卷下)》,北京:昆仑出版社,1995 年,第 609 页。
② (日)佚名:《万叶集》,赵乐甡译,南京:译林出版社,2002 年,第 40 页。
③ (日)重松信弘:《近世国学の文学研究》,東京:風間書房,1974 年,第 34 页。

恶人之恶行以示劝善惩恶,而是通过对源氏在恋爱情感中的种种样相的描写,体现真实的人情,而"人情"之"真实"才是这部作品最根本的审美特质。重松信弘就对契冲的物语论给予了高度肯定:"契冲否定了自中世以来约四百年的物语教诫说,其理论应该说是震惊当时的高论,也可以说,自此起,近世的物语论,或言近世的文学论得以成立。"①可见,契冲这种从纯文学的角度品味物语的理论模式,为近世物语论的提出提供了借鉴,事实上,本居宣长提出的"物哀"论正是以契冲的"人情"论为根基的。

总之,契冲的和歌论以道"人情"为宗,主张创作和鉴赏和歌时都须以"人情"为中心。尽管他并未对"人情"做概念性的阐释,但通观其著作,我们认为他所说"人情"指的是人的自然人性人情。他在物语论中虽未正式提出人情说,但就他否定教诫说、提倡风雅的观点来看,他肯定文学中表现自然人性人情的观点是贯穿始终的。

三、近松门左卫门的戏剧论:"人情"至上

近松门左卫门(1653—1724)是江户时代著名的净琉璃(木偶剧)和歌舞伎剧本作家,在戏剧创作中,他高举"人情"以对抗"义理",并依此在其戏剧论《难波土产》中阐明了创作论。"义理"与"人情"是一组对跖概念,在近世,"义理"指统治阶级用以统一整个社会秩序的伦理道德标准,"人情"则指对人的自然情欲满足的肯定。对于当时处于社会底层的新兴阶层町人而言,"义理"压抑和制约着他们,而"人情"则

---

① （日）重松信弘:《近世国学の文学研究》,東京:風間書房,1974 年,第 34 页。

激励着他们以自身积累的金钱财富去追求自然情欲的享乐和满足。因此,由近松首创的世态剧《情死曾根崎》《情死天网岛》等,颇受近世町人观众喜爱。他描写了彼此相爱的男女主人公,因恶人以金钱威逼利诱或封建家族婚姻观念等种种阻碍而难以相爱相守,最终被迫走向双双殉情结局的凄美爱情故事,突出了男女主人公爱情至上的勇敢抉择以及对自然人性人情的热烈追求。"民间甚至将男女主人公的爱情视作新时代'恋爱的典范。'"①

在《难波土产》中,近松主张净琉璃最根本的就是要表现"人情"。

> 假如净琉璃方面不把灵魂赋予人形,不引起观众的感动,那就难以成为名作。……旁白和台词不必说,就是"道行"等描写风景的文字,也必须充满感情,否则就难以引起人们的感动。……重要的是净琉璃的文章必须饱含感情。
>
> 净琉璃的文辞都是将日常生活加以如实表现,但也要注意艺术性。……因为是艺术,就要让角色说出现实中的女子不能说的话,来表现女子内心深处的感情。假如将在净琉璃中像现实生活中的那样,该说的也不说,那就不能表现角色的内心世界。也就无甚可观了。②

近松基于丰富的净琉璃创作实践总结出其艺术理论,在他看来,

---

① 叶渭渠、唐月梅:《日本文学史(近古卷下)》,北京:昆仑出版社,1995年,第543页。
② (日)近松门左卫门:《〈难波土产〉发端》,见《日本古典文论选译(古代卷下)》,王向远译,北京:中央编译出版社,2012年,第656—657页。

人偶的操作、旁白、台词、行路段子上描写风景的文字、不同角色的语言等,从剧本写作到舞台表演效果,都必须以表现"人情"为旨归。只有生动地表现出人物内心深处的真情实感,才能引起观众的感动、慰藉观众的心灵,才能使净琉璃成为流传后世的名作。而对于如何表现"人情",近松则主张从"义理"与"人情"的矛盾对立中着手创作。

> 净琉璃中的忧伤色调是主要的色调。……我的作品中的忧伤色调,都以义理为依据。只要是故事的情节人物符合义理,那么作品的忧伤气氛就会表现得更加浓烈。……重要的是不使用"可哀呀"之类的表达,而是自然而然地表现出悲哀。①

比如近松的名作《情死天网岛》,就是在"义理"与"人情"的复杂纠葛中自然而然地表现出男女主人公双双殉情的悲哀。已有家室的纸店老板治兵卫迷恋上了青楼女子小春,这违背了当时社会禁止婚外恋的"义理",但出于"人情"他又陷入婚外恋无法自拔。没有足够金钱的治兵卫也不符合可以金钱赎回青楼女子的"义理",但出于"人情",走投无路的二人只好决定双双殉情。治兵卫的妻子阿珊,贤惠善良,为了挽回丈夫,她在得知小春即将自尽时变卖家产为其赎身,她这种超越常规的善显然是"人情"的体现,但阿珊的父亲作为"义理"的代表阻止了她的行动并将她带回娘家。治兵卫和小春为尽两人爱情圆满之

---

① （日)近松门左卫门:《〈难波土产〉发端》,见《日本古典文论选译(古代卷下)》,王向远译,北京:中央编译出版社,2012 年,第 657 页。

"人情",最终决定在天网岛殉情,但出于对阿珊的"义理"——治兵卫背叛妻子的良心谴责和小春答应不夺治兵卫性命却出尔反尔,两人临死前剃发出家并在河流两岸分别自尽。由此,作品中的三位主人公都在"义理"和"人情"的漩涡中徘徊挣扎,遵守了"义理",必然损害"人情",选择了"人情",必然违背"义理",双双殉情,是经历了一系列义理与人情的较量之后做出的无可奈何的选择,这样就更突显了整部作品的忧伤色调。

殉情,宣告了"人情"对抗"义理"的胜利。近松创作了多部成功的殉情世态剧,将町人阶层的社会价值取向——"人情"推向极致。加藤周一曾评道:"双人自杀是私人感情高昂的极致,从这个意义上说,实现'私'的愿望才是崇高的。"[①]"日本文化所产生的'爱之死'的表现,还没有超过近松的'私奔'的,可以说这是空前绝后的。……从没能完成的恋爱向永恒之恋飞跃,在死上表现出超越万事的热情,既在历史之中同时也在历史之外。"[②]因此,从戏剧创作论的角度上,可以说近松主张"人情至上"论,即通过"义理"与"人情"的复杂纠葛真实生动地表现"人情",以双双殉情将"人情"崇高化、极致化,从而实现永恒之爱,实现"人情"对抗"义理"的绝对胜利。

---

① (日)加藤周一:《日本文学史序说(下)》,叶渭渠、唐月梅译,北京:外语教学与研究出版社,2011年,第42—43页。

② (日)加藤周一:《日本文学史序说(下)》,叶渭渠、唐月梅译,北京:外语教学与研究出版社,2011年,第51页。

四、松尾芭蕉的俳谐论:"人情"之诚

在俳谐论领域,松尾芭蕉(1644—1694)对于"人情"有着独特的领悟。芭蕉被称为江户俳坛的"俳圣",他一生过着隐居草庵和羁旅修行的生活,在对自然的观察和体验中,芭蕉孜孜以求地为俳谐创作探索着一条"为艺术而艺术"的道路,即"风雅"之道。在室町时期俳坛衰微的背景下,他一改以往仅追求滑稽诙谐的俳趣,将俳谐提升至真正的纯文学高度,在自然的审美体验中同时融入人生境界的提升,这也成为蕉门俳谐的最高审美追求。关于"风雅",芭蕉在《笈之小文》中写道:"风雅者,顺随造化,以四时为友。所见之处,无不是花。所思之处,无不是月。"①可见"风雅"是一种欣赏自然之趣的情怀,是悠游于万事万物之间的审美精神。一般认为,"风雅之诚"、"风雅之寂"和"不易流行"三部分,构成了芭蕉风雅说的理论体系。而芭蕉关于"人情"的理论是从属于他的"风雅之诚"论的,且与"本情"密切交织,二者与俳谐的创作息息相关,我们认为,可以"人情之诚"论概括之。

《续五论》中有言:"先师说过,俳谐做得如何无关紧要,若不通晓世情,不通达人情,此人便是不懂风雅之人。"②可见,在芭蕉看来,通达"人情"者,才是懂风雅之人,而只有懂得"风雅",才能创作出真正的俳谐。对于俳谐作者而言,所谓通达"人情",就是能够把握自然万物

① (日)松尾芭蕉:《奥州小道》,郑民钦译,石家庄:河北教育出版社,2002 年,第27 页。

② (日)中村幸彦:《近世文芸思潮考》,東京:岩波書店,1975 年,第 87 页。

的"本情",并且洗练地将其令人感动之处表现出来。《去来抄》中写道:"大凡吟咏某种事物,就有必要了解该事物的'本情',若一味执着于追新求奇,就不能认识该事物的'本情',而丧失本心。丧失本心,是心执着于物的缘故。这也叫作'失本意'。"①又有:"俳谐应该以表现清新的情趣为本,但在表现情趣时,不能将事物的本性弄错。"②这里的"本情",也就是万事万物的独特性及其真正的情趣所在。俳谐作者就要把握事物的情趣所在,表达出本情,传达出真实的感动。芭蕉把这样的作者称为"诗圣":"留心于风流,随四季之变,万物吟咏不尽,多如海滨之沙。述其情,而感物兴哀者,乃诗歌之圣。"③

芭蕉进而指出,要把握自然万物的"本情",就必须去除私意,感同身受地融入对象中,捕捉其情趣所在,表达其令人感动之处。《三册子》中有一段详细的描述:

> 先师曾说过:"松的事向松学习,竹的事向竹讨教。"就是教导我们不要固守主观私意,如果不向客观对象学习,按一己主观加以想象理解,则终究无所学。
>
> 向客观对象学习,就是融入对象之中,探幽发微,感同身受,方有佳句。假如只是粗略地表现客观对象,感情不能从

---

① (日)向井去来:《去来抄》,见《日本古典文论选译(古代卷下)》,王向远译,北京:中央编译出版社,2012年,第449页。

② (日)向井去来:《去来抄》,见《日本古典文论选译(古代卷下)》,王向远译,北京:中央编译出版社,2012年,第479页。

③ (日)松尾芭蕉:《〈三圣图〉赞》,见《日本古典文论选译(古代卷下)》,王向远译,北京:中央编译出版社,2012年,第397页。

对象中自然产生,则物我两分,情感不真诚,只能流于自我欣赏。……只要认真研究、加强修炼,则或多或少,会摆脱一己之私意。①

在芭蕉看来,万事万物本身有其自性且因物而异,只有抛弃先入为主的私意,仔细观察事物本身的特性,才能呈现事物自然本真的状态。与此同时,事物的自性并不存在于表面的细枝末节,而是隐藏在幽微之处,所以须站在事物的立场上,想象它作为生命的每时每刻的状态,并能深刻地理解和体味其生命状态,感动之情油然而生,从而达到物我一如的体察境界。只有进入这种状态,才能够真正地把握自然万物的"本情"。而抛弃私意、把握"本情"的过程,也正是锤炼"人情"的重要路径。叶渭渠把抛弃私意当作实现情"诚"的关键:"要吟咏松、竹之风雅,就必须去'私意',将自己的感情移入对象中,使物我合一,其情则'诚';其情'诚',就获得'真实'。否则,物我为二,其情就不'诚'。"②也就是说,要把握自然万物的"本情",就须锤炼感知万物的"人情",而反复锤炼感知万物的"人情",就能使其臻于"人情之诚"的境界,就能更好地把握"本情",从而入物我合一之境,达到真正的"风雅之诚"。

芭蕉还强调,要锤炼"人情",就必须在体味自然的过程中不断修炼自己的内心,从而自然而然地达到"人情之诚"之境界,创作出优秀

① (日)服部土芳:《三册子》,见《日本古典文论选译(古代卷下)》,王向远译,北京:中央编译出版社,2012 年,第 507 页。

② 叶渭渠、唐月梅:《日本文学史(近古卷下)》,北京:昆仑出版社,1995 年,第 415 页。

的俳谐。《三册子》中，服部土芳反复阐述了其师芭蕉的这一观点，他写道：“先师说过：‘俳谐有时候是无法传授的，靠的是自己的体悟。一个人对俳谐完全没有弄懂，只是记住了一个个的规则，这样就不能自然而然地有所得’”，又说“有的人，创作的意图太显露，因而失去了心灵的直觉和率真的表达”①。可见，芭蕉主张的不是刻意苦吟，而是在反复体悟的过程中，自然而然地培养感知万物的情感能力，自然而然地表达内在的真实。而体悟和锤炼“人情”的关键还在责于诚，“不责之于‘诚’，不锤炼诗心，就不会知道‘诚’的变化，就会故步自封，失去创新能力”②。这就要求俳人遵循俳谐风格的变通之理，在不变中寻求变化，在变化中又保持不变，始终能够抒发令众人感动的物哀之情。③

另外，值得一提的是，松尾芭蕉的“风雅”说与本居宣长的“物哀”论被并称为江户时代两大重要的文艺理论。二者在文学精神上有许多共通之处。首先，诚。芭蕉主张风雅之诚，认为只有自然外物真实与人情的真实契合无间才能传达俳谐的风雅精神；宣长主张从自然人性的前提出发，理解万事万物的本真状态，同时也理解他者的人性人情（情之诚）。其次，哀。芭蕉把哀感当作能够成为永远打动人心力量的重要因素，认为它属于“不易”的一方面；宣长正是以哀为核心证明能够在复杂的恋爱体验中同情、理解以及包容他者的人是具有高度的

---

① （日）服部土芳：《三册子》，见《日本古典文论选译（古代卷下）》，王向远译，北京：中央编译出版社，2012年，第514—515页。

② （日）服部土芳：《三册子》，见《日本古典文论选译（古代卷下）》，王向远译，北京：中央编译出版社，2012年，第506页。

③ 雷芳：《“诚”与“物哀”的美学精神比较论》，《国文天地》，2017年第10期。

情感修养的人。当然，由于二人研究对象以及生活经历的不同，对"人情"的理解稍有不同。芭蕉理解的"人情"更多地基于自己对自然、人生的体验以及对下层人民生活的同情，他很少将男女间的恋爱考虑在内。由于深受老庄哲学的影响，他对自然产生的情感主要是以对自然生命本身的深刻同情为主。常于具体的环境中（如古人曾经云游闲居之处）把握自然生命的律动，体会其中的妙趣。宣长主要以古典文学世界为伍，浓厚的王朝贵族情结使他坚信贵族男女恋爱中的喜怒哀乐就是自然人情最直接的体现，甚至包括好色、纵欲等。同时他也坚信具有高度情感修养的人（知物哀者）能够对这种人情投以共感。

五、本居宣长"物哀"论的"人情"本质

细读宣长的"物哀"论著作可知，"人情"是宣长阐释"物哀"论的核心概念。在《紫文要领》中，宣长写道："无论是在哪部物语中，都多写男女恋情，无论在哪部和歌集中，恋歌都是最多的。没有比男女恋情更关涉人情的幽微之处了。"[①]又有："阅读物语，还是应以'感知物哀'为第一要义。感知物哀，首先要懂得'物之心'，而懂得'物之心'就要懂世态、通人情。"[②]在宣长看来，物语书写"人情"，是为了让读者"知物哀"。而如实地描写人情，让读者深刻地理解人情，就是"善"，就是"通人情"，也就是"知物哀"；反之，若对应当感而叹之的人情无动于

①　（日）本居宣长：《紫文要领》，见《日本物哀》，王向远译，长春：吉林出版集团，2010年，第 19 页。

②　（日）本居宣长：《紫文要领》，见《日本物哀》，王向远译，长春：吉林出版集团，2010年，第 23 页。

衷、麻木不仁,就是"恶",就是"不通人情",也就是"不知物哀"。若表现在女人身上,"通人情"的女人是善解人意、解风情、懂风雅的,也就是"知物哀"的;而"不通人情"的女人是刚愎自用、自以为是、无视他人的,也就是"不知物哀"的。

宣长明确指出,在所有的书写中,最能体现"人情"的是"好色",写"好色"是为了更好地表现"物哀"。"不写'好色'则不能深入人情深微之处,也不能很好地表现出'物哀'之情如何难以抑制,如何主宰人心。"①"好色"是最本真、最真实的"人情"的体现,其特征在于难以抑制、难以自拔、难以自省、刻骨铭心。另外,"不伦之恋"也是最本然的、最真实的"人情"的体现,其特征是对越轨乱伦、离经叛道的男女之情有着一种深刻的内在冲动。"一旦私通,便是越轨乱伦,违背世间道德,却也因此相爱至深,一生难忘。……因为是相见时难别亦难的不伦之恋,因此,相思之哀也更为深沉。"②可以说这是"人情"的"最幽微之处",也最能令人"感知物哀"。

关于"人情",宣长还强调其"真实"性:"一般而论,真实的人情就是像女童那样幼稚和愚懦。坚强而自信不是人情的本质,常常是表面上有意假装出来的。如果深入其内心世界,就会发现无论怎样的强人,内心深处都与女童无异。""若极力改变之、掩饰之,将它写得智慧

---

① (日)本居宣长:《紫文要领》,见《日本物哀》,王向远译,长春:吉林出版集团,2010年,第73页。

② (日)本居宣长:《紫文要领》,见《日本物哀》,王向远译,长春:吉林出版集团,2010年,第98页。

而刚强,就掩盖了真情,就不是本然的人情。"①在宣长看来,"真实的人情"是幼稚、脆弱、愚懦的,是存在缺陷的,是极易堕入儒佛之道标准意义上的"恶"之中的,换言之,真实的人情是向着"道德恶"的。若将以上宣长对"物哀"论的"人情"解读以图表的形式勾勒,如表2:

表 2

人情 {
→真实的人情→幼稚、脆弱、愚昧→好色
　　　　　　(道德恶)→不伦之恋
→虚假的人情→坚强、自信、冠冕堂皇
　　　　　　(道德善)
}

通人情→知物哀
⇕
不通人情→不知物哀
} 物哀

如表2可见,宣长"物哀"论的内核实际上就是"人情"论,他提出"物哀"论的根本目的就在于肯定"真实的人情"。他认为,"真实的人情"具有幼稚、脆弱、愚懦的特征,因此更容易堕入"道德恶",即为伦理道德所不允许。"好色"和"不伦之恋"正是"真实的人情"的最佳体现,因为"好色"难以抑制、难以自拔、难以自省、刻骨铭心,"不伦之恋"则是对越轨乱伦、离经叛道之情怀有强烈的内在冲动的结果,从伦理道德层面上说,都属于"恶",但这也是人情之中幼稚、脆弱、愚懦的本真体现。进而,"通人情",即深刻的认识和理解人情,把握"真实的人情"本质,尤其对表现人情的幽微之处的"好色"和"不伦之恋"抱以深刻的理解和同情,这样也就是"知物哀";相反,"不通人情",则是对一般意

---

① (日)本居宣长:《紫文要领》,见《日本物哀》,王向远译,长春:吉林出版集团,2010年,第106页。

义上的喜怒哀乐之人情都无动于衷、麻木不仁,更谈不上对“真实的人情”的把握,这样也就是“不知物哀”。

另一方面,在《石上私淑言》中,宣长对“物哀”论的阐述也直接指向了“人情”。总括而言,在宣长看来,和歌是由“知物哀”而产生,和歌所写的内容是各种各样的“物哀”,和歌是为了让读者“知物哀”,由此,“知物哀”贯穿于和歌的产生、创作以及鉴赏的整个过程,“知物哀”是和歌的根本宗旨。具体言之,首先,和歌是由各种各样“人情”的感动而产生。所谓各种各样的“人情”,即“或欢乐或悲哀,或气恼或喜悦,或轻松愉快,或恐惧担忧,或爱或恨,或喜或憎,体验各有不同”①。尤其是当“人情”难以抑制、难以堪忍、不吐不快的时候,人更容易自然而然写出和歌。而“人情”的这种状态,都可被称之为“深深的感动”,也就是“知物哀”。

其次,和歌所写的内容是“真实的人情”,而恋情中的“好色”“不伦之恋”最能体现“真实的人情”,所以和歌之中恋歌最多。所谓“真实的人情”,也就是人的真情实感。在宣长看来,“真实的人情”是软弱无靠、孱羸无力、无助无奈的,而不是堂而皇之、装腔作势的。而即便是看起来坚强也是伪饰,他举例道:“箕子那样的人在情有不堪的时候,刚要表达真情,又立刻警醒:‘不可近妇人。’但这种坚强只是装出来的,其内心则像女人一样,只想痛哭流涕以表达真情实感。”②而在所有的“人情”之中,最“真实的人情”体现在恋情之中,尤其是“好色”与

---

① (日)本居宣长:《石上私淑言》,见《日本物哀》,王向远译,长春:吉林出版集团,2010年,第145页。

② (日)本居宣长:《石上私淑言》,见《日本物哀》,王向远译,长春:吉林出版集团,2010年,第222页。

"不伦之恋"。"好色"是一种"情"与"欲"深深相连的人情,尤其是其难以堪忍、无法自拔的体验是"真实的人情"的完美体现。"不伦之恋",因之极难克制压抑,难以自禁,明知不可为却仍有跃跃欲试的内在冲动,尽管有悖伦理道德,但它却是人之常情,是"真实的人情"的极致体现。"好色"、"不伦之恋",都因难以压抑、无法自控而使内在的强烈冲动迸发而出,从而自然形成了和歌之中的恋歌书写。

最后,和歌吟咏"人情",是为了使人"通人情",也就是使人"知物哀"。"人情",包括上述所说的喜怒哀乐等各种各样的感动,也可具体至恋情中的"好色"、"不伦之恋"等,一言以蔽之,"人情"即基于自然情欲的、人内心深处最真实的所思所想。和歌吟咏"人情",就是让读者认识、理解、体会和同情"天下的人情":"和歌就是将自己的喜怒哀乐自然咏出,而打动人心。因此,聆听或阅读这样的和歌时,即使没有亲身体验,也会设身处地加以推察,何人发生了何事,何人有何种想法,何为喜,何为悲,如此之类,便可知晓。天下的人情就像一面明镜展现无遗,并自然令人生起'物哀'之感。"①

要而言之,本居宣长"物哀"论的核心审美意蕴即礼赞自然人性人情,物语与和歌都在书写"真实的人情",尤以好色、不伦之恋等能尽显其幽微之处,而之所以如此是为了使读者"通人情",也就是"知物哀",若不能把握和理解"真实的人情",则是"不通人情",即"不知物哀"的体现。

---

① (日)本居宣长:《紫文要领》,见《日本物哀》,王向远译,长春:吉林出版集团,2010年,第236页。

　　从以上对近世"人情"文学论谱系的梳理,以及对本居宣长"物哀"论的"人情"解读可知,宣长的物语论"物哀"论,与汉诗论之"诗道人情"论、和歌论之"歌道人情"论、戏剧论之"人情至上"论以及俳谐论之"人情之诚"论,共同构筑了近世"人情"文学论的谱系。

　　宣长之所以在近世提出"物哀"论,是以其他文论领域的"人情"文学论为背景的。据杉田昌彦考证,宣长通过荻生徂徕间接接受了伊藤仁斋"诗道人情"论的影响。[①] 他与同样身为国学家的契冲在文学理论上一脉相承,其"物哀"论的提出直接受到契冲物语"人情"观的影响,在学界已经达成共识。其次,在肯定恋爱情感层面上,其"物哀论"与近松的"人情至上"论是一致的。但由于恋情的主体不同,其所呈现的恋情特征也不同,致使二者在文论内涵上产生差异。近松的"人情",专指近世町人阶层男女的自由恋爱,宣长的"物哀"论则专以贵族社会男女恋情为中心。前者倾向于满足恋爱情欲、向义理社会宣战的恋情表达,是地位低下的町人阶级追求人性人情的自由解放,彰显恋爱自由的理论体现;后者则倾向于缠绵悱恻、凄楚哀婉的恋情表达,是有闲阶级玩味恋爱,体味多重复杂的、微妙的恋爱感,并使之上升为美感享受的理论体现。最后,从文学创作论的层面上,宣长与芭蕉都主张"通人情"。芭蕉把"通人情"视为俳谐创作的重要前提,而俳谐又以表现万事万物之独特情趣为宗,因此他主张去除私意,修炼内心,以达"人情之诚"之境界,从而创作出优秀的俳谐。宣长则把"通人情"当作物语创作的前提和目的,物语作者必须"通人情",才能尽显自然人性

---

① （日）杉田昌彦:《本居宣長と人情主義──継承と革新》,《江戸文学(27)》,2002年第11期。

人情的幽微之处，才能让读者通人情，知物哀。总之，正是在近世其他各文论领域都将"人情"置于重要地位的背景下，本居宣长提出了"物哀"论。

如本章第二节所述，"人情"一词原本是汉语词汇，传入日本后，依然书写为"人情"，读作"にんじょう"，语义上则沿用汉语的基本义，即指人与生俱来的基本感情。据考证，在日本最早的文论著作《古今和歌集·真名序》中就已使用"人情"，而到了 17 世纪后的江户时代（近世），"人情"就已成为重要的文学概念和文论概念。[①]在这样的文论背景下，宣长主张物语是书写人情、表现人情的，是肯定"真实的人情"，是为了让读者"通人情"。但宣长最终并未以"人情"，而是以日本固有词汇"物哀（もののあはれ）"为其文学理论命名，并指出"通人情"也就是"知物哀"。结合宣长提出"物哀"论的隐秘动机和他美学话语建构的过程，我们认为，这与他选择假名"もののあはれ"而非汉字"物哀"的模式相同，都是摆脱汉籍思维影响，确立日本文学独立性，彰显日本民族独特性的体现。

综上所述，与平安"物哀"的"消极的无常感"、中世"物哀"的"积极的无常美"、"狭义的幽玄"、"殉死之美"等不同，近世本居宣长"物哀"论是以近世文论中普遍存在的"人情"论为核心的，其审美意蕴在于礼赞自然人性人情。

---

① 王向远：《中日古代文论中的"情"、"人情"范畴关联考论》，《西南民族大学学报（人文社科版）》，2016 年第 4 期。

第五节　近世文学的"物哀"："人情"与"义理"的博弈

如以上所述,近世语境中的"物哀"实际上是指人的自然人性人情,只是在不同的文论家笔下,对于"人情"有不同的理解,但他们的共同之处都在于与官方意识形态所制定的"义理"持对峙态度。"义理"原本是中国古代道德哲学的一个概念,儒家将其视为修身、治国、平天下的道德规范,自平安时代伴随儒教传入日本之后,逐渐融入了日本规范社会的道德体系中,到了江户时代统治阶级依据以朱子学为代表的儒家思想约束人们在社会生活中的伦理道德和行为习惯,形成了日本近世的"义理"。这样的约束使人们体会到,一直以来被日本传统认可的人类情感的本真状态受到压抑和威胁。因此,许多文论家提倡自然人性人情的解放,而他们实际上是向"义理"提出挑战。具体到文学作品中,作家们更是塑造了近世社会典型的人物形象,触及了町人阶层人们日常生活中最真实的情感,尤其是将违背义理、大逆不道的"人情"展现在读者面前,令人深刻体会到"人情"与"义理"抗争的无奈感和无力感,从而呈现出近世文学独特的"物哀"色彩。

一、井原西鹤的"人情"小说观

井原西鹤(1642—1693)作为近世代表町人阶级发声的作家开创了"浮世草子"这一新的文学样式。"浮世"即俗世,现世;"草子"即近世小说的称谓。西鹤的小说以描写町人阶层的真情实感、生活实态以及经商致富等为主要内容,他并不是文学理论家,没有关于小说理论的著作,他的文学观主要体现在文学作品中。西鹤十分关注町人阶层的利益,他对町人情感以及经济生活的关注尤其体现在小说人物形象的塑造上。町人是江户时代市民社会崛起的新生力量,他们擅长经商,手中握有巨大的财富,但由于受到幕府等级制社会统治的政治高压,屈居社会的底层。为了寻求心理的平衡,他们在生活上利用金钱达到物质生活的极度奢华和情欲的享乐,尤其是在"游里"得到了自我价值被充分认可的空间。西鹤的小说中就展露了对世俗生活场中町人的自然人性人情的肯定,这种对"人情"的肯定与整个江户时代的"人情"文学观在肯定人性人情解放方面具有共通之处,而他所强调的"人情"具有以下特征。

首先,西鹤把爱欲与性欲看作人的本性,认为这才是生命本质之所在。其中又具体分为两个方面:其一,肯定性欲的享乐与放纵,最典型的就是《好色一代男》中"寻求性快乐的能人"[①]形象世之介。世之介挥霍无度,从七岁起接触性,一生度送着纸醉金迷的好色生活,逍遥快乐无比,遍历世间名妓后最终乘坐好色号到达女儿国,追求更广大的性爱快乐。整部作品中,世之介没有受到任何因情欲放纵的道德谴责,体现了作者对男性好色本性的肯定。其二,肯定自由恋爱,悲叹遭遇恋爱悲剧的悲惨命运并给予深深的同情。自由恋爱有悖江户时代的封建伦常,而西鹤认为自由恋爱是人情中十分重要的部分。他在《好色五人女》中塑造了五位追求自由恋爱的妇女形象,但这些女性都

---

① (日)加藤周一:《日本文学史序说下》,叶渭渠译,北京:外语教学与研究出版社,2011年,第66页。

因自由恋爱而遭受迫害,有的被杀,有的无奈选择自杀。她们的悲惨命运都源于情,而情又是西鹤赋予肯定价值的,小说以悲情的方式打动读者,令人对她们的悲剧命运投以深刻的同情。

其次,西鹤特别把对好色的追求上升至人生品味与境界的追求,不是单纯地贪婪性欲享乐,而是通过好色行为达到悟道的境界。这里"悟道"指悟"色道",最根本的要求是精通遊里人情,也就是对发生在遊里的男女性爱关系的审美。世之介一生结交三千多名妓女、七百多名男妓,[①]他就是通过丰富的遊里阅历追求通晓"特殊人情"的境界。例如,世之介之所以娶妓女吉野为妻,是身为名妓的她甘愿委身于贫穷的铁匠学徒,使之获得身为男人的尊严,这在世之介看来是通晓男性心理需求与精神需求的行为,颇令人感动。世之介对人在性欲与情欲方面的生理、心理需求给予极大包容与同情,在铁匠徒弟与名妓吉野的性爱欢愉中,他甚至体会到了精神上的欢愉,这表明了他色道修炼的结果。如此之例在《好色一代男》中不胜枚举,因此,深刻地同情遊里男女之独特的人性人情,从而获得精神境界的愉悦,是西鹤对"人情"的独特把握。

第三,对抗封建伦常所谓"男女授受不亲"构成了西鹤"人情"内在的对抗性特征。江户时代朱子学伦理认为,男女授受不亲,即使正常的恋爱也是非法的。西鹤的好色文学皆从人的本能需求出发,肯定了町人阶层作为人的真情实感,尤其对被封建伦理压抑的性欲本能和恋爱情感给予褒扬,显示了其内在的对抗性特征。

总的来说,西鹤的系列好色文学的创作表明了他的"人情"文学

① 王晓平:《浮世草子的婚恋世界》,银川:宁夏人民出版社,2005年,第64页。

观,他与前述近世"人情"文学理论谱系有着相通之处,而他对"人情"又有着独特的理解,他赞美的是近世遊里男女性爱中展现出的具有艺术性与精神性的"人情",它不同于普世性的人类自然情感以及自然之爱,而是从性爱之中挖掘出来的所谓人的自然情感。

二、执着情爱战胜义理

如前所述,井原西鹤创作的"好色"系列艳情小说高度褒扬性爱享乐与恋爱自由,这与当时儒家封建伦理对性爱和情感的压抑态度完全相悖,而由"人情"与"义理"的冲突而引发的忧虑与哀伤勾勒出西鹤小说的"物哀"色彩,也代表着近世文学作品中的"物哀"审美。下面以西鹤代表作《好色五人女》来阐释其中的"物哀"。

《好色五人女》由五篇恋爱故事组成,塑造了五位不畏伦理道德、热烈追求自我性爱享受和恋爱情感的妇女形象。她们或因情人逝去而甘愿随后赴死,或因不伦之恋而羞辱自杀,或因强烈的爱恋情感触犯法律而被判处死,五位女性中,除了最后的阿万以外,她们的恋爱都以悲剧结尾。西鹤为她们洒下了同情之泪,同时也探讨了人情与义理产生冲突之后的两个重要问题:情死与出家。几则故事分别如下:

第一则写酿酒商人的儿子清十郎自幼挥霍无度、好色成性,他的父亲在忍无可忍的情况下将其逐出家门。走投无路的清十郎本想一死了之,在马屋九卫门店主的帮助下开始投入到经商赚钱上,在此与店主的妹妹阿夏相遇,两人情投意合,趁赏樱时节的热闹活动成就好事。在两人决定私订终身、私奔逃跑的时候,清十郎被冤枉偷拿店家七百银两,于是被处死;阿夏极度悲伤,几欲一死了之,但在同伴的劝诚下,出家削发为尼。

　　第二则写的是情深义重的桶匠爱上了不甚了解男女之事的阿泉,在老妇人夫妻池的秘密安排下,二人在京都拜佛的路上成就百年好合。阿泉服务的东家得知此事后成就了他们的婚姻,之后夫妻二人生活幸福美满。不满足的阿泉又与有妇之夫长左卫门相恋,不料被睡梦中醒来的丈夫捉奸在床,羞辱难当的阿泉自杀身亡,这对奸夫淫妇的尸身也被暴尸刑场。

　　第三则写的是大经师丧妻多年,生活寂寞冷清,一次偶然的机会找到一位貌美如花且勤俭持家的阿珊做老婆,夫妻生活和睦美满。心地善良的阿珊在帮助阿铃追求茂右卫门的过程中,阴差阳错地与之成就好事。两人私奔逃离京城,并写信回家谎称二人投湖自尽,在经历了一段悖理弃义的淫乐生活之后,茂右卫门私自回京,不料身份败露。于是这对不为世俗认可的婚外情人被双双处死。

　　第四则写的是青菜店家的女儿阿七在一次除夕夜的火灾避难中,认识了相貌美好、气质高雅的青年男子小野川吉三郎,两人一见钟情,互相爱慕,但碍于世人眼目,两人只能痛苦地思念对方。吉三郎雪夜乔装打扮来见阿七,二人只能垂泪互吐相思之苦,后来阿七终于不堪忍受情侣之间久不能相见,故意放火创造见面机会。由于触犯了法律,阿七被判死刑,吉三郎也因此病重得险些一命呜呼,当得知阿七已经不在人世之后,他几次三番想要自杀但都未遂,最终剃度出家。

　　情死,在日语中用"心中"(しんじゅう)表示,指相互爱恋的两人双双自杀。这种传统在日本古已有之,《古事记》中就有相关的记载,而真正使情死仪式化的,是稍晚于井原西鹤的近松门左卫门。西鹤笔下的情死,还未达成双双殉死的具体仪式,可以说是为情而死,但死亡方式各有不同。清十郎私奔未遂被冤致死，阿泉为自己的婚外私通羞辱自杀，阿珊与茂右卫门因婚外情被双双处死，阿七为见情人吉三郎不惜犯罪被处死，阿夏与吉三郎都欲追随情人赴死但终未遂。为情而被处死、自杀或者动甘愿赴死之念，用今日男女恋爱之观念审视之，或许是对恋爱至上的一种褒扬；但就当时主流意识形态"男女授受不亲"的儒家观念审视之，男女之间的自由恋爱本就不可能，更何况是私通、婚外恋等行为，都被视为对"义理"的彻底反叛。偷了东西应该处以死刑，男女婚外私通应该被双双处死，犯放火罪应该被处死，私通情人被发现应该自杀，这些"应该"都是我们从作品中能够看到的、当时社会存在的"义理"。它对人的情感约束极为严苛，但尽管如此，人们仍然将情感和欲望置于重要地位，不惜冒犯义理，情愿以死亡的方式换来一时的享乐或对爱情永远的追慕。

　　情死在作品中大部分都是以违背义理而被处死的形式体现。在西鹤看来，私通、偷情、自由恋爱等都是人之常情，性爱享乐与男女相恋都具有合理性，这些"人情"的显露以被迫死亡的方式结束，表明了作者对死亡者的同情以及对他们恋情和性爱享乐的理解。清十郎被处以死刑时，作者写道："尽管这是个虚幻无常的世界，但是目睹这种惨状的人，无不为他叹息，为他惨遭屠戮而悲痛。"①而对于阿七和吉三郎之间的悲恋故事，作者则总结道："这是一桩哀艳的故事。人世间男男女女相恋之情就是这样虚幻无常，似乎既是梦中的现实，也是现

---

① （日）井原西鹤：《好色一代男》，王启元、李正伦译，济南：山东文艺出版社，1994年，第402页。

实中的梦境。"①因为义理而导致人情抒发的失败、悲惨的结局,身为在世之人只能徒然感叹人生的虚幻、世事的无常。

　　作品中的阿夏与吉三郎都因为情人的逝世悲痛不已,他们几度欲追随情人自杀但都未遂,最终选择了出家。当他们的情感无所依托时,首先想到的方式是自杀,退而求其次便是出家。阿夏欲拔刀自尽时,身边人劝她说:"现在自杀,毫无意义,如果你确有这番心意,莫如削发为尼,那才是对死者的绝好悼念。"②吉三郎欲追随阿七而去时,阿七的父母劝他说:"你的哀叹确实令人同情,但是阿七临刑前曾经再三说过这样的话:吉三郎如果真心爱我,他就该跳出红尘,想尽办法出家。"③由此看来,出家是哀悼死者的最好方式,也是践行人对爱情执着的唯一的方便之门。那么,作者为何坚信出家能够解决情感无所依托的问题呢? 我们认为,主要有两方面的原因。其一,作者的"好色"小说在很大程度上受《源氏物语》影响而作,尤其是他的《好色一代男》,从人物形象的塑造到整体章节结构都是模仿《源氏物语》。《好色五人女》中也提及紫式部等人物,他们在"出家"这一行为上也与《源氏物语》中的人物形象颇为相似,都是在情感上没有出路的时候选择的方式,即"摆脱生活上的困境的方便方法,似乎是一种隐退形式的制度

---

①　(日)井原西鹤:《好色一代男》,王启元、李正伦译,济南:山东文艺出版社,1994年,第478页。

②　(日)井原西鹤:《好色一代男》,王启元、李正伦译,济南:山东文艺出版社,1994年,第404页。

③　(日)井原西鹤:《好色一代男》,王启元、李正伦译,济南:山东文艺出版社,1994年,第477页。

化"①尽管江户时代与平安时代的佛教背景不同,但西鹤似乎相信在江户时代,人们同样能够通过出家来摆脱情感上的困境。其二,就江户时代的佛教背景而言,佛教被幕府统治阶级纳入了幕府体制中,推动了葬礼、法令等的制度化,并通过寺檀制度②来控制和规范普通民众。因此近世的佛教又被称为"堕落佛教"③,即完全形式化的佛教。作为普通民众,声明信仰佛教是保全生存的必要途径;作为面临畅销与否的出版小说,写"出家"就意味着声明皈依佛教,这具有重要的社会意义。

　　无论选择情死还是出家,表面上看来都有无法与强大的"义理"对抗的无奈,但自杀本身无疑是将自我人情价值合理化的最为壮烈的方式。其中隐藏着这样的逻辑:不能肆无忌惮地任情而行,那就义无反顾地殉情而死,二者只择其一,而唯一的缓和方式就是逃避现世。也就是说,性与爱是唯一的生活方式,也是唯一的价值所在,在性与爱的面前,没有道德价值判断,只有情感判断。情感只要存在,就被认可;一旦不被认可,就会以牺牲生命的方式昭告世人,从世人的同情中获得这种情感价值的认可。人生在世,生命的价值超越一切,生命的毁灭会给人带来处身性以及本原性的刺激。当直面他人的死亡时,人们会忘却对其行为本身作善恶是非的判断,而一时陷入同情,尤其是因为恋爱而导致的被杀或自杀,更是以死亡的惨烈方式将观者全部带到

---

① (日)加藤周一:《日本文学史序说上》,叶渭渠译,北京:外语教学与研究出版社,2011年,第191页。

② 寺檀制度是指通过将寺院与檀家的关系制度化,来贯彻禁止信仰基督教。

③ (日)末木文美士:《日本佛教史》,涂玉盏译,上海:上海古籍出版社,2016年,第113页。

同情其情感的感受中。

通过以上分析可知,西鹤笔下的"物哀"体现在"人情"与"义理"的纠葛中,当二者发生冲突时,主人公或以死亡的方式证明情感本身的价值,或以出家的方式摆脱眼前的困境从而践行对情感的执着。要言之,"物哀"意味着"人情"以悲鸣的方式战胜"义理"。

三、为情而死冲撞义理

近世文学另外一位代表作家是近松门左卫门,他在《难波土产》序言中主张,"忧伤"是净琉璃的主要情感色调,且"义理"是产生"忧伤"的关键,"我的作品中的忧伤情调,都以义理为根据。只要是故事的情节人物符合义理,那么作品的忧伤气氛就会表现得更加浓烈。"①前一节中已述,近松的创作是在"人情"与"义理"的矛盾冲突中突显相爱的双方双双情死的悲哀的。可见,"忧伤"是近松情死净琉璃追求的悲情美学效果,他运用"义理"压抑"人情"的创作方式引人陷入哀愁、忧郁等消极情绪中,通过一幕幕情死爱情悲剧来展现近世社会下层百姓的"物哀"之情。

《曾根崎情死》是近松情死净琉璃中颇具代表性的著作之一,它将社会中发生在武士以下阶层的事件经过艺术的加工搬上舞台,悲剧性事件的真实再现加上表演形式②的新颖以及舞台唱腔的哀切,深深地

---

① （日）近松门左卫门:《难波土产发端》,见《日本古代诗学汇译下卷》,王向远译,北京:昆仑出版社,2014年,第694页。

② 净琉璃的表演形式是由木偶手当众操纵木偶的表演,这种木偶手与木偶同时出现在观众面前的表演始于近松门左卫门的净琉璃。

感动了观众。作为近松的首部净琉璃著作,被誉为"近世演剧史上具有划时代意义的作品。"①《曾根崎情死》是根据 1703 年 4 月 7 日发生在大阪内本町酱油铺伙计德兵卫与北部新地天满屋的妓女阿初在曾根崎天神的森林中情死的事件改编而成。酱油铺的伙计德兵卫同时又是店主的侄子,他爱上了妓女阿初,但又被迫与店主的侄女结婚。德兵卫碍于店主的恩惠未敢当面拒绝,但又因为爱而内心煎熬。不料店主以两贯银两贿赂其继母,还威胁他如果拒婚就会被赶出大阪,走投无路的德兵卫又遭遇无赖朋友九平次的欺诈借款,原本出于好心的借钱却被诬告为伪造假借据。面对生存、爱情以及名誉上的三重逼迫,德兵卫带着绝望又与阿初幽会,为了寻求彻底的解脱,两人双双情死于曾根崎天神森林。

我们细读文本会发现,身为商人的德兵卫在他一生的为人处世中始终在义理的框架中被压抑得难以喘息。他与妓女阿初的恋爱本身就是不合法的,按照江户时代的身份等级制度划分,妓女等低贱职业者被称为"秽多"②,并且"身份不同者不能通婚"③,因此他们二人根本不可能通婚,当然他们的恋爱也无法得到社会认可。当店主要求德兵卫与其侄女结婚时,出于义理他不能断然拒绝,但出于对阿初的爱也并没有勉强接受。店主通过继母要挟德兵卫,使他陷入困境,是因为他对继母持有赡养、顺从的义务。而在德兵卫极其危难的时刻,他仍然出于朋友的道义将仅有的救命钱借给九平次,反被诬告伪造借据,

---

① (日)河竹繁俊:《日本演剧史概论》,郭连友等译,北京:文化艺术出版社,2002年,第 159 页。

② 张文良:《日本当代佛教》,北京:宗教文化出版社,2015 年,第 169 页。

③ (日)井上清:《日本历史》,西安:陕西人民出版社,2011 年,第 176 页。

使他陷入不义的境地。从德兵卫对主家、继母以及朋友的种种态度来看,他的行为都遵循了义理,唯独在与妓女阿初恋爱的这件事上违背了义理,导致了二人双双殉情的悲惨事件。从整个事件发展的来龙去脉来看,情死似乎是二人寻求摆脱的唯一途径。德兵卫身处平民身份的最底层,阿初属于贱民身份,在道德规范严苛的近世,他们追求自由恋爱的诉求必然遭受义理的压制,具体体现在处理实际生活中的各种人际关系时都遭遇碰壁和冲突。不被认可的恋爱本身是危及人的生存合理性的,这就使问题变得十分棘手。在"高扬人之情感"①的近世,这种人皆具有的恋爱情感不仅遭受义理的压抑,而且直接涉及人的生存合理性,必然招致普世性的关注与探讨。据说在近松的情死净琉璃上演后,社会上一段时期内出现了大量的男女殉情事件。情死,意味着身份低微者的无力抗争,他们尝试着调和本不可能调和的义理与人情,主动选择自杀是唯一一种在某种意义上使二者两全的途径,双双殉情意味着对情感的执着,死亡本身又彻底消除了违背义理的可能性。

近松的殉情与西鹤的不同,西鹤笔下的恋爱男女是因为失去情人而痛不欲生,他们想要选择自杀但大都未遂,而是找到了"出家"这种迂回的方式;近松放弃迂回,让男女主人公主动选择自杀这一悲壮的方式,获得人情的永恒。关于情死,重友毅解释道:"即便肉体毁灭,仍在精神上夺得优势。"②这种肉体毁灭而精神永恒的思维方式与中世时期的武士道精神有着直接的关联。人们崇拜武士,是对武士不畏死

---

① (日)苅田敏夫:《近松世話物の世界》,東京:真珠書院,2009年,第33页。

② (日)重友毅:《近松の研究》,東京:文理書院,1972年,第455页。

亡、忠义武勇的武士道精神之敬仰；观众们因情死剧而深受感动，同样对他们为爱而死的坚毅深深敬佩。中世武士“剖腹的自杀方式可以让日本人想到最高尚的行为和最动人的哀情”[①]。近世庶民也同样能从情死中感受到最深刻的悲哀，其中既有对男女主人公恋爱悲剧的同情，又有对情死行为的敬佩，同时还包括身为同一阶层的生存共鸣。这正是近松在情死净琉璃中表现的近世“物哀”。

---

① （日）新渡户稻造：《武士道》，潘星汉译，北京：新世界出版社，2012年，第103页。

第五章

内涵的多元化：
『物哀』美学的展开

　　自 1868 年明治维新以降，日本引进了大量的西方思想与文化。在文论与美学领域经历了照搬模仿阶段之后，他们开始运用西方的美学思想来反思日本的古典美学思想，并运用西方的美学话语对日本古典美学展开了西方式的美学阐释。作为日本重要的古典美学理念之一的"物哀"理所当然地成为日本近现代美学家以及文艺理论批评者反思与阐释的对象。他们分别使用不同的西方美学理论阐释"物哀"，使其美学形态呈现出多元化的发展趋势。通过梳理近现代学者的研究成果，我们筛选出大西克礼、杉田昌彦、百川敬仁、丸山真男等具有代表性的学者，本章第一节将着重考察和分析他们的著作，以期呈现近现代"物哀"美学的三副面孔。接着后面三节分别从近现代作家中选出具有代表性的三位作家：谷崎润一郎、川端康成以及三岛由纪夫，重点阐释他们文学作品中各不相同的"物哀"内涵，以展现日本近现代作家在传承"物哀"美学时，在对传统的理解、对西方的接受、对东西方文化的结合等多方面都呈现出不同的特征。

第一节　近现代"物哀"美学的三副面孔

一、世界苦的审美体验

日本现代美学家大西克礼(1888—1959)运用西方现象学美学的方法对"物哀"论的核心词汇"あはれ(哀)"进行了"本质直观",并结合其产生的历史文化语境对其做了现象学"还原",阐释出"あはれ"的五个阶段的意味内容,赋予"物哀"以现代美学品格与美学内涵。大西以西方美学范畴体系为宗,将"物哀"纳入西方"优美"的派生范畴谱系,指出"日本的'哀(あはれ)'是从美——优美这一延长线上派生出的一种新的特殊形态"①。基于此美学立场,大西从"哀"的基本语义出发,探索出一条由基本语义上升至美学范畴的逻辑路径:特殊心理学意味→一般心理学意味→一般审美意味→特殊美学内涵→美学范畴确立,从语言学的角度对"哀"的意味内容进行本质直观,抽丝剥茧,层层递进,最终提炼出作为美学范畴的"哀"的美学内涵。

大西"物哀"美学阐释的逻辑起点是对本居宣长"物哀"论的批判。他指出,宣长的"物哀"与现代美学中的"直观"与"感动"相调和的审美意识非常接近,颇近似于"移情说"。尤其是其中提及的感情的"深刻"

① (日)大西克礼:《幽玄·物哀·寂》,王向远译,上海:上海译文出版社,2017年,第61页。

概念,使宣长的理论具有了现代美学思想要素。"深刻"有两层含义:一是具有足够强度的情感体验,二是伴随沉潜的观照与谛观且扩展到整体自我的情感体验,而后者正是产生一般审美意识的本质条件。但整体而言,宣长"物哀"论中缺乏对客观性的观照,且对谛观的情感体验的阐释仅限于心理美学的范畴,所以"他(宣长)还是在接近于'移情说'的心理美学的范围内,止步不前了"①。因此,大西以此为出发点,继续深度挖掘"物哀"美学思想。

首先,大西指明,直观、静观等知性要素对情感的融入是"哀"上升为美学范畴的关键。所以,他把"哀"的逻辑推衍分为以下几个阶段:特殊心理学意味的感动(悲哀、伤心)→一般心理学意味的感动(喜怒哀乐)→一般审美意味的感动(融入直观、谛视要素的)→审美概念(直观、谛视渗透于具有普遍性的形而上学根底中)。显然,这是个由特殊到一般,再由一般抽象出普泛化意义,不断深化、升华、凝练的过程。

进而,大西探讨了"哀"与"美"的关联,阐释了悲哀、忧愁等消极的情感体验何以具有审美价值。认为"哀"必须具备以下四方面的条件,才有通向"美"的可能。第一,悲哀的快感。因为悲哀中包含有某种特殊快感,所以可以转向审美体验而具有审美品格。第二,客观性。消极的情感体验以其实存的客观性强烈地冲击着人的生活,从而促使审美主体谛观而接近审美体验。第三,普遍性。当人意识到消极的情感体验为所有人共有时,则可上升至达观而获得安慰。第四,终极依据。人以克服、谛视的态度面对消极情感,在探索其终极存在时发现了"存

① (日)大西克礼:《幽玄·物哀·寂》,王向远译,上海:上海译文出版社,2017年,第78页。

在",从而获得精神性的满足。

在此基础上,大西剖析了"美"的现象学性格与"哀"的特殊情感之间存在的关联。立足于存在哲学立场,大西认为美的本质的存在方式源于其自身的"崩落性"或"脆弱性",它是人们对事物的现象学反省的结果,因此伴随着人们内心的"哀愁"的特殊情感。但是,"哀愁"的情感并非总是被直接意识到,唯有在审美体验中,一旦经历"脆弱性"、"崩落性"的痛苦感受,必然在感情上采取一种"浪漫的反讽"态度,即超越性的态度,从而深刻地预感到哀愁和痛苦。而这种深刻的特殊情感,则是"伴随着'美'的那种阴翳般的哀愁"①。这样一来,大西就为"哀"的特殊情感能够上升为审美体验找到了现象学的客观依据。

另一方面,大西通过对"哀"的时代背景的考察,挖掘出"哀"能够上升为美学范畴的历史文化要素。大西认为,是异常发达的审美文化与极其幼稚的知性文化之间的极端不平衡现象②,导致了平安时代社会生活深处浓郁的悲哀忧郁氛围。异常发达的审美文化,主要表现在贵族文化的高度繁荣,生活的余裕,社会生活形式的繁琐,文学、音乐、舞蹈、绘画、雕刻等各种艺术形式对日常生活的渗透以及对生活本身采取游戏态度等。而极其幼稚的知性文化,则主要体现为缺乏对世界和人生的根本问题进行深度思考;缺乏对日常生活中的天灾、疾病等现象以科学的理解和应对;缺乏对单调无聊的日常生活以道德上的反思等。另外,日本民族固有的"自然感情"也是孕育"哀"文化的重要依

---

① (日)大西克礼:《幽玄·物哀·寂》,王向远译,上海:上海译文出版社,2017 年,第 99 页。

② (日)大西克礼:《幽玄·物哀·寂》,王向远译,上海:上海译文出版社,2017 年,第 103 页。

据,即"对自然之时间性的非常敏锐的感觉"①,小田部胤久称其为大西美学中的"自然感的要素"②,认为日本美意识的根源在于从自然感的体验方面获得美的启示,也就是从大自然有节律的周期变化中加深了对生老病死的反省,对人生终极问题的谛视,获得了直接的无常感的审美体验。

基于以上论证,大西梳理出"哀"五个阶段的意味内容,其中第四阶段的阐述如下:

> 这种业已转化的意味(即具有心理学意味上的审美体验
> 之一般意味——引者注)再次与原本的"哀愁"、"怜悯"等特
> 定情感体验的主题相结合,同时,其"静观"或"谛视"的"视
> 野"也超出了特定对象的限制,扩大到对人生与世界之"存
> 在"的一般意义上去,多少具有了形而上学的神秘性的宇宙
> 感,变成了一种"世界苦"的审美体验。③

第四阶段的审美意味,是在前三阶段基础上抽象、凝练而成的"哀"的美学内涵。它拓展了审美体验的对象范围,在静观和谛视的层面寻求不断地超越和深度化探索,进而探究"人与世界的存在"的本原

---

① (日)大西克礼:《幽玄·物哀·寂》,王向远译,上海:上海译文出版社,2017年,第117—118页。

② (日)小田部胤久:《「日本的なもの」とアプリオリ主義のはざま——大西克礼と「東洋的」芸術精神》,《美学 49(4)》,1999年第3期。

③ (日)大西克礼:《幽玄·物哀·寂》,王向远译,上海:上海译文出版社,2017年,第123页。

性问题，从而领悟到了"世界苦"。在大西看来，所谓"世界苦"，就是以审美的态度对世界、对人生本质、对人类本身的生存状态的一种认识和体验，即对世界、对人生之本真的"苦"的状态的非功利的观照和体验。而平安贵族生活深处的那种"难以名状的阴郁、惨淡、忧愁的气氛"①，表面看来，在情感的层面上已经达到了感觉人生苦、世界苦的程度，但这种消极色彩阻碍"物哀"转化为一种积极体验人生苦意义的内在审美体验。大西正是以这种积极的态度审视平安时代的"物哀"，才发现是过度发达的审美文化与极其幼稚的知性文化之间的不平衡，削弱了"物哀"美学本应具备的达观境界。借此，大西将宣长停留于心理美学层面的"物哀论"推向了具有"世界苦的审美体验"之美学内涵的哲学美学高度。而到了第五阶段，大西列出优美、艳美、婉美等审美要素，作为"哀"美学范畴确立的标志，但其在美学内涵的深度阐释上并未超越第四阶段。正如大西所说"第四与第五阶段的区别实际上只是特殊审美情感的色调之差"②。因此，大西"物哀"论勾勒出日本近现代"物哀"美学的第一副面孔——"世界苦的审美体验"。

二、同情美学

田中康二、杉田昌彦、百川敬仁等学者在阐释"物哀"时，使用了"同情"、"共感"等西方美学话语，使之成为日本式的同情美学。"同

---

① （日）大西克礼：《幽玄·物哀·寂》，王向远译，上海：上海译文出版社，2017年，第107页。

② （日）大西克礼：《幽玄·物哀·寂》，王向远译，上海：上海译文出版社，2017年，第138页。

情"，在西方语言中的最初含义是指参与他人的痛苦。随着启蒙运动的发展，17、8 世纪逐渐发展为设身处地地认同和体验他人各类情感的内涵。哲学家们普遍将"同情"纳入道德情感范畴。曼德维尔认为，"同情"是人与人之间天然的吸引力或聚合力。哈奇生认为，"同情"的本质在于，普遍希望他人获得福祉的情感。亚当·斯密提出"道德的同情"，指个体期望能够与他人获得情感维度上的一致。休谟则坚持认为，"同情"会给人带来疏离感，即人能够或远或近地体悟他人并被他人的情感影响，但并不能对他人的情感做出客观判断。总之，西方话语中的"同情"属于道德情感范畴，意指或聚合众人或疏离他者。另一方面，"共通感"（日文写作"共感"）是康德提出的术语，主要有两层含义，一是指从自由心意状态获得的愉快中做出审美判断；二是人人都有的、在结构和功能上基本相同的主观心理条件。① 可见，康德使用的"共通感"属于美学范畴。

　　田中康二在阐释本居宣长"物哀"论时，指出"物哀的本质即共感"②，他是以宣长所举"知事之心"③的例证为依据的。在他看来，"共感"就是看见他人遭遇不幸而痛感悲伤，于是产生"他想必很悲伤吧"的内心感叹，即使想要抑制这种悲伤，也难以自控，这是由于能够深刻理解他人悲伤的情感的缘故。要之，康二所理解的"共感"，就是能够推测和理解他人在具体境遇下的情感和感受，并能报以深深的感慨和

① 朱立元：《美学大辞典修订本》，上海：上海辞书出版社，2014 年，第 420 页。
② （日）田中康二：《本居宣長　文学と思想の巨人》，東京：中央公論新社，2014 年，第 92 页。
③ （日）本居宣长：《紫文要领》，见《日本物哀》，王向远译，长春：吉林出版集团，2010 年，第 66 页。

强烈的共鸣。从这个意义上说,康二对"物哀"本质的理解,有些近似于亚当·斯密所说"道德的同情"。

　　杉田昌彦则把本居宣长提出的"知物哀之心"纳入"同情心"(思いやる心)的谱系中。① 论文中使用的"思いやる"一词,意为"同情",基本语义是设身处地地为他人着想。而杉田也为该词做了概念界定:"所谓同情心,是人的精神结构,指主体通过发挥想象力搜集与他者相关的所有信息,辨识这些信息并理解他者内在情感波动的心理能力。"②他对宣长"物哀"论的阐释正是以此概念为核心,主要从两个层面展开。首先,从文艺美学层面,他指出,宣长提出的文学创作是作者表达"物哀"、文学欣赏令读者"知物哀"的"物哀"论,核心正是"同情心",也就是说,文学创作与欣赏的本质在于读者和作者通过情感交流加深相互理解并借此获得精神净化。杉田阐明,宣长提出的"知事之心"、"知物之心"概念,旨在关注事物的情绪性本质,即不是客观地把握自然中存在的万事万物,而是以主体的精神为核心,通过外物的刺激唤起主体内在的知觉、认知和情感波动。加之宣长把自然中的鸟兽虫鱼等看作无精神、无情的存在,所以很难成为"同情"的对象,唯有人与人之间才能相互"同情"。这样一来,人的情感就成为文学创作和欣赏的核心。和歌的创作,源于作者不得不将心中郁积的情感表达出来,且唯有其中的情感引起读者共鸣时,作者郁积的情感才得以宣泄和净化。由此,从存在方式上说,和歌是读者与作者相互情感交流的

① （日）杉田昌彦:《「もののあはれ」と宣長の自我意識——思いやる心をめぐって》,见《源氏物語とその享受　研究と資料》,東京:武蔵野書院,2005 年,第 73 页。
② （日）杉田昌彦:《「もののあはれ」と宣長の自我意識——思いやる心をめぐって》,见《源氏物語とその享受　研究と資料》,東京:武蔵野書院,2005 年,第 81 页。

文学样式。同样,物语的创作和欣赏也是如此,因为"知物哀",所郁积的感情不知向谁倾诉,但又希望他人能理解这种情愫,所以就开始创作物语;而读者则通过阅读物语,与作者的情感产生共鸣,从而使自己的情感获得净化。正因如此,人才需要阅读物语和和歌。要言之,文艺创作的本质在于读者和作者之间的情感交流和精神净化,也就是人与人能够相互交流、相互理解的"同情心"。由此,杉田从文艺美学层面,将宣长的"物哀论"阐释成了"同情美学"。

其次,从社会伦理学层面,杉田认为宣长之所以提出"物哀论"就是希望解决当代(江户时代)人情冷漠的现实问题,通过阅读平安时代的物语和和歌唤起"同情心",从而达到人心相通、人际关系融合。在杉田看来,宣长对于当代社会人情冷漠有着深刻的认识和切身的体会。宣长十六岁在江户的叔父店铺中学习经商,十九岁时过继给今井田仪左卫门家做养子,不到两年时间就因不擅长经商的理由被无情地断绝了养子关系,两年间的养子生活让他亲身体会到人与人之间关系的冷酷。而身处江户时代,宣长也意识到在金钱至上的社会中,人情不再受重视,再加上尚武的社会风气和儒家伦理道德思想的制约,导致人与人之间产生深刻的隔阂,相互理解十分困难。由此,他对现实社会的人情冷漠产生了深深的绝望感,但当他悉心阅读《源氏物语》和和歌后,发现了平安时代人们丰富的感性和高度的共感力,提出"知物哀"的理论,并把它当作解决社会现实问题的良药。他主张反复阅读《源氏物语》让人们"知物哀",了解平安时代的风俗人情,培养纤细的感受性,达到平安贵族的精神状态,从而自然而然地恢复"同情心",以促进人们之间的相互理解、相互融合。在此,杉田将"物哀论"引向"道德同情"的范畴,近似于西方理论中聚合众人的"同情"。可以说,杉田是从文艺美学与社会伦理学两个层面将本居宣长的"物哀论"阐释为同情美学,具有重要的现代意义。

与杉田昌彦相同,百川敬仁也以"共感"为关键词,从社会伦理学层面解读了"物哀",并提出重要观点:江户时代的"物哀"与平安时代的"物哀"美学内涵完全不同。在百川看来,平安时代的"物哀"是《源氏物语》审美情趣的表达,即平安时代具有良好教养的、情感细腻的上流贵族和知识阶层所体会到的诸如悲观厌世等知性情感;而江户时代的"物哀"则是一种"表演式的人际关系"①。此处"表演式",是百川通过对能乐、狂言、木偶剧、歌舞伎等日本传统戏剧中演员与观众关系的考察,做出的对江户时代都市大众的连带情感的特征概括。例如,在能乐中,观众通过其独特的舞台构造便知所呈现的是与现实世界不同的异世界,透过演员佩戴的假面能体会到角色情感的微妙变化和真实的内心世界,能乐的演出与欣赏是建立在演员与观众交流合作的基础上,换言之,通过"表演",演员和观众共同建构了超现实世界。再如,在歌舞伎中,观众向演员喝彩,演员则在自身和作品人物两个角色之间转换,作为演员自身,则回应喝彩声,作为作品人物,则以看似无视观众的姿态演绎好所扮角色。正是因为观众参与戏剧,支撑舞台,歌舞伎表演才得以成立。而在所有的日本传统戏剧中,演员与观众之所以能够交流,就是因为有连接人与人的"物哀"情感。百川认为,这种情感是江户时代以来维持日本社会人际关系的重要条件。因为生活在都市中,任何人都会遭遇困难,倘若放弃努力而无节制地向他人倾

---

① (日)百川敬仁:《もののあはれとエロティシズム》,见《江戸文化の明暗》,東京:風間書房,2011年,第37页。

诉哀怨之感，则只会唤起他人的不快感；只有隐忍悲伤、哀愁的情绪，表现出为克服困难而拼命努力的样子，才更能打动他人的内心，唤起强烈的"物哀"情感。而此时所产生的共感，不是通过语言进行的情感交流，而是从内心深处意识到隐藏在他人虚言背后的真言，从而达到深刻的理解。也就是说，这种"物哀"情感是通过"以隐为显"的"表演"唤起的，它对促进日本社会人与人之间的相互理解具有重要的方法论意义。总之，百川敬仁的"物哀"，实际上正是社会伦理学意义的"同情"，与杉田昌彦不同的是，他对"以隐为显"的"表演"唤起的"物哀"情感作为江户时代日本社会人际关系的智慧给予了充分肯定。

三、意识形态论

铃木修次在《中国文学与日本文学》一书中指出，日本文学不同于中国文学的根本特性在于"超政治性"[①]，即日本文学与政治无关。进而又指出，"物哀"是日本文学最具代表性的文学精神，主要以表达腼腆、娇羞、文弱、细腻等情感为中心，所有文学作品都旨在书写这种含蓄蕴藉、纤细柔美的情思，因此与政治是根本绝缘的。自铃木1978年发表该观点以来，国内学界多以"超政治性"阐释日本文学及美学的特征。当然，就自古以来多以自然和恋爱为描写对象的日本文学来说，"超政治性"在一定程度上是合理的。但仅就"物哀"而言，很难说与政治完全绝缘。尤其进入近现代以来，丸山真男、百川敬仁等具有代表

---

① （日）铃木修次：《中国文学与日本文学》，吉林大学日本研究所译，福建：海峡文艺出版社，1989年，第38页。

性的思想家就"物哀"与政治的关联做了考察,揭示出"物哀"作为意识形态论的内涵。

丸山真男是把本居宣长的"物哀"文学论置于其国学研究中进行思考的。在丸山看来,宣长的国学研究目的在于探明古道,其"古道"有着独特的含义。它既不同于老庄的自然之道,也相悖于儒家的圣人创制之道,而是皇祖神创制之道。因为宣长认为是皇祖神伊邪那岐大神与伊邪那美大神创制了道,由天照大神传承此道,所以称神道。在日本首代天皇神武天皇出现以前,神道就已经确立并传承,所以国学研究所要做的就是寻找"神武天皇以前的事迹",且"事迹本身就是道"①。在此基础上,宣长提出了重要的国学研究方法论,即在研究《古事记》《日本书纪》等日本古代文献时,须"舍弃一切先验性的范畴,把所谓悖理、所谓非道德作为古人的意识内容,原封不动地加以接受"②。这里"古人的意识内容",指的是"不夹杂后世任何理智反省和伦理强制的人的心情的本真状态"③。也就是说,"古道"并不是一个抽象概念,而是实存于古代文献记载的事迹中,探索"古道",就是对古人心情的本真状态原封不动地加以接受。

进而,丸山指出,宣长提出的"物哀"正是其"古道"的本质。因为"物哀"正是中古时代人的真实的内在心情,宣长是从中古文学的"弱

---

① (日)丸山真男:《日本政治思想史研究》,王中江译,北京:三联书店,2000 年,第108 页。

② (日)丸山真男:《日本政治思想史研究》,王中江译,北京:三联书店,2000 年,第107 页。

③ (日)丸山真男:《日本政治思想史研究》,王中江译,北京:三联书店,2000 年,第215 页。

女风格"中发现并提炼出来的,他说:"真实的人情就是像女童那样幼稚和愚懦……如果深入其内心世界,就会发现无论怎样的强人,内心深处都与女童无异。"①与此同时,宣长又把中古时代的社会视为理想社会,认为万人能够安居乐业的根本原因在于"物哀",他指出:"扩展'幽情'②(物哀),可普及为修身齐家治国之道也。"③也就是说,"物哀"能够加深人们对所见所闻所触之事物的体味和理解,能够加强人与人之间的相互共感和同情,在让人人心灵得到慰藉的同时,达到治国平天下的目的。这样一来,他就把作为文学论的"物哀"与修身齐家治国的政治之"道"联系在一起。

而另一方面,丸山又阐明,宣长的国学研究属于纯学问研究,与政治无关,因为他从未将所处的社会现实政治环境作为国学研究的对象。但是,正是从纯学问立场出发,宣长著作中所体现的尊皇思想,在客观上肯定了现存封建社会的统治秩序,无条件地支撑了幕府统治。宣长说:"凡在下者,不论贤愚,时时行上之法令,即有古道之意。学者唯以明道为其职,非在我行道也。"④在宣长看来,现存的封建社会统治秩序是遵循古道的体现,是神意的体现,因此对现实秩序应采取无

---

① (日)本居宣长:《紫文要领》,见《日本物哀》,王向远译,长春:吉林出版集团,2010年,第106—107页。

② 20世纪80年代中期,我国学术界对"物哀"的译法展开了大探讨,译法之一为"幽情",90年代以降,学界普遍采用"物哀"这一译法。本文引用的王中江译《日本政治思想史研究》一书中,其采用的是"幽情"。

③ (日)丸山真男:《日本政治思想史研究》,王中江译,北京:三联书店,2000年,第116页。

④ (日)丸山真男:《日本政治思想史研究》,王中江译,北京:三联书店,2000年,第213页。

条件肯定的态度。而学者的职责不在于参与政治,而在于探索古道,从他的著作来看,尊皇思想俯拾即是。如《直毘灵》开篇道:"皇大御国,是可畏可敬的天皇祖先神天照大御神的诞生之国。她之所以优于万国,最显著的一点就在于此,天下万国无一不蒙受天照大御神的恩德。"①《葛花》又道:"皇御国是天照大御神诞生之御国,是由其子孙统治和治理的国家,因此优于其他一切国家,根本不应同日而语。"②这种处于非政治立场的尊皇思想,客观地契合了幕府统治阶级的政治需要,所以丸山说它反而更具有一种政治意义。

　　总起来说,本居宣长提出"物哀"论时,目的是为把文学从伦理、政治、宗教等领域中独立出来,但他在国学研究中,又探明古道的本质正是"物哀",是治国平天下的根本政治原理。尽管他声明国学研究与政治无关,但从纯学问立场出发的遵循古道、尊皇思想却客观地肯定了封建社会统治秩序,以非政治性的性格发挥了政治的作用。因此,从根本上来说,"物哀"就成了具有非政治性格的意识形态。

　　百川敬仁也同样探讨了"物哀"的意识形态意义,他认为"物哀"是建立近代天皇制的理论基础。在百川看来,"物哀"在江户时代主要用于指世俗大众的连带情感。(见前述)在等级制度分明的江户时代,位于社会底层的世俗大众没有表达自我思想和情感的自由,在被封建统治阶级意识形态的束缚下,他们只能通过相互体会彼此的悲苦感来获得内心的安慰,这种连带情感正是"物哀"。百川认为,宣长所说的"物

---

① （日）本居宣長:《直毘霊》,见《本居宣長全集第九卷》,東京:筑摩書房,1968 年,第 49 页。

② （日）本居宣長:《くず花》,见《本居宣長全集第九卷》,東京:筑摩書房,1968 年,第 132 页。

哀"属于文学情感,而江户时代的"物哀"与之不同,是一种具有存在论意义的情感,也就是世俗大众的连带情感,其内核在于"共同性"①。而作为意识形态的"物哀",正是以"共同性"为根基,为近代天皇制的建立做好了理论准备。所谓近代天皇制,是指"排斥以他者形式存在于异质空间的外国,从而产生了以民族主义为根基的,将都市的共同性与农村的共同性都统一归于天皇制下并施行统一解决的体制"②。也就是说,建立一个由天皇自上而下统治日本的体制,必须以所有民众的共同性为前提,而以江户时代的连带情感"物哀"为基础的理论能够证明这一共同性的理论。因此,可以运用"物哀"来解决近代天皇制中的共同性的问题。这样一来,"物哀"论就由人与人相互理解的"同情"理论上升为民族主义的意识形态论。

　　总而言之,通过丸山真男、百川敬仁等学者的阐释,发现"物哀"在日本国家意识形态的建构和实施中发挥着重要的政治作用。一般而论,"物哀"主情、唯美的内涵常被学者关注和阐发,日本文艺的"为文艺而文艺"的特征更突显了此特征。但不能忽视的是,随着近现代学者对"物哀"美学的多角度阐释,它在意识形态层面的意义已经被揭示出来。只是它发挥政治作用的机制较为独特,即通过背离政治的方式发挥政治作用。用丸山真男的话说即:"文学照文学的样子被政治

---

①　(日)百川敬仁:《イデオロギーとしてのもののあはれ》,《思想の科学 114 号》,1989 年第 3 期。
②　(日)百川敬仁:《イデオロギーとしてのもののあはれ》,《思想の科学 114 号》,1989 年第 3 期。

化。"①因此,意识形态论也成为日本近现代"物哀"美学不可忽视的理
论形态之一。

第二节　谷崎润一郎:阴翳美

谷崎润一郎(1886—1965)是日本唯美主义代表作家,素有"恶魔
主义者"的称号。初入文坛的谷崎受波德莱尔、爱伦·坡、王尔德等西
方唯美主义作家的影响,以追求感官刺激的颓废创作震惊了当时以自
然主义为主流的日本文坛。自1923年关东大地震以降,谷崎的创作
风格逐渐回归日本传统。伊藤整在《谷崎润一郎的艺术和思想》中指
出:"进入昭和时期后,谷崎是一位继承日本传统美学集大成之作
家。"②以唯美派文学创作《刺青》跻身文坛的谷崎在其早期文学创作
中尝试以乖戾、病态、畸形的肉体描写探索女性肉体之美。由于遭受
1923年的东京大地震进而全家乔迁至关西,谷崎发现了京都的传统
风韵之美,从此开始探索日本古典美。《痴人之爱》的发表标志着他回
归古典的转折③。西原大辅还指出了谷崎由西洋崇拜向日本古典转

---

①　(日)丸山真男:《日本政治思想史研究》,王中江译,北京:三联书店,2000年,第
　　114页。

②　叶琳:《日本文学经典与民族文化研究》,北京:人民出版社,2015年,第223页。

③　(日)吉田精一:《日本现代文学史》,齐干译,上海:上海人民出版社,1976年,第
　　75页。

折间"中国情趣"①的重要作用,当然这一点也不容忽视。关西的风土人情、例行活动以及歌舞伎、文乐、能乐等传统艺术的亲身体验,为他提供了许多创作上的素材,特别是京都古典的风韵浸润着作者的感受,他后期的作品犹如泉水一般自然流出他的心田。昭和时期他有多部小说发表,颇为值得一提的是他历经近十年时间先后三次翻译了日本古典名著《源氏物语》,他对这部小说给予了很高的评价,同时也正如许多评论家所指出的那样,这部古典名著对他的大作《细雪》产生了潜移默化的影响。日本著名文学评论家吉田精一甚至指出:"《源氏物语》已经成为《细雪》内在的血肉。"②纵观谷崎转向后的文学作品,《细雪》也可以说是他探索日本传统美的集大成之作。

谷崎在翻译《源氏物语》的过程中几乎搁笔小说写作,将近十年(1934—1946)的时间一直浸润在"物哀"的美学世界中,其精神力量的影响可想而知。谷崎对这部作品给予极高的评价:"《源氏物语》是一部秉具不可思议的万千风情的锦绣华章。"③他的翻译热望、严谨的翻译态度和研究态度、对紫式部感受的反复体会都表明了他对这部作品的热爱。他从素材、主题、写作技巧、表达方式等多方面都受到启发。连谷崎自己也曾这样谈道:"人们说《细雪》有《源氏物语》的影响,我自己也不一定否认,但这并不是有意识地接受其影响来写作的。我先后曾两次翻译的《源氏物语》现代语本,第一次翻译的部分,是在(写作

---

① (日)西原大辅:《谷崎润一郎与东方主义——大正日本的中国幻想》,赵怡译,北京:中华书局,2005年,第225页。

② (日)山本健吉:《古典と现代文学》,東京:新潮社,1960年,第99页。

③ (日)谷崎润一郎:《饶舌录》,汪正球译,北京:中国文联出版社,2000年,第446页。

《细雪》)这书斋里执笔的,不可能不受其或多或少的影响。"①而文艺
理论界基本持"影响说"的观点,只是点评各有侧重。如松田修指出,
《源氏物语》对于谷崎来说,既是素材也是道具。②而山本健吉则从
"有肉体无思想"的角度批判了谷崎吸收《源氏物语》之文学精神的匮
乏,他认为谷崎只是塑造了许多令男性崇拜的女性肉体,而没有像《源
氏物语》那样饱满的女性形象——既有面容姣好的外表,又有因时流
转、感叹命运无常的内在痛苦;同时,有如赏花、赏月、捕萤等活动,没
有融入人情的变幻之中,仿佛华丽的装饰物。③我们认为,山本健吉
的点评固然有一定的道理,但诚如谷崎所言,他并非有意识地模仿《源
氏物语》而创作《细雪》,因为他要面对的不是平安时代的上流贵族,而
是大正末期没落豪族的传统继承问题,故必带有这一时代的色彩。他
早期努力创作的方向乃"乖戾、畸形的女性肉体",及至中晚期则转向
了"无肉体感"的"永恒的女性",并未仅仅塑造了"令男性崇拜的女性
肉体"。而关于心理描写,谷崎自身是有抵触心理的,从他对大正文坛
自然主义揭露自我内心真实世界的贬斥便可见一斑,所以他没有结合
人物的内心世界来丰富女性的形象是故意为之。如上所述,我们在两
部作品中必然会找到许多相关性,因为二者之间有共同的美学精神在
流淌。谷崎对"物哀"美学既有传承又有拓展。

---

① 叶渭渠:《谷崎润一郎传》,北京:新世界出版社,2005 年,第 162 页。

② 参阅(日)松田修:《谷崎潤一郎と源氏物語　国文学解释与鉴赏》,東京:至文堂,
2001 年,第 48 页。

③ 参阅(日)山本健吉:《谷崎潤一郎とその時代　現代日本文学手册》,東京:学習
研究社,1980 年,第 196 页。

一、感物悲人

(一) 家族没落的悲凉感

作品上卷第二部分就交代了自江户幕府时代起一直腾达辉煌的大阪莳冈家如今(昭和时期)家道中落,父亲晚年不擅经营,挥霍无度,去世后家族的百年老铺又被长房赘婿拱手让人。惯于奢华生活的四姐妹留恋昔日的名望地位,她们对旧观念的固守必然面临现代性文明的冲击。昔日墨守的名分、礼节等如今已经不合时宜,世人的目光挑剔地审视着这个家族的言谈举止,由绝对地仰视逐渐转变为暗地里夹杂着猜疑的鄙视。昔日荣华今不再,怎能不令观者悲愁叹息?作品以家族的没落奠定了悲凉的基调,四姐妹鹤子、幸子、雪子和妙子的命运成为人们关注的焦点。整部作品以大姐、二姐为雪子张罗相亲事宜为主线展开,她们固守的门当户对的旧观念与现代观念,屡次冲突导致雪子相亲一次次告吹。四妹妙子果敢地接受了现代观念,选择自己理想的恋爱对象和结婚对象,却遭遇家庭的抛弃,最终也难以获得真正的幸福。大姐鹤子身居现代社会,仍固守旧时的传统,生存的压力迫使她不得不逐渐摈弃传统。从几位姐妹的命运中我们看到了传统与现代、理想与现实、日本与西方等多重矛盾冲突。

时代的冲击以最明显的方式体现在没落大家族的日常生活中,这与《源氏物语》的舞台如出一辙。《源氏物语》诞生于平安王朝贵族社会的全盛时期,藤原家族一手遮天的权力引起了皇室贵族势力的对抗,中下层贵族为争取更多的权力加入地方贵族的队伍,一个表面繁华的王朝内在危机重重。贵族社会的男男女女一面承受权力斗争的碾压,一面在贵族风流的日常生活中陷入情感的漩涡中不能自拔,深感世事无常,最终或死亡或出家,不能不令读者耳边时常响起嘤嘤地哭泣声。

(二)感时伤逝的自然意象

樱花是"物哀"美学的重要审美意象。樱花开放时缀满枝头,并不争芳斗艳却各有各的姿态,飘落时毫不留恋地一齐飘逝,花开花落仅有短短七天,自她突然绽放的那一刻起就会引人纷纷驻足观看,人们想要留住这短暂的美丽,但待到落英缤纷,只能期盼下一个春天的来临。日本人对樱花的情有独钟甚至发展为一种情结,柳田圣山曾这样谈樱花之美:"与其因为飘落而称无常,不如说突然盛开是无常,因无常而称作美,故而美的确是永远的。"①韩国著名文艺评论家李御宁联系日本的茶道来阐释日本人欣赏落花的情结,也是极为贴切的:"花开花落是一种自然现象,花落表现出花卉的瞬间美,欣赏落花恰恰与'一期一会'的心情相吻合,假如花的花期过长,就会消除人们急于赏花的某种紧迫感。"②花开花落间洞悉万事万物之变幻,这种观樱花而感受到时光飞逝、世事无常、人生短暂、青春不再、美好的事物转瞬即逝等悲悯情怀,便是传统的"物哀"审美情趣。

作品中前后三次提到赏樱,其中第一次花事描写得尤为细腻。京都赏樱是幸子一家与雪子、妙子两个妹妹每年的例行活动。两位妹妹

① (日)柳田圣山:《禅与日本文化》,何平、伊凡译,北京:三联书店,1991年,第51页。
② (韩)李御宁:《日本人的缩小意识》,张乃丽译,济南:山东人民出版社,2008年,第154页。

尚未出阁,所以幸子每年赏樱都会感叹两个妹妹即将逝去的青春,尤其担忧雪子妹妹,"和雪子一同赏花,怕只有今年这一次了吧"①。雪子已过结婚年龄,却仍未找到合适的结婚对象,每一年都带着惋惜与期待与妹妹一同赏花,总会因为"又未嫁"而感慨不已。观赏樱花的趣味在于细腻地体味美至极致的樱花的不同美态。京都堪称观樱圣地,谷崎以自身的体验唯独执着于京都樱花,他借幸子之口表达这种情有独钟"樱花如果不是京都的,看了也和不看一样"②,不同时间的樱花,如早樱、夜樱、晚樱,不同颜色和姿态的樱花,都"一棵一棵地观赏赞叹,对它献出无限的怜惜"。观赏最美的樱花,决不看漏每一棵樱花独特的姿态,借此感受四季的变迁和春天的转瞬即逝。赏樱处承载着姐妹们对过去的回忆,比如广泽池边的樱花树下,姐妹们合影留念,惋惜樱花飘落的神情与花瓣飘落衣袖的瞬间永远被定格在照片上。现在的时间与过去相同的时间相重叠,回忆曾经的时间体验,映照现在的时间体验,前年、去年、今年,年年有相同的赏花,相同对春天的盼望,又有不同的经历,不同的体验,甚至触目伤怀,遥想明年的此时此刻。过去、现在、将来,同一空间凝结着相互交错的时间体验,使原本例行公事一般的赏樱活动,超越了日常生活的平庸无聊,给赏花者带来丰富的感受和情趣。第二次写花事是妙子生病缺席,幸子因妙子不能一起赏樱而感到遗憾,聊聊几句描写家人细细品赏平安神宫垂枝红樱花的艳丽,但年年岁岁花相似,岁岁年年人不同,今年赏樱必然会增添一份"没想到细姑娘竟会如此如此"的感慨。第三次花事恰逢妙子的生

---

① （日）谷崎润一郎:《细雪》,储元熹译,上海:上海译文出版社,2007 年,第 78 页。
② （日）谷崎润一郎:《细雪》,储元熹译,上海:上海译文出版社,2007 年,第 79 页。

产不顺利,闲情逸致下风雅的赏樱又增添了对亲人的担忧,世事难料、人的命运难以预测的阴云又一次掠过姐妹们的心头。

月亮也是容易引起"物哀"之感的意象,尤其是秋月最易勾起人感伤的情绪,例如大江千里有一首和歌写道:

> 月見れば　ちぢに物こそ　悲しけれ　わが身ひとつ
> の　秋にはあらねど
> 举目望明月,千愁萦我心。秋光来万里,岂独照一人。

刘德润译

对于日本文人而言,秋天是悲伤的季节,歌人目触红叶、耳闻鹿鸣等都会产生莫名的感伤。"秋季—感伤"毋宁说是一种固定的季节感,月亮作为秋季的季题固然会令人望月起愁。清冷而阴柔的月亮能够寄托赏月者的忧郁和寂寞。作品仅用极少的篇幅描写赏月,出自雪子跟长房大姐去东京后不久写给幸子的回信:"中秋那天晚上,独自在二楼赏了月;读了来信,想起去年在芦屋家中赏月的情景,仿佛昨天的事情那样浮现在眼前。"①由此我们不难知晓,中秋赏月是蒔冈家的例行活动之一。中秋是家人团圆的节日,天各一方的家人将思乡、思亲之情寄托于月亮,这种感伤情绪古今一贯。每逢佳节倍思亲,中秋之夜睹月思人,雪子独自赏月,孤独的内心填满了对更理解她的二姐幸子的思念。

萤火虫同樱花一样,也是美好与短暂的象征。萤火虫出现在夏秋

---

① (日)谷崎润一郎:《细雪》,储元熹译,上海:上海译文出版社,2007 年,第 105 页。

交替的夜晚,每年仅一周可见。据说萤火虫一生只有一个夜晚,漆黑的夜色中它们尽情绽放美丽,而后悄然离逝,犹如划过夜空的流星。追逐夏季夜晚的萤火虫是孩童们的乐趣所在,成人们参加捕萤更能追忆和享受童趣,同时亦不失为一种单纯的浪漫。作品中的捕萤恰逢雪子第四次相亲,介绍人菅野遗孀邀请姐妹们一起参加乡间的例行活动。虽然不是大家想象中的气氛,"穿上花花绿绿的绸子和服,迈着优雅的步伐"①,但成群的萤火虫点缀的夜景如梦如幻,"小河遥远的彼方,缭绕在河岸两旁的乍明乍灭、像幽灵般的萤火光带,到现在甚至还出现在梦境里,即使闭上眼睛都历历在目"②。幸子事后仍久久沉浸于这美丽的梦幻境界中不能入睡,然而,将要相亲的雪子却呼呼大睡。萤火虫的天真与浪漫似乎并未引发雪子对爱情的渴望。于是,这次相亲也在短暂的会面后告吹了。作者在相亲之前安排了捕萤,描写萤火虫之短暂一生的美丽绽放,也暗示着相亲的失败。美丽的东西消失似乎才是完美的,雪子的相亲失败似乎也是作者期待的。

(三) 女性的悲剧性命运

《源氏物语》中描绘了许多面容姣好、多情善感的贵族女性,她们沉浸于非凡的恋情中不能自拔,或因为男子的多情薄意而悲伤饮泣,或因为超越伦常道德的恋爱而隐忍怨恨,或因无法背负的恋爱而终生自责,最终都未逃脱出家或死亡的悲惨命运。而这一切之中无不深深包含着"物哀",使人感慨、令人怜悯、催人动情。谷崎把主人公设定为

① (日)谷崎润一郎:《细雪》,储元熹译,上海:上海译文出版社,2007年,第315页。
② (日)谷崎润一郎:《细雪》,储元熹译,上海:上海译文出版社,2007年,第322页。

大阪旧式没落家族的四姐妹,他对女性命运的关注正是传承了《源氏物语》。

长女鹤子生长在莳冈家的全盛时代,接受了良好的传统教育,言谈举止格调高雅。家道中落对于她的打击最大,婚后育有六个孩子,作为继承人虽竭尽全力挽回家族的衰败但终无可奈何。年近四十,被迫离乡背井,生存的压力迫使她一再降低生活标准:"她家里每间屋子都让孩子们搞得乱七八糟,几乎叫人无处容身……房子柱子纤细,地板底下窳败的横木,一眼就可以看出这房子是专供出租而盖的劣等建筑。……纸隔扇和拉门随处都是窟窿,正因为那类东西都是崭新、雪白的便宜货色,所以格外使人惨不忍睹。"①但旧式贵族的虚荣心驱使她尽量地保持京都女性的风姿,"三十八岁的她看上去比实际年龄还年轻五六岁","发型清爽","衣装整洁"②,然而即便是在姐妹们看来,她的神采已无法与当年媲美。就性格而言,用现代人的视角来看,她有很多缺陷,容易冲动,优柔寡断,遇事不紧不慢,时常糊涂,对待姐妹不够和蔼,事事都从家族荣誉和面子出发去考虑,以致两个妹妹不愿意与她一起生活。很显然,这位古典传统的卫道士与现代生活理念格格不入,她未来的命运可想而知。

三女雪子外表娇美柔弱,性格腼腆阴郁,寡言少语,对待婚姻消极被动,但也有坚强刚毅的一面。整部作品是以雪子的大姐、二姐们为她张罗相亲事宜为主线,雪子先后与丰桥、濑越、野村、泽崎、桥寺、御牧等六人相亲,其中既有家财万贯的乡绅名士,也有收入一般的公司

---

① (日)谷崎润一郎:《细雪》,储元熹译,上海:上海译文出版社,2007年,第204页。
② (日)谷崎润一郎:《细雪》,储元熹译,上海:上海译文出版社,2007年,第205页。

职员；既有眼光颇高的初婚者，也有年纪较大准备续弦者。由于种种原因，前五次相亲都告吹了，有的嫌弃对方没有精神层面的高级趣味（丰桥）；有的以对方家族有精神病血统为由拒绝（濑越）；有的无法接受对方的年龄和家世（野村）；也有被对方以性格阴郁等为由而拒绝的（泽崎、桥寺）。事实上，最根本的原因是门当户对的旧观念，蒔冈家的姐妹都希望能够与有金钱、地位等的名门望族攀亲，在为雪子的相亲事宜中每一次都要做详细而周密的调查工作，仅有一项不如意都有可能导致婚事告吹。二姐夫贞之助坚信雪子妹妹"因循消极、落后于时代"的性格会被能够欣赏这种美的人认定为"温柔、高尚"的品质，但事实上直至最后与子爵家庶子御牧相亲成功都很难说成是被认可。年近三十五岁的雪子经过多次相亲失败，已经到了不得不结婚的程度，御牧诚然是名门之后，但四十五岁的他一直依靠父亲生活，挥霍无度，在国外学习的建筑在当时的日本也无用武之地，婚后准备开始做工薪阶层，从事一个根本没有接触过的行业，长久看来，没有稳定的生活保障。雪子与御牧的结合最主要基于名誉上的门当户对，婚期愈近，她愈感到悲不自胜。雪子的命运就像她的容貌和气质一般，总是带着一层阴郁、哀愁的色彩。

　　四女妙子与三个姐姐截然不同，她是一个企图摆脱旧道德、靠自己的努力在社会上立足的现代女性，但社会现实最终使她无法摆脱悲惨的命运。妙子在姐妹中最有"西洋趣味"，她不顾旧道德的束缚，自由选择恋爱和结婚的对象，为谋求经济独立不惜抛头露面做女缝纫家。职业女性的光环让她尝到了甜头，但当时的日本社会并未提供充分的土壤滋养职业女性，"女性依靠双手自力更生"只能是空想，妙子奢华的生活需求靠自己赚钱根本无法满足。为了满足自己的虚荣心与表面富足的生活,她不惜利用公子哥奥畑对她苦苦依恋的情感诈骗钱财,后又谎称自立向大姐要婚妆费,久而久之撒谎成了她的家常便饭。由此看来,涉世未深的妙子根本无法在社会立足。她在感情上的选择完全不考虑门当户对和女子的贞操,毅然抛弃富足但一无是处的公子哥奥畑,选择踏实勤劳、有生活能力的工薪阶层,甚至不惜未婚先孕。贵族小姐与卑贱的工薪阶层结合,显然有损门楣并会引来社会非议。婴儿的夭折也暗示着她在婚姻上的自由选择很难获得真正的幸福。妙子是旧式家庭女性积极选择现代生活方式的缩影,其吞食"西洋思想"而消化不良的苦态昭然若揭。

二女幸子在几位姐妹中担当"和事佬"的角色,她从情感上维系着整个家族,她在两位妹妹的婚姻问题上竭尽所能,却没有达成一桩满意的婚事。雪子远嫁东京,姐妹今后难以相聚;妙子下嫁平民,从此情趣难以再相投。作者总是在借幸子之口抒发姐妹们青春不再、命运难以把捉等的感叹。可见,幸子从情感上担负着家族的命运,姐妹们四分五裂对幸子来说意味着悲剧。纵观四位女性的命运,我们虽然没有体会到生死离别的"大悲",但她们不堪时代的变迁和生活苦难的种种表现无一不流淌着"小悲",令人莫名地哀愁、同情。

二、阴翳美学空间

由于自然、社会、文化等多方面因素发生变化,谷崎不可能与紫式部笔下的"物哀"完全一致。他在一定程度上传承了平安时代"物哀"美的特质,同时也用自己独到的眼光拓展了"物哀"。他没有一味地重复《源氏物语》的世界,而是在自己一贯坚守的"女性崇拜"的路线上绽放了新的"物哀"之花。他从情趣和构造等方面拓展了"物哀"美。他的"物哀"不再以多愁善感的情绪为唯一,而是在京都的女性以及年中行事中以新的姿态展现。他挖掘出传统中"永恒的女性",在生活定式中找到了审美情趣的固定形式,并且拓展了"物哀"美的感受空间。

(一) 永恒的女性

母亲形象是京都美人的典型,同时也是谷崎笔下"永恒的女性"的原型。关于母亲的形象,作品中如此简单地勾勒道:"明治时代的女子,身高不到五尺,手脚纤细可爱,娇嫩优雅的手指活像精巧的工艺品。"①谷崎对母亲的描写是与那个时代的典型妇女形象同一的,他在《阴翳礼赞》中这样描述:"个子矮小……几乎没有肉体……中宫寺观世音的胴体,那不就是过去日本女子典型的裸体像吗?"②这种身材纤细、几乎无肉体感的艺术品般的形象被谷崎奉为理想,尽管他的生母临死前面容丑陋,但他总是不遗余力地美化母亲临死前的形象,他借幸子之口写道:"母亲比现在的大姐和她自己还要美丽清秀得多","直到她临终的时候都没有失去某种妩媚",清秀妩媚的母亲形象永远地印刻在回忆中。这与谷崎儿时在目睹圣母玛利亚像时产生的崇高美感几乎重叠,因此母亲的死亡也具有了非凡的意义:"是超越个人关系、惋惜美好事物离开尘世的一种悲痛,是一种伴有音乐妙味的悲痛。"③

---

① (日)谷崎润一郎:《细雪》,储元熹译,上海:上海译文出版社,2007年,第344页。
② (日)谷崎润一郎:《阴翳礼赞》,陈德文译,上海:上海译文出版社,2010年,第24页。
③ (日)谷崎润一郎:《细雪》,储元熹译,上海:上海译文出版社,2007年,第343页。

　　雪子是母亲形象的再生。作品多次提到她最多地遗传了母亲的容貌与气质。她"总穿和服","长长的鹅蛋脸,身材苗条","总是愁容满面、不胜凄楚的样子""她的衣裳倒是贵族人家侍女穿的那种织有花鸟草木图案的绉绸衣服最为合适,东京式的素净条纹料子完全不相称"①;"有些腼腆阴郁","具有弱不禁风、楚楚动人的风韵"②。娇弱的外形、阴郁的性格、再加上沉默寡言的表现,雪子继承了京都女性如艺术品般的抽象存在,缺乏真实肉体的存在感,直通永恒。由其内在散发出的母性的光芒更是其永恒女性的重要特质。她比姐姐更有耐心地照顾姐姐的孩子,陪她学习、游戏,哄她睡觉,生病时寸步不离地照顾,甚至比护士还专业。被驱逐家门的妙子妹妹卧病在床,她不顾一切地跑去照顾,昼夜不歇地连续十几天。弱不禁风地外表下隐藏着一颗坚强刚毅的内心。

　　谷崎从母亲、雪子的形象中发掘了传统女性的永恒之美。回顾其一生的作品,"女性崇拜"的思想一直引领着他探索女性的美,他的处女作《刺青》是将至高无上的美的理念注入女性完美无瑕的肉体之中,从而完成永恒美的杰作;中期作品《春琴抄》中,佐助刺瞎双目在想象中祛除春琴容颜被毁的形象,春琴的美永远停驻在年轻时代;晚期的《细雪》中的女性不再具有妖魔化的面孔和充满魔性的肉体,而是以千人一面的艺术品般的形象灌注温柔、细腻、坚强、刚毅的内心,女性的永恒美便成了传统美学精神的感性显现。

　　谷崎发掘永恒女性之美的契机还在于他观赏文乐中女性人偶的

---

① 　(日)谷崎润一郎:《细雪》,储元熹译,上海:上海译文出版社,2007年,第27页。

② 　(日)谷崎润一郎:《细雪》,储元熹译,上海:上海译文出版社,2007年,第32页。

心得。文乐是由三位木偶艺人同时操纵人偶的面部表情、手臂和腿脚的动作以灌注生气于木偶，从而表现木偶的喜怒哀乐等内心世界，完成凄美的爱情等故事情节。谷崎在《饶舌录》中曾指出偶人之美的构造："木偶剧艺人其实不是在操纵偶人，而是把自己的血肉之躯假托给了偶人"；"女偶人从腰部往下都是空荡荡的，连脚尖都没有，在她那妖冶艳丽的裙裾下面活动着的是助手的两只手"；"小春是从文五郎的肉体上派生出的一条美丽的枝梢，一朵鲜花"；"偶人的佳趣就在于偶人艺人与偶人化为一体。偶人演员不单只是依靠偶人，还通过自己全身的运动来表现偶人的心绪。这一关系令我顿觉妙趣横生。在欣赏偶人的同时也应该欣赏木偶剧艺人"①。无肉体感、无表情的偶人被艺人倾注了肉体感和情绪感，平静如水的外表下是内心世界喜怒哀乐的暗潮涌动。灌注生气的偶人刹那间活灵活现，转眼间生命迹象就消失。躯体的动作变化表达着情绪的起伏变动，艺人的肉体与偶人合一，偶人仿佛是最完美的真实的自我，我的内心如此脆弱、敏感，喜怒哀乐交错复杂，或抵达巅峰或降落谷底，都借助恰到好处的动作传达给观者。偶人是一个被操纵的对象，本身不具有主动性，它的被动性隐射了日本妇女被日本社会尤其是男性的视角塑造成一个个如艺术品般的存在，外表风平浪静，内心暗潮涌动，表达含蓄委婉，男性的观念能够注入其中从而使其成为男性崇拜的对象。关于女性人偶与日本妇女的同一性，谷崎曾这样写道："旧时代的日本女性在情绪波动、喜怒哀乐之际，或许不会做出露骨的表情，不会超过偶人文静雅致的

---

① （日）谷崎润一郎：《饶舌录》，汪正球译，北京：中国文联出版社，2000年，第100—101页。

妇女……过去的东方人特别是受佛教熏陶与武士道锤炼的日本人,永远只有'一位女性'"①要言之,永恒的女性千人一面,娇美俊俏的外表,不动声色的面容,无肉体感的胴体,温柔细腻而又坚强刚毅的内心,是读者为之动情的根本原因,是"物哀"美学理念的感性显现。

(二)"生活定式"

随着岁月的流逝,人们(如幸子)更能体会到赏樱不是单纯的感时伤逝,季节的变迁和自然风物的变幻推动着人们日常生活体验的逐渐丰富,时间体验的重合伴随着情趣反复陶冶后的洗练,逐渐形成一种固定的审美情趣,生活定式便是它的实践方式。所谓"生活定式","就是一个家庭、一个社会长时间自然形成的一定之规——一年之中的例行活动:正月装饰门松,三月女儿节摆设木偶,五月男孩节挂鲤鱼旗,春秋两季亲友互送糕饼等,对于一个家庭来说,起居作息、饮食、活动应四季流转而循环往复,在关西,这种自古以来的生活定式仍完好地保存着"②生活定式有一种程式化的特性,在反复实践的过程中会强化其中的感受性,例如赏樱,最初人们定然难以理解为何赏樱会令人感时伤逝,但随着岁月的流逝和年复一年的反复体验,自然而然地体味到其中淡淡的哀愁情绪。我们姑且可以将之称为"程式化趣味",这也可以说是美学传承的重要方式。与此同时,人们不禁想起遥远的古代古人赏樱时的感受,幸子就是在经历了一年又一年的例行赏樱之后,渐渐体会到《古今和歌集》中吟咏樱花之和歌的趣味,而这在她少

---

① (日)谷崎润一郎:《饶舌录》,汪正球译,北京:中国文联出版社,2000年,第102页。

② (日)家永三郎:《日本文化史》,刘绩生译,北京:商务印书馆,1992年,第264页。

女时代时是无法体味的。追求抵达古人之境界,从而成为新时代日本民族的重要追求,正如谷崎所指出的,东方美学的特色不在于创新,而是达到古人的审美境界:"在东方人中,从成百上千的远古开始,只有唯一的一种美……他们在传统美中浅吟低酌,感受着难以言尽的佳趣,因此而深感心满意足。他们不是以创造新的轴心为目的,而是以抵达古人的境界为宗旨。"①当领悟到"确实如此"时,内心释然并期待着下一个春天能有更深的审美体验。

(三) 阴翳

谷崎发掘并拓展了"物哀"美学的感受空间——阴翳。所谓阴翳,指光线和色泽微茫、黯淡、幽暗、幽深等。阴翳的空间不是彻底的昏暗,而是运用光与影的原理使置于空间中的物体呈现出或明亮或黯淡的色泽,使整个空间的物体相得益彰,色彩调和柔美。在谷崎看来,日本从房屋的生活设施、日常生活用品、饮食到建筑的外观,传统舞台艺术以及风土人情等都得益于阴翳空间从而趋向美。他把这种空间构造也运用于文学创作和文学评论中。他以"盲目"为主题先后创作了《盲目物语》《春琴抄》《闻书抄》等三部小说,三位主人公弥市、佐助、顺庆均为盲人,他们看不到真实的世界,只能在漆黑一团的幽暗世界中想象理想女性的美。尤其是佐助,他不是先天的盲人,而是在春琴烫伤毁容之后,毅然决然刺瞎双目,以追求在幽暗的世界中永葆春琴之美。十返肇说:"佐助刺目是对美、对爱的绝对献身行为……失明对

---

① (日)谷崎润一郎:《饶舌录》,汪正球译,北京:中国文联出版社,2000年,第79页。

于佐助来说,不是自我杀戮,而是自我的再生。"①谷崎设定这样的人物,就是试图在文学的空间中制作阴翳,从视觉上改变人物的感受世界。事实证明,他把这种美学原理运用于文学世界的尝试是成功的。

"物哀"美学,就其源头与核心而言,是与人的感受密切相关的。人们依靠视觉、听觉、触觉、嗅觉、味觉等感受世界,从而泛起情感的涟漪。感受改变,情感也随之悄然变化。谷崎就是这样一位试图以阴翳空间为"物哀"美学创作新感受空间的作家。他曾如此高度评价《源氏物语》:这部作品"在肉体的力度上显然表现得并不明显,可是委婉哀切的日本式的情绪却丰富多姿,恣意横溢,而且首尾照应,的确是在我国的文学中具备此等构造学的美学观的、空前绝后的作品。"②所谓"委婉哀切日本式的情绪"即"物哀",而"构造学的美学观"则是他特别强调的阴翳空间。可见,在他看来,"物哀"与"阴翳"有着某种必然的关联。如前所述,他所追求的"永恒的女性"都是千篇一律的,他也同样认为《源氏物语》中"所有的女人永远只是一个女人",因为作品中的女性永远身居幽暗世界——"红闺翠帐,帘幕低垂,房屋光线黯淡",而仰慕她们的男性总是处于虚幻和朦胧之中"黑暗之中,听其微息,嗅其衣香,触其鬓发,亲其肌肤……一旦天亮,这些都消逝得无影无踪"③。女性无肉体感、无独特个性,她们的美只存在于男性对幽暗世界的幻想中,从而成为永恒的女性。烛光、帘幕、倩影、声音,朦胧而微茫的世

---

① (日)十返肇:《春琴抄解说》,東京:河出文庫,1954年,第66页。

② (日)谷崎润一郎:《饶舌录》,汪正球译,北京:中国文联出版社,2000年,第82—83页。

③ (日)谷崎润一郎:《阴翳礼赞》,陈德文译,上海:上海译文出版社,2010年,第78页。

界产生了纯洁而凄美的爱情,而这一切随着阴翳世界的消失而转瞬即逝,又随着阴翳空间的构造一次次地浮现,虚幻感、朦胧感、柔和感交错复合,这不正是"物哀"美学的精髓所在吗?文乐中的女性人偶,《细雪》中的母亲、雪子不都是阴翳空间下呈现出来的"物哀"美的典型吗?

第三节 川端康成:悲美相通

川端康成(1899—1972)是日本现代著名的小说家,因"以卓越的感受性结合小说技巧表现了日本人心灵的精髓"荣膺1968年度诺贝尔文学奖。获奖的主要作品有《伊豆的舞女》、《雪国》以及《千只鹤》三部小说。诺奖评选委员会主席安德斯·奥斯特林致授奖辞时这样总结川端的文学成就:"川端先生明显地受到欧洲近代现实主义的影响,但是,川端先生也明确地显示出这种倾向:他忠实地立足于日本的古代文学,维护并集成了纯粹的日本传统的文学模式。在川端先生的叙事技巧里,可以发现一种具有纤细韵味的诗意。它的起源,可以上溯到11世纪日本的紫式部所描绘的生活与风俗的庞大画面。"[1]他指出了川端文学结合东西方文化传统的艺术特色,尤其强调他对日本传统美学的继承。同样,作为川端的良师益友三岛由纪夫也在《一九六一年度诺贝尔文学奖推荐文》中写道:"川端氏的作品里,纤细连接着强韧,优雅与人性深远的意识互挽着手。在其明晰之中,隐含着不见底

---

[1] 叶渭渠:《川端康成》,成都:四川人民出版社,1999年,第202页。

里的悲哀,尽管属于现代,中世日本修道僧的孤独哲学却呼唤于其间。"①他用敏锐的感受性直觉到川端具有现代色彩的文学作品仍与日本的古典美学有着深刻的内在关联。

一、川端美学与东西方文化

　　川端文学受西方的影响主要体现在对西方现代主义文学的艺术形式以及表现手法的吸收与运用。川端初入日本文坛是作为新感觉派文学运动的一员得到认可的。新感觉派十分重视主观感觉,追求在文学中表现心理现实,注重文体风格的革新,在语言、节奏、构造等诸多方面都追求新奇。川端在其名为《新进作家的新倾向解说》一文中系统阐述了他的新感觉派文学理论②,在第三部分的"表现主义的认识论"中,川端指出新感觉派的认识论是以西方表现主义理论为根基的,一方面受以尼采、柏格森、弗洛伊德等人为代表的反理性主义哲学思潮的影响,另一方面也与神秘主义和早期的存在主义哲学密切相关。也就是说,新感觉派的认识论是由主观世界否定客观世界走向了对主客观世界的双重否定。第四部分"达达主义的思想表达法"表达了对西方达达主义式的虚无主义的认同,即否定科学、宗教、政治、伦理、语言、文学等一切已经确定的事物。而从文学创作中则要在达达主义中"找出理应能引导出主观的、直观的、感觉的新表现的暗示来",

---

① 《川端康成　三岛由纪夫往来书简集》,许金龙译,北京:昆仑出版社,2000年,第190页。

② (日)川端康成:《川端康成谈创作》,叶渭渠译,北京:三联书店,1988年,第26—37页。

并且要"从陈旧而褪色的、冷冰冰的思想表达方法中解放出来"①。可见,川端在新感觉派文学时期的创作理论上深受西方现代主义思想的影响。但反观这一时期的文学作品,除了《感情装饰》、《梅花的雄蕊》以及《浅草少男少女》,其他小说鲜有新感觉派的特征。连他本人也说:"我的作品中新感觉成分并不浓厚。"②

由于新感觉小说尝试的失败,川端于 20 世纪 30 年代初期开始关注西方意识流小说创作。随着乔伊斯的《尤利西斯》等西方意识流小说在日本的全面介绍,这种创作手法普遍受到日本文坛的关注。川端尤其高扬意识流小说,他认为这种创作方法能够抓住人们无意识的官能感觉,在深度挖掘人的病态性与非理性上十分卓越,由此能够很好地展现人的内在心理特征。因此,在这一时期的文学创作中,他尝试着引入意识流手法,如《水晶幻想》就是代表作之一,其中以内心独白的描写,交织着幻想和自由联想,思想内容上表现出明显的颓废倾向。总体而言,川端运用意识流手法很好地表现了人物的内心世界,表达了自己的主观感受。

对于西方的审美情趣,川端始终按照"日本式的吸收法"来接受。少年时代起,他在谈到自己喜爱的俄国作品时就提到:"我迷恋陀思妥耶夫斯基而不欣赏托尔斯泰。可能是由于我是个孤儿,是个无家可归的孩子,哀伤的、漂泊的思绪缠绵不断。"③亲人相继离世的悲哀与痛苦,再加上少年时代爱读的日本古典文学《源氏物语》中感时伤事、带

①　（日）川端康成:《川端康成谈创作》,叶渭渠译,北京:三联书店,1988 年,第 35 页。

②　叶渭渠:《川端康成传》,北京:新世界出版社,2003 年,第 50 页。

③　叶渭渠:《川端康成》,成都:四川人民出版社,1999 年,第 22 页。

着哀调的词句,加深了孤儿川端对哀伤情趣的亲密感,而他对外国文学的趣味也是基于此逐渐培养起来的。在他经历了早期文学创作对西方艺术形式和表现手法的模仿与运用之后,便越来越清晰地意识到日本文学精神内核的重要性,于是高呼回归"东方主义"。在《临终的眼》一文中,他谈到好友古贺春江的画时说了这样一段话:"尽管古贺想大量吸收西欧近代的文化精神,把它融汇到作品中去,但是佛法的儿歌总是在他内心底里旋荡。在充满爽朗而美丽的童话情趣的水彩画里,也富有温柔而寂寞的情调。那古老的儿歌和我的心也是相通的。总之,我们两人也许是靠时髦的画面背后蕴含着的古典诗情亲近起来的。"①也就是说,在川端看来,西方文化与日本传统的结合最根本的模式都是"和魂洋才",文学艺术的创作必须以表达日本的审美趣味为宗,对西方文化的借用仅限于技巧和方法层面。看来,西方的审美情趣并未真正进入川端文学。

那么,在川端看来,日本传统美学的审美情趣究竟是什么? 这首先须从他对日本古典文学名著《源氏物语》的热爱谈起。少年时代的川端就已经对这部作品爱不释手,然而最初他并不懂得其中的深意,只是"朗读字音,欣赏着文章的优美的抒情调子,或者掩卷背诵、熟记某些段落,以及运用到作文中去"②。辞藻的韵味和韵律的优美深深吸引着少年川端。十六岁时,与之相依为命的祖父即将病逝,他在病榻前阅读《源氏物语》,其中感伤的基调与自身的处境恰相契合,他开

---

① (日)川端康成:《川端康成谈创作》,叶渭渠译,北京:三联书店,1988 年,第 75—76 页。
② 叶渭渠:《川端康成》,成都:四川人民出版社,1999 年,第 21 页。

始沉浸于这种古典的哀伤氛围中。战争期间,在往返东京的电车上和灯火管制的卧铺上川端又一次痴迷地阅读《源氏物语》,常常忘记空袭和战火带来的焦臭的战争气味,惊愕地发现"上千年前的文学和自己却是如此融合无间"①,并且在《源氏物语》中体会到思念日本的"乡愁"。战败之后,川端更是不顾一切地回归到《源氏物语》的"悲哀"之中,因为他认为其中的"悲哀和哀伤本身融化了日本式的安慰和解救"②,所谓"日本式"是与"西方式"相对而言的,他认为西方式的"悲痛和苦恼"是以"虚无和颓废"的方式表现出来的,而日本式的悲哀则不是简单的"伤心或情绪低沉,而只是远远地目送着我的宿命之流"③。也就是说,日本的悲哀是以深沉的佛教宿命感为底流,因此能够给人以心灵的安慰与解救。到了1969年,也就是川端荣获诺贝尔文学奖的第二年,他在夏威夷公开演讲时以"美的存在与发现"为题,又一次高度评价了这部小说:"在日本还没有出现一部小说,可以与《源氏物语》相媲美的。"④同时他也高度赞扬了"物哀"论的提出者本居宣长是《源氏物语》的美的伟大发现者"⑤。所以,在川端看来,"物

---

① （日）川端康成:《川端康成散文下》,叶渭渠译,北京:中国广播电视出版社,1999年,第29页。

② （日）川端康成:《川端康成散文下》,叶渭渠译,北京:中国广播电视出版社,1999年,第30页。

③ （日）川端康成:《川端康成散文下》,叶渭渠译,北京:中国广播电视出版社,1999年,第31页。

④ （日）川端康成:《川端康成散文下》,叶渭渠译,北京:中国广播电视出版社,1999年,第129—131页。

⑤ （日）川端康成:《川端康成散文下》,叶渭渠译,北京:中国广播电视出版社,1999年,第131页。

哀"是日本传统美学的核心精神。

　　川端在《不灭之美》一文中说:"日语'悲哀'这词同美是相通的。"①也就是说,他所理解的"物哀"就是"悲美相通"。他之所以对"悲哀"如此情有独钟,是因为他对"悲哀"有着十分深厚的个人体验。通过梳理,我们认为川端的"悲哀体验"主要包括以下四个方面:第一,少年时代失去亲人的悲哀。1899年6月4日川端出生于大阪一个医生家庭,两岁丧父,三岁丧母,七岁祖母撒手人寰,十岁姐姐芳子病故于亲戚家中,六年以后唯一与他相依为命的祖父也离开了他。亲人相继离去使这位敏感的少年一次次亲身体验着分别的悲哀与痛苦,生活的孤独和对死亡的恐惧更是在他幼小的心灵中埋下了种子,孤独无依的川端从此终日沉浸在寂寞和哀伤的情绪之中难以自拔,他近乎本能地深深陷入《源氏物语》那些感时伤事、带着哀调的词句之中。第二,成年后体会到社会下层人民生活的悲哀。20世纪20年代,日本资本主义陷入危机,资本家破产导致工人失业,农民生活亦陷入窘境,更有许多穷苦人民被迫沦落街头、卖艺卖身。川端目睹了许多下层少女受迫害的悲惨命运,这激起了他对这些少女强烈的同情和怜悯,使刚刚步入文坛的他将小说的写作焦点都倾注于塑造下层少女的形象上。第三,爱情失意的悲哀。自幼失去家人以及家庭温暖的川端十分渴望得到爱的慰藉,于是他对爱情产生了一种近乎变态的渴求。成年之后,他一连接触到四个名叫千代的女性:第一个千代是川端祖父债主的女儿,她的热情款待给川端送上了爱的暖流使他泛起情感的涟漪,

---

① (日)川端康成:《川端康成散文下》,叶渭渠译,北京:中国广播电视出版社,1999年,第116页。

但这只不过是川端的自作多情;第二个千代是伊豆舞女千代,两人在旅途中产生的朦胧爱意最终因为各奔东西而被永远地埋藏在心里;第三个千代是个已有婚约的女招待,不明真相的川端欲向她求爱时被告知这位女性也叫千代,顿觉中了魔咒,内心如坠无底深渊;第四个千代与川端情投意合,但就在订立婚约后不久,川端遭遇了无理的背叛。经过几次恋爱的失意,川端的内心更加忧郁和孤僻,他变得更加脆弱,再也不敢轻易坦露对女性的爱意。第四,日本战败的悲哀。1945年8月15日,日本国正式宣布无条件投降。"川端康成同大多数日本国民一样,在日本战败以后,产生了一种虚脱感、摆脱军国主义桎梏的解放感和美军占领下的屈辱感,这几种复杂的情绪交错在一起,使他陷入迷惘的状态,长时期沉浸在日本战败的悲哀之中。"①他感受到战败对于日本传统文化的冲击,同时也产生了只有日本传统文化才能拯救日本的强烈情感,以至于在文学创作中他深刻地反思:"战败后,我已经只能吟咏日本的悲哀。"②可以说川端在战败后的悲哀情绪是复杂的,既有从国家层面上对日本战败的哀伤以及战后日本失去独立地位的悲叹,又有基于这一时代人的心灵层面上对人们前途和命运的担忧,也有从个人情感层面上表现出的对战争夺走自己青春年华的懊恼和怨恨。综上,基于悲哀体验的持续存在和不断加深,川端越发深刻地体会到自己的内心与古人之心相通的愉悦,由此认为悲与美是相通的。

---

① 叶渭渠:《川端康成》,成都:四川人民出版社,1999年,第128页。

② (日)川端康成:《川端康成散文下》,叶渭渠译,北京:中国广播电视出版社,1999年,第116页。

　　川端立足于东西方文化结合的立场上孜孜不倦地探索着日本传统的"物哀"美，以下我们将要具体分析这种美是如何体现在他的文学作品中。

二、女性命运之悲

　　川端读大学期间（1920—1924），正值日本资本主义陷入危机，人民生活窘迫，尤其是社会下层人民食不果腹。他目睹了许多社会底层少女受迫害的悲惨命运，便情不自禁地产生了对她们的怜悯和同情。自他的第一部成名作《伊豆的舞女》（1926）开始，他就把写作的焦点指向了社会底层的女性，密切关注她们的命运。川端塑造了舞女薰子、艺妓驹子、村姑叶子、弃儿千重子、农家女苗子等一系列品貌良好、温柔善良、生活积极的女性形象，但她们无一例外地都难以摆脱悲剧性的命运。川端借此书写了女性命运之悲，但悲中又夹杂着女性积极乐观之美，悲美相融交织出一幅幅凄美的画面。

　　《伊豆的舞女》描写了青年学生"我"与舞女薰子在旅途中邂逅并产生朦胧恋情的故事。薰子尚未成年就因生活所迫而成为舞女，她无法决定自己的命运，她初尝了与"我"之间朦朦胧胧的恋爱滋味，却因身份的悬殊未敢将爱言明。在当时，青年学生的身份高于舞女，所以薰子始终仰视着"我"，小心翼翼地伺候着"我"，亲手为"我"倒茶，为"我"准备坐垫，主动帮"我"找登山用的拐杖，然而在告别的时候却只能默默无言，只有无声的眼泪倾诉着对"我"的不舍。"我"与薰子之间的爱朦胧而甘美，但我们注定是两个世界的人，"我"回学校继续读书，将来能找到一份体面的工作，在社会上始终享有较高的地位；而薰子随着年龄的增长,会成为与她同行的艺妓们一样,过着朝不保夕、颠沛流离的生活,不可能拥有幸福的情感和美满的婚姻,终其一生都处于社会的底层。尽管作品中的薰子是一个善良、天真、单纯、腼腆的女孩,但她的艺妓身份不得不令人想到,在当时的社会环境下,这位情窦初开的少女将要迎来怎样不堪的生活。因此,叶渭渠才如此评价这部作品:"川端在《伊豆的舞女》中非常明显地承继着平安王朝文学幽雅而纤细、颇具女性美感的传统,并透过雅而美反映内在的悲伤和沉痛的哀愁。"①

《雪国》(1937)作为川端第一部中篇小说,被誉为川端文学的经典之作。其中塑造了驹子和叶子两位截然不同的女性形象。驹子为了赚钱给师傅的儿子行男治病被迫当了艺妓,花天酒地的环境为她的生活涂上一层灰色,但坚韧的毅力促使她完成了难以掌握的艺道学习,对生活的热爱也让她养成了长期读书、写日记的习惯。理想与现实的差距导致了她多重性格的产生,一方面她放荡地与岛村发生了性关系,另一方面又要像纯情少女一般刻意地与岛村之间保持距离而希望与他建立长久的恋爱关系。她的"执着"将她的理想生活推向了远方,而在岛村看来,这一切都是"徒劳"的。事实上也是如此,她被迫当了艺妓为行男治病,但不到半年行男就去世,她也无法再回到从前;艺妓的地位低贱、生活颓废,她始终坚持抽空读书、写日记,这种坚持无法改变她的生活现状,也无法令她摆脱艺妓这一身份;岛村三次踏入雪国,驹子将真挚的爱情倾注在这个假想的完美男人身上,却只被岛村当作聊以慰情的对象,她期待的正常人的爱情不可能实现。"'徒劳'

---

① 　叶渭渠、唐月梅:《20世纪日本文学史》,青岛:青岛出版社,2004年,第330页。

是充满生离死别的经历在川端精神深处留下的疤痕。生命的过程总是不断地向死亡靠近,从这一意义上看,生命过程中一切活动的终极似乎都归于徒劳。"①驹子就是这样一个努力挣扎却终归虚无的可怜可悲的女性形象,而叶子就像她生命中的镜子一般,唤醒了久已隐藏在她内心深处的悲哀。

叶子是雪国附近村里的姑娘,容貌姣好,声音优美而悲凄,扣人心弦,她曾经在东京做过护士,如今为了照顾病入膏肓的行男回到偏僻的雪国。她将爱情寄托在这个根本没有爱的能力的男人身上,所以行男的离世彻底地摧毁了她的爱情和坚持活下去的勇气,毫无意义的生活给她带来的只有无尽的压迫感和窒息感。在整部作品中,叶子始终是一个"无声"的存在,她很少说话,没有用语言表达她的悲痛和绝望,唯一的存在感是洗澡时会唱歌,甚至连死亡也是默默地"被死亡"。叶子的死亡是"被抛式"的:"入口处的柱子什么的,又冒出火舌,燃烧起来。水泵的水柱直射过去,栋梁吱吱地冒出热气,眼看着要倾坍下来。人群'啊'的一声倒抽了一口气,只见有个女人从上面掉落下来。"②这无声无息的死亡仿佛诉说着她的痛苦和悲哀,她的生命轨迹如同幻象,生未可知死亡亦然,美丽的容貌是镜像的,优美而悲凄的声音如同回响一般,她对行男的照顾只能凭我们想象,临死之前似乎有挣扎但又不能确定。总之,叶子的一生如同美丽的流星划过夜空,不留痕迹,留下的只有观者的遗憾和同情。

《古都》(1962)以浓厚的京味色彩描写了京都的风土人情,展开了

①　周阅:《人与自然的交融——雪国》,昆明:云南人民出版社,2002年,第237页。
②　(日)川端康成:《雪国》,叶渭渠、唐月梅译,海口:南海出版公司,2013年,第117页。

千重子与妙子这对孪生姐妹之间悲欢离合的故事。千重子生长在一个生活富裕的商人家庭,倍受养父母宠爱,然而常常为自己的"弃儿"身份幽怨哀伤。生活的富裕未能填补她被亲生父母抛弃的自卑的内心,她无时无刻地都有"一种不可名状的哀愁",把自己比作"生长在枫树干小洞里的紫花地丁"①。在青梅竹马的真一面前,千重子展露着自己真实的被弃之哀;与孪生姐妹在祇园节相认,她没有喜悦只有忧伤;当得知亲生父母双双离世时,更是心如刀绞,被抛弃的真相永远不得而知,成了她永远的心结;龙助的执着追求、秀男的痴情坚守都未被千重子接受,自卑的她总是将自己当作微不足道的存在,弃儿身份成为她与所有人之间关系的隔膜。顾影自怜的忧愁笼罩着千重子的内心,透过健康积极的孪生姐妹苗子,她洞察到生命被抛向世界的无奈以及人的命运自己无法把握的徒劳感和虚无感。千重子背负着精神上的沉重枷锁,思索着难以解决的生命难题,感觉到自己也逐渐走向消解,恍惚间自己就是"苗子的幻影",存在形同于不存在。

另一方面,苗子自幼父母双双离世,孪生姐妹被送人,跟随养父母在山上从事体力劳动。健康的身躯内包裹着一颗坚强温柔的内心,自父母离世她一直惦念着世上唯一却又素未谋面的亲人千重子,相遇时那种纯粹的喜悦感却因身份的悬殊而未能换来长久的相聚。苗子始终把千重子当作"小姐",千重子也真挚地同情苗子的体力劳动者身份。身为村姑的苗子从未幻想过甜蜜的爱情,秀男的求婚冲击着她的内心,然而她清楚地知道,自己只不过是作为"千重子的化身"被秀男追求。苗子从未作为独立的个体而存在,她屡次被人认错,她健康结

---

① (日)川端康成:《古都》,叶渭渠、唐月梅译,海口:南海出版公司,2014年,第67页。

实的特性未被秀男等人觉察,他们把对千重子的爱或寄托或移情于苗子。总之,苗子是一个替代品。多愁善感的苗子意识到自身"幻影般"的存在,心有不甘,又无可奈何。苗子深爱着千重子,千重子就像她的一面镜子,与千重子相遇后她深刻地意识到命运的不可知,惊人般相似的生命在某些方面会重叠也会取代,生命轨迹中即使有相遇,也不得不分开继续走完属于不同生命时间的路。此刻存在的一切下一刻都可能幻灭,终归虚无。苗子生命中与千重子的相遇,就如同昙花一现,喜悦过、感动过、爱过,最终仍要继续从事山野中繁重的体力劳动,与富商女儿千重子永远分属两个世界。

如上,《伊豆的舞女》《雪国》《古都》分别是川端文学创作的早期、中期、晚期的代表作品,它们普遍体现出对社会下层女性命运的关注,以她们的命运之悲延续日本文学的悲哀传统。

三、情景交融生虚幻

川端文学将自然风物本身的美与人的情感、精神交融互渗,从而形成一个物我融一的审美境界。"在川端康成小说创作中,四季自然美以一种自然的灵气创造出一种特殊的氛围,与人的情感、人生经历相通,形成天人感应效应、情景交融的优美意境,使春夏秋冬自然美升华为艺术美,加强了艺术审美因素和表现力。"[①]自然美在与人的情感、命运交融的过程中上升到对人的生命本身的洞察,生命之悲在自然中得到了暗示和象征。自然本身的变化,或推动着人物命运的变

---

① 张建华:《川端康成创作中的日本文化因子》,《外国文学研究》,2003 年第 5 期。

化，或象征着人物情感的变幻，或昭示着人与自然本身同形同构的大千世界因果循环的规律。

比如《伊豆的舞女》开篇秋季景色的描写暗示着故事发生在一个感伤的季节："重叠的山峦，原始的森林，深邃的幽谷，一派秋色，实在让人目不暇接。"[①]"我"无心欣赏沿途的美景，为的是能赶上舞女一行人。"大粒的雨点开始敲打着我"[②]，仿佛是在催促"我"加快速度，同时也暗示了"我"此刻内心焦急的心情，又掩盖了"我"内心想要赶紧追上他们的害羞和尴尬。不久之后，舞女一行人离开山间茶馆时，"雨点变小了，山岭明亮起来"[③]，此刻"我"的内心也明亮起来，迫不及待地想与他们一起走。傍晚时分，"我"入住一家温泉旅馆，一场"暴雨"搅扰着"我"忐忑不安的内心，"我"既担心舞女们因暴雨不能演出而无法维持生计，又在确定她们演出后担心舞女是否会被玷污，暴雨与鼓声的交错把"我"弄得心烦意乱。在"我"终于能够和舞女单独相处交流时，即便是秋天的景色也是温暖怡人，"海上的晨曦，温暖了山腹……秋空分外澄澈，海天相连处，烟霞散彩，恍如一派春色"[④]，象征着互有好感的年轻男女之间一半羞涩、一半激动的内心世界。

---

① （日）川端康成：《伊豆的舞女》，叶渭渠、唐月梅译，海口：南海出版公司，2014 年，第 79 页。

② （日）川端康成：《伊豆的舞女》，叶渭渠、唐月梅译，海口：南海出版公司，2014 年，第 79 页。

③ （日）川端康成：《伊豆的舞女》，叶渭渠、唐月梅译，海口：南海出版公司，2014 年，第 82 页。

④ （日）川端康成：《伊豆的舞女》，叶渭渠、唐月梅译，海口：南海出版公司，2014 年，第 96 页。

然而,分别的早晨,"街上秋风萧瑟"①,"我"与舞女都依依不舍,却连一句"再见"也没说出口,分别的痛苦与凄凉尽在瑟瑟秋风之中。整部作品中关于自然景色的描写着墨不多,但都恰到好处地暗示了主人公的内心世界,感伤的秋季是作品的主色调,哀愁的情绪或浓或淡,又仿佛是随着自然现象的变化而不同。

再如《古都》,其中描写的千重子和苗子这对孪生姐妹的悲欢离合是与京都春夏秋冬四季变换交织在一起的,自然风物的荣枯象征着人物命运的变化。紫花地丁从春天盛开到深秋叶黄就是伴随着姐妹俩重逢又离别的命运轨迹。作品开篇提到"千重子发现老枫树干上的紫花地丁开了花","在树干弯曲的下方,有两个小洞,紫花地丁就分别寄生在那儿"②,象征着姐妹俩从小失去父母,分别寄生在养父母家的孤儿命运;两株紫花地丁的距离近在咫尺,"上边和下边的紫花地丁彼此会不会相见,会不会相识呢"③,暗示着相距不远的姐妹俩在某种条件下或许会相见。生长在小洞中的紫花地丁令千重子为它的生命力而感动,同时又因为它的孤独而伤感,寄生的命运紧紧地牵动着千重子的内心,想到自己的寄生命运确如紫花地丁一般。春末,紫花地丁凋谢了,千重子观赏完北山杉树的挺拔后,更加顾影自怜地把自己看作弱不禁风的紫花地丁,此时的苗子在她眼里是一个健康而结实的劳动者。盛夏的祇园节上,姐妹俩相遇了,但由于生长环境的差异、身份的悬殊以及身世缘由的不明,喜悦、惊诧、忧郁、哀伤充满了姐妹俩的内

---

① (日)川端康成:《伊豆的舞女》,叶渭渠、唐月梅译,海口:南海出版公司,2014 年,第 102 页。

② (日)川端康成:《古都》,叶渭渠、唐月梅译,海口:南海出版公司,2014 年,第 3 页。

③ (日)川端康成:《古都》,叶渭渠、唐月梅译,海口:南海出版公司,2014 年,第 3 页。

心,此时已经凋谢的紫花地丁寄托了这种首次重逢的感受。深秋时节,"那棵老枫树上长着的苔藓,依然是绿油油的,而寄生在树干上的那两株紫花地丁的叶子,却已经开始枯黄了"[①],暗示着姐妹俩无法摆脱"咫尺天涯"的命运,相认相识但不能长久的相聚。

《雪国》也是同样,岛村三访雪国,分别在初夏、隆冬、深秋,季节的流转和自然风物的变迁预示着人物情感的曲折变化和男女主人公爱情的命运。初夏绿意盎然的季节,岛村第一次踏入雪国,他迷上了纯洁性感的驹子,驹子也将全部的爱情倾注在岛村身上,两情相悦于恋爱的季节。岛村第二次的雪国之旅是在年终岁暮的寒冬时节,清寒静谧的氛围冷却了两颗炽恋的心,"生存的徒劳"显而易见,两人的爱情逐渐渗入了淡淡的忧伤。岛村与驹子的第三次相聚是在秋风瑟瑟的凄凉季节,预示着两人的爱情必将无疾而终。

人与自然相同,无论怎样变化无常,都最终会符合循环流转的自然规律,一切实际存在的事物最终都走向虚无。但他们曾经存在过的幻影朦胧缥缈、美轮美奂,勾起人们内心淡淡的忧伤。当人们从其中能够体会到生命本身的"宿命之流"时,便能够获得心灵上的"安慰与解救"。

四、死亡之凄美境界

1972 年 4 月 16 日,川端在其工作室口含煤气自杀身亡。由于他生前多次表示对自杀的否定态度,如批判日本自杀的文学家说"我既

---

① (日)川端康成:《古都》,叶渭渠、唐月梅译,海口:南海出版公司,2014 年,第 145 页。

不赞同,也不同情芥川,还有太宰治等人的自杀行为"①,这使他的自杀成了不解之谜。当然,他很早就在《临终的眼》(1933)表露了对死亡艺术式的解读:"再没有比死更高的艺术了,死就是生。"②1962年,川端又再次声明:"自杀而无遗书,是最好不过的了。无言的死,就是无限的活。"③很显然,川端是把死亡与艺术、死亡与美联系在一起,而他最终的自杀选择实际上是交换了文学与人生的位置,他把自己的人生文学化、艺术化、美化了,就像文学作品能够令人感受到余情、余韵之美一样,他的人生终结方式也为他人、为他自己的国家甚至整个世界留下了"无限的活"。艺术式地看待死亡,似乎是日本许多文人共有的死亡观。有研究者称其为"东方的死的观念……具有很强的此岸性"④,也就是把生与死都看作自然而然的生命过程。日本美学家今道友信称:死亡是最高的审美主题。他对于"美"的阐释也是具有日本特色的,今道认为,美与牺牲紧密相关,汉字"美"可拆成"羊"和"大",人从羊身上得到的美味是以羊的牺牲为前提的,因此,牺牲越大则越美。就人而言,"只有连为他人献出自己生命也不后悔的心才是美的"⑤,也就是说,死亡之所以美,是由于其中蕴含着不畏死亡的献身精神。从献身中实现了美,也就拓展了最大的生。当然,川端文学中的自杀确实也包含了这种不畏死亡的献身精神,但他是把死亡包裹在

---

①　叶渭渠:《川端康成传》,北京:新世界出版社,2003年,第187页。

②　(日)川端康成:《川端康成谈创作》,叶渭渠译,北京:三联书店,1988年,第74页。

③　叶渭渠:《川端康成传》,北京:新世界出版社,2003年,第187页。

④　张石:《川端康成与东方古典》,上海:上海古籍出版社,2003年,第46页。

⑤　(日)今道友信:《关于美》,鲍显阳、王永丽译,哈尔滨:黑龙江人民出版社,1983年,第176页。

哀婉的氛围中使之上升为一种凄美的美学境界。

《雪国》之中的叶子之死就呈现出一种如梦如幻的美。整部作品中,叶子的存在都给人一种隐隐约约的感觉,她的死亡突如其来,在所有人都没有注意到的瞬间,从二楼呈水平的姿势坠落下来,令人感觉如同"非现实世界的幻影"。柔软、自由、超越生死,没有生命消逝的惨烈感,只有生命的变形与升华。叶子在作品中的首次出场,就带着一种镜像般的朦胧美感,"玻璃上只映出姑娘一只眼睛,她反而显得更加美了"①。自此以后,出场次数极少,几乎每次都是寥寥数笔带过,在岛村的眼中,她始终是一个幻影般的存在。她的死亡与她的存在一样,也是虚幻的。川端通过现实与非现实交织的笔法,将叶子的死亡在"实有"和"虚幻"之间相互转换,制造出生即是死、死即是生的幻象,朦胧缥缈、无法把捉。若仔细地揣摩那种画面,我们会发现这死亡之中并没有恐惧和丑陋,而是作者以冷静的态度"欣赏"死亡本身至高无上的美感。"在这瞬间,生与死仿佛都停歇了","叶子紧闭着那双迷人的美丽眼睛,突出下巴颏儿,伸长了脖颈。火光在她那张惨白的脸上摇曳着"②。生命与死亡在某一瞬间停滞,生死无异,叶子纯洁、冷艳的美在此刻显得尤为惊艳。死亡是生命最大的沉默,也是最有分量的诉说者,叶子之死诉说着自身命运的无奈与悲苦,同时也诉说着驹子奋力拼搏的徒劳和悲哀。叶子的死如此唯美地呈现在作品中,也是川端艺术化死亡观在文学作品中的具体体现。

① (日)川端康成:《雪国》,叶渭渠、唐月梅译,海口:南海出版公司,2013年,第5页。
② (日)川端康成:《雪国》,叶渭渠、唐月梅译,海口:南海出版公司,2013年,第117—118页。

　　川端文学触及了婴儿、少年、少女、青年、寡妇、老人等不同人的死亡,其中多为病死、老死等自然死亡,自杀身亡则较为少见。从这一意义上来说,《千只鹤》中的太田夫人之自杀具有特别的意义。太田夫人是男主人公菊治父亲(三谷先生)的情人,因一直沉浸于这段感情中无法自拔,以至于情人去世后,又将菊治当成其父亲的影子并与之发生了关系。由于难以宽恕自己这种超越伦理道德的不伦之恋,太田夫人带着深深的自责和愧疚选择了自杀。太田夫人是一个温顺宽容的传统日本女性形象。她皮肤白皙,身材匀称,五官小巧,待人温和,招人喜爱。她“温顺而又被动”的女性特质始终在召唤爱的对象,没有爱的对象便失去了存在的价值,她渴望爱情滋润而没有独立的人格。实际上她所爱的是“被爱”,三谷是丈夫的替代,菊治又是其父亲的影子,当她投入到自己的世界中时,几乎分不清曾经与她相关的男性。在与男性发生肉体关系时,她只是心安理得地享受性爱的甜蜜和安详,同时也获得身为女性的存在感。当她回归现实世界时,又不得不考虑女儿文子尴尬的处境,情敌近子的谩骂和羞辱,菊治的婚姻和未来。世俗道德观念扼杀了她身为女性的存在价值,她痛苦不堪又无所适从。她的女性特质决定她选择了“随性”的生活方式,情欲的自由受到道德伦理的冲击使她内心惶恐不安,于是她选择了另一个世界。作者写她自杀也是强调她对自己“被爱式”生活方式的坚持,表面的温顺和柔弱实际上是在突显她自身召唤爱情结构的特质,爱之对象的空白只能招致她的特质被抹灭。质言之,太田夫人是为情而死。

　　很显然,川端在作品中对爱情的态度,是延续了自《源氏物语》以来的看法,即认为爱情与道德无关,只要是真情实感,都被视为是纯洁的。由此,太田夫人为情而死的行为本身具有牺牲生命追求真情的积

极的价值。正是从肯定的意义上,作者才写道:婚外恋的太田夫人成
为三谷持续交往的情人,与年龄悬殊颇大的菊治发生关系并未令对方
产生厌恶感,反而陷入了甜蜜和安详。太田夫人正是情的化身。当她
的情欲与社会道德发生冲突时,她选择了自杀,作者对此投以肯定的
态度。女儿文子这样说道:"家母过世后,从第二天起我就渐渐觉得她
美了。"菊治说道:"死去的人犹如已永存在我们心中的东西,值得珍
惜。"①死亡净化了原本丑陋的太田夫人,她也因为死亡而升华为美的
化身。但是就整部作品的氛围而言,它洋溢着一种超越世俗道德范围
之外的"精神病态呻吟"②,因此为情自杀应有的积极价值又抹上一层
病态哀愁的色彩。

　　川端文学极为关注死亡,并把死亡与哀伤、死亡与美紧密地联系
起来。川端延续了传统唯美地书写死亡的方式,并引入西方非现实的
手法处理死亡,使之诗意化、朦胧化、虚幻化。由此,川端笔下的死亡
呈现出缥缈、虚幻、悲愁的色彩。

第四节　三岛由纪夫:实践毁灭以求美

　　三岛由纪夫(1925—1970)经川端康成推荐进入文坛,1949 年以
发表《假面的告白》奠定了其作家地位。二十余年的作家生涯中,他共
创作 40 部中长篇小说,20 多部短篇小说以及 18 部剧本。因文学作

---

① 　(日)川端康成:《千只鹤》,叶渭渠译,海口:南海出版公司,2013 年,第 62 页。
② 　叶渭渠:《川端康成传》,北京:新世界出版社,2003 年,第 137 页。

品形式多样，技巧娴熟，三岛曾两次被提名为诺贝尔文学奖候选人，在日本现代文学史中地位稳固。在众多的日本作家中，三岛的文学是较难评论的。因为他自 16 岁发表处女作《鲜花盛开的森林》起，始终在尝试文学创作的更新和探索，穿梭于日本和西方的传统与现代之间，使东方精神与西方精神交融互渗，凝结成具有三岛式的独特美学。在对传统“物哀”美学的继承方面，他主要继承了中世武士道精神中的“物哀”，并通过他一贯的、独有的方式——“毁灭”——具体地体现在其文学作品以及行动领域之中。“毁灭”意味着彻底的不在，它的方式往往是激昂而猛烈的，它不是一种自然而然的不在，而是代表着人的行动哲学，包含着强烈的行为意志，它以决裂的态势刺痛审美主体的感官，激发主体强烈的好奇心，并趁主体没有任何思考的前提下，以视觉的冲击占有了主体的审美。三岛在文学作品中通过情节的设定涉及了肉体的毁灭以及物的毁灭，而在实践行动领域则践行了自身的彻底毁灭，通过种种毁灭一遍又一遍地书写着贯穿他一生的美学方程式：青春＋死亡＝美。无论是文学空间的毁灭，还是实践领域中的毁灭，为何能够通过实践毁灭而实现求美呢？我们认为，这是因为通过毁灭这样的行为本身能够实现一定的价值，或为情感价值，或为信仰价值，或为精神价值等，这一切的糅合构成了三岛的“美”。因此我们说，三岛的“物哀”美学是一种行动美学，其审美意蕴在于“毁灭”。

一、古典与现代的结合

川端康成是发现三岛文学才华的重要人物，也正是因为他的提携，三岛才顺利地得到日本文坛的认可。川端曾如此评价三岛：“我早就希望这位最年轻的作家将人生写得扎实些，在古典与现代、虚空的花与内心的苦恼的结合取得成功。”①也就是说，川端希望三岛能在古典与现代、东方与西方的结合上，更好地进行文学创作。而三岛一生的文学创作也始终以此为努力的方向。

　　最初将三岛引入日本古典文学之美的是他的祖母，祖母在他上中学一年级时带他观看歌舞伎，他就被其中“语言的优雅”深深吸引。后受导师清水文雄先生的引导，开始迷恋平安王朝文学。其处女作《鲜花盛开的森林》就展现了古典王朝文学的审美风格，在细部的描写上精雕细琢，栩栩如生而又纤柔古雅，整体给人一种朦胧美感，其字里行间所蕴含的氛围与《源氏物语》所体现的日本式情绪颇为相似。除了在以局部为整体的时空结构上模仿了《源氏物语》以外，他还融入了西方现代文学的意识流技法，在时空变幻中又穿插了回忆与联想。可以说，少年三岛于无意识之间就站在了中西结合的立场上传承了日本式的情绪（物哀）。但他对于在文学作品中表现这种淡淡忧愁的情绪并不满意，于是在战争期间（1940—1945）他转向了对日本中世文学和艺术的痴迷。他在战后发表的小说《中世》，主要是吸收了日本中世古典文学的精神而创作，因此他对这部作品十分满意：“《中世》是在我心中凝聚的末世观的美学的作品化。”②在三岛看来，中世末世观美学才能够代表日本古典美学的精髓，才是他毕生追求的美学理想。在《日本的古典与我》一文中，三岛写道：“在我所亲近的古典中，给我最本质性的影响的，同我最本质性地融合在一起的，就是能乐。……能乐所具

---

① 　唐月梅：《怪异鬼才——三岛由纪夫》，北京：九州出版社，2015年，第146—147页。

② 　唐月梅：《怪异鬼才——三岛由纪夫》，北京：九州出版社，2015年，第142页。

有的忧郁的情绪、多采的舞姿、完美的形式、洗练的感情,完善了我所思考的艺术的理想。"①

西方唯美主义的世界对于少年的三岛来说,是极其憧憬和渴望的。他少年时代起就开始迷恋神童作家拉迪盖②,中学时起就常读他的《魔鬼附身》,他的小说《盗贼》就是受拉迪盖的影响而创作。三岛曾说他从拉迪盖小说中获得的最大启示是"古典的冷静",因为拉迪盖能够平衡自我内心世界的知性与感受性的冲突并巧妙地建构完整的秩序。而拉迪盖年仅 20 岁便去世的事实,更使三岛产生了强烈的死于青春的向往,他希望肉体永远停驻在灿烂的顶点。总之,拉迪盖的人生和小说都赋予三岛巨大的超越般的力量。另外,三岛也迷恋英国唯美主义代表人物奥斯卡·王尔德,他阅读了王尔德的《温德梅尔夫人的扇子》、《莎乐美》、《王尔德诗集》、《自深深处》等多部作品。他倾慕王尔德的颓废之美,憧憬着《莎乐美》中莎乐美将吻献给施洗约翰被割下的头颅的鲜血之美,也痴迷于王尔德那种否定道德、宗教,追求唯美的艺术至上主义的精神,尤其是作品中"恶魔性的魅力",他"总是天真地、非常感性地幻想着恶魔这种东西"③。正因如此,他才崇拜谷崎润一郎的肉体唯美主义。三岛甚至这样写他撰写小说的动机:"企图从

---

① (日)三岛由纪夫:《艺术断想》,唐月梅译,石家庄:河北教育出版社,2002 年,第212 页。

② 拉迪盖(1903—1923),法国作家,诗人。著有《魔鬼附身》等。

③ (日)三岛由纪夫:《艺术断想》,唐月梅译,石家庄:河北教育出版社,2002 年,第234 页。

深藏在内心里的那种可怕的情绪中摆脱出来。"①

而日本浪漫派的兴起又将青年三岛的审美理想引向了日本传统美学。众所周知，日本近现代文坛是在模仿西方现代文学思潮的基础上逐渐产生了不同的派别以及与西方不同的文艺思想。日本浪漫派就是这样一支艺术流派，其宗旨是"向流行挑战，下一代文学家的天赋使命就是顽强地反抗现状"②。他们与欧洲19世纪的浪漫主义不同，主要从"超克近代"和"回归日本"出发，否定近代以及近代文学，提倡国粹主义，鼓吹皇神思想。初入文坛的三岛，在导师清水文雄的引荐下加入了日本浪漫派，并结识了保田与重郎、莲田善明等代表人物。当时日本正处于二战期间，浪漫派的文化国粹主义思想，正好迎合了战争，并逐渐转化为对战争的肯定与美化。而这一时期的三岛，主要是从美学的角度接受日本浪漫派思想，因此，他在整个战争期间都陶醉在中世的美学世界中。值得注意的是，文化之中的美学一旦与战争结合就势必带有政治色彩，所以三岛在潜移默化之中就把美与末世、武士殉死、尊皇等思想联系在了一起，他对中世美学的领悟是深刻的。比如，他在谈谣曲时说："谣曲那种绚烂的文体，内里潜藏着末世的意识，通过极限的言语，表现一种美的抵抗，这种极度人工的豪华语言的驱使，势必导致一种绝望感。"③从艺术形式中感悟到其内在精神，可见其感受美的敏锐性，他从中世末世美学中体会到的绝望感，也正与

---

① （日）三岛由纪夫：《艺术断想》，唐月梅译，石家庄：河北教育出版社，2002年，第235页。

② 唐月梅：《怪异鬼才——三岛由纪夫》，北京：九州出版社，2015年，第101页。

③ （日）三岛由纪夫：《太阳与铁》，唐月梅译，上海：上海译文出版社，2016年，第87页。

当时莲田善明提出的"死就是文化"这一观点相契合。总的来说,在日本浪漫派的影响和启发下,三岛在整个战争期间始终在追求一种超现实的美。

男性的肉体美在三岛美学中也占据重要的地位,这与他希腊之旅的体验有着重要的关联。1952 年,27 岁的三岛经历了一次短暂的希腊之旅,随后他便开始向希腊之美倾倒。希腊艺术极其重视肉体与精神的平衡,尤其是那种能够在精神与肉体之间张力饱满的状态下,仍然能够保持表面上柔和的平衡之美深深打动了三岛。肉体的健美灌注精神的丰满,并形成具有张力感的平衡美,构成了三岛美学中希腊古典主义美的要素。

纵观三岛的一生,他从崇拜日本王朝美学出发,在中世末世观美学中找到日本古典美学精神的归宿;从西方唯美主义世界中深受启发,努力探索深藏于内心的可怕灵魂;再回望希腊古典主义的肉体与精神的平衡之美,在日本的传统与现代以及西方的传统与现代之间来回求索,形成了三岛独特而丰富的美学面貌。

二、肉体的"毁灭"

"在艺术里不管怎么说,都有朝向破灭的冲动。……我们不能永远相信建设性的艺术,而且艺术的根本就是使人从普通市民生活的健全思考中觉醒过来,使人不丧失陷入令人震惊的思考。"[①]三岛认为,

————————

① （日)三岛由纪夫:《艺术断想》,唐月梅译,石家庄:河北教育出版社,2002 年,第240 页。

艺术的内部本身就具有破坏、解构的力量，它以非常态的面貌展现在观者面前，刺激观者朝着自我否定、自我破灭的方向进行思考。由此，"破灭"便获得了积极的意义，摆脱日复一日地琐碎日常，以全新的视角重新审视。"不把现存某处的东西一下子毁灭掉，事物就不能复苏……艺术这种东西只能通过一度死亡再复苏的形式来把握生命。"①也就是说，生的可能性必须从毁灭、从死亡中产生出来。艺术内部孕育着的毁灭性力量，从能够孕育出新生这一角度来看，是具有积极意义的。三岛在文学作品中尝试的"毁灭"，都是以价值、观念等的新生为目标，因为他坚信"通过死亡和破坏总是可能复苏的"②。而他在文学领域中尝试的第一种毁灭就是肉体的毁灭，通过设定作品中人物的死亡以获得以下三个方面的价值。

（一）观念之爱的永恒

爱，是文学创作的永恒主题。对于爱的理解仁者见仁，但是当爱与死紧紧联系在一起的时候，就会把读者引向关于爱的异质空间。三岛的《爱的饥渴》（1950）就是描写将爱的对象毁灭的小说。明明是爱的对象，为何会成为被毁灭的对象？三岛想要借此阐释一种怎样的爱？

小说的女主人公悦子在风流成性的丈夫良辅去世后，依靠公公杉本弥吉度日。在公公的软磨硬泡下，悦子半推半就地投入了枯骨一般

---

① （日）三岛由纪夫：《艺术断想》，唐月梅译，石家庄：河北教育出版社，2002年，第240—241页。

② （日）三岛由纪夫：《艺术断想》，唐月梅译，石家庄：河北教育出版社，2002年，第241页。

的公公的怀抱,来自衰老肉体的爱抚暂时缓解了悦子对性爱的渴望,但枯瘦干瘪的肉体难以满足她长久的欲望,所以她开始迷恋上健康、结实而憨厚的园丁三郎,并对他展开了爱情攻势。当她发现三郎与女仆美代的秘密恋情之后,强烈的嫉妒致使她拆散了这对恋人并赶走了有孕在身的美代,与此同时,悦子内心的痛苦愈演愈烈,甚至难以自拔。美代走后,三郎似乎意识到悦子对自己的爱,于是在一天夜晚勇敢地向悦子表白,不料,好不容易得到三郎之爱的悦子却用铁锹将其置于死地。

从整部作品多次对三郎外貌与气质的描写,我们大致能够勾勒出三郎的形象:穿着褴褛,黝黑的胳膊,浅黑的脖颈,浅黑的脊背,年轻的肌肤,粗壮的赤脚,肌肉发达,体格健壮,体内充满了旺盛的生命力,沉默寡言,行为粗笨,钝感。可以看出,三郎是一个身强力壮、少言寡语的劳动者形象。正是对这样的三郎,悦子投入了如少女一般的爱。作品开篇写悦子在阪急百货商店买了两双袜子,这是她偷偷为三郎买的,"她将买来的袜子放在袋子最底里","脸颊烧得厉害","是什么东西给予的勇气呢?是刚买来的两双袜子"①。她的行为举止和内心世界俨然一副少女初恋时心潮澎湃的样子。悦子怀揣着兴奋与不安将袜子若无其事地递给了三郎,而实际上是"犹如安排仪式一样,是计划周全、布置紧密的"②。从这细密的内心活动来看,悦子已经深深地爱上了三郎。但这种爱似乎并未停留在初恋般的单纯中,它在悄然地发

---

① (日)三岛由纪夫:《爱的饥渴》,唐月梅译,上海:上海译文出版社,2016年,第1—2页。

② (日)三岛由纪夫:《爱的饥渴》,唐月梅译,上海:上海译文出版社,2016年,第64页。

生着变化,逐渐融入了一种类似毁灭的要素。悦子的内心产生了这样的想法:"对我来说,他的不在所带来的感情,才是真正的新的感情","他的不在,仿佛是一种充实而新鲜的有分量的东西。这就是喜悦"①。三郎的"不在",令悦子产生了一种如获新生的喜悦。换言之,悦子发现,爱的对象的"不在"能够引起她内心真诚的愉悦感。而这种"不在之爱"的萌芽,伴随着美代的出现,茁壮成长起来。

　　三郎与美代的爱因为美代的怀孕而曝光,对于一直以来爱慕三郎的悦子来说,无疑是一种沉痛的打击。起初她不能接受这一现实,多次使用非常手段确证两人之间是否真的存在爱,而后在事实爱(怀孕)的面前又陷入了是让两人结婚还是分手的痛苦纠结,最终嫉妒和痛苦让她在三郎离开时将怀有身孕的美代赶走。在整个过程中,悦子对三郎的爱的成分发生了变化,原本纯粹的爱融入了嫉妒、无法占有、不能确定等种种复杂的成分。这种复杂的爱驱使她在夜晚的葡萄园里放下尊严、如乞丐一般地向三郎表白,恍惚之中会意的三郎欲强行与悦子发生关系,却不料被愤怒的悦子用铁锹砍中头部,倒地而亡。三郎的死亡是突如其来的,他是一个头脑简单内心单纯的农村劳动者,不懂得爱与不爱,情感真挚得仿佛有一种虚假的感觉,他不懂得悦子这个难以对付的年轻寡妇的内心世界,更难以明白她的痛苦,只是以本能来应对悦子的真实想法,却死得如此突然和凄惨,"在与毛衣一起卷起的草黄色衬衣下,他的脊背肌肤露了出来。肌肉呈现苍白的涂色。埋在草丛中的侧脸仿佛在笑,从那由于痛苦而扭曲了的嘴里,可以窥

---

① (日)三岛由纪夫:《爱的饥渴》,唐月梅译,上海:上海译文出版社,2016 年,第55—56 页。

见他那排尖利而洁白的牙齿。流淌出脑浆的额头下方,眼帘深陷似的紧紧地闭上了^①"。我们认为,三郎之死实际上是悦子早有预谋的行为。当悦子对三郎的爱中融入了"不在之爱"的成分时,就已经与三郎"彻底的不在"(死亡)相通了。三郎与美代之间的孩子深深地刺激了悦子的嫉妒之心,她的痛苦愈演愈烈,无日无夜不在痛苦中煎熬,她让美代消失,却仍然不能进入三郎的内心世界。她只有继续着她"想象力"世界中的"幸福",把三郎健康强壮的肉体与想象力统合,而获得一种不需要思考其根据的幸福。杀掉三郎,获得观念之爱的永恒。

因此,正因为是爱的对象,所以才应该是被毁灭的对象。只有使对象灭亡,才能在观念世界中获得爱的永恒。

(二) 美的自我陶醉的胜利

陀思妥耶夫斯基曾说:"美是一种可怕的东西! 可怕是因为无从捉摸。而且也不可能捉摸,因为上帝设下的本来就是一些谜。"^②三岛对此深表赞同,并对日本的美学之谜做了深刻的反思,他认为日本美的观念来源是自然与生活,而真正可以称之为核心精髓的日本美则诞生于秩序崩溃的中世时期,尤其是中世的末世思想与美密切相关,美与死亡是并行存在的。"在日本,美并不意味着人间主义的复活,甚至

---

① （日）三岛由纪夫:《爱的饥渴》,唐月梅译,上海:上海译文出版社,2016 年,第170 页。

② （俄）陀思妥耶夫斯基:《卡拉马佐夫兄弟上》,耿济之译,北京:外文出版社,2014年,第 131 页。

带有'否定生'的这种宗教性。"①也就是说,日本美的谜底正在于死亡。长篇小说《禁色》(1951)就探讨了死亡与美的关联。

小说共分为两个部分。第一部分写老作家桧俊辅因为相貌老丑,连续遭受三次婚姻失败,几个情人也都背叛了他。一次偶然机缘他邂逅了决不爱女性的俊俏男子南悠一,便唆使悠一娶了爱慕他的少女康子,同时让悠一接近曾与自己相好的镝木夫人和恭子,利用悠一的男色之美和女性天生的嫉妒心理展开了对背叛过他的女性的报复。第二部分写悠一在男色的世界里愈走愈远,逐渐摆脱了俊辅的控制。作为一个双面人,他在被大家公认的现实世界中让妻子怀孕,承担做父亲的责任;而在黑色的夜晚,他又活跃于男色世界不能自拔。当南悠一的母亲和妻子得知真相,老作家的情人们也知道了事情的原委时,俊辅的报复宣告失败。由此,悠一与俊辅之间开始以报复为中心建立的关系也告于破裂,但此时的俊辅发现自己也爱上了悠一,于是给南悠一留下巨额财产后自杀。

三岛在小说解题中说道:"《禁色》是试图让自己本身内在的矛盾和成为彼此对立的两个'我'来对话。"②日本评论家村松刚也做了类似的评论,"《禁色》中的俊辅的模特儿是三岛由纪夫","悠一的原型也是三岛由纪夫本人。三岛不过是由老作家这个'我'的眼睛,审视另一个我——悠一"③。三岛塑造的悠一是一个具有希腊雕像般肉体的美男子形象,三岛自幼就憧憬这种肉体健美的男色形象,但第一部分的

---

① (日)三岛由纪夫:《残酷之美》,唐月梅译,北京:中国文联出版社,2000年,第195页。

② 唐月梅:《怪异鬼才——三岛由纪夫》,北京:九州出版社,2015年,第174页。

③ 周淑兰、林玉和:《世界文豪自杀之谜》,北京:团结出版社,1996年,第84页。

创作似乎并未得到三岛自身的认可,"1951 年又无益地写了过分令人讨厌的《禁色》"①。仅仅肉体完美的悠一仍存在缺陷,短暂的希腊之旅后,三岛又投入了第二部分的创作,他欣喜地意识到,只有"肉体与理性的均衡"才堪称美。于是第二部分的悠一发生了变化,他曾经被老作家牵制,而现在则摆脱了牵制,追求自我恋爱倾向的合法性,追寻自我的蜕变,像这样,悠一被三岛赋予了理性。悠一同时又是三岛本人,他在自我的肉体与精神方面始终都在追求美,所以悠一的蜕变就是三岛的蜕变。他说:"创作美的作品同自己变成美的东西具有同一伦理基准。"②也就是说,创作《禁色》的过程,实际上是三岛追求美的过程。悠一最终在现实世界中完善了理性,达到精神与肉体的平衡,找到了自我存在的空间。

另一方面,俊辅也是三岛的分身。他作为悠一的对立形象出现,其老丑的肉体与悠一希腊雕像般的肉体形成了鲜明的对照。曾经的三岛也是一个羸弱枯瘦的形象,后经过斯巴达式的体育锻炼而养成了健康俊美的肉体。这两种肉体形象都代表着三岛,从俊辅看悠一,无疑是仰慕其肉体的。那么,俊辅又是如何看待悠一的性倒错呢?悠一的性倒错不被社会认可,但俊辅发现可以利用他的性倒错来报复背叛自己的女性,所以给予他经济上的支持和精神上的支撑,这就使悠一的性倒错以"报复之名"实现了合法化,而这也正是三岛本人对性倒错的态度。然而,悠一并未如俊辅所愿,始终做他的报复工具,随着作品

---

① (日)三岛由纪夫:《太阳与铁》,唐月梅译,上海:上海译文出版社,2016 年,第132 页。

② (日)三岛由纪夫:《太阳与铁》,唐月梅译,上海:上海译文出版社,2016 年,第138 页。

情节的展开，悠一的自我意志不断生长，他更为大胆地在男色世界遨游，也不再惧怕自己性倒错者身份的暴露，从而挣脱了俊辅的控制。而悠一从"被缚"到"挣脱"的过程，也推动着老作家俊辅发现真正的艺术美。

　　曾经的悠一是俊辅艺术创作的"活的素材"，"悠一一切精神性的缺失，治愈了被精神腐蚀殆尽的俊辅的艺术这一夙疾"[①]；而想要成为"现实的存在"的悠一则成长为一个兼具肉体与精神的完美形象，对于俊辅来说，此时的悠一就是美的象征；面对美，俊辅自然而然地产生了爱，因为这是他艺术创作中孜孜以求的理想形象，但"素材的反抗"又使他深深地陷入了艺术的迷惘。俊辅一生都在追求创作美的作品，尤其是悠一的出现更为他提供了艺术创作的灵感，但当悠一由"非现实的存在"迈向"现实的存在"时，老作家感受到"生活中久已存在的他所忌恨的浪漫主义，被他用浪漫主义本身的武器铲除了"[②]，创作素材本身跳出来阻挡他的艺术，或者说悠一的存在本身是他艺术创作无法逾越的鸿沟。此刻他深刻地意识到："美，永远在此岸，在现世，在眼前，确乎伸手可及。我们的官能可以品味它，这正是美的前提条件。官能很重要，它可以检验美。但是，它绝不能到达美。……这个世界有着所谓最高的瞬间，这就是现世的精神和自然的和解、精神和自然交合的瞬间。……活着的人也许尝到过这种瞬间，但是不能表现出来。它超越了人的能力。……人不能真正表现人的致极的状态。人不能表

---

① 　（日）三岛由纪夫：《禁色》，陈德文译，上海：上海译文出版社，2014 年，第 454 页。
② 　（日）三岛由纪夫：《禁色》，陈德文译，上海：上海译文出版社，2014 年，第 456 页。

现人的最高的瞬间。"①很显然,对于俊辅来说,作为现实的存在的悠一正是他伸手可及而又无法完全表现出来的美,如果执着地追求艺术表现的最高瞬间,那么唯一的选择就是自杀,因为死亡行为本身最接近于至高无上的美,所以,俊辅选择了自杀,他以自由意志选择下的死亡行为践行了对艺术美的最高境界的追求。

回到三岛,无论是追求"现实的存在"的悠一,还是自杀以求美的俊辅,都是三岛本人的代言。两人一者求生一者求死,看似两个极端相反的诉求其实目的相同,他们的终极归宿都是美,尤其是求美者以生命为代价而接近美,便宣告了"'美'的自我陶醉的胜利"②。

(三)大义与至诚

当肉体的毁灭超越个人情感,上升至国家层面时,它便获得了更高的价值。1936 年 2 月 26 日,一批青年军官发动了震惊整个日本的兵变,史称"二·二六事件"③。这一事件在三岛"体内积淀着不知目的的愤怒与悲哀"④,这种愤怒与悲哀随着日本的战败越来越强烈地击打着三岛的内心。在三岛看来,战败后的日本,由于美占领军的存在而使日本政治出现一片混乱,在战争期间成长起来的青年们陷入彷

---

① (日)三岛由纪夫:《禁色》,陈德文译,上海:上海译文出版社,2014 年,第 468 页。

② (日)長谷川泉、武田勝彦:《三島由紀夫事典》,東京:明治書院,1976 年,第 124 页。

③ 1936 年 2 月 26 日拂晓,以皇道派二十余名下级军官为首的一千四百余名军人在东京市内发起兵变,杀害了三名内阁大臣,重伤侍从长,并占领了首相官邸、警视厅、陆军部以及国会议事堂等中枢机构,进行所谓兵谏。企图建立以军部为中心的政权,进一步推进扩军备战的侵略政策。后因其高层统治集团内部矛盾重重,三天后,兵变被镇压,兵变头目亦被悉数处决。

④ 唐月梅:《怪异鬼才——三岛由纪夫》,北京:九州出版社,2015 年,第 258 页。

徨和苦闷,整个国家岌岌可危。在这种情况下,他又对当年的"二二六"事件进行了反思,他认同那些参与政变的青年军官,因为他们的行为意味着"灵魂的奔腾"和"正义感的爆发",只有这种以身殉国的精神才能拯救日本。于是,三岛以该事件为背景,创作了短篇小说《忧国》并发表于1961年的《小说中央公论》杂志上,企图以一对青年军官夫妇的自杀殉国行为彰显大义与至诚的价值。

小说的画面定格在武山信二中尉与妻子丽子新婚宴尔之际。中尉听闻他的青年军官战友们发动军事政变失败,同时又得到了天皇任命他讨伐叛军的敕令,进退维谷间他做出了人生重大的决定。新婚当晚夫妇二人决意共同赴死,酣畅淋漓的性爱画面与血淋淋的剖腹场面相互交织,为读者带来了极具震撼的视觉冲击力。自杀之前的性爱是夫妇二人的"最后一次",他们疯狂地投入到性爱的酣畅淋漓之中,拥抱、亲吻、做爱,两个年轻的肉体中充满了激烈的欲望,这种以死亡连接的夫妻之爱更增强了自杀的勇气和意志,也留下了永远"甘美的回忆"。品味过极致的喜悦后,面对死亡的中尉丝毫没有恐惧和战栗,而是"不可思议的陶醉"和"难以言喻的甘美"[①],他觉得能在美丽的妻子面前死去是一种极致的幸福,"透过妻子那美丽的身姿,中尉觉得仿佛看到了自己所热爱、并为之而献身的皇室、国家、军旗,以及所有这一切辉煌的幻象"[②]。妻子的美丽是国家的象征,所以中尉死亡的意义就在于对国家的至诚之心。

中尉的肉体是完美的,其肉体的毁灭是血淋淋的:"伤口随即渗出

① (日)三岛由纪夫:《忧国》,许金龙译,北京:九州出版社,2015年,第73页。
② (日)三岛由纪夫:《忧国》,许金龙译,北京:九州出版社,2015年,第74页。

了鲜血,几条细细的血流,被明亮的灯光辉耀着闪着光亮,往胯下流去。……白布和拳头都浸了鲜血,就连兜裆布也被染成了一片赤红。……中尉的右手想要继续切割下去,刀刃却被肠子缠绕住,一股柔软的弹力不时把刀子往外推去。……随着脉搏的跳动,鲜血从伤口处越发任性地喷涌而出。面前的铺席浸透了鲜红的血水,积存在黄草色军裤里的鲜血,由军裤的褶皱流到了铺席上。"①从这极具视觉冲击力的描写,我们可以想象到剖腹的残忍与痛苦,进而不寒而栗。然而在妻子丽子看来,这是丈夫身上体现出来的最英雄、最高尚的美,她目睹了丈夫的痛苦,因为自己马上要追随丈夫而去,能够共享这种痛苦,从而感到由衷地愉悦。在她将要自杀时,内心深深地感到"丈夫所信奉的大义之中的真正的甘甜和苦涩,自己眼看也要品味了"②。于是,她刺穿喉咙,倒在血泊之中,加入了丈夫的"大义"世界。

　　整部小说的人物、地点和情节都比较简单,最夺人眼球的画面是二人酣畅淋漓的性爱场面以及痛苦至极的情死场面。三岛的这一情节设定是受到近世的近松门左卫门的启发:"据说在成人的情死中,其情死前必有性行为,近松情死剧的私奔描述常常暗示这一点。"③因此,他把情死与性爱的结合看作一种必然,并且是将性爱推向至高境界的途径,"情死一词总是缠绕着性陶醉的极致的幻影,所以男女间的

---

① (日)三岛由纪夫:《忧国》,许金龙译,北京:九州出版社,2015年,第75—78页。
② (日)三岛由纪夫:《忧国》,许金龙译,北京:九州出版社,2015年,第82页。
③ (日)三岛由纪夫:《阿波罗之杯　散文随笔集》,申非译,北京:作家出版社,1995年,第277页。

性行为本质上带有类似情死的要素"①。武山中尉夫妇在性爱后双双
自杀,将他们的夫妇之爱推向至高点。在自杀方式上,武山中尉选择
了疼痛至极的切腹方式,这是武士了结生命的方式。切腹,代表着选
择自杀的强力意志战胜了肉体的疼痛,它是一种积极的选择,是自由
的极致。这种悲壮的死直指天皇和国家,献身国家的忠诚被抽象为纯
粹的美。三岛是将对国家的"至诚当作道德的价值而绝对化"②了,由
此才产生出极为暴烈的行为方式。也正是在这样的行为下,家庭之爱
上升至国家之爱,只是这种爱是以"忧"的方式表现出来的。日本评论
家渡边广士指出:"三岛所'忧'的不是根据国民、国土和国际社会的实
体性的'国',而是'国'的纯粹性,即失去的永恒的东西,应属于'国'的
理念。因此,他的忧国之情是极度观念性的。"③我们认为,渡边广士
的评论极为中肯,三岛就是要通过交织着性爱与切腹的血淋淋的画
面,来突显其背后蕴藏的关于"国"的观念性的东西,即为国献身的大
义与至诚。

三、物的"毁灭"

　　三岛创作了许多文学作品来写肉体的毁灭,即人的死亡,从而换
取对爱、美以及国家等最高观念价值的肯定。其文学作品的第二层

---

① （日）三岛由纪夫:《阿波罗之杯　散文随笔集》,申非译,北京:作家出版社,1995
　　年,第277页。
② （日）中村雄二郎:《日本文化中的恶与罪》,孙彬译,北京:北京大学出版社,2005
　　年,第83页。
③ （日）渡边広士:《「豊饒の海」論》,東京:審美社,1942年,第39—40页。

"毁灭"即物的毁灭,最具代表性的就是他以 1950 年放火烧掉日本著名的古建筑金阁寺的犯罪事件为素材而写成的《金阁寺》(1956)。这部作品一经发表,便得到了许多评论家的好评。奥野健男称:"这是三岛文学的最高水平,三岛美学的集大成。"①而一向贬低三岛文学的中村光夫也高度评价说:"《金阁寺》即使放在我国现代小说佳作系列里也是可以当之无愧的。"②

物的毁灭之所以对人有意义,是与物本身和人之间的价值关系紧密相连的。火烧金阁寺之所以成为三岛文学的重要题材,是因为金阁寺在日本民族的价值构成中占有重要的位置。金阁寺是室町幕府第三代将军足利义满于 1397 年建成的,由于建筑物周身覆金箔装饰,故得此名。金碧辉煌的金阁寺象征佛国净土的金色,代表室町时代的建筑美学,更是足利义满将军时代政治权力的象征。三岛说:"我喜欢的,是新建的、人们挖苦说像电影布景似的富丽堂皇的金阁。我觉得那里有室町时代的美学,有足利义满将军的恍惚。……我为金阁在夕照下呈现的黄金色所包含的倦怠美所感动。"③他由金阁寺那耀眼的美所想到的是中世时期武士掌握政权的辉煌。而要在艺术中把握这种美,三岛以为,唯一的方法就是"毁灭"。他曾坦言:"对于我来说,整

①　黄铁池、杨国华:《20 世纪外国文学名著文本阐析》,北京:北京大学出版社,2006年,第 307 页。

②　黄铁池、杨国华:《20 世纪外国文学名著文本阐析》,北京:北京大学出版社,2006年,第 307 页。

③　(日)三岛由纪夫:《艺术断想》,唐月梅译,石家庄:河北教育出版社,2002 年,第191 页。

个烧毁了的金阁寺,并不具有太大的魅力。”①也就是说,对于三岛而言,金阁寺的美在于使之毁灭,在《金阁寺》中,他通过描写主人公沟口从迷恋金阁到毁灭金阁的追求绝对美的心路历程,彰显了“毁灭”的美学价值。

《金阁寺》的主人公沟口是一个自我封闭的形象,因患有严重的口吃症,他天然地与外界隔着一层障碍,没有能够真正理解他的人。加上他是寺院住持的儿子,他儿时起就成为同学嘲笑的对象。父亲离世后,他被送至金阁寺当僧人,遇见唯一的知己鹤川,但没过多久鹤川自杀了,沟口与外界的沟通再次被割断,他又回到自我封闭的世界。而他唯一的寄托就是金阁寺的美。

未见金阁时,沟口常听父亲说:“人世间再没有比金阁更美的东西了。”②因此,他常常憧憬着金阁,倾尽身心地想象着金阁寺那无与伦比的美。身患重病的父亲在临死前带沟口去金阁寺一睹芳容,初见金阁的沟口却觉得“它(金阁)只不过是一幢古老的黑乎乎的三层小建筑物。顶尖上的凤凰,看上去也像只乌鸦。岂止不美,甚至给人一种不和谐、不稳定的感觉”③。金阁寺没有沟口想象的那样完美,因此他大失所望。同时,这也激起了他对美的怀疑和思考,“美为了保护自身,可能会诓骗人的眼睛。我必须接近金阁,消除让我的眼丑陋地映现的障碍,检查一个个细微部分,亲眼观察美的核心。”④自此以后,沟口开

<hr />

① （日）三岛由纪夫:《艺术断想》,唐月梅译,石家庄:河北教育出版社,2002 年,第191 页。

② （日）三岛由纪夫:《金阁寺》,唐月梅译,上海:上海译文出版社,2014 年,第 17 页。

③ （日）三岛由纪夫:《金阁寺》,唐月梅译,上海:上海译文出版社,2014 年,第 20 页。

④ （日）三岛由纪夫:《金阁寺》,唐月梅译,上海:上海译文出版社,2014 年,第 20 页。

始了金阁寺之美的探索之旅。

父亲去世后,沟口到金阁寺做僧人,与金阁寺朝夕相对,逐渐发现它美的真谛并愈来愈迷恋它。正值二战期间,沟口发现,金阁之美似乎与战争有某种关联:"战乱与不安,累累的死尸和大量的血,丰富了金阁的美,这是自然的。因为金阁本来就是由不安见称的建筑物,是以一名将军为中心的众多黑暗心灵的所有者所筹建的建筑物。美术史家在那里只看见样式的这种的三层凌乱的设计,无疑是探索一种使不安结晶的模式,自然形成如此模样的。"①金阁寺是室町时代足利义满将军为建立幕府与朝廷统一的政权模式所建,彼时幕府危机四伏,政权的建立是以战争和死亡为代价,所以"不安"才是金阁的美之所在。接着,他又想到若金阁毁于战火,势必会增添金阁"悲剧性的美",同时也能使身患残疾的自己由丑化美:"烧毁我的火,也定会烧毁金阁。这种想法几乎令我陶醉。在遭受相同灾难、相同不吉利的火的命运下,金阁和我所居住的世界,成了属于同一次元的。"②能够与自己憧憬的美共生共存,沟口不禁心潮澎湃。然而,日本战败的消息传来,免于战火的金阁令沟口希望落空,他感到前所未有的绝望。当他偶遇雪中金阁时发现,"多亏下了雪,立体的金阁才变成与世无争的平面的金阁、画中的金阁"③。由此悟到,金阁之美是观念的、永恒的,是须不断追求的。

进入大谷大学,沟口试图与金阁寺保持一定距离,但又常常为金

---

① (日)三岛由纪夫:《金阁寺》,唐月梅译,上海:上海译文出版社,2014年,第29页。

② (日)三岛由纪夫:《金阁寺》,唐月梅译,上海:上海译文出版社,2014年,第38页。

③ (日)三岛由纪夫:《金阁寺》,唐月梅译,上海:上海译文出版社,2014年,第62页。

阁之美感到矛盾和困惑。当他要与一位姑娘发生肉体关系时，金阁之美阻碍了他，令他无法完成一次完整的性爱；但当内翻足残疾人柏木以极端的丑深深刺激他时，他又在金阁之美中获得了缓和，矛盾之中不禁感慨："它从人生中阻隔我，又从人生中保护我。"[1]随着矛盾的张力不断增大，沟口开始意识到美就像牙齿中坏掉的龋齿，仅依靠拔除无法从根本上解决它给人带来的痛苦，因为美之根不会断绝。于是他用近似诅咒的语气向金阁粗野地咆哮："总有一天我一定要把你给制服，再也不许你来干扰我！总有一天我一定要把你变成我的所有"[2]在激动不已的情绪中，沟口意识到，要俘获金阁之美，就必须要毁灭金阁，让更大的美从中产生，同时也让自己获得重生。

沟口最初企图用旷课、欺骗钱财的方式激怒老师，好让自己顺理成章地"犯罪"，但都事与愿违，于是下决心暗自烧毁金阁。在等待放火的慢慢长夜中，沟口再次领略到金阁之美："金阁从未曾以如此完整而精致的姿态通体闪烁着出现在我的眼前"，"金阁纤巧的外部，与它的内部浑然一体了"，"美既是细部，也是整体"，"美概括了各部分的争执、矛盾和一切的走调"。金碧辉煌的外表与"不安"[3]的内在构成了具有张力感的金阁之美，沟口意识到，这种美的结构召唤着毁灭，唯有放火烧毁金阁才能实现它的永恒之美，于是付之一炬，从此沟口在精神上获得了金阁的绝对美。

要之，整部作品描写了沟口追求金阁寺的绝对美的心路历程，因

---

[1]　（日）三岛由纪夫：《金阁寺》，唐月梅译，上海：上海译文出版社，2014年，第94页。

[2]　（日）三岛由纪夫：《金阁寺》，唐月梅译，上海：上海译文出版社，2014年，第132页。

[3]　（日）三岛由纪夫：《金阁寺》，唐月梅译，上海：上海译文出版社，2014年，第219—221页。

为迷恋金阁之美,所以不断地探索其美的真谛,最终以毁灭金阁的方式获得了绝对美的永恒。有评论家指出,三岛之所以设计要烧掉金阁寺,是因为"他(三岛)是将金阁寺作为情欲的对象来描写的。……我们各自的人生都有自己的金阁、憧憬和被疏远的感情,经过破坏的所有,恐怕是生命的根本形式。"①此评价一语中的。我们认为,对于三岛而言,金阁寺象征着人生的憧憬和难以逾越的目标,他发现不断地追求会令人心力交瘁,不如给它致命的一击,反而能够迸发出新生的力量,所以他赋予"毁灭"以美学价值,既通向生,又通向美。

四、自我的"毁灭"

三岛对于死亡有着与生俱来的向往。被迫与病重的祖母共度的孤独而阴暗的童年生活是他感受死亡气息的生活母胎,5 岁中毒事件是他第一次与死神擦肩而过,阅读童话故事幻想英俊的王子被残酷地杀死给他带来了神秘的快感,由此,他对死亡的幻灭感产生了一种近乎残酷的渴求。而那种令人窒息的死亡气息一直笼罩在其日后的文学创作中。

死于青春,是他中学时代的梦。13 岁时邂逅了一幅令他终生难忘的画——《圣塞巴斯蒂昂殉教图》:

> 这个非常英俊的青年,赤裸着身体,被捆绑在那棵树干
> 上。他的双手高高地交叉着,捆绑着他双手的绳子系在树

---

① 周淑兰、林玉和:《世界文豪自杀之谜》,北京:团结出版社,1996 年,第 88 页。

上。遮掩着青年的裸体的，唯有一块白粗布，它松弛地缠在他腰部周围。

　　这个白皙的无与伦比的肉体，被置于薄暮的背景前面，熠熠生辉。他身为近卫军而习惯于挂弓挥剑的健壮臂膀，在那样合理的角度被抬了起来，恰好在其头发的正上方，将其被捆绑的手腕交叉着。他的脸稍向上仰，望着苍穹，那双祥瑞的眼睛，深沉而安详地睁大着。无论是挺起的胸膛，紧缩的腹部，或是微微扭曲着身子的腰部周围，飘逸着的不是痛苦而是某种音乐般的倦怠、逸乐的震颤。要不是箭头深深地射进他的左腋窝和右侧腹的话，他这副模样很像罗马的运动健将将凭依在薄暮的庭院的树木旁休息以消除疲劳一样。

　　箭头深深扎进他的紧缩而结实的、香气四溢的青春肉体里，欲图以无上的痛苦和快乐的火焰，从内部燃烧他的肉体。①

　　据说塞巴斯蒂昂生于公元 3 世纪的法国高卢，幼年时接受基督教洗礼，成年参军后因骁勇善战被皇帝任命为近卫军长官，因被皇帝发现信仰而被处以极刑。尚存一息的塞巴斯蒂昂毅然当面指责皇帝的暴政，最后终被乱棒打死，他为信仰献上了年轻的生命。他的殉教精神再加上图画上展现的肉体官能美，在少年三岛看来即是一种极致的

---

① （日）三岛由纪夫：《假面自白》，唐月梅译，上海：上海译文出版社，2014 年，第 28 页。

美：“塞巴斯蒂安这位年轻的近卫队队长展示的美，难道不是被杀的美吗！”①美与死亡、牺牲、信仰紧密相关。后来，他在译本《圣塞巴斯蒂昂的殉教》后记中写道：“这位美青年的裸体，极端地表现了年轻、健壮而光辉的肉体和异教的官能性……他代表着古代世界的美、青春、肉体和官能性。”②三岛以其年仅 45 岁的健康肉体结束生命，不得不说是圣塞巴斯蒂昂殉教图的复现，也是他少年时代梦想的实现。

　　少年时代体弱多病的三岛一直向往希腊古典男性的完美肉体，他强迫自己完成斯巴达式的艰苦锻炼，执着地追求男性的肉体美。在他生命的后期，他迷恋上了武士道著作《叶隐》。《叶隐》中的忠于主君的观念和向死而生的生活方式深深吸引着他。他在 1967 年写的《叶隐入门》中全面地梳理和阐述了《叶隐》的精髓，认为武士道的根本在于“求取死若归途之道”③。在他看来，武士切腹自杀是一种带有人的自由意志的死亡，是武士为了表示对主公的忠诚以及自我名誉的清白所做的选择，是体现人生最高价值的积极行为。因此，死＝选择＝自由。“他（三岛）向往死，特别是憧憬武士切腹而死的瞬间的美的闪光。”④“趁肉体还美的时候就要自杀。”⑤可以说，三岛对待自杀带有不顾一

---

①　（日）三岛由纪夫：《假面自白》，唐月梅译，上海：上海译文出版社，2014 年，第32 页。

②　唐月梅：《三岛由纪夫与殉教图》，北京：东方出版社，2003 年，第 143 页。

③　（日）三岛由纪夫：《叶隐入门》，隰桑译，南京：凤凰出版传媒集团，2010 年，第44 页。

④　叶渭渠，（日）千叶宣一，（美）唐纳德·金主编：《三岛由纪夫研究》，北京：开明出版社，1996 年，第 115 页。

⑤　叶渭渠，（日）千叶宣一，（美）唐纳德·金主编：《三岛由纪夫研究》，北京：开明出版社，1996 年，第 112 页。

切的浪漫主义色彩,他以不畏死亡的强力意志赋予自杀崇高的美学价值。《叶隐》本身是宣扬武士伦理以及武士修养的著作,它被统治阶级用来规范武士的行为和道德,具有浓厚的政治色彩;而到了《叶隐入门》,三岛则将武士道精神转变为他的行动原理、恋爱哲学以及生命哲学。

在《叶隐》行动原理的引导下,三岛开始付诸行动。1968 年 10 月 5 日,三岛组织成立了右翼学生集团——盾会,号召盾会成员同日本的自卫队一同奋起抵抗日本的外来侵略以及内战,他希望以实际行动来恢复战后日本丢失已久的武士精神。1970 年 11 月 25 日,三岛带领盾会成员闯入自卫队总监部,要挟总监集合自卫队前来倾听他的演讲,他宣告道:战后的日本丧失了国民精神,陷入了伪善和空虚;自卫队被虚伪的政治家操纵,丧失了本应具备的武士灵魂;自卫队应当唤醒武士道精神,冲进国会为修改宪法而战。演讲完毕后,自卫队成员无一人回应,绝望的三岛高呼三声"天皇陛下万岁"后,切腹自杀。他像一名武士一样,结束了自己年轻的生命。应了他曾经的愿望:"我想作为武士而亡,而不是作为文士去死。"[1]三岛的自杀以牺牲生命的方式实现了人生的美学化。

三岛的自杀事件还引发了日本学界的广泛关注,学者们围绕他"是文学死? 还是政治死?"展开了激烈的论争。我国学者刘耀中是这样阐释的:"他的死,实际上是一部分日本人'无意识的宗教行为'所堆砌的结果,他只有以死来解决东西文化的矛盾,他也只有通过这一条

---

[1]　周淑兰、林玉和:《世界文豪自杀之谜》,北京:团结出版社,1996 年,第 91 页。

途径来冲破他个人的困境。"①也就是说,三岛的自杀一方面源于日本民族集体无意识的神道信仰,切腹自杀是为了将被污染的神道从人体内解放出来,还神道的清白;另一方面,自幼接受西方文学世界的熏陶导致他陷入虐待与被虐待的情愫中无法自拔,再加上文学创作上的江郎才尽,最终三岛选择了自杀。我们认为,刘耀中综合考虑了宗教的、日本传统的、西方世界的、文学的等多方面的要素,都具有合理性,而其中将三岛的自杀同日本民族传统联系起来这一点颇为值得注意。

三岛曾在《残酷之美》一文中写道:"我们(日本民族)内心深处依然抱有自杀的美学,无意识地将切腹者的果断看作一种高洁的意志的表现和一种美的形态。"②在他看来,自杀美学是深藏于日本民族的无意识底层的。他还进一步解释了日本民族深爱红叶与樱花的缘故:"红叶和樱花是热血和死的暗喻。这种暗喻深深地潜藏在我们民族的深层意识里,数百年来继续不断地在生理性的恐怖中,课以美的形式的训练。……在过多地流血和死的战争时代里,人们的心倾向于红叶和樱花,并且传统的美的形象去消化直接的生理性恐怖。在像今天的太平年代里……当然就容易把观念性美的形象,给予热血和死本身了。"③我们认为,三岛这段话揭示了日本传统美学唯美面纱背后所隐藏的阴暗、恐怖的面影。比如樱花在日本传统美学中是这样阐释的:花期甚短,花开时一齐缀满枝头,花落时一夜间全部凋零,短暂的生命

---

① 刘耀中:《荣格、弗洛伊德与艺术》,北京:宝文堂书店,1989年,第201页。

② (日)三岛由纪夫:《艺术断想》,唐月梅译,石家庄:河北教育出版社,2002年,第215页。

③ (日)三岛由纪夫:《艺术断想》,唐月梅译,石家庄:河北教育出版社,2002年,第215—216页。

令人感到世事无常、感时伤逝,落花一瞬,唯美而感伤。而三岛的阐释则揭露了其背后残酷、恐怖的真相:鲜血和死亡都具有直接刺激人的视觉的冲击力,让人有种内心无法接受的感觉;当对象物的存在本身超越了主体内心所能承受的程度时,主体便会不由自主地选择逃离,但是如果将这种恐怖、残酷经受美的洗礼,反而更能够吸引人,主体既有克服自我恐惧心理的战胜的喜悦,又被融合了美与恐怖的刺激性画面深深吸引。从这个意义上,三岛把日本民族战争时代对于红叶和樱花的喜爱,与和平时代对于热血和死亡的向往,当作日本传统审美意识的体现。可以说,三岛的这种美学观实际上是中世"物哀"美学的翻版。

总之,三岛以彻底毁灭自我的生命终结方式,实现了他人生的最高价值,也以实际行动践行了他的"青春+死亡=美"的美学方程式。

参考文献

一、日文原著

1. 阿部次郎：《徳川時代の芸術と社会》,東京：改造社,1948 年

2. 阿部秋成：《源氏物語の研究》,東京：東京大学出版会,1974 年

3. 百川敬仁：《内なる本居宣長》,東京：東京大学出版会,1987 年

4. 百川敬仁：《江戸文化の明暗　明治大学公開文化講座》,東京：風間書房,2011 年

5. 北山正迪：《古今集から現代へ》,大阪：和泉書院,1998 年

6. 北影雄幸：《三島由紀夫と葉隠武士道》,東京：白亜書房,2006 年

7. 本居宣長：《本居宣長全集》(第 1 巻—別巻 3　全 23 巻),大野晋.大久保正編集校訂,東京：筑摩書房,1968—1993 年

8. 本居宣長：《源氏物語玉の小櫛──もののあわれ論》,山口志義夫訳,東京：多摩通信社,2013 年

9. 村岡典嗣：《増補　本居宣長》(1,2 巻),前田勉校订,東京：平凡社,2006 年

10. 村井紀：《文字の抑圧：国学イデオロギーの成立》,東京：青弓社,1989 年

11. 村松剛：《三島由紀夫——その文学と死》,東京：新潮社,1973 年

12. 池見澄隆：《中世の精神世界——死と救済》,東京：人文書院,1997 年

13. 川島益太郎：《徒然草の鑑賞とその批評》,東京：大同館書院,1937 年

14. 川田順：《西行研究録》,東京：創元社,1940 年

15. 長島弘明：《本居宣長の世界——和歌・注釈・思想》,東京：森話社,
    2005 年

16. 長谷川泉.武田勝彦：《三島由紀夫事典》,東京：明治書院,1976 年

17. 大西克礼：《あはれについて》,東京：岩波書店,1940 年

18. 大隅和雄：《中世仏教の思想と社会》,東京：名著刊行会,2005 年

19. 荻生徂徠：《荻生徂徠　日本思想大系 36》,東京：岩波書店,1980 年

20. 渡辺広士：《「豊饒の海」論》,東京：審美社,1972 年

21. 渡辺清恵：《不可解な思想家　本居宣長—その思想構造と「真心」》,東
    京：岩田書院,2011 年

22. 東常縁：《新古今和歌集聞書》,山崎敏夫校,東京：水甕社,1935 年

23. 風景卷次郎：《西行と兼好》,東京：角川書店,1977 年

24. 風景卷次郎：《日本文学史の研究下巻》,東京：角川書店,1961 年

25. 和辻哲郎：《日本精神史研究》,東京：岩波書店,2005 年

26. 岡一男：《源氏物語の基礎的研究——紫式部の生涯と作品》,東京：東
    京堂,1954 年

27. 岡崎義恵：《日本文学思潮史》,東京：岩波書店,1931 年

28. 岡崎義恵：《日本文芸学》,東京：岩波書店,1939 年

29. 岡崎義恵：《日本古典の美》,東京：宝文館出版,1973 年

30. 古代中世文学論考刊行会編：《古代中世文学論考第 21 集》,東京：新典
    社,2008 年

31. 谷崎松子：《湘竹居追想——潤一郎と細雪の世界》,東京：中央公論社,

1983 年

32. 谷山茂:《幽玄》,東京:角川書店,1982 年

33. 谷山茂:《藤原俊成　人と作品》,東京:角川書店,1982 年

34. 河野多惠子:《谷崎文学の愉しみ》,東京:中央文庫,1993 年

35. 後藤幸良:《紫式部——人と文学》,東京:勉城出版社,2003 年

36. 瀬古確:《日本文芸史:日本文芸理念の展開》,東京:桜楓社,1972 年

37. 镰田东二:《モノ学の冒険》,東京:創元社,2009 年

38. 吉村貞司:《川端康成——美と伝統》,東京:学芸書林,1968 年

39. 紀貫之:《古今和歌集　日本古典文学大系》,佐伯梅友校注,東京:岩波
書店,1958 年

40. 紀貫之:《土佐日記全注釈》,萩谷朴注释,東京:角川書店,1967 年

41. 吉川幸次郎、清水茂:《伊藤仁斎　伊藤东涯　日本思想大系 33》,東京:
岩波書店,1971 年

42. 吉田兼好:《方丈記・徒然草》,神田秀夫、永積安明校注,東京:小学館,
1986 年

43. 吉田精一:《古典文学概論》,東京:桜楓社,1981 年

44. 吉田究:《中世の思想》,東京:教育社,1987 年

45. 角田衛衡:《紫式部伝——その生涯と『源氏物語』》,京都:法蔵館,
2007 年

46. 井手恒雄:《平家物語論》,東京:世界書院,1962 年

47. 久保田淳校注:《千载和歌集》,東京:岩波書店,1986 年

48. 久松潜一:《日本文学評論史・総論・歌論・形態論》,東京:至文堂,
1969 年

49. 久松潜一:《日本文学評論史(近世・最近世篇)》,東京:至文堂,
1938 年

50. 久松潜一:《日本文学研究史》,東京:至文堂,1969 年

51. 久松潜一等:《本居宣長集》,東京:筑摩書房,1960 年

52. 久松潜一等校注:《新古今和歌集》,東京:岩波書店,1958 年

53. 瀬古確:《日本文芸史:日本文芸理念の展開》,東京:桜楓社,1972 年

54. 栗山理一等:《日本文学における美の構造》,東京:雄山閣出版,
　　1991 年

55. 林瑞栄等:《徒然草第一巻　兼好とその時代》,東京:有精堂,1974 年

56. 鈴木健一編:《源氏物語の変奏曲——江戸の調べ》,東京:三弥井書店,
　　1974 年

57. 柳田聖山:《禅思想》,東京:中央公論社,1981 年

58. 末木剛博:《東洋の合理思想》,東京:講談社,1980 年

59. 梅原猛:《仏教の思想》,東京:集英社,1982 年

60. 南博:《日本人の心理》,東京:岩波書店,1953 年

61. 目崎徳衛:《無常と美》,東京:春秋社,1986 年

62. 片桐洋一:《古今和歌集全評釈》,東京:講談社,1998 年

63. 斉藤清衛:《日本文芸思潮全史》,東京:南雲堂桜楓社,1963 年

64. 秋山虔秋、室伏信助:《源氏物語必携事典》,東京:角川書店,1998 年

65. 清少納言:《枕草子　日本古典文学大系 19》,池田亀鑑、岸上慎二、秋山
　　虔校注,東京:岩波書店,1958 年

66. 桑原博史:《西行とその周辺》,東京:風間書房,1989 年

67. 森山重雄:《西鶴の研究》,東京:新読書社,1981 年

68. 松山三之介:《国学政治思想の研究》,東京:有斐閣,1957 年

69. 松村雄二:《日本文芸史》,東京:筑摩書房,1981 年

70. 松田修:《日本近世文学の成立:異端の系譜》,東京:法政大学出版局,
　　1972 年

71. 山本健吉:《谷崎潤一郎とその時代　現代日本文学手冊》,東京:学習研究社,1980 年

72. 山本健吉:《古典と現代文学》,東京:新潮社,1960 年

73. 山崎良幸:《「あはれ」と「もののあはれ」の研究——特に源氏物語における》,東京:風間書房,1986 年

74. 太田青丘:《日本歌学と中国詩学》,東京:弘文堂,1958 年

75. 上坂信男:《川端康成——其〈源氏物語〉体験》,東京:右文書院,1986 年

76. 上田真:《日本の文学理論——海外の視点から》,東京:明治書院,1975 年

77. 十返肇:《春琴抄解説》,東京:河出文庫,1954 年

78. 石上堅:《日本文学発想源論》,東京:秀英出版,1956 年

79. 唐木順三:《無常》,東京:筑摩書房,1965 年

80. 《唐木順三全集》(第 7 巻),東京:筑摩書房,1967 年

81. 田中康二:《本居宣長　文学と思想の巨人》,東京:中央公論新社,2014 年

82. 窪田空穂:《古今和歌集詳釈》,東京:東京堂,1960 年

83. 武政太郎、野村佐一郎:《簡明世界哲学史》,東京:藤開書店,1939 年

84. 西田正好:《日本文学の自然観——風土のなかの古典》,東京:創元社,1972 年

85. 西田正好:《花鳥風月のこころ》,東京:新潮社,1979 年

86. 西行:《和歌文学会　論集西行》,東京:笠間書院,1990 年

87. 西行:《山家集》,佐々木信綱校訂,東京:岩波文庫,1928 年

88. 小林智昭:《無常感の文学》,東京:弘文堂,1959 年

89. 小林秀雄:《本居宣長——物のあはれの説について》,東京:新潮社,

1960 年

90. 小林秀雄:《本居宣長》,東京:新潮社,2002 年

91. 小田切秀雄:《万葉の伝統》,東京:丹波書林,1946 年

92. 小西甚一:《日本文芸史Ⅰ－Ⅴ》(全五巻),東京:講談社,1985—
2009 年

93. 岩崎允胤:《日本近世思想史序説》,東京:新日本出版社,1997 年

94. 苅田敏夫:《近松世話物の世界》,東京:真珠書院,2009 年

95. 羽鳥徹哉:《川端康成——日本の美学》,東京:有精堂,1990 年

96. 源信:《往生要集》,石田瑞麿訳注,東京:岩波書店,1992 年

97. 子安宣邦:《本居宣長》,東京:岩波書店,1983 年

98. 紫式部:《源氏物語　日本古典文学大系 14》,山岸徳平校注,東京:岩波
書店,1961 年

99. 紫式部学会編:《源氏物語とその享受　研究と資料》(古代文学論叢第
十六輯),東京:武蔵野書院,2005 年

100. 中村幸彦校注:《近世文学論集》,東京:岩波書店,1974 年

101. 中村幸彦:《近世文芸思潮考》,東京:岩波書店,1975 年

102. 中村元:《東洋人の思惟方法(1・2・3)》,東京:春秋社,1982 年

103. 中村元:《思想をどうとらえるか——比較思想の道標》,東京:東書選
書,1980 年

104. 中村元監修:《比較思想事典》,東京:東書書籍,2000 年

105. 重松信弘:《近世国学の文学研究》,東京:風間書房,1974 年

106. 重松信弘博士頌寿会編:《源氏物語の探究》,東京:風間書房,1974 年

107. 重友毅:《近松の研究》,東京:文理書院,1972 年

108. 哲学会編:《日本語の哲学》,東京:有斐閣,2008 年

109. 竹西寛子:《「あはれ」から「もののあはれ」へ》,東京:岩波書店,

2012 年

二、国内译著

1. [日]安田武、多田道太郎:《日本古典美学》,曹允迪译,北京:中国人民大学出版社,1993 年

2. [日]安万侣:《古事记》,周作人译,上海:上海人民出版社,2015 年

3. [日]本居宣长:《日本物哀》,王向远译,长春:吉林出版集团,2010 年

4. [日]柄谷行人:《日本现代文学的起源》,赵京华译,北京:中央编译出版社,2013 年

5. [俄]车尔尼雪夫斯基:《艺术对现实的审美关系》,周扬译,北京:人民文学出版社,2009 年

6. [日]辰巳正明:《万叶集与中国文学》,石观海译,武汉:武汉出版社,1997 年

7. [日]川本皓嗣:《日本诗歌的传统——七与五的诗学》,王晓平、焦雪艳、赵怡译,南京:译林出版社,2004 年

8. [日]川端康成:《川端康成谈创作》,叶渭渠译,北京:三联书店,1988 年

9. [日]川端康成:《川端康成文集》(共十卷),北京:中国社会科学出版社,1996 年

10. [日]川端康成:《美的存在与发现》,叶渭渠等译,桂林:漓江出版社,1998 年

11. [日]川端康成:《川端康成散文》,叶渭渠译,北京:中国广播电视出版社,1999 年

12. [日]《川端康成·三岛由纪夫往来书简集》,许金龙译,北京:昆仑出版社,2000 年

13. [日]川端康成:《我在美丽的日本》,叶渭渠译,石家庄:河北教育出版

社,2002 年

14.［日］川端康成:《伊豆的舞女》,叶渭渠、唐月梅译,海口:南海出版公司,2014 年

15.［日］川端康成:《雪国》,叶渭渠、唐月梅译,海口:南海出版公司,2013 年

16.［日］川端康成:《古都》,叶渭渠、唐月梅译,海口:南海出版公司,2014 年

17.［日］川端康成:《千只鹤》,叶渭渠译,海口:南海出版公司,2013 年

18.［日］长谷川泉:《近代日本文学思潮史》,郑民钦译,南京:译林出版社,1992 年

19.［日］大西克礼:《物哀论》,王向远译,北京:新星出版社,2013 年

20.［日］大西克礼:《日本风雅》,王向远译,长春:吉林出版集团,2012 年

21.［日］东山魁夷:《探索日本之美》,唐月梅译,石家庄:河北教育出版社,2001 年

22.［日］和辻哲郎:《关于"物哀"》,王向远译,北京:新星出版社,2013 年

23.［日］河竹繁俊:《日本演剧史概论》,郭连友等译,北京:文化艺术出版社,2002 年

24.［日］谷崎润一郎:《饶舌录》,汪正球译,北京:中国文联出版社,2000 年

25.［日］谷崎润一郎:《细雪》,储元熹译,上海:上海译文出版社,2007 年

26.［日］谷崎润一郎:《阴翳礼赞》,陈德文译,上海:上海译文出版社,2010 年

27.［日］河竹登志夫:《戏剧舞台上的日本美学观》,丛林春译,北京:中国戏剧出版社,1999 年

28.［德］黑格尔:《美学》,朱光潜译,北京:商务印书馆,1979 年

29.［日］纪贯之:《古今和歌集》,杨烈译,上海:复旦大学出版社,1983 年

30. [日] 吉田兼好:《日本古代随笔选·徒然草》,王以铸译,北京:人民文学出版社,1998 年

31. [日] 吉田精一:《日本现代文学史》,齐干译,上海:上海人民出版社,1976 年

32. [日] 加藤周一:《日本文化论》,叶渭渠等译,北京:光明日报出版社,2000 年

33. [日] 加藤周一:《日本文学史序说》,叶渭渠、唐月梅译,北京:外语教学与研究出版社,2011 年

34. [日] 家永三郎:《日本文化史》,刘绩生译,北京:商务印书馆,1992 年

35. [日] 今道友信:《东方的美学》,蒋寅等译,北京:三联书店,1991 年

36. [日] 今道友信:《关于美》,鲍显阳、王永丽译,哈尔滨:黑龙江人民出版社,1983 年

37. [日] 今道友信:《存在主义美学》,崔相录、王生平译,沈阳:辽宁人民出版社 1987 年

38. [日] 今道友信:《东西方哲学美学比较》,李心峰等译,北京:中国人民大学出版社,1991 年

39. [日] 进藤纯孝:《川端康成》,何乃英译,北京:中央编译出版社,1998 年

40. [日] 近松门左卫门、井原西鹤:《近松门左卫门·井原西鹤选集》,钱稻孙译,北京:人民文学出版社,1987 年

41. [日] 井上靖:《日本人与日本文化》,周世荣译,北京:中国社会科学出版社,1991 年

42. [日] 井上清:《日本历史》,西安:陕西人民出版社,2011 年

43. [日] 井原西鹤:《好色一代男》,王启元、李正伦译,济南:山东文艺出版社,1994 年

44. [韩] 李御宁:《日本人的缩小意识》,张乃丽译,济南:山东人民出版社,

2008 年

45. [日] 铃木大拙:《禅与日本文化》,陶刚译,北京:三联书店,1989 年

46. [日] 铃木修次:《中国文学与日本文学》,吉林大学日本研究所译,福建:海峡文艺出版社,1989 年

47. [日] 柳田圣山:《禅与日本文化》,何平等译,上海:译林出版社,1991 年

48. [美] 鲁思·本尼迪克特:《汉译世界学术名著丛书 菊与刀 增订版》,北京:商务印书馆,2012 年

49. [日] 末木文美士:《日本佛教史——思想史的探索》,涂玉盏译,上海:上海古籍出版社,2016 年

50. [日] 梅原猛:《森林思想——日本文化的原点》,卞立强译,北京:中国国际广播出版社,1993 年

51. [日] 能势朝次、大西克礼:《日本幽玄》,王向远译,长春:吉林出版集团,2011 年

52. [日] 三岛由纪夫:《艺术断想》,唐月梅译,石家庄:河北教育出版社,2002 年

53. [日] 三岛由纪夫:《爱的饥渴》,唐月梅译,上海:上海译文出版社,2016 年

54. [日] 三岛由纪夫:《残酷之美》,唐月梅译,北京:中国文联出版社,2000 年

55. [日] 三岛由纪夫:《太阳与铁》,唐月梅译,上海:上海译文出版社,2016 年

56. [日] 三岛由纪夫:《禁色》,陈德文译,上海:上海译文出版社,2014 年

57. [日] 三岛由纪夫:《忧国》,许金龙译,北京:九州出版社 2015 年

58. [日] 三岛由纪夫:《阿波罗之杯 散文随笔集》,申非译,北京:作家出版社,1995 年

59.[日]三岛由纪夫:《金阁寺》,唐月梅译,上海:上海译文出版社,2014 年

60.[日]三岛由纪夫:《春雪》,唐月梅译,上海:上海译文出版社,2014 年

61.[日]三岛由纪夫:《假面自白》,唐月梅译,上海:上海译文出版社,
2014 年

62.[日]三宅正彦:《日本儒学思想史》,陈化北译,济南:山东大学出版社,
1997 年

63.[瑞士]索绪尔:《普通语言学教程》,高名凯译,北京:商务印书馆,
1999 年

64.[日]松尾芭蕉:《奥州小道》,郑民钦译,石家庄:河北教育出版社,
2002 年

65.[日]山本常朝:《叶隐闻书》,赵秀娟译,长春:吉林出版集团,2014 年

66.[日]山口仲美:《男人和女人的故事——日本古典文学鉴赏》,张龙妹
译,北京:商务印书馆,2004 年

67.[美]梯利:《西方哲学史》,北京:光明日报出版社,2014 年

68.[日]藤本箕山等:《日本意气》,王向远译,长春:吉林出版集团,2012 年

69.[日]丸山清子:《源氏物语与白氏文集》,申非译,北京:国际文化出版
公司,1990 年

70.[日]丸山真男:《日本政治思想史研究》,王中江译,北京:三联书店,
2000 年

71.[日]西乡信纲:《日本文学史》,佩珊译,北京:人民文学出版社,1978 年

72.[日]西原大辅:《谷崎润一郎与东方主义——大正日本的中国幻想》,
赵怡译,北京:中华书局,2005 年

73.[日]新渡户稻造:《武士道》,潘星汉译,北京:新世界出版社,2012 年

74.[法]雅克·德里达:《论文字学》,汪家堂译,上海:上海译文出版社,
1999 年

75.〔日〕佚名:《万叶集》,赵乐甡译,南京:译林出版社,2002 年

76.〔日〕佚名:《平家物语》,周启明、申非译,北京:人民文学出版社,
1984 年

77.〔日〕佚名:《伊势物语》,林文月译,南京:译林出版社,2011 年

78.〔日〕源了圆:《德川思想小史》,郭连友译,北京:外语教学与研究出版
社,2009 年

79.〔日〕永田广志:《日本哲学思想史》,陈应年译,北京:商务印书馆,
1992 年

80.〔日〕紫式部:《源氏物语》,丰子恺译,北京:人民文学出版社,1980 年

81.〔日〕诹访取雄:《日本的幽灵》,黄强译,北京:中国大百科全书出版社,
1990 年

82.〔日〕中村雄二郎:《日本文化中的恶与罪》,孙彬译,北京:北京大学出
版社,2005 年

83.〔日〕中村元:《比较思想论》,杭州:浙江人民出版社,1987 年

84.〔日〕中村元:《东方民族的思维方法》,林太、马小鹤译,杭州:浙江人民
出版社,1989 年

三、国内论著

1. 北京大学哲学系东方哲学史教研组编:《日本哲学　第 2 集　德川时代
之部》,北京:商务印书观,1963 年

2. 曹顺庆主编:《东方文论选·日本文论》,王晓平译,四川人民出版社,
1996 年

3. 曹旭:《诗品集注》,上海:上海古籍出版社,1996 年

4. 曹旭:《诗品研究》,上海:上海古籍出版社,1998 年

5. 陈望衡:《当代美学原理》,北京:人民出版社,2003 年

6.(汉)董仲舒:《春秋繁露》,张世亮、周桂钿等译注,北京:中华书局,
2012 年

7.李健:《魏晋南北朝的感物美学》,北京:中国社会科学出版社,2007 年

8.方汉文:《世界比较诗学史》,西安:西北大学出版社,2007 年

9.方立天:《佛教哲学》,北京:中国人民大学出版社,1986 年

10.冯刚:《新形势下意识形态相关问题研究》,北京:光明日报出版社,
2014 年

11.冯友兰:《中国哲学史新编》(上中下卷),北京:人民出版社,1998 年

12.高文汉:《中日古代文学比较研究》,济南:山东教育出版社,1999 年

13.高亚彪、吴丹毛:《在民族灵魂的深处》,重庆:西南师范大学出版社,
2007 年

14.郭绍虞、王文生编:《中国历代文论选》(四册),上海:上海古籍出版社,
2001 年

15.黄铁池、杨国华:《20 世纪外国文学名著文本阐析》,北京:北京大学出
版社,2006 年

16.黄寿祺、张善文撰:《周易译注》,上海:上海古籍出版社,2004 年

17.胡经之:《文艺美学》,北京:北京大学出版社,1999 年

18.胡经之、王岳川:《文艺美学方法论》,北京:北京大学出版社,1994 年

19.姜文清:《东方古典美:中日传统审美意识比较》,北京:中国社会科学出
版社,2002 年

20.蒋春红:《日本近世国学思想》,北京:学苑出版社,2008 年

21.蒋凡、李笑野:《天人之思〈周易〉文化象征》,成都:四川人民出版社,
2007 年

22.靳明全:《日本文论史要》,北京:中国社会科学出版社,2010 年

23.李德纯:《战后日本文学》,沈阳:辽宁人民出版社,1988 年

24. 李冬君：《落花一瞬：日本人的精神底色》，北京：北京大学出版社，
    2007 年

25. 李东军：《幽玄研究　中国古代诗学视域下的日本中世文学》，长春：吉
    林大学出版社，2008 年

26. 李泽厚：《李泽厚旧说四种　说文化心理》，上海：上海译文出版社，
    2012 年

27. 梁晓红：《日本禅》，杭州：浙江人民出版社，1997 年

28. 刘立善：《没有经卷的宗教：日本神道》，银川：宁夏人民出版社，2005 年

29. 刘耀中：《荣格、弗洛伊德与艺术》，北京：宝文堂书店，1989 年

30. 陆晚霞：《日本遁世文学研究：中世知识人的思想与文章表现》，北京：人
    民文学出版社，2013 年

31. 骆冬青：《情性人生——心灵美学讲稿》，北京：中华书局，2015 年

32. 吕德申：《钟嵘〈诗品〉校释》，北京：北京大学出版社，2000 年

33. (汉)毛亨传、郑玄笺、(唐)孔颖达疏：《毛诗正义》，龚抗云等整理，北京
    大学出版社 1999 年

34. 彭立勋：《美感心理研究》，长沙：湖南人民出版社，1985 年

35. 齐珮：《日本唯美派文学研究》，北京：中国社会科学出版社，2009 年

36. 祁晓明：《江户时期的日本诗话》，北京：中国社会科学出版社，2009 年

37. 祁志祥：《佛教美学》，上海：上海人民出版社，1997 年

38. 祁志祥：《中国佛教美学史》，北京：北京大学出版社，2010 年

39. 邱紫华：《东方美学史》，北京：商务印书馆，2003 年

40. 邱紫华：《东方艺术与美学》，北京：高等教育出版社，2004 年

41. 牛建科：《复古神道哲学思想研究》，济南：齐鲁书社，2005 年

42. 饶尚宽：《老子》，北京：中华书局，2006 年

43. 宿久高：《日本中世文学史》，长春：吉林大学出版社，1992 年

44.（清）苏舆撰，钟哲点校：《春秋繁露义证》，北京：中华书局，1992年

45.孙敏：《日本人论　基于柳田国男民俗学的考察》，北京：社会科学文献出版社，2013年

46.唐月梅：《日本诗歌史》，北京：北京大学出版社，2015年

47.唐月梅：《怪异鬼才——三岛由纪夫》，北京：九州出版社，2015年

48.唐月梅：《三岛由纪夫与殉教图》，北京：东方出版社，2003年

49.滕守尧：《审美心理描述》，成都：四川人民出版社，1998年

50.田崇雪：《文学与感伤》，北京：中国社会科学出版社，2006年

51.王长新：《日本文学史》，长春：吉林大学出版社，1990年

52.王炜：《日本武士名誉观》，北京：社会科学文献出版社，2008年

53.王晓平：《浮世草子的婚恋世界》，银川：宁夏人民出版社，2005年

54.王晓平：《亚洲汉文学》，天津：天津人民出版社，2009年

55.王晓平：《中日文学经典的传播与翻译》，北京：中华书局，2014年

56.王晓平：《东亚文学经典的对话与重读》，上海：复旦大学出版社，2011年

57.王向远：《东方文学史通论》，上海：上海文艺出版社，2003年

58.王向远：《日本古代诗学汇译》（上下卷），北京：昆仑出版社，2014年

59.王向远：《日本之文与日本之美》，北京：新星出版社，2013年

60.吴功正：《六朝美学史》，南京：江苏美术出版社，1994年

61.吴舜立：《川端康成文学的自然审美》，北京：中国社会科学出版社，2011年

62.徐复观：《中国艺术精神》，上海：华东师范大学出版社，2001年

63.徐复观：《中国文学精神》，上海：上海书店出版社，2005年

64.许宝强、袁伟选编：《语言与翻译的政治》，北京：中央编译出版社，2001年

65. 严绍璗:《中日古典文学关系史稿》,长沙:湖南文艺出版社,1987 年

66. 严绍璗,[日]源了圆:《中日文化交流史大系 3　思想卷》,杭州:浙江人民出版社,1996 年

67. 颜翔林:《死亡美学》,上海:上海人民出版社,2008 年

68. 杨岚:《人类情感论》,天津:百花文艺出版社,2002 年

69. 杨柳桥:《庄子译注》,上海:上海古籍出版社,2006 年

70. 杨曾文:《日本佛教史》,杭州:浙江人民出版社,1995 年

71. 尹鸿:《悲剧意识与悲剧艺术》,合肥:安徽教育出版社,1992 年

72. 叶琳等:《现代日本文学批评史》,上海:上海外语教育出版社,2008 年

73. 叶琳:《日本文学经典与民族文化研究》,北京:人民出版社,2015 年

74. 叶渭渠、唐月梅:《日本文学史》(古代卷、近古卷上下册),北京:昆仑出版社,1995 年

75. 叶渭渠、唐月梅:《物哀与幽玄》,桂林:广西师范大学出版社,2002 年

76. 叶渭渠、唐月梅:《20 世纪日本文学史》,青岛:青岛出版社,2004 年

77. 叶渭渠、千叶宣一、(美)唐纳德·金主编:《三岛由纪夫研究》,北京:开明出版社,1996 年

78. 叶渭渠主编:《谷崎润一郎作品集》(四卷),于雷等译,北京:中国文联出版社,2000 年

79. 叶渭渠:《日本文学思潮史》,北京:经济日报出版社,1997 年

80. 叶渭渠:《川端康成》,成都:四川人民出版社,1999 年

81. 叶渭渠:《不灭之美:川端康成研究》,北京:中国文联出版社,1999 年

82. 叶渭渠:《川端康成传》,北京:新世界出版社,2003 年

83. 叶渭渠:《谷崎润一郎传》,北京:新世界出版社,2005 年

84. 叶渭渠:《日本文明》,福州:福建教育出版社,2008 年

85. 郁沅:《心物感应与情景交融》,南昌:百花洲文艺出版社,2006 年

86. 赵乐甡:《中日文学比较研究》,长春:吉林大学出版社,1990 年

87. 周阅:《人与自然的交融——雪国》,昆明:云南人民出版社,2002 年

88. 周振甫:《文心雕龙今译》,北京:中华书局,2013 年

89. 周淑兰、林玉和:《世界文豪自杀之谜》,北京:团结出版社,1996 年

90. 张萍:《日本的婚姻与家庭》,北京:中国妇女出版社,1984 年

91. 张石:《川端康成与东方古典》,上海:上海古籍出版社,2003 年

92. 张少康:《文赋集释》,北京:人民文学出版社,2006 年

93. 张万新:《日本武士道》,海口:海南国际新闻出版中心,1998 年

94. 张文良:《日本当代佛教》,北京:宗教文化出版社,2015 年

95. [南朝梁] 钟嵘:《诗品上》,哈尔滨:北方文艺出版社,2005 年

96. 中国诗经学会编:《诗经国际学术研讨会论文集》,保定:河北大学出版社,1994 年

97. 赵澧等:《唯美主义》,北京:中国人民大学出版社,1988 年

98. 郑民钦:《和歌美学》,银川:宁夏人民出版社,2008 年

99. 朱光潜:《西方美学史》(上下卷),北京:人民文学出版社,1980 年

100. 朱良志:《中国艺术的生命精神》,合肥:安徽教育出版社,1998 年

图书在版编目(CIP)数据

日本"物哀"美学范畴史研究 / 雷芳著. —南京：
南京大学出版社，2020.11
ISBN 978-7-305-23849-9

Ⅰ.①日… Ⅱ.①雷… Ⅲ.①日本文学－美学史－研
究 Ⅳ.①Ⅰ313.09②B83-093.13

中国版本图书馆 CIP 数据核字(2020)第 191149 号

出版发行 南京大学出版社
社　　址 南京市汉口路 22 号　　　　邮　编 210093
出 版 人 金鑫荣

书　　名 日本"物哀"美学范畴史研究
著　　者 雷　芳
责任编辑 郭艳娟

照　　排 南京紫藤制版印务中心
印　　刷 江苏凤凰通达印刷有限公司
开　　本 880×1230　1/32　印张 10.875　字数 253 千
版　　次 2020 年 11 月第 1 版　2020 年 11 月第 1 次印刷
ISBN 978-7-305-23849-9
定　　价 45.00 元

网　　址 http://www.njupco.com
官方微博 http://weibo.com/njupco
官方微信 njupress
销售热线 025-83594756